国家社会科学基金项目资助

本书受到2021年度云南省哲学社会科学学术著作出版经费资助

叙 事 研 究 丛 书

丛书主编：谭君强

不寻常的讲述

20世纪中国文学中的非常态
人物叙述者研究

洪丽霁◎著

中国社会科学出版社

图书在版编目（CIP）数据

不寻常的讲述:20世纪中国文学中的非常态人物叙述者研究/
洪丽霁著. —北京：中国社会科学出版社，2023.8
（叙事研究丛书）
ISBN 978 - 7 - 5227 - 2192 - 7

Ⅰ.①不… Ⅱ.①洪… Ⅲ.①中国文学—当代文学—文学研究
Ⅳ.①I206.7

中国国家版本馆 CIP 数据核字（2023）第 123002 号

出 版 人	赵剑英
责任编辑	郭晓鸿
特约编辑	杜若佳
责任校对	师敏革
责任印制	戴　宽

出　　版	中国社会科学出版社
社　　址	北京鼓楼西大街甲 158 号
邮　　编	100720
网　　址	http://www.csspw.cn
发 行 部	010 - 84083685
门 市 部	010 - 84029450
经　　销	新华书店及其他书店

印　　刷	北京君升印刷有限公司
装　　订	廊坊市广阳区广增装订厂
版　　次	2023 年 8 月第 1 版
印　　次	2023 年 8 月第 1 次印刷

开　　本	710 × 1000　1/16
印　　张	22.5
插　　页	2
字　　数	336 千字
定　　价	119.00 元

凡购买中国社会科学出版社图书，如有质量问题请与本社营销中心联系调换
电话：010 - 84083683

"叙事研究丛书"总序

叙事是一个古老的话题，也是现代关注的焦点，它在人类历史的长河中流淌，从未间断。作为人类的言语或其他形式的交往行为，作为传承人类文明的记载，叙事所累积的成果，以各种语言文字和其他媒介方式形成的叙事作品，犹如恒河之沙，难以数计。

人们何以要叙事，以何种方式叙事，叙事如何才能最好地达到其目的；叙事的产物，与之如影随形的叙事作品，它们有何独特之处，它们无限丰富的内蕴透过何种方式或隐或显地展现出来，什么样的叙事作品不至稍纵即逝，而或多或少有可能成为时代的经典，它们如何不断扩大自己的媒介行列，形成丰富多彩的叙事作品……这些都是人们广泛关注并引起持续兴趣的问题，在中外古老的典籍中我们不难发现对这些问题的追寻，而在现代和当代的研究中依然是受到持续关注的重要问题。

与有着悠久历史的叙事传统和丰富的叙事作品实践相比，当代意义上的叙事研究，或者更为狭义地说，叙事学研究，作为人文科学领域里的一门学科，它的兴起尚不过半个多世纪。然而，时间虽短，它发展的脚步却十分有力。就一门学科而言，它在结合对叙事作品的分析与研究中，逐渐形成了自身独特的理论体系，构建起一系列越来越为人们广泛接受的核心概念，它既拥有无限丰富的研究对象，又有独树一帜的理论视野，因而，在众多理论和实践研究中，尤其是在文学艺术研究领域中显得不同凡响。

在诸多形形色色的理论中，不乏维持不了多久便成明日黄花之论，在理论的潮流中连一阵涟漪都无法激起。而叙事研究或叙事学研究，却远非如此这般面相。在数十年的时间里，它的稳健发展所表现出的状况值得我们注意，也值得我们深思。就它所受到的关注程度而言，可说是从涓涓细流的流淌，到日渐融会，直到汇流成河。这一轨迹，可从最近对中国知网的检索中，看出其基本的状况。笔者分别输入"叙事"／"叙述"这两个检索词，得出的数据结果是，自 1950 年开始，以"叙事"／"叙述"作为标题的论文共计 54957 篇。其中，最早的一篇出自 1950 年，是这一年唯一的一篇。由此到 1979 年，每年的相关论文不足 10 篇；从 1980 年到 1987 年，每年不足 100 篇；从 1988 年到 2001 年，每年不足 500 篇；而从 2002 年到 2004 年，3 年时间就达到每年 1000 篇以上；2006 年后每年超过 2000 篇；2008 年后每年超过 3000 篇；2011 年后每年超过 4000 篇；2014 年超过 5000 篇，2015 年 5435 篇，2016 年 5548 篇。这样一些数据，再形象不过地展示出这一研究的发展趋势。如果做一个预测的话，有理由相信，它多半会继续延续这一发展势头。

从叙事研究的发展景象来看，人们不禁会问，它何以会出现这样一种良性的正向发展状况，何以会历经数十年而不衰？在这里，应该说，叙事理论本身所具有的科学性和适用性，及其研究对象的大量存在无疑是一个重要因素，它使乐于进入其中的研究者都可以寻找到自己的兴趣点，可以做出与以往研究不相雷同的新的探索。学术研究的生命力在于创新，在于具有学术和科学意义上的创新，在这方面，叙事研究、叙事学研究所具有的力量不可低估。除此之外，还可以举出许多理由，但在我看来，其中两个方面的原因尤其引人注目。

第一，叙事理论在发展的过程中，不墨守成规，不故步自封，而是具有开放性、包容性的特点，能够不断对理论本身进行必要的修正与调整，使之在发展的过程中得以保持理论本身的敏锐性，具有丰富的阐释力。叙事学这样的发展路径，在它的许多理论发展的关头展现出来。比如，从这一理论开创之初固守于文本之内，不逾越文本的界限，到后来突破这一人为的樊篱，获得新的生命力；从长时期将自身限制在叙事作品，尤其是叙事虚构作品的研究范围，到打开大门接纳其他不同的文类；从单一的叙事学理论视角，到在保持其基本理论导向的基础上，不吝吸取其他有价值的理论资源，形成理论的合力；等等，从中都可看出它对理论本身的不断革新、发展、完善，而这样的结果往往是令人意想不到的。举个例子，叙事学的跨文类研究现在已经成为研究的重要方向之一，并取得了丰硕的成果，然而，其中的一些文类界限曾经在长期的研究中难于突破，比如，抒情诗的叙事学研究，就在很长时间内被排斥于叙事学研究之外，笔者在 2008 年出版的《叙事学导论：从经典叙事学到后经典叙事学》一书中，就曾明确地将抒情诗歌排除在叙事学研究的范围以外。在叙事学跨文类研究的背景下，21 世纪以来，抒情诗的叙事学分析和研究悄然起步，进入研究者的视野，笔者被这一十分富于新意的研究方向所吸引，对这一新领域进行理论探讨与实践分析，仅仅在最近三四年时间就集中写出了十余篇诗歌叙事学的研究论文，发现它潜在的研究空间居然如此广阔。

　　第二，叙事理论从某种意义上说，具有十分抽象的理论维度，但与此同时，它又是十分形象、最富于实践性的理论之一，是最注重将理论与文本分析实践密切结合、融为一体的理论之一。它不以一副令人生厌的僵硬的理论面孔示人，而往往伴以大量形象的文本例证，增强其理论的可信度与说服力，具有一种理论的亲和力。18—19 世纪的德国，在哲学、美学中不乏众多高深理论之作，莱辛一部篇幅不长的著作《拉奥孔》却让人印象十分深刻，原因就在于它的理论源自文学艺术实践，源自对形象的文本的分析与阐释中，字里行间往往跃出令人信服的理论描述，却又让人感到十分亲切。打开任何一部中外叙事学著作，都可以看到，在其条分缕析的理论描述中，往往伴随丰富的文学艺术文本例证，读来让人兴趣盎然。

　　在叙事学研究的不断发展中，我们推出这套"叙事研究丛书"，就是希望总结近年来在这一研究领域所做的工作，并不断将这一研究向前推进，继续结出新的果实。自然，其中也包含借此获得学界同人批评指正的殷切期望，以使我们的研究做得更为扎实，更为合理。

　　这套丛书由云南大学叙事学研究中心主持。丛书的作者主要为中心的成员，同时也不限于此，欢迎叙事学研究的同行加入这一行列。云南大学叙事学研究中心成立于2014年，时间虽然不长，却已做了不少力所能及的工作。2015年承办了在云南大学举行的第五届叙事学国际会议暨第七届全国叙事学研讨会；同年主持了另一套丛书"当代叙事理论译丛"，已由北京师范大学出版社陆续出版。前面谈到中国叙事学研究旺盛的发展势头，国外的叙事学研究，同样呈现出一派繁荣发展的局面。这套译丛选取的就是21世纪以来国外重要的叙事学著作，翻译出版以引入国外新的理论资源，更为及时地介绍来自国外的声音。两套丛书可以说互为补充，我们衷心希望通过这两套丛书，促进国内外叙事学界的交流，繁荣学术研究，为中国叙事学的发展尽绵薄之力。

谭君强

2017年7月于云南大学

目　录

引　言

作为学科名称的"叙事学"①（narratology，又译作"叙述学"），最早由法国文艺理论家茨维坦·托多罗夫（Tzvetan Todorov）提出，始见于他 20 世纪 60 年代末期出版的《〈十日谈〉语法》一书。在这本书里，这位学者这样写道："……这部著作属于一门尚未存在的科学，我们暂且将这门科学取名为叙述学，即关于叙事作品的科学。"② 中国学者申丹说过："结构主义叙事学诞生的标志为在巴黎出版的《交际》杂志 1966 年第 8 期，该期是以'符号学研究——叙事作品结构分析'为题的专刊，它通过一系列文章将叙事学的基本理论和方法公诸于众。"③ 由此来看，叙事学实际上并不是一门古老的学科，它的历史只不过延续了半个世纪之久。人们普遍认为，与该学科的名称相对应的是一种深受结构主义影响而发展起来的理论，它"打破了传统批评过分依赖社会、心理因素和主观臆断的倾向，强调叙事作品的内在性和独立性，恢复了作品作为文本的中心地位，使人们对叙事作品的结构形式取得了比以往更

---

① 在《〈十日谈〉语法》中，茨维坦·托多罗夫首创了法语词"narratologie"（英文 narratology），"使该词带上与'生物学'（biology）和'社会学'（sociology）等术语同等的科学性质，因而可以直接解释为'叙事科学'"。参见［美］戴维·赫尔曼《叙事理论的历史（上）：早期发展的谱系》，［美］詹姆斯·费伦、彼得·J. 拉比诺维茨主编《当代叙事理论指南》，申丹等译，北京大学出版社 2007 年版，第 3 页。

② ［法］托多罗夫：《〈十日谈〉语法》，转引自张寅德编选《叙述学研究》，中国社会科学出版社 1989 年版，第 1—2 页。

③ 申丹、王丽亚：《西方叙事学：经典与后经典》，北京大学出版社 2010 年版，第 3 页。

为深刻的认识"①。

　　当然，客观地说，叙事学并不是一种毫无遗憾、局限或者欠缺可言而堪称完美的研究理论，它在具体的发展过程中曾经出现过"在不同程度上隔断了作品与社会、历史、文化语境的关联"②，将叙事作品视为一个相对独立自足的封闭体系来进行分析、讨论、研究的问题和偏颇。然而，不能否认的是，经过众多学者数十年间不懈的探索和思考、努力与坚持，"叙事学所取得的成绩是巨大的，它的影响也是深远的，它建立的理论模式，使人们能够对叙事作品复杂的内部机制进行细致准确的解析，而不致像以前那样因缺乏分析工具而只能流于对情节、人物等大范畴作粗糙的描写"③。

　　中国的叙事学家谭君强提出："叙述，指的是信息发送者将信息传达给信息接受者这样一个行动。从这个意义上来说，自古至今，凡有人类的地方，就存在着叙述，因为人们需要交流，需要告诉别人一些东西，也需要听取别人传达给自己一些东西。"④在漫长的历史发展进程中，人类一直颇为擅长借助与运用不同的媒介、方式和手段进行相应的叙述、表达以及记录，有迹可循而且数量非常可观的叙述者在持续不断地讲述着既属于和关涉他（她）们自己，又与他人以及人类身处于其中的这个世界具有复杂、密切和深沉的关系与牵连的各种故事，因此，有学者说过这样的话："人是故事讲述者，是宇宙无限时空中惟一的讲述自己故事的生物。"⑤

　　文学是人类古已有之而且极为重要的一种艺术门类，叙事虚构作品则是在文学创作方面所取得的、非常具体而又实在的一项产物和成果，它的存在与出现是叙事学开展相关论析与研究的一个十分重要的前提和基础，所以多年以来叙事虚构作品一直不失为备受包括作者、

---

① 龙迪勇：《空间叙事研究》，生活·读书·新知三联书店 2014 年版，第 1—2 页。
② 龙迪勇：《空间叙事研究》，生活·读书·新知三联书店 2014 年版，第 2 页。
③ 龙迪勇：《空间叙事研究》，生活·读书·新知三联书店 2014 年版，第 2 页。
④ 谭君强：《叙事理论与审美文化》，中国社会科学出版社 2002 年版，第 47 页。
⑤ 叶舒宪：《文学与人类学——知识全球化时代的文学研究》，社会科学文献出版社 2003 年版，第 115 页。

读者、研究者在内的许多人关注和重视，有意识乃至很用心地要不断地加以揣摩与思考、探讨与解读的不可或缺的对象。在叙事虚构作品中，使故事得以建构和呈现的语言常常需要通过叙述者之口较为直接地讲述出来，叙事文本（narrative text，其中的 text 有时又被翻译为"本文"）其实正是由一定的叙述者讲述出来的话语以及故事具体构成的。国外的叙事学家米克·巴尔说过："叙述者是叙述本文分析中最中心的概念。"① 在很大程度上，正是因为叙述者在叙事文本中具有不容忽视而又必不可少、不能取代的位置，并且发挥了非常重要而且十分特别的具体作用以及相应的影响力，因此，"找到叙述者，是讨论任何叙述问题的出发点"②。

那么，何为叙述者呢？著名学者赵毅衡认为："叙述者，是故事'讲述声音'的来源"，"从信息传达的角度说，叙述者是叙述信息的源头，叙述接收者面对的故事必须来自这个源头；从叙述文本形成的角度说，任何叙述都是选择材料并加以特殊安排才得以形成，叙述者有权力决定叙述文本讲什么、如何讲"③。 一般来讲，"叙述者是叙述的发出者"④。若从叙述交流的角度看，美国杰出的叙事学家杰拉德·普林斯早已提出，叙述者是指"文本中所刻画的那个讲述者"，"每一叙述中至少有一个叙述者，与他或她向其讲述的受叙者处于相同的故事层面。当然，在某一特定的叙述中，也可能有数个不同的叙述者，每一个叙述者轮流向不同或相同的受叙者讲述"⑤。而从具体的人称来看，叙述者既"可以明确用'我'直呼，也可以不那么称呼"⑥。

人们通常认为，在具体的小说创作中，叙述者"属于虚构的文本

① ［荷兰］米克·巴尔：《叙述学：叙事理论导论》（第二版），谭君强译，中国社会科学出版社 2003 年版，第 19 页。
② 赵毅衡：《广义叙述学》，四川大学出版社 2013 年版，第 91 页。
③ 赵毅衡：《叙述者的广义形态：框架—人格二象》，《文艺研究》2012 年第 5 期。
④ 赵毅衡：《广义叙述学》，四川大学出版社 2013 年版，第 91 页。
⑤ ［美］杰拉德·普林斯：《叙述学词典》（修订版），乔国强、李孝弟译，上海译文出版社 2011 年版，第 153 页。
⑥ ［美］杰拉德·普林斯：《叙事学：叙事的形式与功能》，徐强译，中国人民大学出版社 2013 年版，第 8 页。

世界"，"是那个世界的名义上的创造者（没有他的叙述行为就没有叙事文本）"。① 由此可以说，所谓叙述者实际上就是指叙事文本中负责讲述故事的艺术形象（就叙述者的具体数量而言，其实并不存在特定的要求与规定。杰拉德·普林斯所说的"每一叙述中至少有一个叙述者"，指的是在一个叙事文本里叙述者单个出现抑或多个并存均无不可。而且，在绝大多数的情况下，此类在具体的叙事文本中承担叙述任务的艺术形象又主要显现为"人"或者说多半会具有一种比较明显的人格化特征），作为"故事'讲述声音'的源头"② 的叙述者可以说是"一个故事中介者的形象"③。

我们知道，中外文学史上历年来所产生、出现以及存在的叙事虚构作品早已多得不可胜数，它们不仅将丰富多彩、风格迥异的故事书写、展示、奉送给广大读者，还为大家描绘、刻画进而塑造和呈现出了数量众多、种类多样的叙述者。进入 20 世纪之后，随着人们对小说这种文学体裁的形式、特点与艺术、技巧等问题在观念、认识、理解层面和程度之上的变化、提升、加强，以及相关讨论、思索、研究的持续推进和深入发展，形态各异、各具特色的叙述者更可谓层出不穷，而且他（她、它）们早已成为不少国内外文学艺术的具体创作之中不仅能够广泛地吸引和捕捉人们的目光以及注意力，还可以比较显著地增强某种特殊而又有效的叙述乃至表达效果的一个重要现象。

从 20 世纪中叶开始，弗兰兹·K. 斯坦泽尔（Franz Karl Stanzel）、诺曼·弗里德曼（Norman Friedman）、卢伯米尔·多勒泽尔（Lubomír Doležel）、热拉尔·热奈特（Gérard Genette）、杰拉德·普林斯（Gerald Prince）、韦恩·C. 布斯（Wayne C. Booth）、米克·巴尔（Mieke Bal）、曼弗雷德·雅恩（Manfred Jahn）等多位西方的叙事学家，曾经开展过一系列针对叙述者以及与之有关的现象和问题的专门性分析和

---

① 徐岱：《小说叙事学》，中国社会科学出版社 1992 年版，第 102 页。

② 赵毅衡：《广义叙述学》，四川大学出版社 2013 年版，第 91 页。

③ ［捷克］米列娜：《晚清小说情节结构的类型研究》，米列娜编：《从传统到现代——19 至 20 世纪转折时期的中国小说》，伍晓明译，北京大学出版社 1991 年版，第 54 页。

思考、研究和讨论。总体而言，又主要涉及并且包含以下几个方面的内容。

第一，从不同的角度、根据多项原则来区分叙述者的类型。尽管关于叙述者的分类一直是一个争论不休的问题，却早已有不止一位叙事学家在这方面做过不少卓有成效的工作，这无疑会对人们更加深入、细致地认识和了解叙述者及其状况起到比较重要甚至是关键性的作用。

第二，对不同类型的叙述者分别作相对适宜的分析与讨论。学者们主要结合具体的文艺作品来开展相关研究，由于不同种类的叙述者之间存在相互交叉与涵盖的情况，所以当他（她）们讨论某种叙述者的具体类型时，通常会将它与其他种类的叙述者联系起来进行思考和论析。

第三，对叙述者本身进行具有整体性的探讨、把握和理解。这显然属于具有整合性质的研究，它与前面两项研究的内容有相辅相成、互相牵连的关系。相对于常规的叙述者类型研究，涉及的情况和问题确实更为繁多、复杂，因而有关研究事实上存在不小的难度和挑战性。

不少人认为，在对叙述者进行类型划分并且对各种类型分别作具体分析、探讨的基础之上开展所谓整体性研究，是一种较为适宜也更加具有可行性与说服力的思路和做法。还需要看到，最近这些年，由于国内和国外的很多学者在叙事理论研究领域里所进行的兼顾宏观性与微观性，持续不断、令人信服的不懈努力、探索与付出，一系列具有不容轻视与忽略的分量以及影响力的研究成果已经陆续产生和不断出现，从而促使人们关于叙述者本身的理解程度和认知水平得到了较为显著的改善、促进与提升。说到这里，不妨先来认识和了解一下21世纪之初由我国著名叙事学家谭君强所提出的、具有一定的代表性以及适用性的意见和观点："相对于不同的侧面，对叙述者可以作如下区分：根据叙述者相对于故事的位置或叙述层次，以及叙述者是否参与故事以及参与故事的程度，可以区分为故事外叙述者/非人物叙述者，与故事内叙述者/人物叙述者；根据叙述者可被感知的程度，可以区分为外显的叙述者与内隐的叙述者；根据叙述者与隐含作者的关系，可以区分为可信的叙述者与不可信的叙述者。"①

在这里，我们可以采用一个简明、直观的图示，把这个观点所涉及的几种比较常见和具体的叙述者类型清楚地呈现出来：

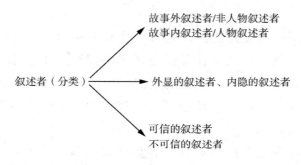

图1　叙述者的类型结构

这种看法虽然很有可能会被不少人当作在关注、借鉴和总结已有研究成果的基础上所得到的收获，但是如果我们将它与实际的叙事虚构作品联系起来并且作一些具体的分析与考察的话，便会发现这种具有整体性的主张确实是十分清楚明了、简洁实用的，它完全可以为对叙述者以及与之有关的情况和问题感兴趣的人们提供一种颇为有益的指导、帮助和启示。我们认可和赞同谭君强教授所提出的关于叙述者分类的意见和观点，与此同时，还想对它稍微作一点儿补充。具体来讲，就是在他的这段表述之中加入一个新的叙述者类型的划分标准，需要增添这样的一句话：根据叙述者在叙事文本中显现以及存在的形态，可以区分为常态的叙述者和非常态的叙述者。

这里所说的"常态的叙述者和非常态的叙述者"，与前面作过引述、早已广为人知的三对概念既有联系又有区别。首先，故事外叙述

①　谭君强：《叙事理论与审美文化》，中国社会科学出版社2002年版，第59页。

者／非人物叙述者、故事内叙述者／人物叙述者，外显的叙述者与内隐的叙述者，可信的叙述者与不可信的叙述者，可以根据在叙事文本中的显现以及存在形态来对其开展常态与非常态方面的具体考察与论析。其次，对于常态的叙述者和非常态的叙述者，也完全可以根据另外的三个标准（叙述者相对于故事的位置或叙述层次，以及叙述者是否参与故事和参与故事的程度；叙述者可被感知的程度；叙述者与隐含作者的关系）进行与之相应的探讨和理解。

在中外文学作品中，美国作家威廉·福克纳（William Faulkner）1929 年所写的长篇小说《喧哗与骚动》（*The Sound and the Fury*）里的叙述者班吉就是一个值得人们加以关注和留意的具体对象。如果运用常见的三个标准来进行衡量和判断，就总体而论，班吉是故事内叙述者／人物叙述者、外显的叙述者、不可信的叙述者。从叙述者在小说文本中显现以及存在的具体形态来看，年龄已经超过 30 岁却只具备 3 岁小孩智力水平的人物班吉，则可以视为非常态的叙述者。在这部小说中，作为康普生家族的一个特殊成员而出现的形象班吉，是比较典型的、由于智力原因而形成的非常规形态的人物叙述者。

在这本书里，我们所确定的进行探讨和研究的具体对象是 20 世纪中国文学中的非常态人物叙述者，如果撇开"20 世纪中国文学中的"这个修饰语暂时不论，剩下的就是中心语"非常态人物叙述者"。作为非常态叙述者中一个具有典型性以及代表性的具体类别，非常态人物叙述者主要由在智力、精神、心理、道德、形态、状貌、行为等多个方面与常人（正常态的人）存在较大的差异和区别，并且已经参与到了故事进程当中的一个或者多个相对生动、具体和形象化的艺术形象来担任。和叙事虚构作品中通常所见的常规形态的叙述者明显不同，这是一种具有异乎寻常的表现形态及言行举止的、与不可靠叙述者的关系显得较为密切的特殊叙述者。

我们知道，不可靠叙述（者）自 20 世纪中叶由美国学者韦恩·C. 布斯首先提出之后，已经被多个国家的学者普遍接受并且给予了较为明显的重视，因而逐渐成为后经典叙事学①中的一个关键概念。当代著名的叙事学家赵毅衡曾经十分明确地指出："不可靠叙述，是推动当代叙述学发展进程的一个核心概念。"② 值得人们加以注意的是，国内外的学术界多年来关于不可靠叙述者的讨论及研究，不仅取得了与之相应的比较显著和突出的成果与收获，在研究的过程中所积累的经验也是有目共睹的。而且，对于其他类型的叙述者的分析和讨论来讲，它实际上还具有另一个重要作用，就是在研究的具体思路与方法上完全可以提供一个十分难得而又颇为必要的参照，足以成为开展非常态叙述者（其中包括了非常态人物叙述者）研究的、可资借鉴和学习的一种十分有益又可取的示范。

　　如果就叙述者的具体类型而论，与故事外叙述者/非人物叙述者、故事内叙述者/人物叙述者，外显的叙述者、内隐的叙述者这两对概念及其内涵相比较，可信的叙述者和不可信的叙述者（它们也经常被人称为：可靠的叙述者和不可靠的叙述者）③ 的有关情况，确实要更加复杂和特殊。

　　或许正是因为这种原因，"可靠的叙述者与不可靠的叙述者"这

---

① 在叙事研究领域中，中外学者通常依据时间来对经典叙事学（classical narratology）与后经典叙事学（post classical narratology）进行区分。学者申丹曾经指出："西方学界将20世纪60年代诞生于法国，70至80年代发展旺盛的结构主义叙事学视为'经典叙事学'，并将80年代中期诞生于北美，90年代以来发展旺盛的'语境主义叙事学'视为'后经典叙事学'。后者的特点是关注语境和读者，注重跨学科研究等。"参见申丹、韩加明、王丽亚《英美小说叙事理论研究》，北京大学出版社2005年版，第1页。另一位学者尚必武说过："自马克·柯里在《后现代叙事理论》（*Postmodern Narrative Theory*，1998）一书中首次将经典叙事学与后经典叙事学按照时间尺度划分以来，似乎西方学界对于以时间标准划分二者的做法渐已达成共识。"参见尚必武《当代西方后经典叙事学研究》，人民文学出版社2013年版，第2页。

② 赵毅衡：《新闻不可能是"不可靠叙述"：一个符号修辞分析》，《福建师范大学学报》（哲学社会科学版）2013年第1期。

③ 可信的叙述者和不可信的叙述者，可靠的叙述者和不可靠的叙述者，这两对概念在国内的叙事学研究领域中经常被混用而较少有人专门对它们进行区分。从严格意义上说，二者其实是存在一定差别并非完全对等的。学者赵毅衡在《广义叙述学》一书中"第四部分　叙述文本中的主体冲突"之"第二章　叙述的'不可靠性'"对此作过一定的辨析。这位学者认为，"叙述者不可靠"（narratorial unreliability）是指叙述者对隐含作者来说不可靠，二者因为立场观念不一致而"发生了冲突"；叙述者的"不可信"（untrustworthy）类似于"不真实"（untruthful）、"不可接受"，是指叙述者叙述的不是"客观事实"，它"是读者有关内容的判语"。参见赵毅衡《广义叙述学》，四川大学出版社2013年版，第224—236页。

一对概念，早已引起国内外叙事学家的普遍关注，与此相关的讨论已经持续了半个世纪，主要出现并且形成了"修辞"和"认知"（建构）这样两种较为重要和有效的研究方法。需要稍作说明的情况是，近些年来，西方的学术界曾经有人试图将"修辞"型方法以及"认知"（建构）型方法加以综合，进而提出了"认知（建构）—修辞方法"，但是事实已经证明，这其实是一种顾此失彼的思路和做法，与之有关的尝试和努力被认为"是徒劳的"[①]。

下面，让我们将目光汇聚起来，对"修辞"和"认知"（建构）这两种研究方法先作一点初步的认识和了解。

1961 年由韦恩·C. 布斯首创的修辞性研究方法，侧重从作者的角度来进行探讨与考察，这位美国学者主张以隐含作者的规范（norms）作为衡量叙述者是否可靠的标准，而"所谓'规范'，即作品中事件、人物、文体、语气、技巧等各种成分体现出来的作品的伦理、信念、情感、艺术等各方面的标准"[②]，他所说的作品的规范实际就是"隐含作者"的规范。另一位美国学者詹姆斯·费伦（James Phelan）从多个方面进一步发展了布斯的理论，费伦的相关研究工作中最为人们所熟知和称道的一个部分就是，"将不可靠叙述从两大类型或两大轴（'事实/事件轴'和'价值/判断轴'）发展到了三大类型或三大轴（增加了'知识/感知轴'），并沿着这三大轴，相应区分了六种不可靠叙述的亚类型：事实/事件轴上的'错误报道'和'不充分报道'；价值/判断轴上的'错误判断'和'不充分判断'；知识/感知轴上的'错误解读'和'不充分解读'"[③]。

一般认为，正是由于韦恩·C. 布斯和詹姆斯·费伦这两位存在师承关系的美国学者的共同努力，使许多研究者试图借助一定的理论和

---

① 申丹：《叙事、文体与潜文本——重读英美经典短篇小说》，北京大学出版社 2009 年版，第 74 页。

② 申丹：《叙事、文体与潜文本——重读英美经典短篇小说》，北京大学出版社 2009 年版，第 59 页。

③ 申丹：《叙事、文体与潜文本——重读英美经典短篇小说》，北京大学出版社 2009 年版，第 60 页。

方法，对作者在具体的文学作品及其创作过程中所采用的、与不可靠叙述有关的叙述策略，进行更加细致、深入、全面的分析、把握和理解的想法以及愿望，变成了一种不但可以付诸文学批评的具体实践之中，而且得以实现的可能性也比较大的现实。

认知（建构）方法是长期任教于以色列特拉维夫大学的叙事学家塔玛·雅克比（Tamar Yacobi，也译作塔马尔·雅可比）于20世纪80年代初期提出来的，强调从读者阅读的角度来研究叙述的（不）可靠性问题，她主要"将不可靠性界定为一种'阅读假设'或'协调整合机制'（integration mechanism），当遇到文本中的问题（包括难以解释的细节或自相矛盾之处）时，读者会采用某种阅读假设或协调机制来加以解决"①。另一位擅长从读者视角来研究叙述可靠性的专家是德国学者安斯加·F.纽宁（Ansgar F. Nünning），他认为作品的"总体结构"（the structural whole）是由读者建构和决定的，所以读者的看法和规范完全可以作为用来衡量叙述者可靠与否的标准。由此可见，雅克比、纽宁都十分看重个体读者的阐释策略，这两位学者的观点与前面提及的两位美国研究者的意见明显存在不小的差异与区别，相对来讲，布斯和费伦更加重视的是作者的叙述策略。

关于"修辞"和"认知"（建构）这两种不太一样的研究方法，我国在国际叙事研究领域里一直很活跃并颇有影响力的著名学者申丹近年来开展过一些专门性的分析和讨论。她曾经明确指出，修辞方法以及认知（建构）方法这两者之间，虽然因为立场对立而难以进行某种调和或者综合，它们却又是可以互为补充的，所以研究者"应该让这两种研究方法并行共存，但应摒弃认知方法的读者标准，坚持修辞方法的作者/作品标准，这样我们就可既保留对理想阐释境界的追求，又看到不同读者的不同阐释框架或阅读假设的作用"②。她建议关注

① 申丹：《叙事、文体与潜文本——重读英美经典短篇小说》，北京大学出版社2009年版，第66页。

② 申丹：《叙事、文体与潜文本——重读英美经典短篇小说》，北京大学出版社2009年版，第69—70页。

"不可靠叙述"的学者，在采用主要聚焦于隐含作者、叙述者以及二者之间的关系的修辞方法来开展有关的探讨和研究的同时，还要更多地留心和注意由作者有意识地创造并且加以采用的不可靠叙述（者）这个叙述策略本身，进而了解及把握它对于具有"不同阐释框架"的读者所产生的多种相对具体的语用效果，她认为由此而使相关研究有可能避免理解和阐释方面极容易出现的某种片面性。

此外，申丹还较为清楚地表述过关于怎样判断叙述者及其叙述的可靠性的具体意见和看法，她曾经在专门讨论"不可靠叙述"的一篇文章里提出："叙述者的'可靠性'问题涉及的是叙述者的中介作用，故事事件是叙述对象，若因为叙述者的主观性而影响了客观再现这一对象，作为中介的叙述就是不可靠的"，"叙述者是否可靠在于是否能提供给读者正确和准确的话语。一位缺乏信息、智力低下、道德败坏的人，无论如何诚实，也很可能会进行错误或不充分的报道，加以错误或不充分的判断，得出错误或不充分的解读。也就是说，无论如何诚实，其叙述也很可能是不可靠的"。[①]

我们认为，学者申丹所提出的上述意见和建议是很有道理而又切实可行的，因为叙述的可靠性与叙述话语以及叙述者自身的条件、状态、特征等，确实不无一种内在关联。一般而言，认知、智力、道德、精神、心理、意识等多个方面的具体状况以及产生、出现或者存在的有关问题，常常会较为直接地影响到和作用于叙述者的叙述话语（当然，有的时候也不排除出现某些特殊或者说例外的情况），并且足以构成判定叙述者可靠与否的重要原因和理由。身处于叙事文本之中的叙述者如果在这些方面存在某种欠缺、困难、障碍以及问题，在很大程度上确实可以将其作为辨识、评判乃至认定叙述者的叙述不具有可靠性的一个相对明显、实在而又真实、有效的具体标志。

从另一个角度来看，叙述者如果在多个方面显现或者存在一定的问题及遗憾，必然会和一般意义上处于所谓正常状态之中或者呈现为常规

---

① 申丹：《何为"不可靠叙述"？》，《外国文学评论》2006 年第 4 期。

形态的叙述者产生不小的差异，进而凸显其显著的非常态特征乃至一种相对特殊的本质与属性。我们认为，在很大程度上，这是一个值得展开一番认真与细致、专门与深入的关注、思考和讨论的重要现象。也就是说，对于叙事文本中由具象化了的人物来担任的、非同一般的叙述者而言，除了可以进行与叙述可靠性有关的分析和探讨之外，其实还有足够的理由开展关于显现以及存在形态方面的仔细考察与探究，进而得以展开他（她、它）究竟属于常规形态的人物叙述者还是非常规形态的人物叙述者的、相对具体而又有效的辨认与相应的判断及解读。就研究的方法来讲，鉴于不可靠叙述者研究的有关经验，我们将以修辞方法为主、认知（建构）方法为辅，侧重对作者在叙事文本中所采用的非常态人物叙述者这样一个叙述策略进行尽可能具有一定深度的论析，同时尽可能地兼顾该策略对于身处现实生活中的读者及其阅读、理解方面所产生与发挥的特殊作用和影响。

我们知道，作为一门显学的叙事学所产生、具有和发挥的效用以及影响实际已经超出了文学研究的领域，与医学、教育学、历史学、传播学、法学、宗教学、民族学、人类学等发生了较为密切的联系。近些年来，当叙事学出现了后经典转向之后，它自身的研究一直在持续性地推进和发展。美国叙事学家戴维·赫尔曼（David Herman）认为，叙事理论的研究者不仅"重新思考叙事研究的基本概念和方法"，而且重视"开辟新的不断出现的研究领域"，侧重对叙事文本中存在的反模仿的非自然因素进行探讨和研究的非自然叙事（unnatural narrative，也译作不自然叙事）已被"看作是后经典叙事学的一个重要研究内容"。[①]

如果就文本中的叙述者而言，与自然叙事中的叙述者"是人或者至少是'像人的'（human-like）"不同，"在非自然叙事中，叙述者有可能是一个'会说话的动物'（speaking animal）、一具尸体、一部机器等"。[②] 针对"现有叙事理论大多聚焦于再现人类经验的叙事，而忽

---

① 尚必武：《当代西方后经典叙事学研究》，人民文学出版社 2013 年版，第 31 页。
② 尚必武：《当代西方后经典叙事学研究》，人民文学出版社 2013 年版，第 37 页。

略了文学史上那些书写非人类的作品"的情况，近来有学者提出，伴随 21 世纪以来国际人文社科界出现的"非人类转向"（non-human turn），叙事学及其研究者需要"聚焦再现非人类经验的叙事作品，尤其关注故事层面的非人类人物以及话语层面的非人类叙述者"。① 一般来讲，非常规形态的叙述者与反常规叙述行为（即：非自然的叙述行为，它"包括在物理上、逻辑上、记忆上或者心理上不可能的话语"，是"违背自然叙事规约，尤其是叙事交际模式的叙事"②）确实具有一种比较紧密的关系，叙述者的非常规形态（或者说，非常规形态的叙述者）不失为非自然叙事学开展研究与论述的一个重要现象和问题。这个方面的相关理论、研究、思考以及取得的成果，对我们所要进行的关于 20 世纪中国文学中的非常态人物叙述者的具体分析和讨论可以说同样多有启发与帮助。

需要进一步指出的是，对于出现在 20 世纪中国文学的多部艺术创作之中，显现的具体状貌和存在的相应形态均比较特殊、显眼、突出，自身又显得十分新颖、生动和有趣的非常态的人物叙述者展开论析与探讨的过程中，经过一番斟酌和思考以后，我们拟采取以下三个步骤。

首先，归纳、总结和借鉴国内外已有的包括叙述者、不可靠叙述（者）、非自然叙事等在内的，与非常态人物叙述者关系密切的研究经验及成果，在对 20 世纪中国文学的有关创作进行相对全面的了解与考察的基础上，逐渐形成较为明确、具体而又切实可行的研究思路和构想。

其次，对出现在现代与当代这两个"五四"以来中国社会历史及文艺发展的不同阶段上，富有代表性的多个非常态人物叙述者的典型分别

---

① 尚必武：《非人类叙事：概念、类型与功能》，《中国文学批评》2021 年第 4 期。在这篇文章里，该学者提出了"非人类叙事"的概念，并专门对它作了如下界定："非人类叙事指的是由非人类实体参与的事件被组织进一个文本中，主要包括自然之物的叙事、超自然之物的叙事、人造物的叙事、人造人的叙事四种类型。在叙事作品中，处于故事与话语两个层面的非人类实体通常扮演叙述者、人物、聚焦者三种角色，由此发挥三种叙述功能，即讲述功能、行动功能和观察功能。"

② ［美］扬·阿尔贝、亨里克·斯科夫·尼尔森、斯特凡·伊韦尔森、布莱恩·理查森：《非自然叙事，非自然叙事学：超越模仿模式》，尚必武译，唐伟胜主编：《叙事》中国版（第三辑），暨南大学出版社 2011 年版，第 14 页。

进行论析，对此类叙述者所采用的叙述方式、取得的叙述效果，乃至起到的叙述作用和达到的叙述目的进行尽可能清晰、具体的分析与阐述。

最后，从文学艺术的创作规律、20世纪中西方文学的关系，人类关于自身以及外部世界的认识和书写、探寻与理解的角度，探讨非常态的人物叙述者在文学乃至文化发展的进程中具有的特殊意义和价值，对此类显现以及存在形态比较特别的叙述者作更深一层的阐释和研究。

还值得一提的是，对主要以个体性人物形象的形式出现在20世纪的中国叙事虚构作品中的一系列拥有特殊样貌与形态的叙述者进行相对实在、具体而又在一定程度上具有特点的分析和理解、思考和讨论，毫无疑问是开展非常态人物叙述者研究的过程中必不可少的一项重要内容。随之而产生的一个摆在众人面前并且亟须作具有合理性及说服力的考虑与处理的问题是，为了取得期待之中的、相对理想一些的研究以及解读的效果与结果，究竟应该选择和确定哪些文学作品作为展开探讨与论析的对象呢？

通过反复考量和认真的商议、讨论之后，我们决定在面对采用非常态人物叙述者的多部20世纪中国文学的具体创作的时候，主要对叙事文本本身所包含与显现出来的价值和意义，处于文本之中的叙述者实际具有的经典性与知名度，以及与作者的创作实践、读者的阅读体验乃至研究者的专业解读、认可程度都存在密切关系的社会影响力等多个方面的情况和因素，进行某种足以呈现多个层次和综合性质的考虑、权衡和把握。在很大程度上，荣获诺贝尔文学奖（The Nobel Prize in Literature）、布克国际文学奖（Man Booker International Prize，又译作"曼布克国际文学奖"）、茅盾文学奖等在国际上和中国国内比较著名及重要的文学奖项的作家及其作品，确实可以为我们的研究、探讨和论析提供一个相对具体而又有效与适宜的、可资借鉴的范围以及参照。

也就是说，在我们看来，国内外比较重要的文学奖项及其评奖的结果客观上是能够给予在开展非常态人物叙述者研究的过程中须对研究对象作具体选择的现实需要以非常有益的指导，进而提供一种比较切实、便捷而又可靠的依据和帮助的。当选取并且确定好论析和研究的对象之后，我们将主要依据叙事学、比较文学、心理学、医学、哲学等多个学科的基本理论以及有关知识，采用多种适宜而且实用的研究方法，对出现在 20 世纪中国文学的多部作品中自身富有某种特点和魅力、较为具体而又不无典型性的非常态人物叙述者的个案和代表，乃至与之相关的一系列现象、情况、问题及其特点和规律等，结合时代、环境、族别、作者、读者等多种条件和因素，尽力地展开既以拥有相对固定的形式的叙事文本作为基础，又不纯粹止于文本内部的分析和解读、论述和讨论。

与此同时，我们非常希望借助这次开展非常规形态的人物叙述者研究的机会，虚心地向文学理论（包括叙事学在内）的研究与批评领域内诸多卓越、睿智、严谨、勤奋的优秀学者多作借鉴、学习和请教，与这个世界上已经存在了很多年（可以预期，现在和将来还将不断地涌现出来）的五彩斑斓的文学作品、艺术创造，多元多样、不尽相同的事物以及鲜活生动、姿态万千的人类本身进行富有意义以及价值的接触和交往、对话与交流，并通过持续不断的探究与思索、坚持不懈的努力与实践促使我们自身的专业素养、理论深度和学术思维的程度及水平，乃至与阅读、体会、感悟、认知、理解以及思考等关系较为密切的研究能力获得真正的锻炼、提高和进步，从而在关涉审美取向、艺术风格、思想观念、创新意识、实验品格等诸多问题的 20 世纪中国文学（尤其是其中的非常态人物叙述者）的修辞性叙事研究①和非自

———————

① 修辞性叙事研究是后经典叙事学的一个重要研究领域，学者申丹曾经专门撰文指出："20 世纪 90 年代以来，美国取代法国成为国际叙事学研究的中心，修辞性叙事学（rhetorical narratology）、女性主义叙事学和认知叙事学构成后经典叙事学的三大主流学派。修辞性叙事学从芝加哥学派（the Chicago School）第一代发展而来，迄今已有四代芝加哥学派的学者。第一代学者以亚里士多德《诗学》的基本原则为指导，这一传统在不同程度上被后来的学者继承，故芝加哥学派也称'新亚里士多德'（neo-Aristotelian）学派"，"布思的《小说修辞学》是芝加哥学派第二代的代表作，它从注重文本本身转向注重作者与读者的修辞交流。第三代学者将修辞研究与叙事学的方法相结合，由此形成修辞性叙事学。费伦是这一代的领军者，拉比诺维茨也做出了重要贡献。更年轻的芝加哥学派第四代刚刚才进入快速发展的阶段"，"然而，后三代与第一代之间也存在本质差异：如果说第一代着力建构的是'文本诗学'（textual poetics）的话，后面三代学者着力建构的则是'修辞诗学'（rhetorical poetics）：从关注文本结构和其产生的效果转为关注作者与读者的交流，强调作者的修辞意图，着力分析作者旨在影响读者的种种修辞手段和技巧。这种修辞关注在与叙事学的方法相结合时，就形成了'修辞性叙事学'。后面三代学者处于不同的社会历史时期，受到不同文化学术氛围的影响和制约，以不同的方式从不同角度建构和发展了修辞性叙事学"。参见申丹《西方文论关键词：修辞性叙事学》，《外国文学》2020 年第 1 期。

然叙事研究①方面，能够认认真真、踏踏实实地做一点尽管不无某种难

---

①　非自然叙事是近年来较为活跃并且存在一定争议的一个叙事研究领域，美国叙事学家布莱恩·理查森（Brian Richardson）是该领域的代表人物之一，他的论文"可被看成'不自然叙事'的纲领性文件"，他认为非自然叙事是"违背传统现实主义参数的反模仿文本，或者是超越自然叙事规约的反模仿文本，也就是破坏读者'模仿'感觉的文本"，并较早地提出建立"非自然叙事学"的观点。参见唐伟胜《非虚构叙事、不自然叙事：当代叙事学研究的两大前沿课题（代前言）》，唐伟胜主编《叙事》中国版（第三辑），暨南大学出版社 2011 年版，第 3 页。作为术语的"非自然"（unnatural）最初出现在布莱恩·理查森的《非自然的声音：现当代小说中的极端化叙述》（*Unnatural Voices：Extreme Narration in Modern and Contemporary Fiction*，2006）的书名中，随后"其他叙事学家就将'非自然'应用到类似的研究中"，关于这个术语及其应用情况，该学者曾表述过这样的意见："那并不是我个人的计划和观点。该词牵扯到不少问题，我对之也不太赞同。有的非自然叙事学家赞同该术语，认为其颇为恰当。我们合作发表关于非自然叙事理论的论著时，大家都同意使用'非自然'这个词。考虑到这一术语已经被用来描述我们的相关研究，因而使用它便于理论的传播。当然，我对此持有保留态度，但其他学者不太在意。该术语最终还是被保留下来，并一直沿用至今。……但它并非我们自己发明的一个概念"，"实际上，非自然叙事学家们并没有选用'非自然'（unnatural）这个词。我在论述中一直使用的是'反模仿'（anti-mimetic）"。参见李亚飞、布莱恩·理查森《非自然叙事学的核心概念与批评争议——布莱恩·理查森教授访谈录》，《山东外语教学》2021 年第 5 期。一般认为，"2010 年 5 月，西方非自然叙事学研究的四位主将——扬·阿尔贝（Jan Alber）、亨里克·斯科夫·尼尔森（Henrik Skov Nielsen）、斯特凡·伊韦尔森（Stefan Iversen）、布莱恩·理查森（Brian Richardson）等在'国际叙事学研究协会'会刊《叙事》杂志第 2 期集体亮相，并在合撰的论文（指《非自然叙事，非自然叙事学：超越模仿模式》——引者注）中公然宣称：'对非自然叙事的研究成了叙事理论中最激动人心的一个新范式'。"参见尚必武《当代西方后经典叙事学研究》，人民文学出版社 2013 年版，第 31 页。多年来，已有的叙事学大多"忽视、摒除非自然叙事"，而"非自然叙事学的研究恰恰可以在两个层面上获益：在理论层面上，它有益于一个真正全面的叙事学，而非仅仅适用于部分的叙事学的形成；在分析的层面上，它可以使人们关注与大量模仿文本相对的非自然叙事文本"。参见谭君强《总序》，[美] 布莱恩·理查森《非自然叙事：理论、历史与实践》，舒凌鸿译，北京师范大学出版社 2021 年版，第 3—4 页。作为非自然叙事学的首创者和奠基人，布莱恩·理查森从 20 世纪 90 年代开始先后出版了多部相关著作，《非自然叙事：理论、历史与实践》为集大成之作，它是对"非自然叙事学研究系统而全面的梳理和总结"，并且"呈现了不同国家非自然叙事的历史，尤其关注非自然叙事出现的广泛性和自发性"，"理查森一直都强调自己的研究不是推翻其他叙事理论的研究方法，而是指出现有叙事学理论对反模仿文本的忽视"。可以说，他开展相关研究的目的"不在于建构一个新的叙事学分析框架。他并不像詹姆斯·费伦、莫妮卡·弗雷德尼克、苏珊·兰瑟等叙事学家那样，力图提供一种新的叙事学研究方法，而是试图去弥补传统叙事学研究对非自然叙事文本研究的不足"，"在方法的采用上他不拘一格，博采众长，并不受单一理论框架的限制。从这个意义上说，其研究成果，更多产生于阐释非自然叙事文本的过程之中。这也促使读者更多关注这一类型的文本，并在采用多种方法的阐释中获得方法论上的启迪，对作品产生新的解读"，他认为"非自然叙事文本的一个至关重要的价值就在于创造性地耍弄了有关叙事本质表现的常规，而不是服务于其他认知的、功能的层面"。理查森主张将非自然叙事学家分为两派——本质派和非本质派，"将违反模仿常规视为 （转下页）

度与挑战性，却又不乏显而易见的趣味性与吸引力，具有可以期待并加以肯定的价值和意义的事情。

（接上页）非自然叙事首要特征的研究者即本质派理论家，包括尼尔森、伊韦尔森和理查森本人。这一派不否认其他叙事学家在心理上、文化上以及意识形态上的研究特点。他们关注的是对叙事规约的反叛。非本质派研究者，则以阿尔贝为代表。这些叙事学家关注寻找而不是解释非自然事件在认知上的作用，对解释和理解非自然叙事的识别与挪用也不感兴趣"。参见舒凌鸿《译后记》，［美］布莱恩·理查森《非自然叙事：理论、历史与实践》，舒凌鸿译，北京师范大学出版社 2021 年版，第 194—197 页。

第一章　非常态人物叙述者概说

一　正常与非正常、常态与非常态

乔治·康吉莱姆（Georges Canguilhem[①]，1904—1995）被认为是法国当代思想的开创者，他的思想以及研究方法曾经对米歇尔·福柯（Michel Foucault）、吉尔·德勒兹（Gilles Deleuze）等人产生过重大影响。康吉莱姆于 1943 年和 1963 年分别在斯特拉斯堡大学文学院和巴黎第一大学文学与社会学院开设了一门名叫"正常与病态"的课程，1966 年出版过被纳入法国大学出版计划之中的书籍——《正常与病态》（*Le normal et le pathologique*）。在这本著作里，这位欧洲学者将自己从 20 世纪 40 年代初期到 60 年代中期关于"正常与病态"的思考作了相对集中的呈现，它具体又由两个部分的内容构成：一是他的医学博士学位论文《关于正常和病态的几个问题的论文》（1943）；二是时隔二十年之后试图"以不同方法来解决那些同样的困难"而作的《关于正常与病态的新思考》（1963—1966）。

于 1943 年出版的《关于正常和病态的几个问题的论文》，是康吉莱姆非常著名的一篇医学论文，而它又"向哲学大门保持敞开"，可以视为他"在讲授哲学课的同时开始了医学研究"所取得的一个重要成果。作为康吉莱姆在 20 世纪 60 年代进行思考与研究的具体产物的《关于正常与病态的新思考》，虽然有人认为并不是非常的成功与出

[①]　Georges Canguilhem，中译者除了将其翻译为乔治·康吉莱姆外，还有人译作乔治·康吉兰。

色，但是它已经显示出这位法国学者努力把生物学方面的思考推及到社会机体之上的一种特殊用意。毋庸讳言，正是通过阅读康吉莱姆的《正常与病态》，我们开始接触到关于"正常与病态"的更多知识，逐渐认识和了解与这个话题有关的不少理念和意见、论点和想法，并且从这本著作中获得了一些颇为重要和有益的启示，这无疑可以为非常态人物叙述者的相关思考和研究提供一种比较切实、有效乃至及时和必要的帮助，甚至可能会对此项研究中需要具体展开的有关分析与探讨，产生某种持续而又深入的特殊作用和影响。

　　"正常"是一个既常见又常用的词语，人们通常会在自以为知晓和懂得它的含义的情况下不假思索地直接对它加以运用。实际上，假若要对"正常"作准确与细致的界定的话，还应该更为认真、仔细地进行一番考察和探究。在《现代汉语词典》（修订本）中，关于"正常"一词的解释具体如下——"符合一般规律或情况：精神～｜生活～｜～进行。"① 如果把这个定义里出现的"一般"二字理解为普通的、普遍的、通常的、寻常的，那么与普通、寻常的规律或者情况相符合与一致的，我们就可以称之为"正常"。康吉莱姆在《正常与病态》这本书中进行的相关讨论却早已清楚地显示和表明，"正常"这个词语的含义其实远比常用的工具书中所作的有关解释要复杂。

　　在《关于正常和病态的几个问题的论文》（1943）的"第二部分　关于正常和病态的科学存在吗？"中"Ⅱ. 对几个概念的批判性考察：正常、非正常和疾病；正常的与实验的"的章节里，康吉莱姆首先指出："利特雷和罗宾的《医学辞典》（*Dictionnaire de médecine*）对正常的定义是这样的：正常（normalis，源自 norma，尺子）：与规则相符合，常规的。在《医学辞典》中，这一词条的简介，因为我们已有的观察，并不会让我们感到惊讶。拉朗德（Lalande）的《哲学的批判性和技术性词汇》（*Vacabulaire technique et critique de la philosophie*）

① 中国社会科学院语言研究所词典编辑室编：《现代汉语词典》（修订本），商务印书馆1996年版，第1605页。

则更明确些：正常，从词源学上说，因为有正常设计的尺规，既不会偏左，也不会偏右，因而，一切都处在最恰当的位置。由此引申出了两方面的意义：正常，即事物就是本该如此那样；正常，按这个词最通常的意义来说，就是某一个确定的种类，在绝大多数的场合里都出现的样子，或者，平均的东西（la moyenne），或者某种可测量的特征的模板（le module）。"① 紧接着，康吉莱姆又这样说道："在对这些含义的讨论中，人们指出了这个术语的意义有多么含混模糊，它既指某种事实，又指'人们通过个人讲述，通过对自己所负责的事情进行价值判断，而赋予这一事实的价值'。"②

学者康吉莱姆还十分敏锐地注意到，现实主义哲学传统会给人们关于"正常"的理解带来不小的影响："这种传统认为，每一种普遍性都是本质的标志，每一种完善都是本质的实现，因此，一种可以观察到的普遍性，事实上就带有被实现了的完善的价值，而一种普遍特征，就带有典范的价值。最终，我们应该强调在医学中的一种相似的含混。在其中，正常状态，不仅指器官的习惯性状态，还指其理想状态，因为重建这种习惯性的状态，是治疗的常规目标。"③ 由此可知，有关"正常"的认识、理解与"普遍性"确实不无某种关联，"正常"既指向来如此、一贯如此，又指本该如此、理应如此，它至少包含这样两个层面的意义。而康吉莱姆在这段论述当中所提及和谈到的"正常状态"，则指向了人们在工作和生活中经常用到的另一个词语——常态。为了更加清楚而又有效地说明和阐述与之有关的现象及问题，

---

① ［法］乔治·康吉莱姆：《正常与病态》，李春译，西北大学出版社2015年版，第84—85页。近来，我们看到意大利有"人文科学促进健康领域的重要舆论家"之称的玛丽亚·朱莉亚·马里尼（Maria Giulia Marini）也作过与此近似的言语表达："从词源的角度来看，值得注意的是要提醒人们'正常（normal）'一词的由来：在拉丁语中，它被翻译为'规则'，指被罗马人用来测量直角的手形方尺，如农业测量工具。相应地，作为形容词也有'适当'的意思，也有了'走在正确的道路上'的意思，而其他形式则另有含义。"参见［意大利］M. G. 马里尼主编《叙事医学：弥合循证治疗与医学人文的鸿沟》，李博、李萍主译，科学出版社2021年版，第50页。

② ［法］乔治·康吉莱姆：《正常与病态》，李春译，西北大学出版社2015年版，第85页。

③ ［法］乔治·康吉莱姆：《正常与病态》，李春译，西北大学出版社2015年版，第85页。

我们认为，须对"正常"和"非正常"（非常）、"常态"与"非常态"进行一番相对具体而又适宜的辨识和分析。

不可否认，在现实生活乃至艺术创作中，我们与所谓"正常"相遇的同时，还极可能会遇见和遭逢为数不少的、有别于"正常"的人和物、状况及处境，因为与普通、寻常的类型、规律或者情况、形态等并不相符，而容易让人感觉到他、她、它（们）与"正常"之间存在着比较明显、突出的差异和区别。可以料想到的是，这种现象在某种程度上足以将众人的目光与思路引向另外一极，也就是与"正常"截然不同的一个方向——非正常（非常）。《现代汉语词典》（修订本）中对"非常"作了这样的解释："①异乎寻常的；特殊的：～时期｜～会议。②十分；极：～光荣｜～高兴｜～努力｜他～会说话。"[①] 这里出现的第一个义项（异乎寻常的；特殊的）和我们所谈及的"非常"是相一致的，它已经把这个词所具有的、不同于一般（或者说不同寻常）的特点显现出来了。"非正常"（非常）与"正常"迥然有别，它的一个较为突出的特点就在于，因为内在与外在的多种原因和理由，而几乎没有办法达到并且满足"符合一般规律或情况"这个条件及要求。进一步来看，"非正常"本身又不失为一种颇为特别而且富有意义的现象。

如果从医学角度作一些观察和思考，法国的精神病医生尤金·闵科夫斯基（Eugene Minkowski）当年在关于精神错乱现象的一段论述中，已经明显涉及了这个方面的问题："通过非正常，一个人把自己与人类和生活的每一个组成部分分离开来了。而正是非正常，向我们展示了，同时，因为以一种特别极端惊人的方式，又完好地隐藏了，一种完全'奇异'（singulière）的生存形式的意义。这种状况解释了为什么'生病'并不能完全穷尽精神错乱这种现象。当'不同'这个词在表示性质时，我们获得了一个角度，让它进入了我们注意的范围，

---

① 中国社会科学院语言研究所词典编辑室编：《现代汉语词典》（修订本），商务印书馆1996年版，第362页。

并且，面对这一角度进行的精神病理学思考，它直接地保持着开放。"在《正常与病态》一书中，康吉莱姆不仅引述了这段话，还对此做出了自己的相应评价："根据闵科夫斯基的说法，精神错乱或者精神上的非正常展现了自己的特征。他相信这些特征并不局限在疾病的概念中。"①

在我们看来，闵科夫斯基和康吉莱姆这两位法国学者关于"非正常"的思考和讨论，无疑是富有某种启发性作用的。"非正常"不仅明显有别于"正常"，我们还需要看到，正是由于这种不同与差异的存在，促使"非正常"本身以及它所具有的特点与性质，在一定程度上得到了一种突出、彰显和强调。不难发现，汉语当中还存在另外一个词语——"异常"，它与"非常"几乎同义。《现代汉语词典》（修订本）中关于"异常"的解释具体如下："①不同于寻常：神色～｜情况～｜～现象。②非常；特别：～激动｜～美丽｜～努力｜～反感。"② 由此可见，关于"异常"的解释与我们在此之前已经作过引述的"非常"这个词语的两个义项（①异乎寻常的，特殊的；②十分，极）是比较接近的。

法语里，同样存在"非正常"（非常）和"异常"这两个词语。早在数十年之前，康吉莱姆就曾经对它们作过一番较为细致的辨析："从严格的语义学意义上来看，'异常'指向事实，是一个描述性的词语，而'非正常'意味着对某种价值的参照，因而，是一个评估性的、标准性的术语；然而，良好的语法手段的变换，造成了'异常'和'非正常'意义的混淆。'非正常'变成了一个描述性的概念，而'异常'，成了一个标准性的概念。"③ 我们还注意到，与法语里的"非正常"（非常）与"异常"不尽相同，这两个词语在汉语中基本上可以混合使用，因为在绝大多数的使用者眼里它们是较为相近的。如果

---

① ［法］乔治·康吉莱姆：《正常与病态》，李春译，西北大学出版社 2015 年版，第 79 页。

② 中国社会科学院语言研究所词典编辑室编：《现代汉语词典》（修订本），商务印书馆 1996 年版，第 1492 页。

③ ［法］乔治·康吉莱姆：《正常与病态》，李春译，西北大学出版社 2015 年版，第 91 页。

仔细地想一想，人们或许会发现在汉语中出现的"非正常"（非常）这个词语，同样含有"描述性的"和"评估性的、标准性的"这两重意味，二者可以不分主次地同时存在而又不会相互抵牾，所以在不少人看来，从语义上对它们去作相对严格、清楚、仔细的区分和辨别，其实并不是一件十分必要与简单的事情。

一般而论，法语融合了拉丁语的严谨和希腊语的细腻，被世人公认为一种具有思索性的语言，汉语丰富的表意功能以及不低的表意效率也常常为人们所称道，相对而言，它却并不以准确、精细见长，有时不免会给人造成一种笼统、模糊、含混的感受和印象。正如有的人所说的那样，法语和汉语确实是不太一样的两种语言。"常态"则是与"正常"关系比较密切的词语，在对"正常"有了一定程度的认识和了解之后，人们的注意力或许会出现某种迁移及转换，甚至完全有可能提出一个新的问题：何为"常态"？

随手翻开一本工具书，我们便可以查询到关于"常态"这个词语的相应解释："正常的状态（跟'变态'相对）：一反～｜恢复～。"[①] 这句话的语言表述可谓非常地简洁明了，它在表意方面似乎并不存在什么错误、缺陷或者问题。如果重温一下法国学者康吉莱姆半个世纪以前站在医学研究的角度说过的一句话，"正常状态，不仅指器官的习惯性状态，还指其理想状态，因为重建这种习惯性的状态，是治疗的常规目标"[②]，则很可能会促使我们产生要对"常态"这个汉语里的词语重新去作一番相对细致而又不无一种必要性的思考与追问、打量与探讨的想法，在某种程度上这也可以视为法语和汉语这两种不同的语言确实具有不一样的特点的一个例证吧。

与前已有述的"正常"（既指向来如此、一贯如此，又指本该如此、理应如此）相对应，"常态"实际应该与所谓"习惯性状态""理想状态"这两者都不无某种关系和牵连。也就是说，当我们谈论"常

---

① 中国社会科学院语言研究所词典编辑室编：《现代汉语词典》（修订本），商务印书馆 1996 年版，第 142 页。

② ［法］乔治·康吉莱姆：《正常与病态》，李春译，西北大学出版社 2015 年版，第 85 页。

态"的时候，其实很有必要对理想型以及优化这个更高一级的维度和标准予以留意以及思索，而不是将眼光和思路仅仅局限于和通常所说的常规性与大众化相关的、某个单一层面的状况以及问题之上。如果对前文引述过的关于"常态"的解释［即："正常的状态（跟'变态'相对）：一反～｜恢复～。"①］略作重温与回顾的话，我们在对"正常的状态"进行认识、思考、理解的同时，或许还会念及和注意到"变态"这个词语（它显然是作为"常态"的反义词出现的）。一般来讲，除了用来指称动植物、事物的形态或者性状发生变化的现象之外，"变态"还可以"指人的生理、心理的不正常状态（跟'常态'相对）：～心理｜～反应"②。

值得注意的是，在中文语境中，"变态"是日常生活里会不时地加以运用的一个词语。由于人们多将一些与大众认知以及行为习惯、处事规则等严重不相符或者产生、出现与存在较大矛盾和冲突的现象称为"变态"，所以这个词语一定程度上又有可能显现出被众人涂上一层具有贬义的、带有强烈的主体评价色彩的特殊意味。人们关于它的具体含义的认识和理解，与从工具书当中所查询和得到的、显得比较中性及学理化的解释实际不尽相同，两者之间无疑存在着一定差别。实际上，我们都清楚地知道，当需要指称不同寻常、非同一般的情况或者状态的时候，"变态"一词其实并非为绝大多数汉语使用者所首选的用语（当然，如果客观地来说，"非常态"也不是一个大家使用的频率特别高、接受度以及普及率十分突出和显眼的中文词语）。

每当涉及有违常规或有悖常理的情形的时候，大家似乎更加倾向于运用一些明显具有描述性的语汇（比如：少见的、特殊的、不正常的、不常出现的、不怎么遇到和遭逢的……）进行一种虽然不太精确

---

① 中国社会科学院语言研究所词典编辑室编：《现代汉语词典》（修订本），商务印书馆1996年版，第142页。

② 中国社会科学院语言研究所词典编辑室编：《现代汉语词典》（修订本），商务印书馆1996年版，第78页。

却又比较生动、形象甚至不无趣味性的呈现与表达。有人认为，生理、心理方面异于常人，由此很可能会显现出一种病态。我们还知道，作为一种事实或者现象的疾病以及人类所进行、开展的与之相关的描绘和诉说、认识和理解、讨论和研究均可谓已经由来已久，但是这并不意味着"疾病"以及"病态"本身就是少有言说与探讨的难度（或者说挑战性）的词语和问题。

　　乔治·康吉莱姆在《关于正常和病态的几个问题的论文》的"第一部分　病态只是正常状态的量变吗?"之"Ⅳ. R. 勒利希的观念"中，曾经引述了医学家勒利希（R. Leriche）说过的两句话："疾病是在人们生活和工作的正常过程中惹恼他们的东西，最重要的是，使他们受苦的东西"①，"我们身上的疼痛—疾病，就像一场事故一样，与正常感觉的规则相遇……每一样和它相关的事物都是非正常的，都违反了法则"②，这位法国学者进而提出了自己的意见和观点："疾病是思辨性关注的起因。这种关注，以人为媒介，由一个生命投注在另一个生命之上。"③ 可以看到，康吉莱姆在承认病态是"对正常状态的偏离"④ 的同时，没有忘记指出"疾病是生物身上一种积极的、创造性的经验，而不仅仅是一种减少或者增加的现象"⑤。此外，学者康吉莱姆还这样说道："多样性并非疾病；异常的并非病态。病态意味着痛苦（pathos），一种苦难和无能的直接而具体的感情，一种生命出了问题的感觉。然而，病态确实是非正常的。"⑥

　　透过并且借助法国学者乔治·康吉莱姆在《正常与病态》里的这些直接参与了与"疾病""病态"相关的讨论当中的语句以及他的深入思索，关于"疾病"、"非正常"（非常）、"病态"、"常态"、"非常态"及其相互之间的关联，我们可以梳理和总结出以下几条相对具

---

① ［法］乔治·康吉莱姆：《正常与病态》，李春译，西北大学出版社 2015 年版，第 58 页。
② ［法］乔治·康吉莱姆：《正常与病态》，李春译，西北大学出版社 2015 年版，第 63 页。
③ ［法］乔治·康吉莱姆：《正常与病态》，李春译，西北大学出版社 2015 年版，第 67 页。
④ ［法］乔治·康吉莱姆：《正常与病态》，李春译，西北大学出版社 2015 年版，第 13 页。
⑤ ［法］乔治·康吉莱姆：《正常与病态》，李春译，西北大学出版社 2015 年版，第 137 页。
⑥ ［法］乔治·康吉莱姆：《正常与病态》，李春译，西北大学出版社 2015 年版，第 96 页。

体而又有效的意见与看法：1. 疾病违反了常规，"非正常"却并非疾病；2. "病态"偏离了常态，它是"非正常的"，但是它不等于"非常态"；3. "非常态"实际上要比"病态"复杂得多，而且丰富得多。

　　至此，对于非常态人物叙述者研究中所涉及的"非常态"以及"常态"、"正常"、"非正常"（非常）这几个可谓不无重要性的词语，我们基本形成了一定的、属于自己的看法。就一般情况而论，所谓"非常态"除了可以用来指称某人、某事或者某物显现以及存在形态上的异乎寻常之外，还含有不合乎（乃至偏离、违背）内在的价值与规律方面的标准以及要求的意味，它与"变态""病态"可谓既有联系又有区别。如果说，"常态"几乎不怎么引人注目的话，"非常态"的吸引力则可以说是有目共睹的，两者存在比较明显的差别。可以肯定地讲，"非正常"（非常）及"非常态"所显示和呈现出来的，是与"正常"和"常态"具有很大差异、区别的另一类现象，由此而触碰并且牵涉到的，也势必会是相对丰富、复杂而非简单、纯粹的状态、情况和问题。

　　在不少早已经习惯了面对和接受常规的路线与性质的思维方式以及状况呈现的人们的眼里，"非正常"（非常）"非常态"不失为陌生而又熟悉的特殊景象。与之进行实际接触的时候，虽然不一定会轻易地对它（们）感到大惊小怪或者匪夷所思，却比较容易产生新奇、独特的感受和体验，进而能够形成并且留下较为具体而又深刻的印象和记忆，这在很大程度上足以引起既具有普遍性又不无深度感的多重关注与思考，甚至极有可能因此而促使众人的思路和眼界真正地获得（乃至实现）一种富有价值的启示、延伸与拓展。

二　20 世纪中国文学与非常态人物叙述者

　　"二十世纪中国文学"（也书写为"20 世纪中国文学"）是 20 世纪 80 年代中期出现的一个新名词。说到它的由来，必须要提到一次学术会议，它就是 1985 年 5 月 6—11 日，在原址为北京市海淀区西三环路万寿寺西院的中国现代文学馆召开的"中国现代文学研究创新座谈会"。在这次会议上，陈平原代表北京大学的三位学者（钱理群、黄子平、陈平原）作了一个专题发言，首次提出"二十世纪中国文学"这个概念以及与之相关的设想。成型的专业论文《论"二十世纪中国文学"》则由三人联名，发表于《文学评论》1985 年第 5 期。随后，应当时《读书》杂志主编董秀玉的邀请，从 1985 年第 10 期到 1986 年第 3 期，以"对谈"形式出现的《二十世纪中国文学三人谈》在《读书》这份著名的刊物上共用 6 期进行了连续刊载。这两篇文章发表以后曾经引起了很大的反响，它们被认为"标志着'二十世纪中国文学'概念的正式出场"①。

三十多年过去后，学者陈平原有一次在接受与现代文学研究有关的采访时，当提及"20 世纪中国文学"以及一些与它相关的情况，他还较为认真地作过如下的说明和补充："……其实这命题最早是老钱提出来的，就专业知识而言，他远比子平和我丰富。那时我还是个博士生，老钱已经是副教授，比我大 15 岁，之所以推举我做代表，是因为这个机会对年轻人来说太重要了。老钱说，既然是创新座谈会，就应该让年轻人上阵。"② 通过在接受采访的时候随口谈起的这则小故事，我们不仅看到了促使"20 世纪中国文学"这个概念得以产生的几个重要细节，还完全可以从中感受到 20 世纪 80 年代所特有的一种氛围、气象和风度。

具体到 1985 年，人们通常将它描述为"方法年"，当时"'新三论''老三论'等从西方引进的新名词新概念新方法在学术界的理论思维上狂轰滥炸，打破了以社会反映论为主流的传统思维模式"③。它也被认为是中国当代文艺界出现巨大变化的一年，"寻根文学、八五美术新潮、第五代导演、新潮音乐等……'77 级'大学生三年前毕

① 南帆主编：《二十世纪中国文学批评 99 个词》，浙江文艺出版社 2003 年版，第 1 页。
② 刘周岩：《陈平原：黄金 80 年代中诞生的"20 世纪中国文学"》，《三联生活周刊》2018 年第 40 期。
③ 陈思和：《中国新文学整体观》，上海文艺出版社 2001 年版，第 13 页。

业，文学艺术这些注重才气且格外敏感的领域，已经开始做出成绩，并引起广泛关注。'文化大革命'结束以后，走向新的探索，在努力和国际接轨的对外开放，以及重新发现传统这两种思潮中，所谓前卫和寻根，现代和传统，在这一年中形成恰当的张力"①。

如此这般的时代背景与条件以及特有的氛围，正是 20 世纪 80 年代中国学术研究界一些具有突破性的设想和呼声得以产生、出现的一个很重要的原因。与以往较为通行的、按照历史发展阶段进行文学史分期的做法明显不同，钱理群、黄子平、陈平原这三位北京大学的学者在 1985 年提出的概念及所做的事情可谓具有突破性和十分引人注目。

首先，他们试图把跨越了晚清、民国、新中国三个时期的 20 世纪的中国文学，"作为一个不可分割的有机整体"来加以认识和把握，它的理论以及学术方面的意义正如有人作过的分析、概括与解读："显然，他们把它视为一个整合性的文学史概念，以期构建新的文学史理论模式"②；其次，作为这个新概念的提出者的这三位学者当年还曾经比较明确地指出："'二十世纪中国文学'这个概念所蕴含的内容远远超出了分期问题，由它引起的理论方面的兴趣，对我们来说，至少与史的方面引起的兴趣同样诱人。"③

《论"二十世纪中国文学"》一文中，三位学者曾经给出过一个这样的定义："所谓'二十世纪中国文学'，就是由上世纪末本世纪初开始的至今仍在继续的一个文学进程，一个由古代中国文学向现代中国文学转变、过渡并最终完成的进程，一个中国文学走向并汇入'世界文学'总体格局的进程，一个在东西方文化的大撞击、大交流中从文学方面（与政治、道德等诸多方面一道）形成现代民族意识（包括审美意识）的进程，一个通过语言的艺术来折射并表现古老的中华民族

---

① 陈平原、刘周岩：《陈平原：黄金 80 年代中诞生的"20 世纪中国文学"》，《三联生活周刊》2018 年第 40 期。

② 南帆主编：《二十世纪中国文学批评 99 个词》，浙江文艺出版社 2003 年版，第 1 页。

③ 黄子平、陈平原、钱理群：《论"二十世纪中国文学"》，《文学评论》1985 年第 5 期。

及其灵魂在新旧嬗替的大时代中获得新生并崛起的进程。"① 在同一篇文章的开头部分，他们还单独用一个段落的文字，对当时关于"二十世纪中国文学"的总体性构想作了较为集中的表述与呈现："目前的基本构想大致有这样一些内容：走向'世界文学'的中国文学；以'改造民族的灵魂'为总主题的文学；以'悲凉'为基本核心的现代美感特征；由文学语言结构表现出来的艺术思维的现代化进程；最后，由这一概念涉及的文学史研究的方法论问题。"②

当年，这三位学者就已经清楚地意识到，与"二十世纪中国文学"有关的定义以及所谓"基本构想"，只是一幅相对粗疏、概略的绘画和"匆促的'全景镜头'"，它显得有些"过分简化"，因此不免会让人产生"丧失对象的丰富性和具体性"的顾虑和担心。他们还说过，之所以要提出相对笼统的"二十世纪中国文学"的概念与构想，除了因为从时间上来说这尚属一项刚刚"起步的工作"外，实际上还不无出于战略角度所作的一种处理与考虑。具体地来说，这就是指：用"初步的描述"方法为二十世纪的中国文学"勾勒出基本的轮廓"，期待由此而能引起有更多人参与和关注的有关讨论（甚至可以是比较激烈的争论），并且相信"进一步的研究将还骨骼以血肉，用细节来补充梗概，在素描的基础上绘制大幅的油画，概念将得到丰富、完善、修正，甚至更改"。③ 如今，从中国文学发展和研究的具体进程以及有关实践来看，作为"二十世纪中国文学"这个重要概念的提出者的三位学者当年曾经持有的目的和意图及其心里所怀揣的具体愿望，无疑已经部分地得以达成并且一步步地变为了现实。

正是从 20 世纪 80 年代中期开始，"二十世纪中国文学"作为一个较为新颖而又不无分量和冲击力的学术概念和用语，进入了人们的视野当中，而且逐渐被广大的研究者、作家、读者知晓和运用、理解和接受，它的重要性也随之得到了比较普遍的认可与肯定。毋庸置疑，

---

① 黄子平、陈平原、钱理群：《论"二十世纪中国文学"》，《文学评论》1985 年第 5 期。
② 黄子平、陈平原、钱理群：《论"二十世纪中国文学"》，《文学评论》1985 年第 5 期。
③ 黄子平、陈平原、钱理群：《论"二十世纪中国文学"》，《文学评论》1985 年第 5 期。

"二十世纪中国文学"绝不止于可以与"近代文学""新文学""现代文学""当代文学""百年文学"等相对而列、同时存在的一个简单概念和新式术语。这个词语的内里及深层所蕴含的多个方面（从方法、理论、观念到眼界、胸襟、气度），可谓出现了全方位、多层级、多面向的突破与变革，这才是它从提出与产生之初直至已经进入 21 世纪的今天的近 40 年时间里，一直受到人们的颇多关注与高度赞赏并且被广泛地加以运用的一个更为内在和深层次的原因。

不能否认，"二十世纪中国文学"本身确实是一个具有强大突破性与冲击力的重要概念，它一经提出就足以给众人以耳目一新之感。长期任教于复旦大学的著名学者陈思和，曾经具体地谈到这个概念当初带给自己的十分突出的感受以及印象，"……在这样一个混沌般并无定型的文学本体面前，研究者可以投射各种主体认知，作出各种自由注释。'二十世纪中国文学'的命题的提出，不但解放了现代文学的研究对象，也解放了研究者自身的学术视野"①。同样身为上海学者的王晓明则将 1985 年 5 月在北京召开的万寿寺座谈会以及在这次会议上由北京大学三位学者所提出的"二十世纪中国文学"的作用明确地表述为"拉开了'重写文学史'的序幕"，他曾说过这样的话："正是在那次会议上，我们第一次看清了打破文学史研究的既成格局的重要意义。"②

学者陈思和还对这个概念以及与之相关的定义作过简要、客观的评价："'二十世纪中国文学'的定义相当空泛，但确实抓住了某种共同的东西，那就是'进程'一词。在他们的描绘下，二十世纪中国文学是一个充满动感，包孕强大生命力的开放性的流动体。"③ 不久以后，这位学者还提出了自己具有代表性的研究主张——"新文学整体观"，并且对这种"把现代文学与当代文学视为一个整体的研究方式"及其运用成效进行过专门的界定与说明："沟通中国现当代文学两个领域本身并非目

---

① 陈思和：《中国新文学整体观》，上海文艺出版社 2001 年版，第 6 页。
② 陈思和：《为什么要"重写文学史"——与王晓明对话》，陈思和：《告别橙色梦》，广东人民出版社 2018 年版，第 361 页。
③ 陈思和：《中国新文学整体观》，上海文艺出版社 2001 年版，第 6 页。

的，而是试图用一种新的研究视角来重新认识文学史的某些结论，换句话说，是为了引起对原来的教科书式的文学史定论的怀疑。"①

有人曾说，世界上几乎没有一个概念是完美无缺的。人们在面对"二十世纪中国文学"的时候，除了普遍表达和体现出肯定、赞赏与喜爱之情外，其实并不缺少批评、质疑甚至责难的声音以及意见。早在 20 世纪的最后一个十年，国内的王富仁、许志英、谭桂林、吴炫和韩国的全炯俊等多位学者，分别撰写了《当前中国现代文学研究中的若干问题》《给"当代文学"一个说法》《"二十世纪中国文学"概念性质与意义的质疑》《一个非文学性命题——"20 世纪中国文学"观局限分析》《"二十世纪中国文学论"批判》等多篇文章（它们在《中国现代文学研究丛刊》《文学评论》《海南师范大学学报》《文艺理论研究》《中国社会科学》这几种学术刊物上陆续地刊发出来），表达过各自的看法。具体地讲，他们主要是从时间、现代性、文学性等多个不同的角度与层面，对"二十世纪中国文学"这个概念提出过一些带有批评与质疑色彩的观点。

客观地来看，王富仁等学者的想法与主张并非毫无道理以及依据可言。在"二十世纪中国文学"提出近十年之后（主要是从 20 世纪 90 年代中期开始），这些学者所开展和进行的有关思考以及讨论，体现出了这个文学史概念本身确实具有特殊的价值和魅力的同时，也较为清楚和突出地表明了他们自己与"二十世纪中国文学"相遇的轨迹与过程，即：从一开始接触到并且逐渐地接受它，进而更加冷静、理性、深入地去思考、看待和评价它。由此，让更多的人既可以看到"二十世纪中国文学"所具有的优点、好处和魅力，又极有可能发现它存在的某种欠缺、遗憾及问题，从而促使与这个概念以及 20 世纪的中国文学有关的分析、探讨和研究得以不断地推进、发展。

近几年来，钱理群、黄子平、陈平原三位学者也分别对"二十世纪中国文学"作过一些重温和反思，论及这个文学史概念的得失成

---

① 陈思和：《中国新文学整体观》，上海文艺出版社 2001 年版，第 7 页。

败，他们的思考和总结可谓到位而又深入。让我们一起看看陈平原在一篇文章里说过的如下几段话："关于'二十世纪中国文学'这个概念，引用的很多，批评也不少，但作为一种问题意识与论述框架，已被学院派广泛接纳——或课程，或教材，或著述，《二十世纪中国文学史》俨然已经深入人心。毫无疑问，这个概念的产生带有清晰的时代印记，如现代性如何阐释、改造国民性怎样落实、纯文学是否合理、世界文学的可能性、左翼文学思潮的功过得失，以及'悲凉'是否为二十世纪中国文学的整体特征等，所有重要话题，当初都是一笔带过，没有得到认真且充分的论述，也就难怪日后多有争议"，"所有理论预设都只是过河的舟楫，河已经过了，舟楫是否精美，不必过分计较。在某个特定历史时刻曾发挥作用，突破了原有的思维方式，让人耳目一新，这就行了。至于'苟日新，日日新'，借助不断的反省、批判与重构，达成另一种新视野，不一定由我们来完成"，"当初的我们，确实是想法多而学养薄，可如果接受长辈的善意提醒，沉潜十载后再发言，很可能处处陷阱，左支右绌，连那点突围的锐气与勇气也都丧失了。某种意义上，这个概念不完美、欠周全、有很多缺憾，可它与八十年代的时代风气相激荡，这就够了"。① 在这些话语中，作为"二十世纪中国文学"这个重要概念的最初提出者所特有的一种勇于面对、敢于省察、善于总结的态度和精神，可以说是清晰可辨的。

　　通过回顾以上这段学术研究的历程，不仅可以使我们对"二十世纪中国文学"的概念有更加深入、细致的认识和了解，其实也在提醒我们，概念本身就如同一个工具，它虽然存在一些瑕疵、遗憾以及欠缺，可能并不是周全与完善的，但是在一定的历史阶段却可以有助于某个具体的意图、愿望乃至目标的达成与实现。当运用"20世纪中国文学"的概念来展开关于"20世纪中国文学中的非常态人物叙述者"研究的时候，我们认为，为了祛除一些歧义和误解，还有必要专门作

---

① 陈平原：《小书背后的大时代——从〈二十世纪中国文学三人谈·漫说文化〉说起》，《读书》2016年第9期。

以下两点比较具体的说明：首先，我们对"20世纪中国文学"所持有的是一种明显的接受、肯定和认同的态度；其次，关于这样的一个概念，我们实际上并不缺乏自己的一些思考、判断以及理解。

简言之，我们更加看重的是这个概念自身所蕴含与具有的属性和视野（即：一种现代性、整体性以及一体感），而不是单纯地只是将它作为与中国新文学的发展进程相关的一个时间概念（在我们看来，"20世纪中国文学"并非指仅仅局限于20世纪的100年间的中国文学）。进一步来讲，我们现阶段将力图把从1917年开始（以"五四"文学革命的兴起作为一个重要的标志），在我国的大陆地区发展并且一直传承和延续至今的、具有显著的现代性质的中国文学，视为不可依照某些特定的标准以及要求而生硬、随意地进行切分、割裂的一个整体来展开有关的思索和讨论、分析和研究。

我们可以清楚地看到，在历时已经超过一百年的20世纪中国文学的发展进程中，产生和出现了数量庞大而且各式各样的文艺作品，就其中主要偏重虚构性故事的建构、讲述与呈现的小说创作而言，业已走过一段不算太短的路途，取得了不少有目共睹的收获、实绩以及成就，它们的声名、传播和影响也早已不止于一时一地，而可谓遍布于时空较为辽远、宽阔，相互之间的交流、沟通与关系越来越频繁和密切的整个世界。作为西方汉学界研究中国现代文学的先行者与权威人士，夏志清先生一直强调将"优美作品之发现和评审"（"the discovery and appraisal of excellence"）作为自己开展相关研究的"首要工作"。这位享誉海内外的文学史家曾经说："比起宗教意识愈来愈薄弱的当代西方文学来，我国反对迷信，强调理性的新文学倒可说是得风气之先。富于人道主义精神，肯为老百姓说话而绝不同黑暗势力妥协的新文学作家，他们的作品算不上'伟大'，他们的努力实在是值得我们崇敬的。"[①] 我们清楚地知道，对"老百姓"（即：我国的各族人民）及其

---

① 夏志清：《〈中国现代小说史〉中译本序》，夏志清：《中国现代小说史》，刘绍铭等译，复旦大学出版社2005年版，第14—15页。

丰富多彩的人生、现实、遭遇以及境况等的较为实在、具体而又尽心竭力、饱含感情的描述、反映和表现，正是自五四时期以来包括小说在内的数量十分可观的中国文学创作在思想内容方面所取得的一个比较显著和重要的成果。

与此相应，艺术形式方面所实施和进行的突破与创新，同样不失为非常引人注目的现象。叙事的方式、技巧与艺术的革新、变化，正可谓中国现代小说在形式层面的发展与进步的一种显在而又具体的反映及表现。我们将要尽力地展开认真、仔细的探讨和比较具体、深入的解析的重要对象——非常态的人物叙述者，就是20世纪的中国文学中具有特殊形态的、与不可靠叙述者关系较为密切的一类富有特色的叙述者。作为一种显得较为特别、新颖和另类的叙述策略，非常规形态的人物叙述者在总体上比较擅长运用自己所特有的方式、途径以及手段，曲折、隐晦地体现和传达出作者本人的创作意图、艺术个性乃至某种文体自觉意识。总的来看，这种类型的叙述者常常可以给人留下相对独特（而且比较深刻和难忘）的感受、体会和印象，能够做到比较巧妙而又十分有效地提升文艺创作的艺术表现力，以及如此特别的艺术作品的具体制作者——作家的社会影响力。

1918年5月，鲁迅的《狂人日记》刊载于《新青年》第4卷第5号，这是为大家所公认的中国现代小说的起点之作。在此后接近一百年的时间里，人们对于这篇小说的思想性与艺术性所给予的认可度与评价可以说一直都很高。但凡与《狂人日记》及其叙事文本有过具体接触、对它有所了解的人其实都不难看出，这篇短篇创作所讲述以及呈现的故事非常特别，其中的主人公竟然是一个罹患精神疾病的年轻男性。在创作方法以及技巧方面，人们或许还会注意到这样的一个现象，就是出现在这篇白话短篇小说及其文本中的令人难以忘怀的癫狂之人（即："我"），不仅是一个非正常（非常）形态的人物形象，这个形象还选择和采用了一种颇为特殊和新颖的方式，比较出色地承担并完成了将这篇小说里以"吃人"为主题的故事具体讲述出来的任务与职责。

　　在短篇小说《狂人日记》中，作者鲁迅对"狂人"这个新颖而又特殊的艺术形象的塑造以及与之有关的叙述策略进行的相对合理、到位的运用，显然是促使这篇主要用白话写成的短篇小说非常富有新意并且能够取得巨大成功的一个不容忽视的缘由。与此同时，身为中国现代文学奠基人之一的鲁迅，可谓很早就给致力于推进中国新文学的创作实践以及理论建设的众多作家和文艺理论家，从思想观念、艺术思维和写作技巧多个方面作了勇于进行尝试、实验和探索的一种有益示范，并且身体力行地积累了实实在在而又颇为具体可行的、可以提供给其他创作者与探索者直接进行学习、取法和借鉴的一些较为难得而且具有成效的文学创作方面的实际经验。

　　20世纪中国文学的发展进程中，除了最初在鲁迅的《狂人日记》这篇著名的白话短篇小说中出现之外，非常规形态的人物叙述者还曾经在冰心、周作人、庐隐、叶圣陶、许钦文、陈翔鹤、丁玲、张天翼、老舍、沈从文、路翎、萧红、张爱玲、郭沫若、宗璞、王蒙、古华、韩少功、方方、余华、莫言、洪峰、苏童、格非、残雪、迟子建、王小波、阿来、贾平凹、史铁生、东西、陈亚珍、雪漠、艾伟、孙惠芬、陈应松、凡一平、孙频、孟小书、张翎、刘震云等作家的笔下频频现身，可谓活跃于20世纪的中国文坛上诸多艺术家的笔端及其文学创作的世界里。不难发现，以上这些作家的年龄跨度实际上比较大①，从他（她）们创作和成名的具体时间以及辈分上来看，至少包括了这样的五代人（对此，我们试图运用图1－1进行一番具有可行性的简要梳理与勾勒）。

　　从20世纪的五四时期直至21世纪头二十年的这五代作家，从文学创作的观念、内容到方法、技巧方面，都可谓或多或少地接受过来自我国现代文学奠基者鲁迅及其有关作品的作用以及影响。我们知道，

---

　　①　我们知道，现代著名作家鲁迅先生1881年诞生于浙江绍兴。2012年开始写作的当代青年作家孟小书，1987年生于北京。这两位作家的出生年份（即：1881年和1987年）之间，时间上的距离已经超过了100年。

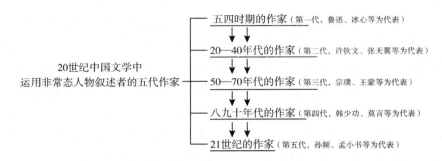

图 1-1　20 世纪中国文学中运用非常态人物叙述者的五代作家

现代时段的许钦文①是从学习、模仿鲁迅而开始走上自己的文学创作之路的。评论者经常将当代作家韩少功发表于《人民文学》1985 年第 6 期的中篇小说《爸爸爸》②中的人物形象丙崽与鲁迅笔下的阿 Q 相提并论，认为二者在精神上实际不无某种关联以及近似之处。若要谈及中国现当代的作家们对人的精神、心理层面的关注、重视以及挖掘、思考的情况和问题，则多半可以追溯到我国现代小说的起点之作——鲁迅的《狂人日记》这里。纵观 20 世纪中国文学的发展史，采用非常规形态的人物叙述者的多部叙事虚构性质的作品，尽管在创作题材、艺术风格、文本篇幅等多个方面不尽相同，它们却又不失为处于近百年的中国文学不同发展阶段之上的作家，认真、努力进行叙事技巧与

---

① 有人曾对这位作家的生平经历作过如下的简要概括："许钦文（1897—1984），小说家。原名许绳尧，笔名钦文。浙江山阴人。1920 年赴北京工读，因乡谊与鲁迅先生过从甚密，自称先生'私淑弟子'。1922 年以后经常在《晨报副镌》发表小说和杂文，受到鲁迅的扶植与指导，被鲁迅列入'乡土作家'之列。新中国成立后的文学活动主要是从事鲁迅著作的研究。主要作品有短篇小说集《故乡》、《回家》等，中篇小说《鼻涕阿二》，散文集《无妻之累》、《学习鲁迅先生》等。"参见黄开发、冉红音主编《中国现代文学编年史·第四卷》，文化艺术出版社 2017 年版，第 172 页。

② 很多人可能有所不知的一个情况是，韩少功曾经在距离最初发表《爸爸爸》的 1985 年将近 20 年之后对这篇中篇小说进行过一次修改。学者洪子诚在他的一篇论文里专门就这篇小说的修改情况进行过有关考察和说明："《爸爸爸》，中篇小说，韩少功著，初刊于《人民文学》1985 年第 6 期。2006 年，经作者大幅度修改，编入'中国当代作家·韩少功系列'中的《归去来》卷，人民文学出版社 2008 年版。"参见洪子诚《〈爸爸爸〉：丙崽生长记》，洪子诚《洪子诚学术作品精选》，北京大学出版社 2020 年版，第 278 页。

艺术的探索、实验和创新所取得的一项具体而又实在的成果与收获。

　　人们可以看到，出现并且存在于具体的文学创作中的非常态人物叙述者，自身的情况是较为丰富和复杂的。与常规形态的人物叙述者相比，不仅显得非同一般，依据偏离所谓"常态"（正常与常规的形态、状貌）的形式以及程度上的差异，还可以进行更进一步的所谓类型方面的划分、识别和认定。我们认为，非常态人物叙述者总体上可以分为人化与非人化这两个大的类别——前者是指叙述者被赋予了"人"的外形，后者被赋予的则是与"人"差别较大的形象和外表（比如：动物、植物、非生物等）。如果从具体的数量来看，前者可谓占据着比较明显的优势，就整体而言的确比后者要多得多，后者因为并不缺少自己鲜明、突出的独特性而颇为引人注目，所以同样能够给人留下强烈、突出、深刻的感受与印象。而且，这两个类别的非常规形态的人物叙述者实际上又分别包括了一些相对具体的、各具风格及特色的不同种类的叙述者。

　　为了更加清楚和直观地说明有关的情况以及问题，我们以图 1－2 进行说明。

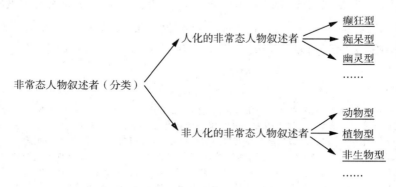

图 1－2　非常态人物叙述者的类型结构（一）

　　如果从更深层次继续进行思考和认识，不论是否以与"人"相关的外形现身，非常态人物叙述者通常都具有人格化的特点。也就是说，哪怕是以动物、植物乃至非生物的形式与状貌出现在叙事文本之中，非常规形态的人物叙述者一般会被作家赋予"人"的某种特征（即：使其具有或者表现出"人"的思想、感情和心理等），这在叙述者的言行举止方面可以有较为具体和明晰的体现，并且十分有利于营造出一个生动、活泼而又让人感到非常亲近和友好的叙述氛围。结合 20 世纪中国文学中的文学创作来进行具体考察，以人化的外形和方式出现的非常态人物叙述者无疑是内中数量上有着绝对优势的主体，非人化的非常态人物叙述者则相对少见一些，其中知名度比较高的一个代表与典型应该要数在当代作家莫言笔下现身的、曾经发生过多次变形而化身为多种动物的艺术形象西门闹。

西门闹是作家莫言于 2005 年创作的长篇小说《生死疲劳》中最为重要的人物叙述者，有人对这部作品进行过这样的描述："六道轮回①的民间想象撑起恢弘的小说结构/灵魂不死的动物视角透视五十年人世悲欢。"我们注意到，西门闹作为这部篇幅较长的小说创作里的主人公——被枪毙了的西门屯村地主，曾经先后转世投生为驴、牛、猪、猴、大头儿蓝千岁等多个各不相同而又富有特色的形象，从而得

---

① 在莫言的《生死疲劳》中，进入人们视野中的"六道轮回"，首先是与这部小说有关的一个词语，可以用来指称主人公西门闹在人（人类）、鬼（幽灵、"冤鬼"）、兽（动物）之间的多番转换。莫言在"仿水调歌头述《生死疲劳》主线"的《题〈生死疲劳〉》里，曾经写下了这样的话语："……人畜其实同理，轮回何须六道？恩仇未曾报。/世事车轮转，人间高低潮……"这部书的责任编辑、评论者和读者也时常会用到或者提起它。查阅宗教学与哲学方面的书籍可知，"六道轮回"最初是佛教中的用语。所谓"六道"亦称"六趣"。道，道路；趣，趣往，指归趣之处。《华严经·序品》有云："六道，众生生死所趣。"佛教认为，一切众生都因业报而在六道中轮回。六道指地狱、鬼、畜生、阿修罗、人和天。六道的前三道为恶道，其中以地狱最苦，为受罪之处；鬼，指饿鬼，千万年不得一食，即使有食物，这些食物也会立刻化为灰烬；畜生，亦称傍生，指飞禽走兽无思无识，被人捕杀。后三道为善道，阿修罗，略称修罗，此道中物已成魔神，但多怒，好斗，失去天的德性，被撵出了天界；人，指人类；天，指一般的神，虽在六道中属最好的一道，但还陷于生死轮回，未得最终的解脱。六道中流转轮回的众多生命，佛教称之为"众生"或"有情"。原始佛教时期只有五道，后来，犊子部北道派加进"阿修罗"一道，便成此六道。参见吴康主编《中华神秘文化辞典》，海南出版社 2001 年版，第 54 页。关于"轮回"，在有关的工具书中还可见如下解释："译自梵语 Saṃsāra。亦称'六道轮回'。佛教名词。原意是'流传'，为婆罗门教主要教义之一。佛教沿用并发展，说一切有生命的东西，如不寻求'解脱'，就永远在'六道'（天、人、阿修罗、地狱、饿鬼、畜生）中生死相续，无有止息，犹如车轮转动不停，故名。佛教以此解释人世间的痛苦。"冯蕙、朱贻庭、汤志钧等主编《大辞海·哲学卷》，上海辞书出版社 2015 年版，第 217 页。

以历经阴阳两界并且将几十年之间的故事与经历、岁月与沧桑颇为神奇地讲述和呈现出来。

《木箱深处的紫绸花服》是当代作家王蒙的一篇短篇小说，最初发表于《花城》1983 年第 2 期。它已经被收入了包括与小说同名的《木箱深处的紫绸花服》①、《王蒙文集·短篇小说（上）》（第 13 卷）②在内的多部作品集之中。在这篇小说里，已经跟随了女主人公 26 个年头、做工较为精细和讲究的"一件旧而弥新的细绸女罩服"是小说文本中的叙述者之一。不难发现，"它"是一个典型的非人化的非常态人物叙述者（具体来讲，又属于其中的"非生物"类型）。凭借叙事文本中的这样一个显得十分少有和罕见的特殊形态的叙述者，"文革"结束以后才得以重新复出的作家王蒙较为巧妙地讲述和再现了江南地区一户人家在数十年时间里的生活史，并且由此反映了已从青春年华步入中年时光的化学老师丽珊内心深处所产生、涌起和显现的，实际并不简单的多重感受以及丰富体验。

当然，非常态人物叙述者的类型划分并不是所谓一劳永逸的事情。事实上，伴随当代作家创作实践的不断推进和发展，我们完全可以在相关的文艺作品里看到一些有时候不方便比较快速和肯定地进行"人化"与"非人化"定位（或者说归类）的非常态人物叙述者。比如：莫言的《生死疲劳》这部长篇小说中的西门闹形象，曾经借助轮回而得以在"人"（地主、大头儿）与"非人"（驴、牛、猪、猴等多种动物）间来回穿梭与变幻，可谓一个介于二者之间的、显现以及存在的形态异常特殊和复杂的非常态人物叙述者。

关于长篇小说《革命时期的爱情》里的核心形象王二，作家王小波曾经这样写道，"王二 1993 年夏天四十二岁，在一个研究所里做研究工作"③，"王二年轻时在北京一家豆腐厂里当过工人"④。王二非常擅长爬高上

①　王蒙：《木箱深处的紫绸花服》，上海文艺出版社 1984 年版。
②　王蒙：《王蒙文集·短篇小说（上）》（第 13 卷），人民文学出版社 2014 年版。
③　王小波：《革命时期的爱情》，上海锦绣文章出版社 2008 年版，第 1 页。
④　王小波：《革命时期的爱情》，上海锦绣文章出版社 2008 年版，第 2 页。

低、飞檐走壁，事实上为主人公所拥有的这种特殊能耐并不是要用来展示个人的独门本领与高超技艺，或者为了轻易甚至非法地去获得和占有原本并不属于他自己的物品、好处等不良企图提供一种方便。叙事文本里的这个名叫王二的人物形象之所以如此，具体的原因其实并不复杂，只是因为想要尽力地避免被豆腐厂的厂长老鲁当着众人的面抓住，进而受到令人感到十分难堪和受挫的整治以及羞辱而已。

　　鲁迅的《狂人日记》中的狂人，冰心的《疯人笔记》里的疯人，张天翼的《鬼土日记》中的韩士谦，老舍的《猫城记》里的猫人，莫言笔下的黑孩（《透明的红萝卜》）、赵小甲（《檀香刑》）、西门闹（《生死疲劳》），残雪的《山上的小屋》中的病人，韩少功的《爸爸爸》里的丙崽，方方的《风景》中的小八子，迟子建的《雾月牛栏》里的宝坠，阿来的《尘埃落定》中的二少爷，东西的《没有语言的生活》里的王家宽，史铁生的《我的丁一之旅》中的丁一，贾平凹笔下的张引生（《秦腔》）、狗尿苔（《古炉》）、唱师（《老生》），余华笔下的来发（《我没有自己的名字》）和杨飞（《第七天》），陈亚珍的《羊哭了，猪笑了，蚂蚁病了》里的仇胜惠，雪漠的《野狐岭》中的木鱼妹、马在波、大嘴哥等，艾伟的《南方》里的罗忆苦，孙惠芬的《后上塘书》中的徐兰，陈应松的《还魂记》里的柴燃灯，张翎的《劳燕》中的比利、伊恩、刘兆虎，刘震云的《一日三秋》里的樱桃，孙频的《东山宴》中的阿德，孟小书的《锡林格勒之光》里的"我"……这些艺术形象可以说都是20世纪中国文学中非常规形态的人物叙述者的显例。

　　他（她）们均属于人化类别的非常态人物叙述者，被作家赋予了一种"人"的外形，其中的不少形象和王小波的《革命时期的爱情》中的主人公王二比较近似，他（她）们虽然不乏某种生理或者心理方面的欠缺以及问题，却又常常天赋异禀，具有某种颇为特殊（甚至不无神秘、魔幻色彩）的本事和能耐。莫言的长篇小说《檀香刑》里人称"半傻子"的赵小甲，借助一根通灵虎须而得以看到了人的本相（即：每个人是由何种畜生投胎转世而来的）。于是，这部小说中的众人在人物赵小甲的眼里被还原为了牛、马、猪、狗、熊、蛇、虎、豹等动物，整个世界随之而变得异常诡异和陌生。

出现在贾平凹的乡土文学创作《秦腔》里的痴者（愚人）张引生，有的时候竟然可以化身为蜘蛛，从而得以轻易、便捷地潜入一些地方去执行作为一个"人"实在难以承担与完成的聚焦任务，进而还可以颇为流畅、自如和连贯地给大家讲述不少有关别人的比较隐秘的事情、经历以及见闻。由此可见，在人化的非常态叙述者中，相对于不具备特殊禀赋的一般化的人物形象而言，作家王小波、莫言和贾平凹笔下的王二、赵小甲、张引生等显得要更加地突出和耀眼一些，因此人们在进行有关的分析与思考的时候，事实上并不适合把这两类具体的人物形象不做任何区分地混为一谈，对二者之间所存在的差别完全视而不见。

在非常态人物叙述者的分类问题上，我们还应该作进一步的考虑、权衡与揣摩，而不能根据某种标准抑或要求展开一刀切式的简单处理，不应以能够顺利地进行与前文中的"图1－3　非常态人物叙述者的类型结构（一）"完全一致的具体类型的划分与确定作为思考和探讨的最终目的及愿望。我们认为，在进行"人化"与"非人化"的总体分类并且进一步对这两个大的类别进行更加精细化的种类区分与讨论的基础上，还很有必要就一些具体而又特殊的、不无某种复杂性与交叉性的非常态人物叙述者的类别及种类，继续开展更为耐心和细致、到位和深入的论析与把握，由此才可能得出更加贴近和真正切合文学创作实践及其发展实际的、既趋于合理又十分有效的结论。基于这样的考虑以及意图，针对本身显得较为多元多样的非常态人物叙述者及其分类问题，我们还需要继续开展相应的思考与研究，尽力进行适当而又有益的补充和完善。于是，以已经作过划分与确认的两大类别及其统属之下的多个种类作为基础，增加了"比拟型"和"超能型"这两个不无自身特色的非常态人物叙述者的具体种类。

这两种非常态的人物叙述者其实也不简单，二者与人化的非常态人物叙述者、非人化的人物叙述者都不无关系，甚至可以在人化与非人化之间相对自如地穿梭、往来和游走。具体而言，比拟型的人物叙述者主要涉及了拟人、拟物两个方面，出现与存在于叙事文本中的叙述者可以时而为人、时而为物（实际上，叙述者所显现及存在的具体状况与形态并不固定而是灵活多变的），甚至还能够借助某种介于人和物之间的特殊形态而得以现身。所以，在具体地面对有关作品进而展开相应的分析和论述的时候，我们需要对"人"与"物"之间的复杂关系（即：物⇌人），乃至人化、非人化问题进行进一步的把握、思索和探讨。

　　所谓超能型的人物叙述者既可以是人化的人物叙述者（此种类型的叙述者不仅具备"人"的外形，而且拥有明显超越于常人的禀赋与才干。除了身为具有特殊能力[①]的人类之外，还包括了仿真的人形机器人[②]在内的高度智能化的新兴技术设备等人造物），又不完全止于"人"本身，可以是依托、凭借非人化的形式与外表而得以外显及呈现出来的人物叙述者（比如：以某种动物、植物、微生物或者非生物的形态在小说文本中具体现身的人物叙述者，却采用一种不仅与其非人身份相符，而且更加近似于"人"的眼光、思维、感觉、体验、心态和口吻进行观察与思考、认知与体会、描绘与叙述）。实际上，这同样不失为作为特殊人物叙述者的他（她、它）们被赋予了自身原本并不曾拥有和具备的能力以及本领的一种较为直接和具体的反映及表现，这与超能问题在本质方面应该不无关系可言。

---

　　① 特殊能力主要是指超乎寻常的能力，比如：人们常说的心灵现象（psychic phenomenon），"亦称'超心理现象'。包括超感知觉和心理致动两类"。超感知觉（extrasensory perception）亦译为"超感官知觉"，指"不以感觉器官为基础即能获得知觉的心理现象"，"俗称'第六感觉'"，分为心灵感应、超感视觉、预知三大类。心理致动（psychokinesis）亦称"心灵致动"，指"人的意念引起外界物质发生变化的现象"，它的实质至今"仍是科学之谜"。参见杨治良、郝兴昌主编《大辞海·心理学卷》，上海辞书出版社 2015 年版，第 262 页。
　　② 英国小说家伊恩·麦克尤恩的《像我这样的机器》（*Machines Like Me*，2019）中，出现了以人工智能化程度很高的机器人亚当作为叙述者的情况。亚当是一款新型的人形机器人，处于人化与非人化之间，这个叙述者虽然具有较为逼真的人化外表，但是从本质上说，亚当又属于能力非凡的非生物类型的非常态人物叙述者，所以将这个机器人归入超能型非常态人物叙述者的类型中似乎更为适宜。

因此，在我们看来，前文中出现的"图1-2 非常态人物叙述者的类型结构（一）"还可以略微地做一点儿调整和改变，就是进行一些很有必要的信息补充（随着文学艺术本身持续不断的探索与发展，这样的与类型划分有关的具体工作及考虑相信以后也需要继续加以推进），见图1-3。

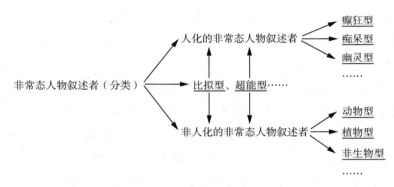

图1-3 非常态人物叙述者的类型结构（二）

在即将更加认真、仔细、投入地展开关于"20世纪中国文学中的非常态人物叙述者"的分析与讨论之前，我们首先确定了以下几个进行思考和研究的侧重点：第一，从类别上说，将以人化和非人化的非常态人物叙述者作为主要对象；第二，从种类上讲，对癫狂型、痴呆型、幽灵型、比拟型等四种非常态的人物叙述者逐一进行相对具体、深入的探讨和论析；第三，结合具有代表性的、一定数量的叙事文本，对癫狂型、痴呆型、幽灵型、比拟型的人物叙述者分别进行论述。需要作特别说明的情况是，进行这样的看似简单和具有一定可行性的有关处理，绝不意味着以上的四种具有特殊形态与状貌的叙述者已经可以把非常规形态的人物叙述者的具体而又重要的所有种类都包含和囊括其中，而我们在如今的这个阶段所选定的多个与之相关的叙事文本就一定会比未被关注和选择的其他文本拥有更为明显和突出的重要性、代表性，乃至足以体现出它们必然具备更为重大的价值、意义以及卓著的成就和影响力。

　　之所以作这样的安排和决定并采用与此相应的处理办法，最为主要的原因是由于我们自身的时间和精力、学识和储备等方面的限制以及与之有关的顾虑、权衡及考虑。于是，我们现在只能够暂时先对非常态人物叙述者中所包含的四个具体种类（即：癫狂型、痴呆型、幽灵型、比拟型）开展相对集中和细致并且具有一定限度的思索、研究和讨论。至于其余的（可以肯定，它们是更加丰富多样的）非常态人物叙述者的种类以及相应地在数量方面也并不算少的具体创作，将会留待日后当各个方面的条件、状况与形势都更加成熟的时候再进行尽可能认真、深入、仔细的论述和探讨。

　　我国 20 世纪的叙事虚构类作品中，运用非常规形态的人物叙述者来讲述故事的文学创作通常是比较醒目和突出的，需要看到，它们在文坛上所产生的具体效应和影响却存在很大差别，因此并不能对它们进行一概而论式的讨论与解析。我们发现，如同鲁迅的短篇小说《狂人日记》一样，与非常态人物叙述者有关的一部分作品因为具有比较显著的知名度和影响力而早已变得广为人知，受到了人们的普遍关注和高度评价，给作家本人及其在特定年代所从事的文艺创作带来了不低的声誉和较好的口碑。但是，另外一部分作品的境遇和状况则明显与此不同，在诞生和问世以来的多年时间里，它（们）的读者群其实一直没有能够达到一定的数量以及规模，与读者的接受程度有关进而获得人们较为普遍、广泛的认可和赞赏的情况，也并不能让更多的人感到乐观与欣慰。

　　我们可以具体地来认识与了解一下出于冰心和方方这两位女性作家之手，同样采用了非常规形态人物叙述者的两篇小说创作——《疯人笔记》和《风景》。1922 年 4 月发表于《小说月报》第 13 卷第 4 号的《疯人笔记》是一篇短篇小说，在作家冰心的文学创作中显得颇为特异，但它却几乎鲜为人知。方方的中篇小说《风景》于 1987 年的夏天问世，当时曾经在全国范围内引起过比较大的反响，这篇小说的作者方方也因此而成为我国当代新写实小说家群体中的一位重要代表。这是两篇叙述手法及策略方面可谓不无接近与相似之处的小说创作，人们对于它们的接受与了解的程度以及二者所产生和形成的实际影响，不得不说的确出现了一种十分鲜明、突出的差异与对比。

在 20 世纪中国文学的发展进程中，相对于正常状态或常规形态的人物叙述者，非常态人物叙述者及其存在的合理性已经不必进行争辩和讨论。也就是说，它早已成为能够吸引不少关注和留意的目光，并且被人们普遍地予以承认和接受的一个重要的文学现象与事实。前已有述，"非常态"除了表示显现以及存在形态与状貌上的非同一般之外，还有不合乎内在的某种标准及要求的意味。就一般情况而言，在具体的文艺创作中出现的非常态人物叙述者由于外形以及内里所具有的、极为少见的风格和特点，常常会令与之有过接触的人感觉到难以忽略、无视和忘怀。我们还需要看到，相对于形态和属性显得相对一般化的、处于所谓正常以及常规状态之中的叙述者，20 世纪中国文学中的非常态人物叙述者在数量上虽然不曾占据十分突出、明显的优势，却由于自身所具有和显现出来的显著特色而足以使专业人士与普通读者，从内心深处产生希望对这类特殊形态的人物叙述者进行一番专门而又较为适宜的分析、思考和解读的想法及愿望。

可以这样说，多年以来，对于在文本篇幅不尽相同、创作的具体意图和目的也存在一定差别的文学作品中现身，本身具有显著的独特性、新颖性与趣味性，而且的的确确在尽心竭力地负责讲述、展示和呈现一个个虚构性质的故事的非常规形态的人物叙述者及其富有特色的叙述，人们其实一直十分乐意进行与之有关的思索与讨论、探究与言说，似乎从来都不缺少试图去做能够与此类叙述者和相关的作品相匹配与对应的认识和理解的一种可谓不小的兴趣以及不低的热情。

第二章　20 世纪中国文学中的癫狂型人物叙述者解析

一　疾病和疾病叙事、癫狂与癫狂（疯癫）叙事

在《大辞海·医药科学卷》中，关于"疾病"这个词语出现了这样的解释："指人体在一定条件下，由致病因素所引起的有一定表现形式的病理过程。此时，人体正常生理过程遭到破坏，表现为对外界环境变化的适应能力降低、劳动能力受到限制或丧失，并出现一系列临床症状。疾病是致病因素对人体的损害和人体对抗这些损害的防御、代偿等作用的矛盾，且两方面不断进行斗争，直至疾病痊愈或人体死亡时才告终结。疾病种类很多，症状也不同……"[①] 作为一种客观存在并且长期与人类相伴的现象，疾病与人体所处的正常状态受到影响与破坏有着较为直接的关系，它还常常令人感到痛苦、困惑和烦恼。"疾病是思辨性关注的起因。这种关注，以人为媒介，由一个生命投注在另一个生命之上"[②]，从法国学者康吉莱姆的这句话中，我们可以获知，除了有可能引起不良体验而让人感受痛苦之外，疾病本身还能够成功地吸引人们的关切和注意，进而促使某种与人、生命、社会、历史、文化等密切相关的思考与探寻得以展开。

在日常生活乃至艺术创作中，我们都有可能看见和听说比较特别或者不太常见的现象，一些特殊的疾病类型（比如：癫狂、痴呆、肺

---

① 王卫平、王承栢、左焕琛等主编：《大辞海·医药科学卷》，上海辞书出版社 2015 年版，第 7 页。

② ［法］乔治·康吉莱姆：《正常与病态》，李春译，西北大学出版社 2015 年版，第 67 页。

结核、鼠疫、霍乱等）不失为其中令人印象深刻而且值得加以留意的对象。它（们）或许不让人感到完全陌生，对于与之相关的具体信息、情况、细节等，大家却不一定会有相对清楚与准确的了解、知晓和掌握。如果从一个更高一级的层面来看，作为可以进行言说和关注、分析和探讨的具体对象的疾病，人们对于它的认识和理解实际上并不太充分，直至今日疾病仍然可以说是一个使人深感迷惑、困扰甚至压抑、苦闷的问题。但不可否认的是，通过对疾病以及与之有关的更多现象、状态、经历的观察、思考和解析，却能够让我们从一个比较特别的角度更加深入、细致地去感受和触摸人类的文化、心理、境况、历史，从而对这个世界作更为合理、到位以及人性化的认知和把握。我们看到，美国著名的历史学家威廉·麦克尼尔（William H. McNeill）早已提出过如下意见："疫病的历程揭示了人类事务中曾被忽视的一个维度。"①

　　随着多个学科门类的理论、方法以及技术、资讯等的不断推进与发展，人们关于疾病本身的了解、认识和研究已经发生了较为明显的变化，广度与深度方面有了日渐开阔并且一步步地走向其内里及深层的更大可能性。如今，越来越多的人更倾向于认为，在漫长的历史进程中长期地伴随人类生存与发展的疾病，从根本上来讲，其实绝不只是一种普通寻常的医学意义上的现象、存在和范畴。在自然科学与社会科学的领域里，与疾病密切相关的思考、探讨和研究虽然仍旧存在不少的困难、遗憾、欠缺乃至错误，相对于过去而言，人们如今投注在疾病上的感受力与关注度却已经有了比较显著的改进和调整、变化和提升。疾病本身以及与之相关的一系列现象和问题，确实已经引起进而受到了生物学、医学、宗教学、人类学、哲学、文学、历史学、社会学、政治学、法学等不同的领域及学科的多重聚焦和重视。

　　有人曾经这样说："疾病作为一种亘古就有的生理现象，其带来

---

　　① ［美］威廉·麦克尼尔：《中文版前言》，［美］威廉·麦克尼尔：《瘟疫与人》，余新忠、毕会成译，中信出版社2018年版，第 xx 页。

的痛苦经验是人人都可能体会的经验之一。疾病作为生命存在的状态之一，也是人类永恒的生存困境之一。因此，疾病不仅是医学界重要的研究课题，也是文学艺术永恒的主题和关怀之一。"① 疾病与文学二者之间确实不无一种较为特殊的关系：一方面，与人类相伴的疾病一直是文学艺术的一种不无重要性与独特性的创作题材，它早已成为古今中外的诸多作品（包括各种文体形式的创作）中经常被提及、书写和表现的一个具体内容；另一方面，作家本人及其身边的人并不缺乏患病的经历和体验，这很可能促使他（她）们对人生和世界进行新的观察、审视与不一样的思考和认识，甚至可以给创作者带来某种写作灵感、启示以及特别的素材及内容。不容忽视的是，有一部分人兼具医生和作家的两重身份，还有一部分人因为患病而变得忧郁、孤独、敏感，他（她）们关于疾病及其相关问题和表现的描述、探讨、理解均可谓做得既生动感人而又深入细致。

不少人或许已经注意到，疾病虽然很早就出现在了中西方的文学创作中，但是很长的历史时期之内作者普遍不具备相对自觉和主动的疾病书写意识，直到后来，这种状况才有了较为明显的调整和改变。疾病逐渐成为一些中外作家笔下比较重要并具有独立性的一个进行描述和书写的对象，它与叙事的结合得到了广泛的认可和肯定，"疾病叙事"② 逐渐

---

① 邓寒梅：《中国现当代文学中的疾病叙事研究》，江西人民出版社 2012 年版，第 2 页。

② "疾病叙事"（illness narrative/pathography）顾名思义指称的是与疾病有关的叙事，近些年来还出现了另一个与之相近的词语——"病残叙事"（disability narrative）。主要由于人们的观念和认识方面的原因，疾病叙事经历了一个从无意识到有意识、从被忽视到受重视、从不普及到普及的变化、发展过程。据相关研究可知，与疾病叙事相关的研究"始于 20 世纪 80 年代早期"，如今在世界范围内这种研究已经开展得比较普遍而且相对成熟，"其主要研究领域包括：①病人使用叙事来讲述自己的疾病和痛苦，以及重新建立被疾病所摧残的身份（疾病叙事，包括病人亲属叙述关于疾病的影响）；②医生使用叙事来归纳，传递医疗知识（关于疾病的故事）；③在医院使用叙事作为治疗工具（作为治疗工具的叙事）。其中，第一个研究领域为医学叙事学研究主流。病人（或其亲属）讲述他们的疾病，疾病产生的原因，疾病的发展变化及其对个人和社会产生的后果，包括疾病为自己的社会关系和自己的主体身份带来的变化。这样，病人可以重新建立起属于自己的语境和故事线索来探索疾病的意义。……疾病叙事作者可能使用规范的'文类'和叙事策略，以可辨认和可接受的形式来重组他们的生活和疾病经历，这些隐喻可以帮助病人组织讲述他们的疾病经历"。参见唐伟胜《前言》，唐伟胜主编《叙事》中国版（第二辑），暨南大学出版社 2010 年版，第 2 页。

成为文学创作与研究领域中一种广为人知的现象，由此而使疾病本身显现出更加丰富、深刻的内涵与作用。在此，我们想对涉及瘟疫方面的疾病叙事稍微作一点儿简要的分析和了解。瘟疫主要"指流行性急性传染病"①，它与人类的生存、历史、政治、经济、军事、文化、宗教等关系比较密切，具有一种特殊而且不容小觑的影响力，因此受关注的程度一直都不是很低。荷马史诗《伊利亚特》、索福克勒斯的《俄狄浦斯王》乃至《圣经》中，均不乏与瘟疫肆虐人类的图景有关的文字描述和艺术呈现，它们可谓在突出神灵意志的同时，表达了人类与瘟疫（乃至命运）作抗争的勇气和意志、信心和愿望。

乔万尼·薄伽丘的《十日谈》（*The Decameron*，1353）、丹尼尔·笛福的《瘟疫年纪事》（*A Journal of the Plague Year*，1722）、玛丽·雪莱的《最后一个人》（*The Last Man*，1826）、爱伦·坡的《红死病魔的假面舞会》（"*The Masque of the Red Death*"，1842）、阿尔贝·加缪的《鼠疫》（*The Plague*，1947）、让·吉奥诺的《屋顶上的轻骑兵》（*Le Hussard sur le toit*，1951）、加夫列尔·加西亚·马尔克斯的《霍乱时期的爱情》（*El Amor en los Tiempos del Cólera*，1985）、若泽·萨拉马戈的《失明症漫记》（*Ensaio Sobre a Cegueira*，1995）、杰拉尔丁·布鲁克斯的《奇迹之年：一部关于瘟疫的小说》（*Year of Wonders：A Novel of the Plague*，2001）等，都堪称颇为经典的与瘟疫有关的叙事虚构类作品。在这些具体的文学创作中，瘟疫虽然不完全处于被叙述以及反映的主体的位置之上，它对故事情节的推动、人物形象的塑造、叙事氛围的营造、主题意蕴的表现却具有并且发挥了重要而又特殊的功能、作用与效果。

在我国，不同朝代瘟疫的流行情况、防治措施、具体影响和后果，医学家、官员、宗教人士以及普通民众面对瘟疫的态度、认识等，是涉及医学史、疾病史、社会史、科技史的理论和方法的一个特殊问题，

---

① 中国社会科学院语言研究所词典编辑室编：《现代汉语词典》（修订本），商务印书馆 1996 年版，第 1317 页。

与之相关的材料可见于多种相关文献的记载和描述性质的文字里。在民间的习俗和信仰中，至今仍然保留着不少与瘟疫有关的仪式、记忆与痕迹。就文学艺术方面的创作而言，"总体上，中国古代小说中的瘟疫描写呈现出数量多，而总体地位不高的特征，几乎没有以瘟疫为主角、深入瘟疫内部、足以震撼心灵的真正意义上的纯瘟疫小说"①，关于瘟疫的书写和表现在文学作品中却又比较常见和普遍。施耐庵的《水浒传》就是以瘟疫开篇的一部古典名著，梁山好汉的故事与"禳救灾病"的心理和行为实际上不无一种内在关联。民国时期灾害频仍，方光焘的《疟疾》、鲁彦的《岔路》、沈从文的《泥涂》是与疟疾、天花、鼠疫相关的瘟疫书写，可谓对疫情下普通百姓生存的惨状以及各种救治乱象作了较为形象化的描写和反映。

近些年来，与瘟疫有关的小说创作也并不少见，其中影响相对大一些的作品有柳建伟的《SARS 危机》、石钟山的《"非典"时期的爱情》、徐坤的《爱你两周半》、迟子建的《白雪乌鸦》、池莉的《霍乱之乱》、毕淑敏的《花冠病毒》等。有人对我国现当代文学中的瘟疫叙事进行过专门的探讨和研究，进而提出了以下的具体看法："在现代文学的瘟疫叙事中，瘟疫更多的是作为底层苦难的象征，其社会性的'灾难'意涵不明显"，现代作家主要"将瘟疫叙事限定在言说个人或某一群体苦难的层面，将瘟疫视为底层诸多苦难的一种，从人道、启蒙、革命等不同角度讲述他们的故事"，"当代文学对瘟疫采取了不同于现代文学的认知和处理，将瘟疫理解为国家的灾难，而非仅仅是个体的苦难"，后者的有关做法被认为是既有利又有弊的。②

20 世纪的中国文学史上，在包括晚清末年、民国初期及中华人民共和国成立之前和之后这几个历史时段中存在与现身的不少作家笔下，其实都不难找寻或发现与疾病（包括生理疾病和心理疾病）相关的故事、叙述以及文字，它们普遍涉及了时代主题、社会环境、人物性格、

---

① 杨莹樱：《中国古代小说瘟疫描写研究》，硕士学位论文，上海师范大学，2008 年。
② 赵普光、姜溪海：《中国现当代文学瘟疫叙事的转型及其机制》，《当代作家评论》2021年第 1 期。

伦理关系、文化隐喻等，对于作品的具体内容及作者创作意图的显示、呈现和表达是大有裨益和帮助的。海天独啸子的《女娲石》、闰异的《介绍良医》、陈景韩的《催醒术》、荒江钓叟的《月球殖民地小说》、东海觉我的《新法螺先生谭》等，是以疾病叙事作为主要内容的清末小说。它们均不乏大胆、离奇的情节设置，几位作家主要的创作意图在于想要将当时的大众唤醒，使他（她）们所罹患的疾病得到相应的治疗及处理，进而达到拯救民族与国家的目的。在很大程度上，疾病成为从事此类小说创作的人用来表达自己心中更为宏大的直接关涉中国当时的社会、政治、现实、民生等的变革以及愿景的一个具体内容。这正如有的学者所说："疾病叙事是清末小说家现实关怀的即物表达，他们或专注于疾病的治疗实践，或现身于治愈效果的宣传，或沉思于治愈之后生发的种种问题，呈现出多元的主题形态。这类小说以'疾病的发现'这一现代视野，把疾病与国民改造相关联，进而以'疾病最终必将治愈'的未来意识，表现出强烈的现代性特征。……它们所包蕴的唤醒民众的现代主题，对后世具有现实批判精神的小说创作也产生了影响。"①

需要看到，疾病叙事在我国 20 世纪的文学进程中之所以从一开始就如此兴盛，还与清末民初的人们所普遍持有的文学观念以及小说自身的发展状况不无一种内在关系。当时，随着小说被人们寄托和赋予了与政治、社会的革新和变化紧密相连的愿望和作用、责任和使命，这种不无虚构性的文体在文坛中的位置渐趋从边缘走向中心，靠写作谋生的职业性作家和已经养成了一定的阅读习惯的读者群成规模地出现，小说这种文体形式在专业人士和普通民众心目当中的地位和影响力因此而有了很大的提升和改变。当时，有一部分中国人还得到了获准走出国门的机会，域外的多个地区不同风格的小说也在这个时期被旧派文人以及新式智识者大量地翻译和介绍到国内，引起并且逐渐得

① 晋海学：《清末小说疾病叙事的形态、特征与结构》，《复旦学报》（社会科学版）2018年第 6 期。

到了相应的注意、认识和接受。于是，促使数量更多的人在接触和阅读这些来自国外的小说创作的过程中，开始知晓和了解世界上其他国家、区域和族群的不少事情、现象及问题，从而在一定程度上拓宽了中国作家的思维与创作的视野，并且使具体的题材种类、反映内容以及包括叙事的方法、策略和技巧在内的艺术表现形式得以不断地丰富和发展。从总体上来讲，20 世纪中国文学的具体创作中不乏讲述、书写与肺结核、精神病、心脏病、癌症、麻风、天花、鼠疫、甲肝、SARS（"非典"）、艾滋病乃至新冠等多种疾病有关的故事和内容，而且这些疾病叙事类创作的数量并不在少数。

和我们已经作了初步涉及的瘟疫和与之有关的书写、反映的情况相近似，癫狂不失为受文艺创作者关注程度比较高的另一种重要的疾病类型。癫狂是人类自古就有的一种精神疾病①，指精神失常、神经错乱，一般表现为言语或者行动方面的异常，它是一种典型的超出常规形态与状况的非正常（非常）现象。我国传统的中医理论对癫狂作过不少研究，中医内科学将它归入心脑病症或心系病症，在有关的书籍里可以见到如下论述："癫之病名最早见于马王堆汉墓出土的《足臂十一脉灸经》'数瘨疾'。癫狂病名出自《内经》。该书对于本病的症状、病因病机及治疗均有详细的记载"②，"癫狂为临床常见的精神失常疾病。癫病以精神抑郁、表情淡漠、沉默痴呆、语无伦次、静而多喜为特征。狂病以精神亢奋、狂躁不安、喧扰不宁、骂詈毁物、动而多怒为特征"③，"癫病与狂病都是精神失常的疾病，两者在临床上可以互相转化，故常并称"④。也就是说，"癫"与"狂"的病理因素、病机特点以及临床症状均有所不同，相关的诊断、辨证、治疗被

---

① 精神疾病（mental disease）是一个与精神障碍（mental disorder）近似的概念，它是指在内、外致病因素的作用下，人的精神活动出现了异常，其严重程度与持续时间均超出了正常精神活动波动的范围，因而或轻或重地损害了正常人的生物及社会功能，这就导致了精神障碍。参见王长虹、栗克清主编《精神病学》，人民军医出版社 2009 年版，第 1 页。

② 徐秋等主编：《实用临床中医内科学》，天津科学技术出版社 2011 年版，第 146 页。

③ 郝双阶主编：《中医速记宝典·中医内科学》，人民军医出版社 2015 年版，第 58 页。

④ 徐秋等主编：《实用临床中医内科学》，天津科学技术出版社 2011 年版，第 146 页。

认为需要进行不一样的区分和处理。

西医学对与癫狂相类似的病症同样多有关注，精神病学（Psychiatry）关于精神疾病的分析、探讨和研究是比较细致和深入的。影响较大的《疾病和有关健康问题的国际统计分类》（第十版）简称"国际疾病分类"（ICD-10），由世界卫生组织（WHO）于20世纪90年代初期制定并出版，其中第五章"精神与行为障碍分类"的"临床描述与诊断要点"将精神障碍归纳为10个类别。在我国，2001年修订和出版的《中国精神障碍分类与诊断标准》（第三版）通常简称为CCMD-3，它体现出向"国际疾病分类"努力靠拢的取向，将精神疾病分为10个类型。关于精神疾病的病因，精神病学家主要将其概括为神经性和心因性两大类，它们被普遍认为分别与脑组织和心理系统有关。时至今日，人们关于精神疾病的认识和了解，业已出现了不小的进展与变化，阿尔茨海默病（Alzheimer's disease）、精神分裂症（schizophrenia）、强迫性神经症（obsessive-compulsive disorder，简称OCD，亦称"强迫障碍""强迫症"）、抑郁性神经症（depression neurosis，亦称"抑郁症""轻性抑郁症"）、神经衰弱（neurasthenia）等名称以及与之相应的疾病已经逐渐为普通民众所听闻、接触，并且有了对其作一定程度的知晓和了解的可能。

就我国精神卫生事业的实际发展状况而言，精神疾病患者的人数在不断地增长，相关的医疗机构以及专业医师的数量却非常有限，"根据2015年6月公布的《全国精神卫生工作规划（2015—2020）》，截至2014年底，我国精神卫生机构共有1650家，精神科病床22.8万张，精神科医生2万余人，主要分布在省级与地级市"[1]。此外，"据估计，我国人口与精神科医生之比为100000：1.27，即每100000人口对应1.27名专业精神科医师，与全球人口与精神科医生比100000：3.96这一比例相差甚远"[2]。从全社会范围来看，精神疾病受重视的程度时

---

[1]　高万红：《精神障碍康复：社会工作的本土实践》，社会科学文献出版社2019年版，第8页。

[2]　高万红：《精神障碍康复：社会工作的本土实践》，社会科学文献出版社2019年版，第9页。

至今日仍旧不是很高，人们对此类疾病的认识和了解并不能说是相对充分和到位的，精神疾病患者中的一部分人由于多种原因而未能得到相应的监护、照顾、治疗，或者中途暂停、终止以及放弃治疗，因而不乏四处走动、游荡甚至流浪的处于某种失联与失控状态的病人。个别病情比较严重的患者不时地出现影响亲人和其他人的工作、生活秩序的行为与举动，甚至会造成纵火、伤人、杀人的恶性案件，给民众的日常生活以及社会治安的治理与社会稳定的维护带来了不小的安全隐患。

在《精神障碍康复：社会工作的本土实践》一书中，长期侧重从社会工作视角开展精神疾病研究的学者高万红认真梳理了人们对精神疾病的认识和服务发展的历程后，进行过这样的概括与说明："人类对精神病的认识实现了五大转变，即从超自然到自然的转变，从监管到治疗的转变，从机构化到去机构化的转变，从机构照顾到社区康复的转变，从病态到'状态'的转变"，并且特别言及香港理工大学的叶锦成教授于 2010 年提出的一个不同于以往的相对新颖的观点及其独特价值。这位学者认为，出现在叶教授的研究视野以及理念之中的精神疾病，它所显现出来的"从一种疾病到一种状态的转变"可以说意义重大，由此而"将人类对精神疾病的理解推向了新的高度，精神疾病不再被标签化，不再被视为一种耻辱甚或一种为人所不齿的疾病，而被视为正常人的一种不正常状态。……使人类对正常与不正常、健康与疾病有了新的理解"。①

不得不说，在匆促、忙碌而又琐碎、庸常的现实生活中，人们对精神疾病本身及其患者的情况、处境等的感受、认识和理解其实都极为有限，为数不少的人通常采用的做法是将精神活动异常或者具有心理障碍的人一律称为精神病人，把罹患程度不同的精神疾病的人以及言行举止、观念意识不合乎常规、常态与常理的人统统都唤作疯子、

_____

① 高万红：《精神障碍康复：社会工作的本土实践》，社会科学文献出版社 2019 年版，第 69 页。

癫子，将他（她）们视为迥异于常人的一种特殊存在，并且习惯性地将这些人标签化、污名化甚至妖魔化。我们知道，在与生活有着千丝万缕联系的诸多文艺创作中，其实一直存在癫狂以及与癫狂有关的人物、氛围、情节、事件等，它们可谓构成了具有特定风格的一种叙事现象和类型——"癫狂叙事"①（也有人称之为"疯癫叙事"）。作为一种现象和问题的癫狂（疯癫），很早就已经出现在国内外的文学作品（涉及诗歌、小说、戏剧等多种文体形式）以及哲学、社会学、人类学、医学、法学等的研究视域之中，成为一部分人进行及展开观察和书写、分析和讨论的一类比较具体而又实在的对象。

　　法国学者米歇尔·福柯对癫狂（疯癫）与文艺的关系进行过非常深入的思考与探讨，1961 年在巴黎出版的《疯癫与非理智——古典时期的疯癫史》（*Folie et deraison*：*Histoire de la folie a l'age Classique*）就是一个极好的证明。对福柯关于文艺创作中的癫狂（疯癫）的主要意见和观点，已经有学者做过如下概括，"疯癫并非外在于文艺作品的要素，而是直接参与了文艺作品的构成，从而获得一种本体性存在身份；疯癫作为文艺对象，不是一个客观指认的对象，而是依赖于主体对其艺术性质发现与阐释的反思性对象；疯癫作为文艺对象，其内涵不是固定不变的，对其内涵的阐释最终受制于历史，可以说，本体性、阐释性、历史性三个存在特征，标识出了疯癫作为文艺对象的文化位置"②。

　　关于中国文学中的癫狂（疯癫）叙事，近年来不乏专门进行留意、讨论和解析的学者。有人在认真进行思考和研究的基础上提出了这样的看法："由于癫狂含义的丰富性，在中国传统叙事中，它一直

---

　　①　一般认为，"癫狂叙事"主要存在以下两种基本形态：一种是癫狂者为所叙故事中的人物，另一种是癫狂者是文本中的叙述者兼人物。已经有学者结合中国现代文学作品对这两种形态分别作过具体的说明，指出前者如鲁迅的《长明灯》、张爱玲的《金锁记》，后者如鲁迅的《狂人日记》和郭沫若的《地下的笑声》。参见黄晓华《20 世纪中国小说修辞史略》，人民出版社 2014 年版，第 243 页。

　　②　陈长利、刘欣：《"疯癫"与文艺——论福柯的"疯癫"文艺思想》，《文艺评论》2011 年第 9 期。

就是一个重要的母题。从《论语·微子篇》中的楚狂接舆到《庄子·人间世》中的接舆，从《世说新语·任诞》中与猪同饮的阮氏族人到《红楼梦》中'有时似傻如狂'的贾宝玉，从现实中的'张颠'（张旭）、'米颠'（米芾）到传说中的'济颠'（济公和尚），癫狂叙事为传统文化描上稀散却引人注目的异类色彩。由于传统文化的特色，传统癫狂叙事表现出神秘性、超越性以及补充性等特征。……癫狂常常与某种神秘的'天意'联系在一起，并因其不同流俗而被赋予某种否定世俗功利的超越性"，在重点强调对立双方的互补、渗透与系统的平衡、稳定的传统文化中，"癫狂也被纳入'理'的范畴，孔子的'狂者进取，狷者有所不为'成为关于癫狂的经典表述，癫狂只是作为'理'的一种补充物存在，从未对'理'形成正面挑战"。[①] 由此可见，在我国古典文学的发展阶段，其实并不缺少与癫狂（疯癫）有关的癫狂（疯癫）叙事现象，这类叙事的精神内涵、具体特点与传统的思想理念、文化心理总体上又是相一致的，并未出现完全不可调和的激烈对抗与尖锐冲突。

进入 20 世纪以后，癫狂（疯癫）同样不失为文学艺术的一个重要而又特别的创作题材和表现内容，癫狂（疯癫）叙事在国内外的文学作品中可以说有了更加频繁、突出、抢眼的亮相与显现。曾有学者撰文表达过如下意见："在 20 世纪疯癫就像浪漫主义时期的结核病、肺病一样，成为时代病和作家们必然涉及的主题。疯癫脱离以往被唾弃的处境成为一种无需隐藏的疾病和个体或群体的自我选择：现代社会的人都已失去个性和自我，庸庸碌碌、人云亦云，具有自我的人则是异端和精神异常。"[②] 与此同时，人们关于此类文艺作品的多种分析、探讨、研究也在不断地推进和发展，所得出的结论与取得的有关成果逐渐被越来越多的中国作家普遍、直接地了解和接受，由此而对他（她）们的创作理念、表达策略、叙事技巧等产生了不容忽视、低

---

①　黄晓华：《20 世纪中国小说修辞史略》，人民出版社 2014 年版，第 242 页。

②　蒋天平、胡朝霞：《现代疯癫的演化：问题与反思——以 20 世纪中期美国小说为例》，《外语教学》2013 年第 3 期。

估的特殊作用以及影响。这方面能够广泛地吸引人们眼球的一个颇为具体的反映和表现，就是"中国现当代作家开始拥有愈益自觉的叙事意识，深刻意识到叙事形式对于作品的特殊价值。在题材翻新日见其难的情况下，作家们纷纷将眼光转向文本构成的另一端，希图藉叙事形式的突围实现对传统与自我的超越，以表达自己对世界的特殊体验与独到理解。正是在这一潮流的裹挟下，疯癫叙事以一种先锋实验的姿态跃上 20 世纪中国文坛"①。

20 世纪中国文学的发展进程中，在鲁迅、冰心、周作人、丁玲、许钦文、路翎、萧红、张爱玲、郭沫若、宗璞、古华、余华、洪峰、苏童、格非、残雪、贾平凹、莫言、艾伟、东西等多位作家的有关作品里，癫狂（疯癫）叙事早已成为一种显现以及存在的具体形态与状貌十分特别的现象，它所具体描述、塑造与涉及的人物形象的个性、身份、内涵等可谓颇为鲜明、丰富和复杂。在这些作家的笔下，癫狂（疯癫）常常是个人与其所处的环境乃至外部世界进行博弈、较量、对抗的生动表征和具体反映。而且，就一般情况而论，在叙事文本里个体性的境遇与状况不免会让人感到深切的忧虑和担心，因为其中的自我多半逃不出被压抑、同化甚至迫害及毁灭的结局。

透过癫狂型人物叙述者所采用的离奇、荒诞、怪异的言语或者行为，我们不难发现和推知文本里的隐含作者（及文本之外的作者本人）对我国传统文化的叛逆与反抗的态度，关于理性精神的质疑和否定以及启蒙思想的有意彰显和强调，还可以从中感受与体会到一种颠覆性的冲动、解构式的狂喜乃至明显带有撕裂感的自觉、警醒与疼痛，它的深层则理应与创作者希望借助非常规形态的癫狂（疯癫）叙事参与和重建某个既有的社会历史进程以及秩序的意图和愿望、勇气和信心不无关系。从另一个方面来讲，相对于过去时段的文学创作，20 世纪中国文学中有更多作家愿意积极、主动地选择和运用癫狂型的人物

---

① 胡俊飞、李游：《疯癫叙事：20 世纪中国文学历史意识的标本》，《吉首大学学报》（社会科学版）2012 年第 2 期。

叙述者，比较看重这种非常态的人物叙述者借助另类的方式与手段来
达到讲述与呈现故事、描写和反映世情的某种特殊作用和效果，这本
身就不失为一个具有价值和意义而需要作认真、细致的思索与讨论的
问题。

二　狂人：鲁迅小说中癫狂的"我"

（一）鲁迅及其《狂人日记》

在已经过去的一个并不算短的时期内，文学史家通常会习惯性
地给作家们排座次，于是形成了一个流传面颇广、接受者众多的说
法——"鲁郭茅巴老曹"①。依照这个说法可以知道，鲁迅长期被人
们视为我国现代文学发展史上最为重要的六位作家中的一员，而且是
他们当中分量很重的那一位。撇开（或者搁置）文学艺术之外纷繁复
杂的其他因素、情况和问题暂且不谈，就由于显著、突出的创作成就
以及不容低估的实际影响而奠定和形成的，鲁迅在新文学进程中犹如
一座众人难以企及和逾越的高峰一般的声名、地位来看，这种评价可
谓有目共睹而且众望所归。小说是作家鲁迅多种体裁的文学作品中的
一个重要组成部分，与数量非常可观的散文创作相比，他在有生之年
所写的小说却是比较有限的。

我们都知道，有"中国现代小说之父"之誉的鲁迅一共只出版过
三部短篇小说集——《呐喊》、《彷徨》和《故事新编》。直接取材于
现实世界的《呐喊》《彷徨》主要反映了五四思想革命的要求，它们

---

① 长期任教于中国人民大学的当代学者程光炜认为："将'鲁郭茅巴老曹'树立为中国现代
文学史中心作家的做法，最早可能出自 1951 年 9 月上海开明书店出版的王瑶《中国新文学史稿》
一书，但直到 1979 年唐弢、严家炎的《中国现代文学史》出版，学者们对现代文学史的辛苦布局
才被落实并传布开去"，"1949 年夏之后，鲁迅、郭沫若、茅盾、巴金、老舍和曹禺被官方逐渐确
认为新中国的六位首席作家。中国现代文学的传统版图就此打破，自由主义的、消极的文人纷纷被
逐出文学史殿堂"，"从最早的信息中显示，新文学的重编和排序已是变局的必然。因为社会秩序
的重编也都在进行，而文学不过是其中的一个小小的组件"。参见程光炜《文化的转轨——"鲁
郭茅巴老曹"在中国（1949—1981）》，北京大学出版社 2015 年版，第 1、76、77 页。

内中所收录的 20 多篇①小说是为大家所公认的、具有很高的价值和
影响力的作品。在近一百年时间里（从 20 世纪 20 年代最初出版直
到已进入 21 世纪的今天），这些篇幅比较短小的叙事作品，一直被
人们视作思想和艺术方面的成就十分突出的白话短篇小说，它们既
可以成为专门从事写作的人进行取法和借鉴的经典之作，又不失为
能让更多人饶有兴趣地进行阅读、谈论和分析的具体对象。客观地
讲，鲁迅完全可以被称为一位非常杰出的凭借为数不多的短篇小说
创作而享誉世界的作家，而且，这样一个现象早已引起了学术界的
普遍关注。

　　早在 20 世纪 20 年代，沈雁冰（茅盾）就曾经对鲁迅作过这样的
评价："在中国新文坛上，鲁迅君常常是创造'新形式'的先锋；《呐
喊》里的十多篇小说几乎一篇有一篇新形式，而这些新形式又莫不给
青年作者以极大的影响，必然有多数人跟上去试验。"② 时隔半个世纪
后，当代学者同样认为："在世界短篇小说家中，鲁迅的创作量不算
多。他比不上契诃夫与莫泊桑。但是鲁迅的短篇小说的巨匠的地位，
却是不可动摇的。"③ 还需要看到，多年来更多研究者主要把精力和功
夫集中在鲁迅小说的内容以及由此而呈现的客观意义的分析、把握和
理解之上，所以对于包括叙事技巧在内的形式层面的论析并没有受到
真正重视，因而在数十年间它远未获得可以与内容层面的探讨并排而
立的某种独立地位和相应尊重以及较为充分的解析。到了 20 世纪的
80 年代，由于国外有关鲁迅作品形式研究的一部分成果陆续被介绍、
翻译和传播到国内来，文本形式方面的分析及讨论历来不怎么受到注

---

　　①　鲁迅 1918—1922 年所写的 15 篇小说（《狂人日记》《孔乙己》《药》《明天》《一件小
事》《头发的故事》《风波》《故乡》《阿 Q 正传》《端午节》《白光》《兔和猫》《鸭的喜剧》
《社戏》《不周山》），于 1923 年 8 月编为《呐喊》（由北京新潮社出版，其中的《不周山》在
1930 年 1 月第 13 次印刷时被抽出），1926 年 8 月由北京北新书局出版的《彷徨》收入 1924—
1925 年创作的 11 篇小说（《祝福》《在酒楼上》《幸福的家庭》《肥皂》《长明灯》《示众》《高
老夫子》《孤独者》《伤逝》《弟兄》《离婚》），所以一般来讲鲁迅的《呐喊》《彷徨》这两部小
说集中的作品数量为 25 篇。
　　②　雁冰：《读〈呐喊〉》，《时事新报》副刊《文学周报》1923 年 10 月 8 日。
　　③　陈元恺：《二十世纪中国文学与世界》，陕西人民出版社 1987 年版，第 226 页。

意和重视的情况才逐渐有了一些突破与改变，出现了从结构和叙事的角度和问题入手开展的专门性研究，并由此而取得了一批成效显著的成果与收获。

《狂人日记》是作家周树人第一次使用"鲁迅"这个笔名公开发表的文学创作，它最初刊载于 1918 年 5 月 15 日《新青年》第 4 卷第 5 号，问世距今已经超过了 100 年。可以肯定地说，这是一篇知名度很高的短篇小说，它的文学史地位及影响与鲁迅的另一篇作品——《阿 Q 正传》——不相上下。早在民国时期，小说《狂人日记》便已成为胡适、陈子展、朱自清、贺凯、胡行之、王哲甫、赵家璧、宋云彬等诸多新文学研究者关注和评论的一个重要对象，进入了他们的阅读、理解、评价的视野以及由他们所撰写的多种文学史著作中。其中，一部分学者的论述已经涉及了这篇小说的艺术形式问题。比如：在《中国新文学研究纲要》①里，朱自清关于鲁迅的《狂人日记》的评价共有四条意见，其中的第四条是这样的："（四）对于青年最大影响在体裁上——'用新形式，来表现自己的思想'"②；王哲甫在《中国新文学运动史》中提出，"谈到中国的新小说，没有人不知道鲁迅的。……他在《新青年》上登载了一篇《狂人日记》，分析病狂者的心的状态，以微带忧郁的感情，刻画为旧礼教所积压

---

① 《中国新文学研究纲要》是朱自清在清华大学开设和讲授"中国新文学研究"课程时编写和使用的讲义，时隔半个世纪之后，学者赵园参照原稿的三种稿本进行了专门整理，并且将它刊载于 1982 年 2 月由上海文艺出版社出版的《文艺论丛》（第十四辑）。这位学者在 1980 年 11 月所写的《整理工作说明》（在《文艺论丛》里它被置于朱自清的《中国新文学研究纲要》之后）里曾经说过这样的话："原稿现存朱先生家属处，共有三种"，"原稿本共三种，一为铅印，一为油印，第三种虽有部分油印，但以手写为主。这第三种扉页上书有'十八年'（一九二九年）字样，且内容也较其他两本粗略，当为初稿。铅印本最为后出，但油印本上'剪贴补正'之处颇多，其'补正'时间，多在铅印本之后。油印本似为朱先生讲课时所用，并在讲授过程中随时有所补充"，"为了尽可能完整地保存稿本的面貌，整理时以铅印本为主，而将其余两种稿本中'剪贴补正'的内容，斟酌插入有关章节。同时，也作了一些校勘引文，订正误写的工作，并对部分引文的出处略加注释。但最后仍有一些内容，或因字迹漶漫，或因会意未明，未能补入；部分引文，出处不详，难免讹误……"参见赵园《整理工作说明》，《文艺论丛》（第十四辑），上海文艺出版社 1982 年版，第 46—47 页。

② 朱自清：《中国新文学研究纲要》，《文艺论丛》（第十四辑），上海文艺出版社 1982 年版，第 25 页。

下人们的一切病的现象，并注入些嘲讽的语气，所以得到了意外的成功"①。

　　1949 年之后出现的多种（部）新文学史著述，由于受当时特定的社会历史条件和因素影响而特别强调、讲究合法性与政治性，所以它们的立场、观点与风格总体上呈现出一种相对"统一"的趋向。当然，这些著述也并非一无是处或者说完全乏善可陈。比如：在《中国新文学史初稿》（上卷）一书中，学者刘绶松曾经指出，"《狂人日记》的出现，标志着鲁迅创作事业的伟大开端，也标志着中国新文学运动的伟大开端"，"历史向作家提出了新的任务，《狂人日记》担负了这个任务：以深切的表现和特别的格式，在青年读者中激起了熊熊的反封建主义的火焰"，"《狂人日记》借一个精神病患者的自白，来暴露封建社会的'人吃人'的悲惨事实，来反对封建社会的腐朽的传统和因袭的罪恶……"② 到了 20 世纪 80 年代以后，国内外运用新理论、新方法和新视角来论析与阐释鲁迅小说《狂人日记》的人数明显增多，对这篇现代白话小说的理解和研究可谓日渐深入。

　　人们普遍认为，我国的现代作家鲁迅在具体的创作过程中有意识地学习和借鉴的资源是极为丰富的。就《狂人日记》这篇小说来讲，"其外来资源除了果戈理之外，至少包括尼采、雪莱、弗洛伊德、卢梭、杜思妥耶夫斯基、迦尔洵等，其中国传统资源还应包括魏晋文人的狂狷、曹雪芹笔下的跛足道人和其老师章太炎的思想及'章疯子'的形象，等等"③，而"其批判对象和独特的构思又是作者自己的特别创造"④。海外汉学家沃尔夫冈·顾彬（Wolfgang Kubin）指出，鲁迅

　　① 王哲甫：《中国新文学运动史》，杰成印书局 1933 年版，第 139 页。

　　② 刘绶松：《中国新文学史初稿》（上卷），作家出版社 1956 年版，第 56 页。

　　③ 宋炳辉：《从中俄文学交往看鲁迅〈狂人日记〉的现代意义——兼与果戈理同名小说比较》，郑体武主编：《现代主义的文学世界与世界文学中的现代主义》，上海外语教育出版社 2016 年版，第 301 页。

　　④ 袁国兴：《中国现代文学史教程》，广东人民出版社 2008 年版，第 37 页。

的《狂人日记》采用的是从西方引进的日记体①，"扬弃了在传统中国小说中占主导地位的简单的事件串连"②。

如今，身居大陆地区的文学史家对《狂人日记》多作如下评价："这是中国现代文学史上第一篇用现代体式创作的白话短篇小说，它以'表现的深切和格式的特别'，内容与形式上的现代化特征，成为中国现代小说的伟大开端，开辟了我国文学发展的一个新的时代。"③由此可见，这篇短篇小说的思想和艺术两个方面的价值与成就，已经被大家放在了同等重要的位置上来进行思考、探讨和评论。一般认为，《狂人日记》和《长明灯》均以癫狂之人为描述、书写和表现的对象，它们是可以作为反对封建制度与礼教的"纲"来进行解读和接受的两篇小说创作。

作家鲁迅可谓非常巧妙地借助狂人（"我"）的眼睛、头脑和嘴巴，令人惊讶地留心、发现、挖掘并且开口讲述出了延续数千年的中国历史的某种事实与真相，进而邀请、催促众人和他（及其笔下显得较为活跃的、非常态的癫狂之人）一起，去观察、思考、领悟隐藏在种种貌似自然、正常甚至合理的表象背后以及深处的，经常被大家凭借各种各样的名义、理由和借口，有意或者无意地加以淡化和忽视乃至遮蔽和遗忘了的不少东西。

（二）狂人的叙述

1. 狂人的叙述方式及特点

任何人的心理活动几乎都不可能直接地显露在外，因此作家通常

---

① 我们还看到，有人将鲁迅的《狂人日记》所采用的具体体式概括为"病人日记体"，认为它"是病人视角与第一人称日记体结合的产物，是以病人视角、日记形式构架全篇结构的文体形式"，而"在讲述罪恶的、肮脏的、痛悔的、病痛的人生体验和经历时，第一人称往往是首选。'日记''笔记''自白'等则成为常用标题"。参见宫爱玲《审美的救赎——现代中国文学疾病叙事诗学研究》，山东教育出版社2014年版，第144页。

② ［德］顾彬：《二十世纪中国文学史》，范劲等译，华东师范大学出版社2008年版，第37页。

③ 钱理群、温儒敏、吴福辉：《中国现代文学三十年》（修订本），北京大学出版社1998年版，第35页。

需要具体选择、运用一定的方式、技巧和手段将它合乎情理地呈现或展示出来。鲁迅在创作小说《狂人日记》时可谓进行了非常勇敢、大胆的创新与试验，他主要借助第一人称内聚焦叙事模式，让癫狂（疯癫）之人（"我"）直接面向受述者开口说话，进而使其内在的心理世界得以比较具体、真实、自然的坦露。通过阅读《狂人日记》的叙事文本，我们可以获知，"我"并不是其中唯一讲述故事的人。实际上，这篇短篇小说里存在着两个不一样的人物叙述者：一个是"余"（是早已告别故乡，与亲人、同学、朋友"分隔多年"，后来因故短期返回故乡的人）；一个是"我"（即：癫狂之人，是比较典型的非常态的人物叙述者，也是二册"狂人日记"的主人）。"余"和"我"之间存在一种相互对照的关系，"余"是一个观念、想法、意识比较清楚、明白的处于正常状态的人，"我"则是精神和心理方面曾经一度陷入非正常（非常）的癫狂（疯癫）状况当中的显得十分特别的年轻人。

在这篇小说以文言所作的小序（也被人称为题记、引子）和用白话写成的正文部分，"余"和"我"这二者分别发挥着各自的功效和作用。短篇小说《狂人日记》中开篇的第 1 段（此即为人们通常所说的小序）是由"余"负责展开的叙述文字，它构成了文本的第一叙述层次。具体来看，通过一个字数非常有限的段落（不足 250 个字），主要向受述者交代并表明了以下几条信息：①"余"与狂人（及其兄长）之间的关系；②狂人之"日记"的具体来历；③"余"之所以写作这篇小说并将它取名为《狂人日记》的缘由。由狂人（"我"）在这篇小说中所作的讲述延续的篇幅则比较长（一共用了 13 个小节①、76 个段落），它可谓构成了小说文本别开生面、活泼有趣的第二叙述层次，这正是使白话短篇小说《狂人日记》在我国的文学史上具有毋庸置疑的重要性并且能够给人留下深刻印象的一个

---

① 在鲁迅的《狂人日记》中，一个小节就是一个叙述的片段，每个小节由 2—16 个数量不等的段落组成，这篇小说正文的第 1 至第 13 小节，作者具体采用了比较常见的"一、二、三、四……"的序号分别予以注明。

具体原因。

非常态的癫狂（疯癫）之人讲述了一个什么样的故事，这个"我"究竟是如何来讲述故事的，又何以能够胜任叙述者这个角色以及相关任务呢？……可以肯定，它们是让人感觉比较有趣却又不无回答难度的几个具体问题。面对这些问题，有人或许会这样来做出回答："《狂人日记》是一篇叙事虚构类的作品，在小说的世界里，包括癫狂（疯癫）叙事在内的诸多所谓非正常（非常）、反常的现象或者行为其实早已成为了一种事实，因而人们根本无需对它（们）感到大惊小怪。"乍一听，这个说法似乎并不无道理或者依据可言，如果进行更深一层的思考和讨论，则很容易发现内中的表述以及逻辑其实是存在一定的问题与缺陷的。

我们认为，这个观点实际上存在某种遗憾和欠缺。首先，持这个观点的人只涉及了艺术虚构的表层问题，却没有对虚构本身继续进行探讨和深究。很大程度上，仅将思考和讨论停留在与"如何"（怎样虚构）有关的、更加靠近外部的层面之上，而未曾对"为何"（为什么虚构）的问题进行相对深入、细致的解析；其次，这个观点所含有的是可以谓之为"存在即合理"的一种内在逻辑。也就是说，由虚构产生或者说创作出来的小说及其文本已经存在了很长时间，面对这样的叙述以及创造活动的具体结果与产物，哪怕它（们）的显现以及存在形态再怎么稀奇古怪（甚而至于表现得不近情理），人们都应该自然而又顺从地予以接受、认可和肯定，而没有必要对它（们）表示惊讶、困惑以及不满和质疑。实际上，这样的理由和逻辑是不太容易让人真正感到合理与信服的。因此，在解读鲁迅的小说《狂人日记》时，绝不能将视点、眼光和思维仅仅停留、限定在与反常规叙事有关的表象这个层面上，而应该尽力地去展开关于特殊形态的人物叙述者的、相对深入一些并且具有更大说服力的论析以及思考。

　　我们都知道，零聚焦①是中国传统的小说家运用得最为普遍的一种叙事模式，作者（们）常常乐于让笔下的艺术形象去扮演及担任可以总揽全局、上天入地、无所不在、无所不知、无所不能的角色，由他（她）直接面对受述者和读者并将各式各样的故事较为完整、详尽、自信地讲述和呈现出来。现代时段的作家鲁迅则在小说创作中进行了与传统小说家颇为不同的尝试和试验，他的小说主要运用内聚焦②来展开叙述，第一人称内聚焦又是他在创作过程中使用频率最高的一种叙事模式。相关研究已经表明，"中国现代第一人称叙事模式的建立，源于清末民初对域外小说的大量译介实践以及模仿域外小说的创作"，这种叙事模式"是在学习、模仿西方小说的过程中建立起来的"。③ 对于作家鲁迅而言，早在 1903 年就开始着手翻译外国小说④，这种具体的翻译实践与活动又被认为极有可能是促使他"1911年创作文言小说《怀旧》成功地采用与传统叙事模式相左的第一人称内聚焦叙事模式"⑤ 的一个重要原因。

―――――――――――

　　① 法国著名叙事学家热拉尔·热奈特（Gérard Genette）从"视点"这个范畴出发，将叙述聚焦区分为零聚焦叙事、内聚焦叙事和外聚焦叙事三类。零聚焦叙事也称无聚焦叙事，相当于叙述者＞人物，即叙述者所知道的多于人物，或更确切地说，多于任何人物所知道的。它对视点没有任何限制，也就是说，叙述者在讲述故事时，没有看不到或感受不到所希望看到或感受到的任何东西。他或她的视点可以任意转移，超越时空，可以将他或她的聚焦从一个人物转向另一个人物，从一个场景转向另一个场景，还可以深入每一个人物的内心，看到他们心中所蕴含的一切。叙述者与聚焦者是统一在同一个主体身上的，但这个主体不是故事中的一个人物，而是故事之外以上帝般的眼光来看待一切的叙述者，也就是通常所说的无所不知的叙述者。参见谭君强《叙事理论与审美文化》，中国社会科学出版社 2002 年版，第 107—111 页。

　　② 内聚焦叙事相当于叙述者＝人物，即叙述者只说出某个特定的人物所知道的情况，聚焦者与参与故事的某一个人物相重合，借助这个人物特定的眼光去"看"出现在他的周围的一切。同时，也以符合这个人物身份的一切特征去行动，与故事中的其他人物展开交往。内聚焦叙事又包括固定式内聚焦和不定式内聚焦（包含多重式内聚焦）两种形式。参见谭君强《叙事理论与审美文化》，中国社会科学出版社 2002 年版，第 107—123 页。

　　③ 申洁玲：《接受与质疑：中国现代小说与第一人称叙事》，《中国现代文学研究丛刊》2007年第 2 期。

　　④ 当时，他主要将《斯巴达之魂》《月界旅行》《地底旅行》等几部欧洲小说从日译本里翻译成中文。研究者普遍认为，具体的翻译行为及其过程，不仅可使翻译者的外语水平得到检测、提升，还非常有益于翻译者对文学艺术的学习和理解，乃至会对翻译者本人日后进行的文学创作产生一定的作用和影响。

　　⑤ 谭君强：《叙述的力量：鲁迅小说叙事研究》，云南大学出版社 2000 年版，第 39 页。

可以这样说，第一人称内聚焦叙事是鲁迅在从事外国文学翻译的过程中接触到，随后有意识地作了学习、模仿和借鉴，进而在进行小说创作的时候比较频繁、娴熟地加以运用的一种重要模式。1918—1926 年，鲁迅创作、发表的 20 余篇白话短篇小说中，"有 12 篇①采用了第一人称内聚焦叙事，即所有这些故事都是由参与到情节中的第一人称叙述者作为故事人物讲述出来的"②。更为具体地讲，"他的小说约有三分之二用了第一人称，其中有两篇是主人公自述（《狂人日记》和《伤逝》），其他第一人称都是叙述者"③。作为中国现代文学史上第一篇白话小说的《狂人日记》，正是采用第一人称内聚焦叙事模式的、富有典型性与知名度的小说创作。关于癫狂（疯癫）之人在患病期间所发生和出现的一系列事情，主要是通过狂人自己（小说文本中集故事叙述者与人物—聚焦者于一身的"我"）之口而得以具体和生动地讲述出来的。

学者汪晖曾经在《反抗绝望——鲁迅及其文学世界》这本书中指出，第一人称内聚焦叙事模式在鲁迅的小说创作里具有以下两个优点：①"对于叙事对象而言，第一人称叙事人不仅提供了一种新的、使普通习见之事变为不同寻常之事的眼光，而且把这些客观事件纳入了自身的心理历程，使得两种异质的、不相干的人物产生了内在的、不可分割的联系"④；②体现出了鲁迅小说"普遍联系"的深层叙事原则，"一种把客观存在的世界纳入自我精神历程并思考其意义的原则"⑤。在《狂人日记》里，由于狂人这个人物形象以第一人称所展开的一番非同一般的叙述与表达，为所有走近和阅读这篇白

---

① 具体指《呐喊》中 8 篇小说：《狂人日记》《孔乙己》《一件小事》《头发的故事》《故乡》《兔和猫》《鸭的喜剧》《社戏》，《彷徨》中的 4 篇小说：《祝福》《在酒楼上》《孤独者》《伤逝》，它们在鲁迅的白话小说中已达到了将近一半的数量。

② 谭君强：《叙述的力量：鲁迅小说叙事研究》，云南大学出版社 2000 年版，第 49 页。

③ 李欧梵：《铁屋中的呐喊》，尹慧珉译，河北教育出版社 2000 年版，第 58 页。我们认为，这位学者通过"其他第一人称都是叙述者"这句话实际想要表达的意思是，除《狂人日记》和《伤逝》之外的鲁迅小说里所采用的以第一人称来讲述故事的人均为非主人公类型的叙述者。

④ 汪晖：《反抗绝望——鲁迅及其文学世界》，河北教育出版社 2000 年版，第 231 页。

⑤ 汪晖：《反抗绝望——鲁迅及其文学世界》，河北教育出版社 2000 年版，第 227 页。

话小说的人呈现出了一段颇为特异和新颖的癫狂（疯癫）叙事之旅，让人们因此而有机会去接触、认识和了解非常规形态的狂人（"我"）眼中的世界。

这篇名叫《狂人日记》的短篇小说的正文部分由 13 个小节（片段）构成，它们均为癫狂（疯癫）之人所作的自述，具体是指借助病愈之前的"我"（即：狂人）的眼光、思路、心理、口吻、话语等写成的多则"日记"的形式，将一个精神疾病患者当时的所见、所闻、所感、所想和盘托出。一般而论，在现实生活中较为普通和常见的日记主要是一种强调实用性质的文体，它侧重依照时间顺序把一些人物与事件用语言、文字等形式直接记录下来，这是一种自我的色彩和个人的气息十分明显、浓重并且具有一定的隐私性的个性化书写与表达。我们知道，人们通常不会将公开发表作为最初之所以写作日记的比较具体而又必要的意图以及目的，或者将公开发表与否当作衡量日记本身的价值高或者低的一个重要标准和参照。实际上，绝大多数的日记不宜被人视作带有某种自觉和主动意识的文学创作，它（们）的作者常常落笔直写心声，原本确实不曾想过日后要在某一个时间点及场合将自己的日记公之于世。那么，这份"狂人之日记"又是在何种状态以及创作的意图和考虑之下写成的？癫狂（疯癫）之人（"我"）究竟是为了自己还是他人而进行这样的写作？如果这些日记只是狂人写给他本人看的东西，那么它又为何会被公之于众进而变得广为人知呢？

对于这些因为"狂人之日记"而产生和引起的疑惑以及问题，在短篇小说《狂人日记》开头的文言小序里，作者鲁迅已经化身为"余"（自称是狂人及其兄长的一个旧时好友）做过一点简洁而又必要的交代。首先，"日记二册"确实是狂人自己在患病期间所写，后来由狂人的兄长负责保存，念及"余"之"迂道往访"的情谊，于是这位兄长才将它出示并且赠予了"余"；其次，经过"余"的一番阅读和揣摩，发现癫狂（疯癫）之人的"日记二册"实际不无某种特殊价值，于是由"余"自作主张地进行了一番调整、变动和处理（即：

"间亦有略具联络者，今撮录一篇，以供医家研究"①）。仔细想来，这段被置于小说文本开头位置的文字其实绝非可有可无或者说是画蛇添足的产物，而是其中非常重要甚至必不可少的一个组成部分，它兼具叙述性②以及说明性这两种质地和效能，不仅讲述和交代了"狂人之日记"的由来，还能够清楚地对出现在《狂人日记》的叙事文本中的多则比较特殊的"日记"的出身及来历加以具体证明。

在我们眼里，作为这篇短篇小说的创作者，鲁迅在文本中进行这样的安排和处理的好处实际是不言而喻的：一是可以以此有效地打消这篇白话短篇小说的读者心里可能产生（抑或出现）的、关于癫狂（疯癫）之人所写作的这些"日记"究竟可信与否的怀疑以及顾虑；二是为隐含作者化身为"我"（罹患精神疾病的狂人）来讲述故事寻找到比较合适的理由，进而可促使"狂人之日记"被接受、认可乃至理解的程度得以显著提升；三是叙事文本里狂人（"我"）之"常态→非常态→常态"的循环是一种反讽、颠覆和消解，"作为具有隐喻色彩的超越性叙事框架，小序暗示着狂人最终的宿命"③。

还需要看到，作为一篇富有代表性的采用第一人称内聚焦叙事模式的小说创作，《狂人日记》依托于"日记"这样一种比较典型的、从西方传入我国的外来文学样式，令癫狂（疯癫）之人（"我"）在叙事文本中有机会将自己颇为特别、独到、内在（甚至隐秘）的感受与体验、意见和观点等统统呈现出来，也由此而使广大的读者对狂人及

---

① 鲁迅：《狂人日记》，鲁迅：《呐喊》，新潮社1923年版，第1页。

② "叙述性"（narrativity）也称为"叙事性"，与之相对的另外一个概念是"可述性"（narratability）。美国语言学家威廉·莱博夫（William Labov）提出，"叙述性"是文本进行叙述化的成功程度之别，是叙述化在不同的叙述中实现成功的程度，而"可述性"是事件等待被叙述的潜力，是否"值得说"是事件本身的特征。学者赵毅衡认为，"叙述性"是文本的品质，"可述性"是事件的品质。参见赵毅衡《广义叙述学》，四川大学出版社2013年版，第167页。

③ 有研究者认为，当读者"读到最后回过头来发现正文的一切不过是狂人非常态即患精神病状态下的呓语和疯话，这构成了对阅读过程的嘲弄"，"小序作为反讽叙述的形式在此已具有了超形式的象征含义：狂人无法超越那个吃人的社会体制，总有无形中更强有力的东西在制约着他"。参见吴晓东、谢凌岚《民族生存的绝望感——重读〈狂人日记〉》，《鲁迅研究月刊》1989年第8期。

其眼中的特殊世界作更多地接触、探寻和了解的愿望变为现实。从总体上看，在鲁迅的短篇小说《狂人日记》里，由"我"这个癫狂（疯癫）之人所作的叙述具有以下几个特点。

①明显的还原性。《狂人日记》主要通过狂人（"我"）来进行聚焦，并且由这个癫狂（疯癫）之人采用精神疾病患者特有的方式，说出他自己所看到、经历、了解、推测以及猜想的各种情况和事情。

②不低的可理解性。癫狂之人与非癫狂之人的世界一般被认为存在着较为明显的差异和区别，两者间难以进行所谓的沟通、交流与对话。鲁迅笔下的狂人是个例外，"我"的叙述是可以被人们理解的。

③突出的有效性。狂人所说出的一连串疯言疯语以及关于"我"的内心活动的描述，可谓较为显眼和出色，它们在整个文本当中占据的份额比较大，但是并不令人觉得十分突兀、不自然和不协调。

2. 狂人的特殊叙述效果

在短篇小说《狂人日记》中，鲁迅启用非常态的狂人以及日记形式来展开叙述，这样做所产生的效果从总体上来看是很好的。但我们不难发现，其中还存在另外的一个问题——这个癫狂（疯癫）之人似乎早已养成了写日记的习惯，而由"我"所写作的日记是否可以直接供人阅读，甚至一定会具有和显现某种特殊的价值？也就是说，在看到和知晓癫狂（疯癫）之人用日记来进行自我表达与故事讲述的同时，人们还需要进一步弄清楚，这篇小说的作者鲁迅究竟采用了何种方法、手段与策略使自己笔下的人物狂人（"我"）的叙述与表达成为可能，进而创作出一篇让大家能够读得懂和接受得了的"狂人之日记"？如果从知其然更要知其所以然的角度来看，这确实是不能随意予以忽略和轻易地绕开或者选择有意识地加以回避的重要问题。

实在地讲，《狂人日记》的文本里用以呈现"狂人之日记"的相关文字的确有些难读、难懂，有时甚至不免会让人感到匪夷所思。与此同时，又容易产生一种非常有幸而得以走入一个癫狂（疯癫）之人的内心世界去的感受乃至错觉。前已有述，过去的小说家在创作文学作品时惯用的是零聚焦叙事模式，"也就是所谓无所不知的叙述者的叙事"①。这种叙事模式的优点与好处在于，全知叙述者可以对故事里里外外、方方面面的情况都进行介绍与说明、描绘和讲述。除此之外，它的缺陷和不足也十分明显，叙述者以及站在叙述者身后的作者的控制欲实在太强，由此会给处于故事与文本中的受述者的接受程度乃至故事与文本之外的小说读者的阅读感受以及体验带来不小的作用和影响。中国传统的小说作者中绝大多数的人实际不怎么注重也不太擅长进行人物的心理描写与表现，所以他（她）们在呈现艺术形象的内心世界的叙事技巧方面能够提供给现代作家的比较有益的经验、启示和帮助，其实可以说是相对有限的。

我们看到，"我"作为短篇小说《狂人日记》中的主人公，虽然身为一个癫狂（疯癫）之人，以第一人称在叙事文本里采用日记形式所作的内聚焦叙事却有一定的章法、逻辑和规律可循，而不是毫无头绪、杂乱无章的。对此，我们可以尝试从以下几个方面进行相对具体的说明和解释：首先，狂人（"我"）的讲述主要是沿着时间发展的先后顺序展开的。为了将小说文本里多个不同的事件有序地串联和组合起来，鲁迅采用了较为具体而又与时间关系密切的基本原则加以处理，对于这一点，人们在阅读这篇小说的过程中实际上完全能够触摸和感知得到。不同于原本"不著月日"的"狂人之日记"，短篇小说《狂人日记》的正文部分一共有 13 个小节，在每个小节开头的位置几乎都出现了明显涉及时间的词语（比如"今天晚上""今天""早上""晚上""这几天""现在""大清早""日日"等）。它们虽说并不具有严格意义上的具体而又准确的指称作用，但是足以为叙事文本的各个小节中有关事件的讲述从时间顺序方面进行一种简明、清楚的标注和说明，这无疑有助于人们更加便捷、有效地厘清、把握和理解狂人（"我"）所讲述的故事以及具体内容。

其次，伴随狂人（"我"）的叙述以及小说情节的推进和发展，多个既有联系又有区别的叙事空间，可谓徐缓自如、清晰可辨地呈现在

---

① 谭君强：《叙述的力量：鲁迅小说叙事研究》，云南大学出版社 2000 年版，第 7 页。

人们的眼前。例如："路上"（道路）、"街上"（街道）、"家"（包括了书房、园子、大门、堂屋）、"狼子村"（佃户居住的村落）……它们都是由"我"的叙述而涉及的，所显现出来的主要是一种公共属性（而非私人化的特点）。"我"是在通常会有多个人（群体）并存和共享的这些空间当中存在和生活（乃至患病与痊愈）的一个鲜活的生命个体，狂人与自己周围的人（具体包括亲人、同学、朋友、乡亲，这些人和"我"有着多种多样的牵连，同时又不乏生存空间方面的同一性），一直在努力地维持一种看似相对平静、温馨、友好、和谐的关系，但是有的时候他（她）们相互之间又难免会出现一点儿摩擦和碰撞（所谓正常人很可能被癫狂之人激怒，狂人的疾病则会间歇性地发作，从而导致某种冲突与失衡情况的发生）。不难发现，狂人与其他形象处于同一个叙事空间里，"我"的言行举止确实明显迥异于常人，这不免会令大家侧目、惊讶、叹息，进而忍不住要走上前去加以察看（甚至和众人一起进行围观），却绝非全然不可理喻或者说是百思莫解的。

再次，由狂人（"我"）之口讲述出来的所有事情几乎都是有迹可循的，而且事件与事件之间事实上并不缺少一种内在的逻辑关系。在《狂人日记》的小说文本里，每个小节大致可以构成一个相对独立的故事片段，各个小节的内部乃至某一个小节与其他的小节之间，均不难找寻到与因果、始末、真假、对错等有关的普遍原则和相应的规约，它与可以更加直观和明显地加以辨认、识别与把握的时序性原则一起，共同推动这个关于癫狂（疯癫）之人的、从形态上来看有些奇特和异样的故事不断地向前发展。为了便于开展进一步的阐释和理解，我们将结合叙事文本之中几个小节的有关文字作相应的论析与说明。

可以先看一下小说正文里的第 1 小节①，它由 3 个具体的段落构成："①今天晚上，很好的月光。②我不见他，已是三十多年；今天

---

①　第 1 小节即为小说《狂人日记》中用"一"加以注明的部分，它由 3 个段落构成。为了论述的方便，我们将在随后引用第 1 小节的文字时分别用①、②、③对这 3 个段落予以具体显示，特此说明。

见了，精神分外爽快。才知道以前的三十多年，全是发昏；然而须十分小心。不然，那赵家的狗，何以看我两眼呢？③我怕得有理。"① 其中，有的段落只有一句话。仔细读来，我们可以对这个小节进行这样的理解：这一天的夜晚月光宜人，"我"的心情变得很好，不禁想起被错过的、已经逝去的旧日时光。但月光本身又是可疑之物，"我"还是多加小心、保持警惕为好。赵家的狗竟然看了"我"两眼，它之所以这样做的原因其实很难解释得清清楚楚、明明白白，所以说，"我"心里涌起的莫名担心和恐惧并不是毫无依据或者道理可言的。由此可见，第1小节的3个句子之间实际上不无一种内在关联，它们具体描述的是癫狂（疯癫）之人（"我"）在某个月明之夜所产生的、细微而又隐秘的情绪和体验。借助文本里的这个小节中与"我"有关的文字和技巧都不算繁复，而且从情理上看也未见明显破绽的心理描写，癫狂（疯癫）之人异常敏感、多疑并且对外部的一切充满恐惧与戒备的特殊心态可谓得以十分鲜明、生动地传达出来。

　　到了第2小节，狂人又再次提到了"月光"，当想到赵贵翁、小孩子、路人看"我"和议论"我"时显露出的奇怪的眼色以及神情，并且念及廿年前自己曾经踹了一脚古家流水簿子的往事，越发觉得他（她）们净是些居心叵测的、"似乎怕我，似乎想害我"②的人，由此而明显加重了"我"的内心恐惧，于是"我便从头直冷到脚跟，晓得他们布置，都已妥当了"③。在此后的多个小节中，又陆续地出现了"咬""青面獠牙""心肝""煎炒""牙齿""刽子手""吃人""人肉""食肉寝皮""易子而食""人油""杀人""用馒头蘸血舐""一片肉""几片肉"等，这些用语和所谓的"'吃'与'被吃'"（这已经被人们公认为鲁迅小说里的一个重大发现）存在一种不言而喻的特殊关系。它们不仅将狂人（"我"）的病态心理显

---

① 鲁迅：《狂人日记》，鲁迅：《呐喊》，新潮社1923年版，第2页。
② 鲁迅：《狂人日记》，鲁迅：《呐喊》，新潮社1923年版，第3页。
③ 鲁迅：《狂人日记》，鲁迅：《呐喊》，新潮社1923年版，第3页。

露无遗，更凸显和强化了短篇小说《狂人日记》中颇为著称的"吃人"主题。

考虑到更加清楚地分析和说明问题的需要，我们还可以看一看这篇小说中同样与"吃"及"吃人"紧密相关的第11小节：

> 太阳也不出，门也不开，日日是两顿饭。
>
> 我捏起筷子，便想起我大哥；晓得妹子死掉的缘故，也全在他。那时我妹子才五岁，可爱可怜的样子，还在眼前。母亲哭个不住，他却劝母亲不要哭；大约因为自己吃了，哭起来不免有点过意不去。如果还能过意不去，……
>
> 妹子是被大哥吃了，母亲知道没有，我可不得而知。
>
> 母亲想也知道；不过哭的时候，却并没有说明，大约也以为应当的了。记得我四五岁时，坐在堂前乘凉，大哥说爹娘生病，做儿子的须割下一片肉来，煮熟了请他吃，才算好人；母亲也没有说不行。一片吃得，整个的自然也吃得。但是那天的哭法，现在想起来，实在还教人伤心，这真是奇极的事！①

这个小节出现在小说文本里相对靠后的位置，癫狂（疯癫）之人在此之前的叙述文字早已表明，"我"是一个有着惊人发现的、与众不同的个体，能够看透所谓正常人的心思乃至从古至今延续了数千年的历史的本质与真相，因此当那层精心设计和遮盖在世态人情之上的温情面纱被揭去以后，"我"需要（也必须）去加以面对的是一个野蛮、罪恶、荒诞、混乱和污浊的世界。对于第11小节中由"我"讲述出来的具体内容，我们可以进行如下的概括：它是被家人关在屋子里的狂人（"我"）在一个天气阴郁的日子因为每天都会出现的吃饭这件事而展开的、与"吃"有关的一连串联想以及回忆。其中，又有两件事情是"我"重点展开回忆和进行叙述的具体对象：①年幼的妹妹

---

① 鲁迅：《狂人日记》，鲁迅：《呐喊》，新潮社1923年版，第18—19页。

的死；②"割股疗亲"的故事。它们不仅从表面上看起来有些不同寻常，内中的含义其实也是别有深意的。

关于前者，作家在这篇短篇小说里用一段描述性的文字进行了相关情景的再现："我捏起筷子，便想起我大哥；晓得妹子死掉的缘故，也全在他。那时我妹子才五岁，可爱可怜的样子，还在眼前。母亲哭个不住，他却劝母亲不要哭；……"《狂人日记》中的大哥、妹子和母亲，他（她）们无疑是"我"在人世间最为亲近、最可信赖的人，但是在身为癫狂（疯癫）之人的"我"眼里，一切都已经不太可靠甚至变得异常地可疑，5 岁之时早逝的妹妹未尝不是被包括大哥在内的、她的亲人们给"吃"掉了的。我们还看到，在小说《狂人日记》的文本里，就连"我"的母亲当年的伤心与哭泣都可以说并不单纯，这个行为实际已经被赋予并产生了好几层特殊的意味：①骨肉至亲离世的事实让她难以接受；②五岁的女儿的死因令她生疑；③隐约感觉到真相而又不能明言的内心痛苦；④对家人以及自己的非人处境的不满和忧虑。

至于"割股疗亲"的故事，在中国古代的多种典籍中都有过相关记载，又以唐代以后较为多见，它所讲述的是一个人不惜通过一些特殊行为（比如：伤害自己的身体）来治疗父母的疾病，并以此表达对于生病的父母的"爱"的事情，旨在令人印象异常深刻地宣扬所谓的"孝"道。人们可以对敬孝之人的这种做法究竟正确、恰当、可行与否不做相应评论，但是绝对不可能对出现在鲁迅的短篇小说《狂人日记》之中的、与这个故事有关的几个重要的信息点完全视而不见：一是它最初是由大哥讲述出来的，听讲的对象应为全家人；二是它是在"我四五岁时，坐在堂前乘凉"的时候，不经意间听闻到的，从此便深植于"我"的脑海里；三是当年讲述这个故事时，大哥似乎有意模糊了史书与现实的差异及区别。依据叙事文本中所写到的与大哥有关的学识、阅历去做推测和判断，可以肯定地讲，多年以前进行如此这般的一番讲述可谓他主动采取的、具有预谋性质的一种行为。大哥之所以要这样做，一个主要目的就在于试图让听众（即：大哥的家人，尤其是他的弟弟和妹妹）分辨不出生活真实与艺术真实二者间存在的界限，也看不到故事里不同朝代的人所宣扬和信奉的伦理与自己在所处的现实生活中实际选择及遵从的伦理之间的差别，于是很可能笃定地以为它就是距离自己的生活并不遥远的一则客观存在的真人真事，从而使这个故事（以及其中所包含的理念）可以对听讲者制造、施与和产生某种铭心刻骨的影响。

至此，我们完全可以这样说，短篇小说《狂人日记》中由狂人的叙述所引出的、不无具体性的叙事时空是让人感觉相对有序、适宜和熟悉的，由"我"这个癫狂（疯癫）之人来开口说话并且负责将处于核心位置的故事讲述出来，貌似有违所谓的一般性叙述的正常状态与规约。但是如果由其深层来讲，却并不是全然不合乎常规与常理的一次无谓的有着显著的冒险属性和挑战目的的行为，实际上，它是具有被一般人普遍认可、接受和理解的机会与可能的。毫无疑问，鲁迅的《狂人日记》是一篇不无明显、突出的创新性而且比较成功的现代小说创作，通过采用某种不乏特别的意图、用心与考虑的"狂人之日记"形式，癫狂（疯癫）之人借助第一人称的"我"在文本里所展开的、具有精神分析色彩的叙述，可谓取得了一种相对理想的结果以及效果。

如果从实际的阅读感受来看，《狂人日记》里的非常态人物叙述者及其癫狂叙事给人留下的印象是非常深刻的。哪怕是现实生活中一个普普通通的读者，凡是与这篇小说发生过一点儿接触，不论他（她）对它的形式和内容有多大程度的认识与了解，都不太可能忽略或者无视现身于其中的癫狂（疯癫）之人这个特别的艺术形象。或许，到了某一天，还会突然地想到狂人曾经说过的一句颇为离奇的话语，记起小说文本里的"我"看似不那么正常的一个具体动作和行为，以及狂人的脑海里闪现过的某个怪异的想法与念头，因而很难将这个外显与存在形态较为独特的"我"彻底地忘掉或者说抹去。须承认，正是因为站立于癫狂（疯癫）之人身后的作家鲁迅当年开展和进行的此番试验与创新，他对癫狂之人（"我"）这个非常规形态的人物叙述者所作的精心设计和成功运用，使作为中国现代小说开篇之作的《狂人日记》在思想性和艺术性上均不乏十分出色的表现，这篇短篇小说也因此而成为我国现代白话小说的家族中可谓名副其实、光彩耀眼的经典之作。

3. 运用狂人进行叙述的原因及意义

众所周知，鲁迅在20世纪初赴日本的仙台学医之时，主要是因为"幻灯片事件"而决定弃医从文，并开始致力于具体的文艺实践活动的。当时的鲁迅认为，要改变"愚弱的国民"的状况，首先"是在改变他们的精神"，而文艺又是"善于改变精神"的一种非常重要并且有效的方式和手段。在东京的时候就已经开始付诸行动的文学艺术活动却收效甚微，因此让他深感挫败、寂寞和悲哀，以致回归国内以后的一个时期里鲁迅的内心曾经一度处于痛苦、徘徊与压抑之中。直到有一天，接受他的老朋友钱玄同"做点文章"的建议后，于是动手写出了短篇小说集《呐喊》里"最初的一篇《狂人日记》"。① 需要看到，开始进行这篇白话小说的写作绝不是一次即兴发挥或者说随意为之的创作行为，"鲁迅创作《狂人日记》，当然首先归功于他对中国的历史与现实的深刻认识。他在1918年写给许寿裳的信中说：'《狂人日记》实为拙作……偶阅《通鉴》，乃悟中国人尚是食人民族，因成此篇。此种发现，关系亦甚大，而知者尚寥寥也。'同时还得力于对外国文学的借鉴与医学知识的准备"②。

可以作适当补充的其他情况是，鲁迅赴日留学期间确实接受过章太炎及其思想的影响，这在小说《狂人日记》里是有所体现的。正如一位研究者所说："自认为有'疯颠的念头'的章太炎的斗争精神，曾经给鲁迅留下极为深刻的印象。虽然我们不能说《狂人日记》中狂人的模特儿就是章太炎，但是，作者把狂人作为正面形象、作为反封建的叛逆者来歌颂，这在章太炎身上可以找到某些血缘联系。……章

―――――――――――

① 参见鲁迅《〈呐喊〉自序》，上海鲁迅纪念馆编《鲁迅散文小说初刊集》，上海书店出版社2016年版，第3—7页。

② 陈元恺：《二十世纪中国文学与世界》，陕西人民出版社1987年版，第227—228页。

太炎这一人物是构成狂人这一艺术形象的最早的原型之一。"① 此外，鲁迅早年在教育部任职期间②还和一个名叫阮久荪的表弟有过一段短期的接触与交往，他是周氏兄弟（即：鲁迅和周作人）的大姨母之子，这通常被认为是促使白话短篇小说《狂人日记》得以构思与问世的又一个重要原因③。

据说，这个姓阮的年轻人当年（一九一六年）整天心神不宁，总是觉得别人要来谋害自己。关于这个言行举止颇有些特别的亲戚，周氏兄弟二人都分别作了一定的文字记述。在《鲁迅日记》里，鲁迅对这个以"久荪"之名相称的表弟有过简要提及的地方不少于三处。周作人则在《鲁迅小说里的人物》一书中曾经较为生动、具体地写道："鲁迅留他住在会馆，清早就来敲窗门，问他为什么这样早，答说今

---

① 邱文治：《论〈狂人日记〉的艺术构思》，《现代文艺论丛》编委会主编：《现代文艺论丛》（第二辑），陕西人民出版社 1982 年版，第 157 页。

② 指从日本回国后的一段时间内，鲁迅曾经和他的弟弟一起寓居于京城并且在教育部任职。当时，他的一处具体寓所就是《〈呐喊〉自序》里所说的 S 会馆。关于 S 会馆，曾有周作人、许钦文等多人作过记述。此处，我们可以看一下许钦文撰写的与之相关的介绍性文字："S 会馆是山会邑馆，是浙江山阴、会稽两县人的会馆。鲁迅先生是会稽人，所以住到那里去。山阴、会稽两县合并为绍兴县以后改名为绍兴县馆，在北京骡马市大街菜市口北半截胡同里的南半截胡同，分南北两部分。……鲁迅先生住的三间屋在南面院子的里面，一个狭长的天井的末端……"，"一九一二年'鲁迅日记'：'五月六日，上午移入山会邑馆……'"参见许钦文《"呐喊"分析》，中国青年出版社 1956 年版，第 11—12 页。

③ 关于这个表弟与狂人形象之间的关系，早已引起了学术界的关注和留意。此处，我们列举三个例子来加以说明。20 世纪 50 年代，周作人曾经专门撰文指出："篇首有一节文言的附记，说明写日记的本人是什么人，这当然是一种烟幕，但模型（俗称模特儿）却也实有其人，不过并不是'余昔日在中学校时良友'，病愈后也不曾'赴某地候补'，只是安住在家里罢了。这人乃是鲁迅的表兄弟，我们姑且称他为刘四，向在西北游幕，忽然说同事要谋害他，逃到北京来躲避，可是没有用。"参见周遐寿《狂人是谁》，周遐寿《鲁迅小说里的人物》，上海出版公司 1954 年版，第 10—11 页。学者严家炎在"1981 年 11 月 29 日写毕"的一篇文章里作过如下表述："作者学过医，懂得精神病患者的心理，又曾经实地观察过一个发了疯的表弟阮久荪的言行，因而得心应手地刻画了这一形象。一般来说，'迫害狂'患者虽因精神受刺激而陷入病态，不断产生别人加害于他的妄觉，判断、推理有时相当紊乱可笑，但并不完全丧失思维和记忆的能力，也还能勉强写信和记点日记。"参见严家炎《论〈狂人日记〉的创作方法》，《北京大学学报》1982 年第 1 期。当时，其他学者也曾提出过类似的看法："阮久荪忽然得'迫害狂'的事件，确实引起鲁迅的深思，拨动了鲁迅的心弦，对于鲁迅创作《狂人日记》有直接的联系，可以说，阮久荪是狂人的主要模特儿……"参见邱文治《论〈狂人日记〉的艺术构思》，《现代文艺论丛》编委会主编《现代文艺论丛》（第二辑），陕西人民出版社 1982 年版，第 158 页。

天要去杀了，怎么不早起来，声音十分凄惨。午前带他去看医生，车上看见背枪站岗的巡警，突然出惊，面无人色。据说他那眼神非常可怕，充满了恐怖，阴森森的显出狂人的特色，就是常人临死也所没有的……"①

我们注意到，在一篇名叫《我怎么做起小说来》②的文章里，鲁迅本人还说过这样的一席话："但我的来做小说，也并非自以为有做小说的才能，只因为那时是住在北京的会馆里的，要做论文罢，没有参考书，要翻译罢，没有底本，就只好做一点小说模样的东西塞责，这就是《狂人日记》。大约所仰仗的全在先前看过的百来篇外国作品和一点医学上的知识，此外的准备，一点也没有。"③鲁迅曾经阅读过的文学作品、经历过的人与事以及学习过的医学理论与知识，相信都会在他的头脑里留下相应的印象、记忆和痕迹，并且会对他当时和后来的文学创作产生或大或小的作用及影响。

前已有述，鲁迅的《狂人日记》是一篇在中国现代文学史上颇为成功的、运用第一人称内聚焦叙事模式写成的短篇小说。我们可以肯定地说，这篇作品与鲁迅的阅读体验、生活经历以及思想观念、人生感悟是密切相关的。如果从作品标题（《狂人日记》）、创作体例（日记体）、表现手法（狂人自述）几个方面来看，人们其实不难发现，鲁迅的这篇短篇作品与俄国著名作家尼古拉·瓦西里耶维奇·果戈理1834 年所写的同名小说《狂人日记》④（*Записки сумасшедшего*）的确

---

①　周遐寿：《狂人是谁》，周遐寿：《鲁迅小说里的人物》，上海出版公司 1954 年版，第 11 页。

②　该文作于 1933 年 3 月 5 日，同年 6 月编入上海天马书店出版的《创作的经验》中，后来编入《南腔北调集》。

③　鲁迅：《我怎么做起小说来》，鲁迅：《南腔北调集》，同文书店 1934 年版，第 110—111 页。

④　从个人的文学历程来看，这是年仅 25 岁的果戈理在创作上升时期所写的一篇小说，它虽不是这位作家犹如《钦差大臣》（1836）、《死魂灵》（1842）那样的最具代表性的作品，却又不无自身的魅力与成功之处。这篇小说讲述了 42 岁的九等文官伊凡诺维奇饱受沙俄时代官僚机构的排挤和压抑，加之因为爱上部长的女儿受挫而导致精神失常，最终被送往疯人院的故事。

不乏相近之处①，两者之间存在一种借鉴关系。我们还应该看到，"鲁迅的文学视野是十分广阔的。……《狂人日记》多方面地接受了外来的影响，并非局限于某一篇作品。在接受外来影响的同时，鲁迅又根据体现时代精神的需要，创造与保持了思想与艺术的特色"②。而在当时的现实生活中，阮姓的表弟身上所发生的、令人印象十分深刻的事情则给曾经学习过医学的鲁迅提供了非常真实的生命体验以及一个具体而又生动的写作素材，这个患病的年轻人无疑是令他产生强烈的创作欲望与冲动进而开始着手进行与之相应的艺术构想和表达的又一个重要的触发点及缘由。

经过一番精心、巧妙的艺术构思、加工和处理，作者在小说文本中侧重运用癫狂（疯癫）之人（"我"）的眼睛去看（聚焦），通过狂人的嘴巴去讲（叙述），这不仅将与当时曾经罹患精神疾病的表弟有关，而且本身具有普遍价值（不只于精神医学层面）的故事植入了自己的作品中，还较为出色地塑造出狂人（"我"）这样一个独特而又著名的人物形象，写出了一篇让人感觉到耳目一新的白话短篇小说。由此可见，在小说《狂人日记》中采用"我"这样一个非常规形态的癫狂（疯癫）之人来负责故事的讲述任务，实为作家鲁迅相对自觉和主

---

① 1935 年，鲁迅在《〈中国新文学大系〉小说二集序》中对自己的小说和果戈理、尼采的关系作过评述，他曾经明确提出，"……但后起的《狂人日记》意在暴露家族制度和礼教的弊害，却比果戈理的忧愤深广，也不如尼采的超人的渺茫"。这通常被人们视为鲁迅对自己与果戈理的关系的公开承认。前几年，学者宋炳辉撰文指出，"事实上，在中国文学的鲁迅研究界，对《狂人日记》的研究采取或者涉及与果戈理同名作品比较分析的做法已经相当普遍"，并已"积累了数量不少的成果"。关于鲁迅与果戈理二者之间的关系，这位学者提出了如下的较为中肯的意见："作为中国现代小说滥觞，鲁迅的小说《狂人日记》与俄国小说家果戈理的同名小说有着直接的借鉴关系，但这并不妨碍其独创性才华的呈现，也不意味着这种事实联系对鲁迅作品的文本阐释和文学史意义的确认具有决定性，更不能把鲁迅的创作发生限定在与果戈理或中俄之间的某一条线索。不过从另一方面说，这一直接的借鉴关系，可以为我们分析鲁迅的创作及其意义提供一个发生学意义上的切入点。借助于这个切入点，至少可以在文本的发生与意义的阐释之间，在作家创作的历史与现实条件和文本建构之间，发现社会历史与个体情形的具体关联，从而对作家的创造性、文本形构与意义的独特性提供理解与阐释的途径。"参见宋炳辉《从中俄文学交往看鲁迅〈狂人日记〉的现代意义——兼与果戈理同名小说比较》，郑体武主编《现代主义的文学世界与世界文学中的现代主义》，上海外语教育出版社 2016 年版，第 296 页。

② 陈元恺：《二十世纪中国文学与世界》，陕西人民出版社 1987 年版，第 240 页。

动的、富有主体意识的一种文学创作行为。

当然，癫狂（疯癫）之人（"我"）的"日记"并不等于患者手书的关于本人患病历程和个人感受的主动倾诉与回顾，或者是由医务人员负责填写的一份病历与病情记录。在这篇小说的文言小序中，作家鲁迅已经假借处于第一叙述层的叙述者——"余"（身为狂人的同学和朋友）之口，对"狂人之日记"与小说正文的关系作过较为清楚的交代与说明。之所以这样做的一个重要目的就是要告诉所有的人，经过"余"的一番认真阅读和慎重选择，才使得狂人原本保存在自己家中的这份私人物品（即："日记二册"）在一定程度上得以展示出来，"余"显然是将"日记二册"撮录成文的、不可或缺的人。所以，在小说《狂人日记》的正文部分，作家鲁迅有意识地要显示和呈现给大家的，其实并不是这个癫狂（疯癫）之人（"我"）于过去的一段特定时间里所写作而成的"狂人之日记"原有与最初的模样以及状貌，作为艺术创作的具体产物的这篇短篇小说其实明显有别于那一份真实的、当初出自狂人之手的"日记"，它们二者之间无疑是存在着不小的距离和差异而不太可能相一致的。实际上，我们所看到与面对的鲁迅小说《狂人日记》正如周作人所说："这篇文章虽然说是狂人的日记，其实思路清澈，有一贯的条理，不是精神病患者所能写得出来的，这里迫害狂的名字原不过是作为一个楔子罢了。"①

鲁迅开始进行白话小说创作时，显然已经不满足于对生活与现实展开一般性的摹写与反映，而决定向着它的内里及深层进行具体、实在、持续的探索和掘进，一心要从众人已经习以为常的、表面上看起来有些普通与寻常的现象里挖掘出深入透辟和闪闪发光的东西。这位作家将自己的目光和思考有意识地汇聚到了世间普通男女的身上，不但想写出众人困窘和无助、不幸与落寞的生存境遇，更要试图去揭示出他（她）们的身体乃至心灵深处的疮疤、病症、疼痛以及忧伤，进而呼吁更多的人和他本人一起去直面惨淡的现实境况与人生旅程，

---

① 周遐寿:《礼教吃人》，周遐寿:《鲁迅小说里的人物》，上海出版公司 1954 年版，第 13 页。

去主动面对、拷问与思索早已趋于扭曲、变形和病态的人类的灵魂世界，去承受及担负让人深感困惑和痛苦、悲伤和绝望的精神层面的种种苦刑。

有一次在谈到自己的小说创作时，鲁迅说过这样的话，"说到'为什么'做小说吧，我仍抱着十多年前的'启蒙主义'，以为必须是'为人生'，而且要改良这人生。我深恶先前的称小说为'闲书'，而且将'为艺术的艺术'，看作不过是'消闲'的新式的别号。所以我的取材，多采自病态社会的不幸的人们中，意思是在揭出病苦，引起疗救的注意"①。到了多年以后的 2021 年，当代学者许子东在关于鲁迅小说的一篇评论文章里提出："以文学诊断社会的病，希望提供某种药物使中国富强，这是鲁迅小说的愿望，某种程度上，也是 20 世纪中国小说的集体愿望。"② 至于短篇小说《狂人日记》的文本里所言及的、可能会对癫狂（疯癫）之人的"日记"进行相应研究的所谓"医家"，实际上应该更多地倾向于用来指称关涉精神和人性方面的状况以及问题的特殊诊疗者，而不是指单纯的所谓医学意义上的普通医务人员。在创作《狂人日记》这篇后来变得非常有名的现代白话小说时，作家鲁迅之所以会决定选择和运用非常态的人物叙述者狂人（"我"）以及癫狂（疯癫）叙事这样一种当时并不多见的叙述方式和策略，很大程度上是与他所持有的启蒙主义文学观念具有比较密切的关系的。

当然，有人或许不大赞同"以狂人（'我'）来讲述故事不失为一个不错的主意和选择"这一类的观点，甚至还会认为，《狂人日记》的叙事文本里充斥着由一个癫狂（疯癫）之人随口说出的一些疯言疯语，它本身就是错杂的、颠倒的、混乱的，内中根本没有真正的合乎常规的顺序与逻辑可言（因为这并不是某个癫狂之人作表述之时必须具备的东西或严格遵循的规则），因此这篇小说中以语言和文字的形式所呈现出来的、癫狂（疯癫）之人（"我"）的叙述全都不足为信，

---

① 鲁迅：《我怎么做起小说来》，鲁迅：《南腔北调集》，同文书店 1934 年版，第 111 页。

② 许子东：《鲁迅〈狂人日记〉〈药〉〈阿 Q 正传〉："五四"新文学，到底"新"在哪里？》，许子东：《重读 20 世纪中国小说》，上海三联书店 2021 年版，第 101 页。

人们并没有必要一定要将它当真。这种意见无异于在面对和阅读白话小说《狂人日记》的时候，鼓励读者采取一种与观看一则大众传媒中引人发笑的逸闻趣事相类似的心态与做法，认为只要看过和笑过就好，而没有必要非得去用心、努力地追究和探寻藏在故事深处的意义以及文本之所以产生、出现的具体缘故和理由。关于狂人及其叙述的思考与解析，有人甚至提出主要与人们试图进行过度诠释的欲望有关，由此而固执地将它视为所谓多此一举的事情。

　　客观地来讲，不论过去还是现在，当人们对鲁迅的短篇小说《狂人日记》及其叙事文本进行具体分析和解读的时候，相信不免会心生疑惑：这个癫狂（疯癫）之人究竟是癫狂的、非正常的，还是清醒的和相对正常的？如果仅仅凭借精神病理学方面的知识对"我"的种种行为进行初步分析和一般判断的话，可以肯定这个狂人（"我"）在临床表现方面是存在多种精神失常的具体症候的，"狂人的心理世界的中心症结是：深怀对于被吃的恐惧感以及由此衍生出来的无所不在的受迫害感"①，内心充满防范意识乃至恐惧心理，"我"的言行举止、心理感受与一般的处于正常与常规状态里的人颇为不同。例如：因为担心别人要加害于自己而时时感到恐惧、害怕；不愿成为被别人安排、打量、围观的对象而忍不住要大声地讲话、叫喊、大笑……与此同时，这个癫狂（疯癫）之人还常常显露出比别人高明（或者说优越、透彻）的地方，比如："我"能够看出众人以及赵家的狗不可告人的、特殊而又隐秘的心思；懂得"凡事总须研究，才会明白"，可以从"没有年代"、"歪歪斜斜的每叶上都写着'仁义道德'几个字"的所谓"历史"的"字缝里看出字来"，发现"满本都写着两个字是'吃人'！"的真相；一心想要去提醒、帮助、劝导包括大哥在内的"吃人的人"，力图说服他（她）们正视现实进而去改变令人堪忧的状况；面对所有的人，勇敢、坚定而又执着地发出"救救孩子……"的呼吁。

---

　　① 　吴晓东、谢凌岚：《民族生存的绝望感——重读〈狂人日记〉》，《鲁迅研究月刊》1989年第8期。

　　不少人或许已经注意到，小说文本里的狂人时而迷糊时而清醒，不是一个完全陷入了癫狂与失控状态中的艺术形象，"我"的思维和意识实际上并没有彻底地被一片混乱、倒错、无序的汪洋大海吞并和淹没，这是一个决不甘心温顺接受并且成天耽溺于众人眼里和口中的"疯子"之指认与境遇，而努力要用自己的方式观察、思考、审视处于周围的一切，一直试图去作真正属于自己的理解和分析、判断和把握，勇于对可疑的人和事竭力进行质问、争辩、反抗的人。在很大程度上，短篇小说《狂人日记》绝不是创作者仅仅用来完成与满足一般性的表情达意的任务及需要的一份简单和随意的文稿，而是鲁迅这位中国现代文学的奠基人关于思想革命的深沉思考及其具体的产物与结晶，以及借助文学化、具象化、典型化的方式和手段所作的表现、书写与传达。因此可以说，小说《狂人日记》里的癫狂（疯癫）之人（"我"）既是非正常（非常）的，又是相对正常的。就具体的精神状貌、言语表达、行为方式、思维习惯等来看，文本中的"我"其实不失为较为丰富、复杂而又不无真实性与立体感的个体，是一个和很多人一样显得十分形象、生动、活泼而又有趣的艺术形象。

　　这篇小说中的狂人（"我"）会为自己的危险处境深感担心和害怕，也会为更多人的蒙昧无知、虚假伪善而苦恼和伤心，更为绝大多数的人仍旧生活在缺少亮色与希望的过去、现在和未来而忧虑和痛苦，由这样一个癫狂（疯癫）之人来写作日记以及讲述故事，实际上是既可行又可信的。1919 年 4 月，傅斯年在一篇文章里发表了涉及《狂人日记》中狂人形象的如下意见："鲁迅先生所作《狂人日记》的狂人，对于人世的见解，真个透彻极了，但是世人总不能不说他是狂人。……文化的进步，都由于有若干狂人，不问能不能，不管大家愿不愿，一个人去辟不经人迹的路。……疯子是乌托邦的发明家，未来社会的制造者。"① 事实早已证明，这是非常富有见地的观点。还有学者认为，鲁迅精心地加

---

① 傅斯年：《一段疯话》，傅斯年：《现实政治》，陕西人民出版社 2012 年版，第 45 页。该文最初刊载于《新潮》第 1 卷第 4 号。

以设计并且在《狂人日记》中具体运用的第一人称内聚焦叙事模式，"以严格的精神分析方式展开，通过狂人对'吃人'现象的觉醒、恐惧、批判、劝导和自我忏悔的过程，集人文主义的社会批判与现代主义对人性、自我的质疑、绝望和反省于一体。这样，在第一层意义上，'意在暴露家族制度和礼教的弊害'的阐释是作品的题中之意。但其第二层意义已经远远溢出了这一人文主义范畴"①。

　　小说《狂人日记》的作者鲁迅敢于突破已被众人普遍地认识和掌握并能够予以接受和运用的写作习惯及文化传统进行颇具创造性的构思与加工，这样做所产生的结果以及起到的作用和效果，多年以来一直深受人们的认可、喜爱与赞赏，让不少人感到比较满意甚至十分地惊喜。就白话短篇小说的艺术成就、作家本人的创作实际以及现代小说的发展进程几个方面而言，似乎也从来不缺少较为明显的、值得加以充分肯定的依据或者理由。对于中国的现代作家鲁迅而言，透过这个癫狂（疯癫）之人（"我"）来重新审视、思考、解读人们早已觉得不足为奇（乃至理所当然）的一切，真正做到犹如学者汪晖所说"使普通习见之事变为不同寻常之事"，这样的创作构思与写作实践本身就是异常严肃、认真而又富有不言而喻的特殊价值和意义的事情，可以说，它绝不是为了满足某些读者新奇、另类的阅读喜好及审美体验而贸然采取和随意进行的一次不成熟的探索与试验。

三　疯人：冰心笔下那个特异的 "我"

（一）冰心的《疯人笔记》

　　有关癫狂的关注与反映、书写与表现，很早就已经成为中国新文学作家笔下的一个重要题材及内容。五四时期，我国的文学领域中曾经"掀起了一股'疯人热'。除了《狂人日记》，鲁迅在《长明灯》里又塑

---

　　① 宋炳辉：《从中俄文学交往看鲁迅〈狂人日记〉的现代意义——兼与果戈理同名小说比较》，郑体武主编：《现代主义的文学世界与世界文学中的现代主义》，上海外语教育出版社 2016 年版，第 301 页。

造了一个彻底否定传统的'疯子';冰心写下《疯人笔记》;周作人写下《真的疯人日记》,借疯人见闻录对一个'最古而且最好的国'抨击道:'他们是祖先崇拜的教徒,其理想在于消灭一己的个性'……"① 近年来,已经有学者针对这个现象产生和出现的原因以及背景进行过一定程度的分析和思考、讨论和研究,倾向于将它视作"更多的作家则是模仿《狂人日记》,通过癫狂的寓言化叙事,加入到解构传统文化的行列"② 之中所取得的一项相应成果。

作为天赋和才华颇高的女作家,冰心最初因为创作问题小说和小诗而受到人们的普遍关注与好评。事实上,1922 年发表于《小说月报》第 13 卷第 4 号的《疯人笔记》,和周作人的《真的疯人日记》③一样并不是广为人知的作品。相对于同样出自这位作家之手的《两个家庭》《斯人独憔悴》《超人》《烦闷》等知名度更高的创作,《疯人笔记》并非那么地引人注目,这篇作品却犹如兼具作家和批评家两重身份的王统照④在当年所写的评论文章《论冰心的〈超人〉与〈疯人

---

① 郑万鹏:《中国当代文学史(1949—1999)》,华夏出版社 2007 年版,第 187 页。

② 黄晓华:《20 世纪中国小说修辞史略》,人民出版社 2014 年版,第 244 页。

③ 1922 年 5 月 17 日《真的疯人日记》开始连载于《晨报副刊》,"至 23 日载毕,署名槐寿。收入《谈虎集》。小说以著者在'民君之邦'游记的形式,隐晦地讽刺了当时教育界、文艺界的情形"。参见黄开发、冉红音主编《中国现代文学编年史·第四卷》,文化艺术出版社 2017 年版,第 171 页。一般认为,《真的疯人日记》是对《狂人日记》的模仿之作。有人曾说,鲁迅的《狂人日记》"无论当时还是后来都在文学史上发挥了巨大的史诗般的作用,其影响之大无与伦比。我认为受其影响最大的应该是他的弟弟周作人。因为周作人当时就对《狂人日记》有着深刻的理解,他不仅用实际行动在理论上解读、呼应,而且后来还在文章中多次评论过这部作品,甚至还身体力行创作了同样题材、书名相似的小说,这就是《真的疯人日记》","《真的疯人日记》首发在 1922 年 5 月 17 日的《晨报副刊》上,至 5 月 23 日分 4 次连载完。这篇小说共分为六个部分,即:编者小序;一、最古而且最好的国;二、准仙人的教员;三、种种的集会;四、文学界;编者跋"。参见张铁荣《关于周氏兄弟的狂人与疯人书写——从〈狂人日记〉到〈真的疯人日记〉》,上海鲁迅纪念馆编《上海鲁迅研究·鲁迅与中国古代文化》(总第 85 辑),上海社会科学院出版社 2020 年版,第 160、166 页。

④ 有关王统照的生平经历,有人专门作过如下整理和说明:"王统照(1897—1957)字剑三,曾用名息庐、容庐等。山东省诸城县人。作家、诗人","由于母亲的严格教育和自己的爱好与努力,王统照在中小学时,就奠定了文学基础。1918 年赴北京,就读于中国大学。1919 年参加'五四'运动,在《新潮》杂志上译登过列宁的文章。1920 年短篇小说《湖中的夜色》在《小说月报》上发表,次年初与沈雁冰、郑振铎、叶圣陶等十二人创建'文学研究会',从此确定了他的文学活动的道路。1933 年 9 月长篇小说《山雨》出版,不久遭国民党政府查 (转下页)

笔记〉》①里所说，"冰心的《疯人笔记》，的确是在她所有的作品中，最特异的一篇。这类的作品，在中国的新文坛上，是很少见的"②。这篇名叫《疯人笔记》的文学创作被认为"是冰心向来作小说的一种变体"，它在内容以及形式方面均凸显了不小的变化——"她平常的小说，是对于亲爱者的眷恋，对于人们的扩大的同情，独有这篇，却是作者对于一切的情感，用疯人来叙出，而处处可见出象征的色彩来。"③

我们知道，鲁迅的《狂人日记》是中国现代最早"用疯人来叙出"的一篇白话小说。它主要"借鉴了俄国作家果戈理同名小说的日记体结构和病态心理描写的表现方法，冲破了传统的思想和手法，用现实主义来表现写实成分，构成了小说的骨架和血肉，而用象征主义来表现潜藏的寓意，构成了小说的灵魂"，被人们称为"具有划时代的意义"、"奠定了现代小说的基础"的"中国新文学的奠基之作"。④自从1918年5月在《新青年》第4卷第5号公开发表以来，这篇短篇小说在文学艺术、思想意识以及社会生活等诸多领域中，曾经产生并且引起过十分显著、深远的震动以及影响。

（接上页）禁，被迫离开上海，自费赴欧洲考察古代文化和社会状况。1935年回国后在上海任《文学》月刊主编，参加'上海文化界救国会'。1936年长篇小说《春花》，诗集《放歌集》出版。抗战爆发后，曾任暨南大学教授、开明书店编辑等，并从事翻译工作。抗战胜利后在青岛任山东大学教授。闻一多被刺后不久，他愤而辞职。1949年7月参加全国文代大会，被选为全国文联理事、作协常务理事。历任山东省文联主席、山东大学中文系主任、山东省文化局局长以及民盟中央委员等职。当选过第一、二届人大代表。他经常抱病参加各项政治活动并写了不少作品。1957年11月29日因病逝世，"王统照是一位文艺老战士，党的好朋友。他的著作包括小说、诗歌、散文、戏剧等二十多种，为我国新文学事业做出了贡献"。参见北京图书馆书目编辑组编《中国现代作家著译书目》，书目文献出版社1982年版，第353页。

①　《论冰心的〈超人〉与〈疯人笔记〉》是王统照以"剑三"之名发表的评论文章，作者在这篇文章末尾的落款是"1922年7月24日夜12点"，由此可以清楚地表明它的具体成文时间。1922年9月，《论冰心的〈超人〉与〈疯人笔记〉》刊载于《小说月报》第13卷第9号。

②　剑三（王统照）：《论冰心的〈超人〉与〈疯人笔记〉》，范伯群编：《冰心研究资料》，北京出版社1984年版，第330页。

③　剑三（王统照）：《论冰心的〈超人〉与〈疯人笔记〉》，范伯群编：《冰心研究资料》，北京出版社1984年版，第331页。

④　李平主编：《〈中国现当代文学专题研究〉作品讲评》（修订版），北京大学出版社2005年版，第4页。

　　由于五四时代浪潮的推动而顺利地走上文艺创作之路的冰心，一度是年轻、活泼而又非常敏感和富有想象力和创造力的人，比较善于用"灵肉"（精神和身体合一）与语言、文字去探索和发现人生、现实以及世界。她不仅乐于进行细致的观察、深入的体会和感悟，而且擅长将感受与思考用一种比较适宜和恰当的方式、途径以及手段具体地书写、表现与传达出来，从而成为被人们公认和推崇的"爱"的主题的杰出歌咏者和"爱"的氛围的积极营造者。多年以前，有人就曾经对她作过如下的评价："冰心女士在创作上，自然是富有特异的天才：她的敏锐的感觉，与清新的情调，灵活的艺术，绝非没有天才的人所能够写得出。女士善能在平凡的事物中，探求出她的特别的观察点，能从一段事实中，捕捉到最精彩的一段，尤能善用其最生动而感人的描写，这的确使我十二分佩服，而以为在中国近时的作家中，不可多得。"①

　　与其他的新文学作家较为近似的情况是，在接触、阅读和理解白话短篇作品《狂人日记》的过程中，当时年纪尚轻的冰心很可能已经开始初步涉及、了解进而较早地接受了来自鲁迅及其小说创作的兼及思想与艺术两个方面的启发、作用和影响。与此同时，冰心所处的社会历史环境和从中获得的具体感悟、生活体验等也在不断地发展、变化，它们与她的创作理念和审美意识具有比较密切的关联，足以在她的文学作品中留下与之相应的色彩和痕迹。虽然如今暂无相关材料表明，20 世纪 20 年代初期的冰心在日常生活中曾经有过近距离地接触、观察、认识以及了解癫狂（疯癫）之人的特殊经历和有关体会，但是大学时代的她最初确实一心要去学医②，这样的志愿应该会促使那时

　　① 剑三（王统照）：《论冰心的〈超人〉与〈疯人笔记〉》，范伯群编：《冰心研究资料》，北京出版社 1984 年版，第 328 页。

　　② 冰心在《我的大学生涯》一文中谈起过这方面的情况："我从贝满中斋毕了业，就直接升入协和女子大学。我选的是理预科，因为我一心一意想学医，对数、理、化的功课，十分用功，成绩也好。……我入了理科，就埋头苦学，学校生活如同止水一般地静寂……"至于"转入文科"则是两年之后（即：1920 年）的事情。参见冰心《我的大学生涯》，陈恕选编《有了爱就有了一切》，江苏文艺出版社 1998 年版，第 82—84 页。

候的冰心对于疾病及与此有关的问题、现象等比一般的人更加地留心和敏感一些。

　　当冰心走近和阅读鲁迅的白话小说《狂人日记》及其他同类题材作品的时候，其中非常规形态的艺术形象狂人（"我"）及其特别的心理、行为、处境等，相信会令她的内心产生较为丰富和复杂的感受以及体验，甚至很可能促使她有意识地对精神疾病乃至与之密切相关的癫狂（疯癫）叙事加以特别的留意、关注和思考，进而比较乐于对同样的叙事模式以及文学创作类型勇敢地进行属于自己的试验与探索。因此，冰心当年之所以写出风格特异的名为《疯人笔记》的短篇小说，其实并非出于仅从某个相对单一、固定的层面与角度来表情达意的意图和考虑，它可以说是作者冰心经由一番主动、自觉地向外的学习、模仿、借鉴与向内的努力、提升、实践之后所取得的一个具有突破与创新性质的艺术成果。

　　当然，一位作家何以会创作出某一篇（部）文学作品，这本身又不失为一个复杂而又有趣的现象和问题，绝不是通过一时半会儿的思考并借助简简单单的几句话或者几段话就可以将它概括、梳理和解释得清清楚楚、明明白白的。而且，进行艺术创作的具体缘由与最终的创作成就的取得，两者之间其实并不存在一种所谓直接和必然的联系。但是不可否认，关于写作缘由的追溯、探寻和讨论，一定程度上的确可以有助于人们更好地阅读和理解作家及其作品。在我们看来，对于像冰心的《疯人笔记》这样并非通俗易懂、一目了然的文学创作而言，这种思路与做法同样是较为适用而又具有不小的益处的。

（二）疯人的叙述

1. 疯人的叙述方式及其特点

　　如果仅从小说的名称进行初步判断，短篇小说《疯人笔记》应为关于疯人或者说由疯人自己书写而成的故事与文本。进一步展开阅读之后，人们不难发现，这篇采用日记体形式的小说创作确实与疯人密切相关，它是由一个癫狂（疯癫）之人（"我"）负责讲述出来的一些不易读懂的故事（片段）具体构成的。而且，这篇小说通篇都显露和充溢着一种看似不正常的口吻、语调和色彩，叙事文本里的具体线索与逻辑也可以说不甚了然，读来极容易让人产生闻所未闻乃至不知所云的感觉和印象。

这是一篇何种类型的短篇小说，其中的疯人究竟是谁，疯人所讲述的是怎样的故事，作者为何要启用疯人来进行叙述，冰心想要借此作反映与表达的主题乃至意图又是什么？……不少人在初次阅读《疯人笔记》时，心里不禁会生发出许多疑问和困惑。可以肯定地讲，将小说文本通读不止一遍以后，人们仍然会感到它有些让人琢磨不透，只能够对其中的一部分文字和细节作一定程度的认识与把握，却难以做到用十分清晰、准确的语言从总体上概括和确定它的核心要义。针对阅读过程中所产生、出现的多个具体问题，我们想要找寻到较为合适和满意的答案，也不见得是一件轻而易举的事情。由此，我们可以明显地觉察到，作家冰心在年仅 22 岁时创作完成的这篇白话小说的确不简单，它已经对不少读者的阅读和理解能力构成了比较大的困难与挑战。

在具体的小说文本里，非常态人物叙述者疯人（"我"，自称是一个补鞋的老妇人）主要借助了"自述"的形式，将自己所看到、听到、感到、想到的一切直接而又细致地呈现出来，可谓给大家提供了通往癫狂（疯癫）之人相对隐秘、复杂的心理世界的一个有效途径，让人可以因此而触摸到"我"所特有的意识（以及潜意识）活动，进而感知到这个特别的"我"内心深处的烦闷和苦恼、矛盾和困惑。如前所述，鲁迅的短篇小说《狂人日记》对冰心的《疯人笔记》曾经产生过一定程度的作用和影响，在表现与反映的具体内容上，二者却明显具有不一样的侧重点（前者是反传统的思想变革，后者是较激烈的内心冲突）。如果从叙事艺术的角度进行相应考察，还可以发现，这两篇短篇小说实际上又不乏一些相似乃至相通之处，它们可以说均为在文本中启用非常规形态的人物叙述者（狂人与疯人）来负责具体展开和实施癫狂（疯癫）叙事的文学作品。

毫无疑问，狂人和疯人都属于不正常或非常态的癫狂（疯癫）之人，不论是其显露在外可以被直接感知、听闻或者看见的言行举止与音容笑貌，还是更加隐蔽及相对内在的心理活动，二者与处于正常或常规形态与状貌之中的人物相比确实存在比较大的差异与区别。或许正是由于敏锐地感觉到了此种差异性，作家鲁迅和冰心在各自的小说创作中均采用了同一种叙事模式——第一人称内聚焦叙事模式。具体地说，就是让非常规形态的狂人和疯人在叙事文本里分别采用日记、笔记（类日记）的形式，把这两个独特的人物形象眼中以及心里不无特异色彩的那个世界借助第一人称的人物叙述者（"我"）的生动书写与具体讲述近距离地袒露和揭示出来，而不是由他人越俎代庖式地代替或仿效特殊形态的他（狂人）和她（疯人）来展开一种明显具有猜想抑或推测性质的表述与呈现。

这样的叙述方式可谓比较真率和直接，它无疑有着促使而且值得更多的人加以留意和思考的原因以及理由：首先，对于十分"注重人物的主观情绪与作家的审美个性"的"五四作家"而言，日记体的小说形式的确可以更加"忠实于凌乱而跳跃的思绪，前后倒拨时钟，不再采用传统的连贯叙述"；① 其次，在显现属于癫狂（疯癫）之人的特殊世界的同时，能够出色完成将一般人所习见的，认为比较普遍和正常的现实景象进行改头换面，从而巧妙地将其真实状貌遮蔽、隐藏起来的任务和职责；再次，它还可以实现作者将自己所精心构思和创造的、具有独特结构与风格的叙事文本充分地显现和展示出来，向所有的人敞开（即：发出请大家参与其中的盛情邀请）的意图以及愿望。

同为癫狂型的非常态人物叙述者，鲁迅的《狂人日记》中的狂人和冰心的《疯人笔记》里的疯人却又是同中有异的，二者实际上具有一些较为显著的差别。前者被叙事文本里的"余"和"我"描述并且

① 陈平原：《中国小说叙事模式的转变》，北京大学出版社 2003 年版，第 206 页。

定位为相对自觉的男性"迫害狂"①患者，后者则是一个显露失常症状却不自知的女性个体。由《狂人日记》正文之前的小序（题记）中"余"的叙述文字可知，狂人所罹患的病症是为大家所公认（即：界定和命名）的。不仅狂人的兄长（"大哥"）和同学（"余"），还有赵贵翁、陈老五、何先生等与狂人（"我"）有过接触的众多乡亲，乃至狂人自身（"狂人日记"这个文本名称即为"本人愈后所题"，由此足以表明"我"对自己曾经的狂人身份不无肯定与认同的态度）都持有几乎相同与一致的意见和看法。在小说《疯人笔记》的文本里，依据疯人（"我"）所作的叙述以及内里包含和体现出来的思维方式、表达能力、话语习惯等，人们可以看出，"我"是一个精神、心理已经陷入癫狂状况之中的人物形象，这种判断又完全能够印证小说名称"疯人笔记"中的"疯人"二字。对此，短篇小说《疯人笔记》里的疯人自身却似乎未尝具有（或者说表现出）相对清醒、到位的认识。

至于叙事文本中其他人面对和看待疯人（"我"）的具体态度，在《疯人笔记》开头的第 1 段文字里就已经作过一点儿透露和涉及，"……但是有些聪明人劝我说：'你这么一个深思的人，若不把这些积压思想的事，尽情发泄出来，恐怕你要成为一个……'他们的末一句话，至终没有说出"②。透过这几句话，我们可以隐约地感觉到，对于"我"这么一个平时思虑之心颇重的人，大家其实不无某种忧虑和担心，还对"我"进行过一番善意的提醒，但是据此似乎并不足以证明人们当时已经将"我"划入所谓不正常的人的行列中去。由此可见，与鲁迅的《狂人日记》中对"狂人"的界定、命名由出现在小说文本

---

① 对于《狂人日记》的小说文本里被周围的人普遍视作"疯子"的狂人（"我"）的病症，作家鲁迅在《狂人日记》的文言小序（即：题记）中已经作过较为明确的界说："持归阅一过，知所患盖'迫害狂'之类。"还有学者在有关的评论文章中提出："鲁迅笔下的狂人则是典型的迫害妄想症（Persecution Complex），而且其迫害妄想直指'吃人'这样的行为。"参见宋炳辉《从中俄文学交往看鲁迅〈狂人日记〉的现代意义——兼与果戈理同名小说比较》，郑体武主编《现代主义的文学世界与世界文学中的现代主义》，上海外语教育出版社 2016 年版，第 298 页。

② 冰心：《疯人笔记》，王炳根选编：《冰心文选·冰心小说选》，福建教育出版社 2015 年版，第 177 页。

内部的众人（包括"大哥"、"余"和"我"等多个形象在内）共同策划、筹谋以及实施和认可不同，冰心的小说《疯人笔记》里的"疯人"主要是隐含作者站在具有权威性的立场上进行的预设和判断，对于疯人（"我"）本人来讲，这绝不是完全出于自觉与自愿的原则所作的一种自我指认。

如果撇开故事层面的显著差别不论，这两篇短篇小说在话语层面上其实也是存在明显不同的。具体来说，在叙述的风格方面，犹如一位评论者所言："《狂人日记》忧愤深广，沉郁悲痛，凝聚着封建中国二千年的血泪历史；《疯人笔记》则凄切哀伤，显露着作者个人追求人生真谛而不得的矛盾心境。"① 就两个文本中的叙事线索来讲，前一篇小说显得乱中有序，后一篇创作则有些凌乱无章。鲁迅的《狂人日记》里狂人负责讲述的内容主要围绕"吃人"② 这两个字铺展开来，条理性相对好。冰心的《疯人笔记》则缺少贯穿始终的叙事线索，语句与语句、段落与段落之间难以找到显在的联系，叙述文字本身也有些繁杂、散乱，因而并未显露出一副清楚、明了的模样与状貌。

从整体上看，冰心的小说《疯人笔记》里由疯人这个形象所作的具体叙述主要呈现出以下几个特点。①模仿性。"我"作为叙事文本中的人物叙述者从一开始就有意识地仿照一个精神和心理失常的女性去进行观察、体会、思考，试图将癫狂之人所面对和感受到的一切以特别的方式呈现出来。②模糊性。疯人比较隐秘的意识活动主要借助"我"的"自述"这样一种形式而得以具体化地显现，由于相关表述的内里少有所谓的逻辑性可言，所以不免会令人感觉到含混模糊、困惑难解。③不确定性。哪怕人们对叙事文本里词汇和语法方面出现的

---

① 李丽：《读冰心的〈疯人笔记〉》，《名作欣赏》1988 年第 2 期。

② 学者宋炳辉在相关的评论文章中指出："鲁迅作品的情节则执拗地沿着主人公的（被）吃人妄想展开，从狂人在满月夜发病，发现自己陷于被吃的境地起，随着情节的推进，这种对吃人的发现从历史到当下、从陌生人到亲人，最后包括自己，都陷入吃人之孽缘。"参见宋炳辉《从中俄文学交往看鲁迅〈狂人日记〉的现代意义——兼与果戈理同名小说比较》，郑体武主编《现代主义的文学世界与世界文学中的现代主义》，上海外语教育出版社 2016 年版，第 298 页。

错误①忽略不计，疯人（"我"）所使用的叙述话语是漂浮、错乱、无序的，它的意义实在难以被清晰而又准确地捕捉与确定下来。

2. 疯人特有的叙述效果

毋庸讳言，这篇以"疯人之笔记"形式出现的小说创作确实存在不小的解读难度，给读者带来并造成比较明显的困扰和麻烦。我们认为，这与写作《疯人笔记》的作家冰心所具体选用的人物叙述者以及叙事模式具有较为密切的关系。首先，大家都清楚，癫狂（疯癫）之人的"思维"及"意识"很可能是混浊不清、混乱失序的，而由处于非正常状态的他（她）说出的话语，通常并不存在一定要与正常或者常规形态与状貌的人所作的表达保持相同、接近或者某种一致的相关标准以及要求。也就是说，癫狂（疯癫）之人的叙述、言说及其话语实际不是非得指向外部不可，在很大程度上并不以被更多的人（包括正常人）听懂、读懂，作为他（她）进行讲述和呈现的唯一目的与指归。

我们还知道，不是所有非常态的癫狂个体都缺少言说与表达的欲望、机会以及可能。有的时候，他（她）会对着某个物体（墙壁、窗户、衣柜、椅子、树木等）或者某个人（熟悉的亲人和朋友、想象中的人物以及陌生的行人等）说话，也可能出现自说自话的情况，甚至时常伴有音量的变化、动作的转换以及情绪的起伏。人们几乎不大可能懂得（同时也不太在意）特别的他（她）所说出的话语及其表达的相应内容，多半只是将它看作罹患癫狂疾病而显现出来的具体症状而已。一般来讲，在现实生活中只有当癫狂（疯癫）之人的言语、行为

---

①　这篇短篇小说的文本中确实不乏少许存在明显的语言表述错误的语句，比如："看来看去的，一夜发热到了二百零百度，就也变成石像了。""除非那梦有时的释放我，但那也不过只是一会儿——我要回去，又回不了，这是怎样悲惨的事！""这些事在我心里，从很淡的影子，成了很浓的真像，就从我的心里，出到世界上了。""每一件事出去，那些聪明人就笑了，半夜里浓睡，早晨起来偷着做诗了。""这种现象无异于出了一件事去，就掷回一块冰来，又回到我心里。"（着重号为引者所加）参见冰心《疯人笔记》，王炳根选编《冰心文选·冰心小说选》，福建教育出版社2015年版，第178、182页。结合小说《疯人笔记》的创作实际来看，我们倾向于将这些语句解读为作家冰心为了追求"用疯人来叙出"的较为逼真的效果，而在文字表达方面有意识进行的特殊处理。

或者举动对外界构成一种比较严重的干扰、挑衅、损害、破坏乃至危险（如：大声吵闹、出手伤人、纵火行凶等）的时候，大家才会有意识地对具有特殊性的他（她）加以特别、明显的留心与关注，进而有可能开始思考与癫狂（疯癫）有关的更多现象和问题（事实上，它们已经存在了很久，并且还将长期地存在下去）。

其次，迄今为止，在国内外的文学作品中出现的癫狂（疯癫）之人并不少见，其中直接面向受述者和读者开口说话而且能够进行比较有效的表达、讲述与呈现的却不是很多，此类叙述者可谓非常地独特，因而可以给人留下比较深刻的感受和印象。我国新文学诞生的初期，鲁迅及其《狂人日记》已经出色地进行过癫狂（疯癫）叙事方面的探索与尝试，在非常态人物叙述者的具体运用方面为后来的众多作者积累并且提供了颇为难得的创作经验以及做法。《狂人日记》的小说文本中狂人（"我"）的叙述主要以对一个精神疾病患者意识活动的某种还原形式来展开，事实已经表明，这种比较特别的叙述与表达总体而言是十分富有成效的。鲁迅的这篇白话短篇小说发表四年之后，作家冰心在《疯人笔记》里继续开展了与之类似的一种写作试验，但我们需要看到和予以承认的是，由此而取得的结果和效果其实与鲁迅的小说《狂人日记》并不相同。

当阅读冰心所作的《疯人笔记》的时候，小说文本以及其中所陈述和展现的故事很容易让人产生一种困惑不已甚至匪夷所思的感受和体会。具体由疯人（"我"）所作的语言表述虽然显得相对通顺和流畅，它的内部却并无清楚、明晰的逻辑可言，跳跃性、虚幻性和复杂性比较突出，因此，在阅读、认知和理解方面，给受述者以及读者制造了为数不少的困难、迷惑乃至障碍。这篇短篇小说里叙述文字的字面意思时常让人感觉到难以作准确、细致地把握，对与之相关的、处于更深层次的主题意蕴的分析与解读，则更可谓一件难上加难的任务和事情。我们可以先来看一看《疯人笔记》的文本里开篇位置的第 1 段话：

　　其实我早就想下笔了：无奈我总不能写，我一写起来，就没个完结，恐怕太倦乏。而且这里面的事，说出来你们也不了解，这原是极糊涂极高深的话——但是有些聪明人劝我说："你这么一个深思的人，若不把这些积压思想的事，尽情发泄出来，恐怕你要成为一个……"他们的末一句话，至终没有说出。我不知道他们是称赞我，还是戏弄我。但这都不关紧要；我就开始叙一件极隐秘极清楚的事情了。①

　　这段从表面上来看似乎没什么特异之处的文字，实际对"我"之所以开始"写"（即：在文本中展开叙述与呈现）的具体原因作了交代和说明：自己早就有"下笔"之意，只因为担心"一写起来，就没个完结"，所以迟迟没有正式动笔。当"我"为动笔之事感到困惑、迟疑之时，却有"聪明人"出面来奉劝"我"（这些人对"我"说道："若不把这些积压思想的事，尽情发泄出来"的话，是极有可能使人生病的）。虽然尚不清楚"聪明人"说这些话的用意究竟何在，但是"我"已经决定要把一件十分"隐秘"却又再"清楚"不过的"事情"讲述出来了。由此可见，此处的人物叙述者（疯人）并不是一个完全缺乏自身的思考、认识与判断能力的人，"我"会因为"写还是不写"而纠结和苦恼，为不少事情深感忧虑与担心，还会对"聪明人"及其话语感到怀疑，并且非常敢于去作自己的决定（开始"写"东西就是"我"的主动选择）。

　　须承认，冰心的小说《疯人笔记》里的这段话几乎让人看不出"我"是一个明显有别于常人的癫狂（疯癫）之人。如果我们继续往下看，却不难发现这个"我"其实并不像最初现身之时那般正常，由"我"说出的话语和具体所作的讲述实际上的确存在不少问题：有的明显缺少必要的连贯性，有的不乏一定联系却又显得有些不可理喻，

_____

　　①　冰心：《疯人笔记》，王炳根选编：《冰心文选·冰心小说选》，福建教育出版社2015年版，第177页。

有的前后表述出现了较为明显的矛盾，有的充满幻想性而少有现实色彩，有的尽是一些荒诞的奇谈怪论……下面，我们将引述小说文本里的第 3 段和第 4 段尝试进行一点儿简要的分析与说明。

> 母亲——也就是乱丝——常常说我聪明，但有时又说不要太聪明了，若是太聪明了，眼睛上就要长出翅儿来，飞出天外去了。只剩下身体在地上，乌鸦就来吃了去——但我想那不算什么，世上的聪明人不止我一个。他和他，还有他；他们都是聪明人，没有事会说出事来。一夜的浓睡之后，第二天起来，却做了许多诗，说他们半夜里没有睡。看见人来了，就抱出许多书来，假装看着；人去了，却来要我替他们补鞋。他们的眼睛上，却还没有长出翅儿，乌鸦也不来吃他。这也是和富士山和直布罗陀海峡一样，真可笑！

> 但无论如何，我不要多看着他们。要多看他们时，便变成他们的灵魂了。我刚才不是提到那门外的小树么？就是这棵小树，它很倾向对面屋上的一个石像。看来看去的，一夜发热到了二百零百度，就也变成石像了。这话说起谁也不信，但千万年以后的人，都来摄了他的影儿去，这却是我亲眼看见的。[①]

乍一看，它们是让人感觉到较为困惑和苦恼的，把这两段话反复地阅读几遍后，我们才有可能对它们作一定程度的认识和理解：母亲曾经告诫"我"说为人处世"不要太聪明了"，人的灵魂和肉体会因此而分离。"我"虽然聪明却绝不愿做所谓的"聪明人"，不会像他们那样去编派去造假，甚至去强迫别人为自己做事，"我"自己更愿意去做的是一些实实在在的事情（比如"补鞋"）。"我"决定要与"聪明人"保持距离，从而尽量避免受到来自这些人的不良影响。与此同

---

① 冰心：《疯人笔记》，王炳根选编：《冰心文选·冰心小说选》，福建教育出版社 2015 年版，第 177—178 页。

时，"我"清楚地知道，"门外的小树"是由于倾慕而"发热"，最后"变成石像了"的。人们也许不相信甚至怀疑"我"所讲述出来的这些话语，但是"我"的心里明白，自己从未刻意说谎或者顺嘴胡诌，因为对"千万年以后"（也就是未来）出现的人与事，"我"是可以"亲眼看见的"。

对这两个段落的话语逻辑进行一番辨认和梳理确实是比较费力与困难的事情，仔细想想，我们还会发现其中其实存在一些牵强之处，之所以这样说，具体又有如下几个理由：①"母亲"和"乱丝"之间实际没有什么联系；②人的眼睛上不可能长出翅膀并且"飞出天外去"；③"乌鸦"一般不会啄食具有生命力的人的身体；④"富士山和直布罗陀海峡"本身不可能引人发笑；⑤"小树"不会轻易地变成"石像"；⑥"我"与千万年之后的人相遇的概率几乎为零。事实上，《疯人笔记》的叙事文本中还有不少段落同样存在与此类似的情况以及问题，让人难免会对疯人的叙述心生疑惑，对经"我"之口讲述出来的故事表示怀疑，不大清楚这篇小说的主题意蕴以及作者冰心的创作意图究竟是什么。可以这样说，非常规形态的人物叙述者及其所作的癫狂（疯癫）叙事，对人们关于小说《疯人笔记》的解读与评价的确造成了比较大的影响。

需要看到，疯人（"我"）及其叙述确实会令不少人深感困惑，大家却从未因此就对它置之不顾、弃之不理，而是进行了一些合乎情理的分析与探讨。我们不妨先来重温一下批评家王统照早年曾经撰文提出的具体意见和看法："冰心这篇小说，好否姑不论，然使人爱读，与得人的同情，必不如《超人》、《离家的一年》等成功之多。然而我对于冰心这篇变体的小说，却以为很可见出作者的最真诚而显露出的思想，与对于一切的情感与判断来。"他认为，相对于那些"总是借途径，借人物，借事实"来表情达意的"其他她的小说"，"《疯人笔记》这一篇，则无事实的可言，尤其是借重疯人的口吻，以抒写情感与思想，则其为显露，更为容易。只是中国人看那记账式与叙述式的小说惯了，这类体裁，不易入目，况且更有思想高低的关系在内，无怪他们多难索解呵"。①

透过这位现代评论家当年已经书写下来的这些实在而又具体的批评文字，我们认为，至少可以得出以下两点意见：第一，短篇小说《疯人笔记》虽然不是冰心"使人爱读"与"得人同情"的一篇成功的文艺作品，但是它又不失为作者的"思想"以及"情感与判断"的"最真诚"显露的具体产物；第二，借助疯人（"我"）来展开叙述是表情达意的颇为有效的方式和途径，由于广大的中国读者还不太习惯阅读"这类体裁"的小说创作，所以不免会感觉到难以进行把握和理解。王统照一贯能够秉持客观、公正的态度去面对、解读和评价作品，他的论述与表达不乏生动、活泼的具体感受，又具有一种合理性与深度感，令人不禁要对他发出由衷的认可、肯定与赞叹之声。

（三）对《疯人笔记》中癫狂叙事的思考

关于非常态的疯人（"我"）之所以成为文本中一个特殊的人物叙述者的缘由，除了因为冰心本人是一位敢于进行与叙事模式直接相关的写作试验的作家之外，短篇小说《疯人笔记》里第 1 个段落的叙述文字还从文本层面作过如下解释：一是所谓"聪明人"的劝告；二是"我"自己所作的决定。也就是说，以特殊形态现身的癫狂（疯癫）之人在叙事文本中开口讲述故事，很大程度上是作者、"聪明人"和"我"三者共同促成的，处于文本内外的不同因素可谓发挥了各自的功效与作用。这篇形式和内容都十分独特的现代小说，正是由于疯人（"我"）的此次癫狂叙事行为而得以问世和诞生的。伴随阅读过程的逐步推进，人们很可能会意识到，叙事文本里的"我"确实是一个乐于进行言语表达的人，这个叙述者从始至终一直在滔滔不绝地进行叙述，由"我"说出的话语却几乎不可信，所讲述的故事则令人感觉困惑不已。于是，在面对这篇小说中的癫狂型人物叙述者的时候，人们

---

① 剑三（王统照）：《论冰心的〈超人〉与〈疯人笔记〉》，范伯群编：《冰心研究资料》，北京出版社 1984 年版，第 332 页。

实际还需要思考另外一个问题——精神、心理陷入困顿、迷狂中的疯人（"我"）能否顺利地完成自己的叙述与表达的工作任务呢？

对于在叙事文本中负责讲述故事的癫狂（疯癫）之人，人们普遍持有怀疑和不信任的态度，为数不少的人认为这是一种典型的"不可信的叙述者"。有学者已经注意到，"以精神病患者（人物）为叙述人，势必面临着重大的叙述困境：狂人思维（语言）的非理性与叙述语言的理性（逻辑）之间有着巨大的裂隙"，"作为一篇完整的虚构故事，必须具备叙事所要求的结构脉络，即作为一个故事的完整性及事变的因果性。因为一个真狂者是不可能符合小说叙述法则，将自身的遭遇与心理活动内容编成一个完整有序的故事的"。① 事实上，中外文学艺术的发展状况、进程以及取得的成果早已表明，创作的理论与实践两者之间有的时候可以存在和出现一定程度的差别而不见得会完全地吻合、一致，由这种差别所带来的相应结果却很有可能具有某种不容忽视的新颖性、创造性，进而成为被人们普遍地予以肯定、认可和接受的具体对象。

在鲁迅《狂人日记》的叙事文本中，非常态人物叙述者——狂人及其第一人称内聚焦叙述，尽管多年来确实让人感到解读难度很大，却未曾被简单、粗暴地当作稀奇古怪的"异类"而轻易遭遇批评、质疑和否定。实际上，已经有不少人把这篇小说视为鲁迅在艺术构思与创作技巧上所取得的重要突破，是这位新文学作家主动加以采用的叙述策略发挥作用以及影响力的一个具体证明，"正如茅盾所说的，'至于在青年方面，《狂人日记》的最大影响却在体裁上；因为这分明给青年一个暗示，使他们抛弃了"旧酒瓶"，努力用新形式，来表现自己的思想'。这种新形式的感召力，不单是引出一批用日记形式写作的小说（如冰心的《疯人笔记》、庐隐的《丽石的日记》等），更重要的是启示中国作家根据人

---

① 宋炳辉：《从中俄文学交往看鲁迅〈狂人日记〉的现代意义——兼与果戈理同名小说比较》，郑体武主编：《现代主义的文学世界与世界文学中的现代主义》，上海外语教育出版社2016年版，第298—299页。

物感受来重新剪辑情节、安排叙事时间"①。

作为创作理念上接受过鲁迅及其作品的影响与启发的作家，冰心在写作短篇小说《疯人笔记》的时候运用了同类型的叙述者以及叙事模式，值得注意的是，这位作家并未对鲁迅及其短篇作品《狂人日记》进行亦步亦趋式的模仿与借鉴，而是在具体的创作过程中体现出了真正属于自己的想法以及做法。透过叙事文本可知，《疯人笔记》的叙事结构具有有别于《狂人日记》的特色。鲁迅在叙事文本里设计和建构的是二重叙述框架，即：由"余""我"这两个人物分别采用文言和白话的形式在小序（题记）以及正文里进行不同层次的叙述。作家鲁迅的《狂人日记》中，具体由 13 则日记所构成的正文，既是狂人（"我"）进行讲述的产物与结果，又是经正常人（"余"）之手才得以"撮录"而成的，疯狂和清醒、正常与非正常、非理性和理性、表象与真相、顺从和反抗，以及它们互相对立、交错、纠结的关系，由此得到了形象化与艺术化的书写、反映及呈现。在冰心的小说《疯人笔记》里，疯人是唯一的贯穿叙事文本始终的人物叙述者，"我"所展开的是单一层面的叙述。由于叙事文本里缺少其他的叙述者，致使"我"相对杂乱的叙述难以得到比较及时、有效的过滤、补充和纠正，因而会给人造成不小的迷惑和困扰。从另一个方面来讲，我们还可以将它看作作家冰心依托抒情（独白）方式努力地靠近疯人进而实施和展开的叙事行为，这也是"我"所特有的思维方式与语言表述的一种具体的反映以及表现。

已有研究表明，中国现代的第一人称叙事模式是在学习、模仿和借鉴西方小说的过程中逐步建立起来的。由"整个小说界的创作倾向"来看，在从中国传统小说的全知叙事转向第三人称限制叙事的过程中，这种叙事模式被普遍认为曾经起到过"过渡桥梁的作用"，十分有利于表现作家自身的"生活经验与感情需求"。②"五四"时期的一部分作家所采用的癫狂（疯癫）叙事，既是创作形式与技巧方面尽

---

① 陈平原：《中国小说叙事模式的转变》，北京大学出版社 2003 年版，第 59 页。
② 陈平原：《中国小说叙事模式的转变》，北京大学出版社 2003 年版，第 86—87 页。

力寻求大的革新和变化的行为，又是思想以及意识方面力图破除传统
观念、展示和表现自我的重要举措，可以称之为"解构传统文化"的
意图的一种比较生动和具体的体现与证明。作为"五四"这一代作家
的杰出代表，鲁迅和冰心不仅可以直接阅读、借鉴外国文学著作，还
是"能左右开弓，翻译、创作都拿得起放得下"①的人。在具体、实
在的写作过程中，两人都曾经对与日记体关系比较密切的第一人称内
聚焦叙事模式以及非常规形态的人物叙述者进行过相对娴熟的运用。
由此而表露与体现出来的是，这两位作家合理地把握和表现小说作品
中人物心理的创作观念，以及与之相对应的实践能力的显著提升。与
此同时，还透露出了身处新文学发展进程中的这两位具有杰出创造才
能的作家的主体意识乃至艺术个性在具体的创作实践里有意彰显以及
渐趋强化的现象与信息。

　　20 世纪 20 年代初期，新文学尚且处于起步的阶段，很多作者在
学习、借鉴与探索的路途和历程中不断地行进，从事文学创作与活动
的思路、方法、技巧、经验等均有待进一步地丰富和完善。在写作小
说的具体过程中，冰心敢于打破既有的规则和传统进行富有突破性与
创新性的试验，对于她本人的创作生涯乃至中国文学的发展进程而言，
这都是具有重要的理论与实践方面的价值以及意义的行为。多年之前，
评论家王统照曾说，《疯人笔记》这篇"带象征派的色彩的文学作品"
在中国文坛上"似乎出现的早了一步"，因此它"不能容易得了解于
一般人的赏鉴中"，小说文本中疯人（"我"）的讲述"的确是容易令
读者迷惑"，但它又不失为作家冰心用来表情达意的特殊方式和手段，
他建议大家主动地向作家冰心（及其文学创作的情感、理念和意图）
靠拢。②王统照之所以主张人们这样做，应该是认为由此才有可能对
作家冰心当时的这篇形式和内容都"带有奇异性"的白话文学作品展
开适宜而又到位的阅读和理解，进而促使广大读者小说审美与文艺鉴

---

① 陈平原：《中国小说叙事模式的转变》，北京大学出版社 2003 年版，第 23 页。
② 剑三（王统照）：《论冰心的〈超人〉与〈疯人笔记〉》，范伯群编：《冰心研究资料》，
北京出版社 1984 年版，第 330—332 页。

赏方面的能力以及水平得到真正的提升和进步。

在我们看来，癫狂（疯癫）叙事确实给短篇小说《疯人笔记》添加了一层浓重的象征主义色彩，而作家冰心对癫狂型人物叙述者的运用无疑可以促使原本具有某种关联性的叙述者和受述者（二者处于文本内）之间、作者和读者（二者处于文本外）之间的距离被明显拉大，因而令它变得更加显著和突出。与此同时，这也给叙述者和受述者、作者和读者相互间的交流与沟通（一般来讲，这在绝大多数的情况下都可以自然而又顺利地进行与发生）制造并设置了不少的困难、迷惑、障碍以及问题，会让受述者和读者在信息接受的过程中很明显地感到遗憾和不适、困顿和焦虑、受挫和失望，甚至由此而深切地领悟和体会到了一种荆棘载途、举步维艰的滋味。

关于冰心多年之前写作的这篇短篇小说，当代学者陈平原曾经表述过这样的见解，"冰心的《疯人笔记》并没有抄袭鲁迅或果戈理的同类作品，而是借象征的语言，探讨人类对于生死爱憎的永恒的困惑。思考不见得深邃，但那种挚热的情感和神秘的氛围却颇有吸引力"①。从中国现代小说的叙事艺术发展与演进的角度来看，作家冰心在《疯人笔记》及《一个军官的笔记》等现代时段的日记体小说创作中显现出来的勇于进行借鉴和学习的态度与精神理应得到充分的认可与肯定。我们相信，我国文学发展的实际情况终将会证明，经由当年颇为年轻的这位新文学作家具有先锋与突破性质的创作尝试、探索以及实践所取得的相应成果，它本身足以成为值得当时及日后的人们深入、细致地去加以理解和把握、探讨和研究的一个重要的现象以及问题。

四　病人：残雪小说里精神分裂的"我"

（一）残雪的《山上的小屋》

在 20 世纪中国文学的发展进程中，80 年代无疑是一个值得不断

①　陈平原：《中国小说叙事模式的转变》，北京大学出版社 2003 年版，第 89 页。

地加以提及、重温和回顾，并且重点进行书写、言说与讨论的时期。从 70 年代中后期开始，我国进入了以经济建设为主的新的历史发展阶段，时代氛围与社会环境有了比较显著的变化，新的文艺政策以及文化规范逐渐制定、形成，作为中国当代文学之主体的大陆文学，经历了中华人民共和国成立后十七年以及"文革"十年这两个相对封闭、紧缩的特定时段后真正地走向了复苏、发展与繁荣。"总的说来，80 年代的文学充满了生机勃勃的创新精神和活跃气氛"①，不论是理论探讨还是创作实践方面都进行了不无激情而又富有价值的思索和试验，曾经产生过十分强烈的社会反响，文学艺术自身的性质、作用、位置、意义等受到了明显而又普遍的关注和重视。不少作家对"写什么"和"怎么写"的问题作过比较严肃、认真的思考与讨论，多种题材、风格和特色的作品得以不断地产生和涌现出来，表现当代中国人的思想、感情、心理的文学艺术的创作及审美空间由此而得到了极大的开拓与扩展。

众所周知，中国现代文学的产生与西风东渐的关系较为密切，当代文学又是在现代文学基础上的进一步延续和发展，由于受到历史性的条件与因素的影响和制约，使中国文学在由现代迈入当代的门槛之后经历过一些动荡与波折，曾经出现了遗憾、偏颇、错误以及问题。进入新时期以后，中国文学才得以重新回到相对正常与稳定的发展轨道上，逐渐显现并且形成了全面汲取人类文化资源、奋力迎赶世界文学潮流的趋势和局面。在这个过程之中，被大家视为"改变了中国当代文学的格局"的现代主义潮流蓬勃涌起的现象可谓非常引人注目，小说又被认为是将现代主义表现得最为明显、发展得相对充分的一种具有代表性的文学创作类型。② 20 世纪 80 年代中期，马原、残雪、莫言、格非、孙甘露、苏童、余华、洪峰等一批青年作家的崛起，成为一个引人关注、不容忽视的文坛现象，当代文学批评界普遍将它视作

---

① 　陈思和主编：《中国当代文学史教程》，复旦大学出版社 1999 年版，第 9 页。
② 　温儒敏、赵祖谟主编：《中国现当代文学专题研究》，北京大学出版社 2002 年版，第 332—333 页。

先锋小说的真正开端。

　　其中，湖南籍作家残雪及其文学创作数十年间始终不乏一种较为鲜明、强烈、突出的艺术个性，显得独具风格。自从 1985 年开始发表作品以来，她的《污水上的肥皂泡》《黄泥街》《山上的小屋》《苍老的浮云》《突围表演》《种在走廊上的苹果树》《五香街》《最后的情人》等小说创作曾经在国内外引起过不小的反响，残雪本人却一直与其他作家、读者以及文学批评界保持着一定的距离。作家残雪执意坚守着自己认为正确而且富有价值的、显露实验性质的文学理念与追求，几十年如一日，从来不愿意去刻意揣摩、讨好大众的喜好与取向或者选择主动迎合市场的需求。她认为身为一个作家应该和科学家、哲学家一样，首先要尽力地做好自己的本职工作，而自己之所以进行文学创作的最为重要和根本的目的则是丰富和发展人性，推动社会的变革与前进。实际上，人们对于当代作家残雪本人及其文学作品的阅读和理解、阐释和解析，直至今日仍然具有不小的余地和空间。

　　《山上的小屋》最初发表于《人民文学》1985 年第 8 期，它是残雪的小说创作中被评论得最多的一篇作品。很多人都认为，这是一篇不太好读的短篇小说，借助神秘、荒诞的意象、结构和氛围，作者主要表达的是关于具有中国特色的生存状况的感受和体验，并且对丑恶人性作了一种透视与揭露。早在 1987 年，学者王绯就撰写过有名的评论文章《在梦的妊娠中痛苦痉挛——残雪小说启悟》，我们今天完全可以说，她当时就已经抓住了总体隐喻性这个人们展开文本阅读过程中的关键之点："那座荒山上用木板搭起来的小屋是主观臆造的虚象，'北风在凶猛抽打小屋杉木皮搭成的屋顶'的呼啸声，是主人公在神经质人格心态下的视听幻觉，这些都一致导向了对生存环境感觉的暗示。那个蹲在小屋里由于夜不能寐眼眶下有两大团紫晕的人，那个晚间暴怒地撞着反锁的小屋木板门的人，那个在小屋中不停呻吟的人，是在梦的妊娠中痛苦痉挛的抽象人类的象征，其中附着了主人公自况的意味和自怜自恋情绪。山上的小屋和小屋里的人，是作者对生存环境和生存状态感觉意谓的象征性具现。"①

　　从20世纪80年代中期至今的三十余年里,人们并未将它搁置或遗忘,而是一次又一次地阅读和靠近《山上的小屋》,试图对这篇被公认为具有不小的解读难度的短篇作品进行探讨、理解和诠释。就整体情况而言,从意识形态和政治语境出发来展开分析与讨论是其中最为常见并且已经形成惯性的一种评析思路。与此同时,不少评论者都不否认,作家残雪在这篇寓言式小说的文本中有意、用心地加以建构的魔幻场景般的世界,不仅会让读者普遍感觉到陌生和特别、错愕与震惊,它本身还具有一定的象征意义与色彩。联系作家残雪的家庭背景以及她本人、家人(们)在特定年代曾经发生与经历的种种事件、情况、遭遇等,小说文本里所着力加以书写和呈现的噩梦图景通常被人们认为虽然不无夸张与丑化的成分,却主要源于这位作家关于"黑暗"的深刻记忆,体现了残雪面对现实生活中的生存和信仰危机所作的挣扎与反抗。

　　近些年来,从艺术性的层面对小说《山上的小屋》进行分析、评论的人已经日渐增多,他(她)们具体使用的理论工具也变得越来越丰富和多元,从而有了不断地走向残雪的这篇短篇创作及其主要由艺术结构营建而成的深层空间的更大可能性。研究者的观点、看法尽管各具风格、特色,他(她)们所得出的结论实际上却又不无某种相通之处。人们普遍认为,《山上的小屋》是当代作家残雪对自我以及世界进行相对深入的思考和探讨的具体产物,"它是中国现代主义文学的一个比较成功的尝试",小说文本中虽然存在"把中国人的个体体验绝对化、夸张化、西方化了"的现象,这位作家的创作实力却是不容置疑的。② 我们有理由相信,随着时间的推移与行进,在将西方现代主义的创作方法、技巧与我国当代的现实生活内容(乃至与之相交织的中国社会与文化经验)进行结合以及融会方面,作家残雪完全有能力和条件将它做得越来越好。

---

　　① 王绯:《在梦的妊娠中痛苦痉挛——残雪小说启悟》,《文学评论》1987年第5期。
　　② 吴炫:《〈山上的小屋〉:中国个体何以可能?》,吴炫:《依附启蒙观念的当代文学》,上海大学出版社2017年版,第166—171页。

（二）病人的叙述

1. 病人的叙述方式、特点及效果

此处的"病人"这个词语，主要用来指称的是有"当代版'狂人日记'"① 之称的《山上的小屋》中的主人公（即：文本里的人物叙述者"我"）。我们之所以把"我"称为病人，不仅出于对这篇短篇小说中明显带有癫狂气息的叙述氛围的感知、体会以及判断，还与小说文本中颇为特别的一句话——"'这是一种病。'听见家人们在黑咕隆咚的地方窃笑"② 不无关系。按照常理来进行推断，在"家人们"的眼里，"我"极有可能是一个显得不太正常的人。如果我们对这个"我"仔细作一番观察、思考和审视，其实将不难发现，"我"的思想意识、言行举止的确与常人明显有别，缺少能够得到更多人认可和赞同的、合乎逻辑与情理的依据和理由。"我"是这篇名叫《山上的小屋》的小说文本中的人物叙述者，由"我"所说出的话语和讲述出来的故事，却常常令人感到歧义丛生、困惑不解，因此，对于作者残雪渗透或者隐藏于其中的、真正想要表达的主题意蕴，人们确实难以去作准确、清楚的认识和把握。

前已有述，关于《狂人日记》里狂人（"我"）的病症，鲁迅在小说文本里进行过具体的界定："持归阅一过，知所患盖'迫害狂'之类。"③ 学者宋炳辉也曾经提出类似的意见："鲁迅笔下的狂人则是典型的迫害妄想症（Persecution Complex）……"④ 而且，叙事文本里的

---

① 这是许子东在关于残雪小说《山上的小屋》的一篇评论文章里所使用的副标题，这位学者在这篇文章里也曾经较为具体地指出："小说里的'我'害怕有人偷窥，很像'狂人'觉得人家要吃他，是害怕自己的精神世界被人整理的一种生理表现。窗上的纸洞、屋外的小偷，可能都只是她的被迫害狂幻想。反锁在小屋里的人，远在山上，怎么听得见他撞击木板门？看来也是幻听……"参见许子东《残雪〈山上的小屋〉：当代版"狂人日记"》，《重读 20 世纪中国小说》，上海三联书店 2021 年版，第 590 页。

② 残雪：《山上的小屋》，《残雪自选集》，海南出版社 2004 年版，第 339 页。

③ 鲁迅：《狂人日记》，《呐喊》，新潮社 1923 年版，第 1 页。

④ 宋炳辉：《从中俄文学交往看鲁迅〈狂人日记〉的现代意义——兼与果戈理同名小说比较》，郑体武主编：《现代主义的文学世界与世界文学中的现代主义》，上海外语教育出版社 2016 年版，第 298 页。

　　狂人对自己的精神状态并非毫无知觉。在小说《疯人笔记》中，冰心笔下的疯人虽然显露出了失常症状却又不自知，她是与鲁迅笔下的狂人并不相同的艺术形象。相对而言，残雪的《山上的小屋》里的病人更加接近于冰心的《疯人笔记》中出现的疯人，在具体的叙事文本里现身与活动的这个"我"对自己周围的人和事持有比较明显的戒备、怀疑态度，认为一切都充满了敌意和恶意，只会让人感到焦虑、不安和恐惧，是完全不可信任而需要保持警惕的。

　　基于《山上的小屋》中的第一人称叙述者在感知、思维、情感、行为等方面所显示和出现的一系列障碍与不协调现象，尤其是根据文本里通过语言、文字而得以描述和反映出来的种种妄想和幻觉，人们可以将"我"视为一个相对典型的精神分裂症患者。医学研究已经表明，"精神分裂症障碍以基本的和特征性的思维和知觉歪曲以及不恰当或迟钝的情感为总体特征。尽管随着时间的推移可能出现某些认知的损害，但通常能够保持清晰的意识和智力能力。最重要的精神病理学现象包括思维鸣响、思维插入或被撤走、思维广播、妄想性知觉和被控制妄想、被影响或被动妄想、第三人评论或讨论病人式的语言性幻听、思维障碍和阴性症状"①。这是一种由涉及生理、心理等方面的多种因素综合作用而引起的患病率比较高的精神疾病，它被认为是人类的一种常见病、多发病。由于最初发病之时具有一定的隐蔽性，加之普通民众普遍缺少精神卫生防治的相关知识，在明显受世俗观念影响的社会环境中还广泛地存在对精神病人的歧视和偏见，致使精神分裂症容易被患者及其家人、朋友看轻甚至忽视，导致患病之初的他（她）们被及时地发现并且得到专业人士的诊断和治疗的时机经常遭到延误，而患者本人的病情则很可能会日渐加重，因此使得接受治疗以后的效果变得相对有限，有时候还会出现疾病反复发作的倾向和情况，很可能给个人、家庭和社会几个方面带来并且造成沉重的压力以

---

　　① 北京协和医院世界卫生组织国际分类家族合作中心编译：《疾病和有关健康问题的国际统计分类》（第十次修订本，第二卷），人民卫生出版社 2011 年版，第 255 页。

及负担。

　　从具体的叙述方式上看，与冰心的小说《疯人笔记》里的有关情况较为相似，残雪的《山上的小屋》中的病人（"我"）同样采用了第一人称内聚焦叙事。在这篇小说的文本中，"我"是负责讲述关于自己以及整个家庭的故事的唯一的人，作者残雪有意让罹患精神分裂症的"我"承担了全部的叙述任务。由"我"这个非常态的人物叙述者所展开的单一层面叙述，确实给我们呈现了不少具体事件（或许，我们可以称之为"事件群"）。如果依据以色列学者施洛密斯·里蒙－凯南（Shlomith Rimmon-Kenan）所说的"故事线"（story-line，即：事件结合成的小的序列）来进行梳理，短篇小说《山上的小屋》中至少存在以下四条线索：①"我"多次外出试图去寻找荒山上的小屋却从未获得成功；②始终在暗中与"我"作对的母亲不断接受刺激而走向了疯癫；③乐于充当告密者与帮凶的小妹一直在父母和"我"之间挑拨离间；④父亲几十年来坚持在梦里以及夜晚打捞井底的剪刀总是徒劳无功。其中的第1条线索是主要故事线，它与另外的3条线索相互关联和交叉。每一条故事线实际又由一些数量并不固定的具体事件来组成，小说文本中的故事及其结构正是由表面上看似繁杂、琐碎的诸多事件共同组合、建构和填充起来的。仔细地进行一番审视与揣摩之后，我们可以发现，出现在叙事文本里的这些事件并不是混乱无序地被作家较为随意地罗列和并置在一起的，事实上，它们的结合与相应呈现体现出了时间关系与因果关系这两重原则。

　　由人物叙述者"我"在《山上的小屋》里所负责讲述的故事，首先是在时间轴线上得以展现出来的。"每天""……的时候""……时""有一天""好多天""那一天"，这些与时间有关的用语相对均匀地分布在叙事文本中，它们可以说就是很好的证明。它们虽然比较朦胧（不确切）却并不是无序或者说颠倒、错乱的，在显现"我"和家人的日常生活状态的同时，表明有时候还会有一些偶然性的事件发生与出现。而在同一个时间点上或者一个相同的时段内，不同的人物完全可以做不同的事情（当然，相互之间却并非毫无关系可言）。

比如：当"我"上山不在家中的时候，"家人们"曾经乱翻"我"的抽屉，甚至随意丢弃、毁坏"我"的心爱之物（"几只死蛾子、死蜻蜓"）；全家坐在一起吃饭时，"他们"大声地喝汤，"我"提高音量讲述大老鼠、自然灾害、小屋及其中的人的事情，父亲则陈述了关于"我"在井边挖东西的感受和他自己打捞井下剪刀的故事；"我"清理抽屉的时候，母亲在隔壁房间里踱步，小妹则留心地观察着家中的人。

关于"山上的小屋"的故事贯穿整个叙事文本，这个故事本身实际上又有一个产生、发展和变化的过程：因为受到荒山中小屋的吸引，"我"于是决定去山上寻找它，寻找的过程却颇为不顺，"我"上山的行为还引起了"家人们"的普遍猜疑；不甘心的"我"再次和家人谈起与小屋有关的事情，试图让大家相信小屋的存在，效果却并不理想，"我"与家人之间的紧张关系似乎没有发生任何调整和改变；当父亲被打捞剪刀的念头苦苦折磨时，与天牛搏斗的母亲开始认同"我"关于小屋的描述，经历了不少事情的"我"，又一次上山去寻找小屋，最终的结果仍旧是一无所获……在这里，被"我"讲述出来的一系列事件，它们之间是存在一定的因果关系的，前一件事常常可以引起以及导致后一件事的发生。

如果就总体状貌而言，由病人（"我"）在这篇短篇小说的文本里所展开的叙述具有如下几个特点。

（1）多线交错，繁而不乱。作家残雪的《山上的小屋》并不是一篇只有单一人物以及单一线索的短篇小说，其中出现了与4个人物相关的4条故事线。它们既主次分明又相互交织，十分有助于在较为有限的文本篇幅中对内容并不简单的故事进行相应的讲述与呈现。

（2）虚实结合，表述流畅。"虚"指想象中非现实的部分，多由"我"的妄想和幻觉制造出来。"实"指更为接近现实生活的部分，是对客观事物的摹写与呈现。讲述故事的语言和人物自身的语言都颇为流畅，单纯地从字面上看似乎并不存在太多解读的问题和障碍。

（3）细节真实，整体荒诞。残雪对细节的描写和处理是相对细致和逼真的，能够给人以生活化的感觉与印象。如果从整体的氛围来看，这篇小说所呈现的却是一个癫狂、荒诞的世界，是如同魔幻、梦魇一般的图景及体验，幻象与真实纠缠在一起很难清楚地做出区分。

　　就叙述的具体效果方面来讲，在《山上的小屋》的文本里，"我"这个非常规形态的人物叙述者所作的讲述是特别而又有效的。多年前，已经有学者对残雪小说的阅读感受作过一番生动的描述而写下了这样的话语："读残雪的小说，总使人感到一种犹如渗化在梵高的画、陀思妥耶夫斯基的小说里那种神经质的折磨：痛苦的灵魂在梦的妊娠中痉挛；冷酷的现实在梦呓里疯癫般扭动"，"她的小说有着令人困惑的残酷魅力，尽管把人推向人类灵魂深渊的边缘，却难以测出藏在其中的底蕴"。① 作为一个罹患精神疾病的人，叙事文本中的"我"明显存在一种感知和意识方面的缺陷与障碍，有时候还会出现神志恍惚、情绪失常、躁动不宁的症状，对生活中的不少人和事不能相对正确、合理地加以辨认和判断，容易模糊、混淆真实与虚幻的界限，所以幻觉、错觉、谵语等在外显形态较为特殊的"我"的讲述过程以及相对具体的叙述文字当中可谓屡见不鲜。

　　如果耐心、细致地去作一番思考和体会的话，主要由大大小小的事件连缀与聚合而成的叙事文本中，确实充斥和弥漫着一种超现实的、具有癫狂色彩的感觉和意味。由"我"从始至终看似认真地进行讲述的，明显有些夸张、扭曲和变形的故事，它的内在意蕴几乎是难以得到确定的，这不免会令受述者和读者深感困惑、苦恼和遗憾。但是，如前所述，在残雪的短篇小说《山上的小屋》里，透过病人（"我"）所展开的癫狂（疯癫）叙事，人们其实又不难发现内中似乎并不缺少特有的理智与逻辑。与此同时，还可以明显地感受到其中不无具有特别之处的吸引力，它足以促使大家在阅读这篇小说的具体过程中，产生一种陌生、异常而又新鲜和有趣的十分独特的感觉与体验。

──────────

　　① 王绯：《在梦的妊娠中痛苦痉挛——残雪小说启悟》，《文学评论》1987 年第 5 期。

2. 采用病人来讲述故事的原因以及意义

作家残雪在一篇名叫《我和我的小黑房间》的文章里说，当她年纪尚小的时候，由于受到家庭环境的影响及客观条件的限制，于是逐渐形成了两个爱好——"遐想和读书"①。当时的她就已开始阅读包括世界名著、科幻小说、《资本论》等在内的不少书籍，并且进行过与这个世界有关却又只属于她自己的许多非凡想象。多年以后，我们可以说，残雪当年的这些看似无目的、非功利的行为，乃至她与家人一起经历过的各种各样的事情（在特定的年代里，家庭的变故往往会突如其来，很大程度上就如同自然界中令人根本来不及躲避与逃离的风雨一般），都是有助于她的成长的。

残雪的父亲邓钧洪 1938 年加入中国共产党，早年是一名地下工作者，1957 年被划为"右派"，随后必须去接受劳动改造；经历了许多人生风雨而依然坚强、幽默的残雪的外婆，1961 年因为饥饿而去世；5 岁时，残雪从父母的谈话中偶然得知父亲患有心脏病；除了残雪本人和"牛棚"里的父亲外，家里的其他人当时都被下放到了农村；1966 年，残雪的大弟七毛突然溺水身亡；另一个正在上学的弟弟则患有十分严重的腰椎病，时常感到十分痛苦；因为家庭以及政治方面的原因，残雪曾经被学校拒之门外；多年时间里，属于过敏体质的残雪一直体弱多病……可以肯定，它们的发生与出现给人以明显的悲伤与无奈之感。换个角度来看，对于残雪日后所从事与开展的写作活动以及相关实践却又是不无很大的帮助乃至益处的。

从个人的性格方面来看，残雪似乎从小就不太合群，不是她不愿意和大家打成一片，而是在与其他同学、朋友来往的过程中她时常会遇到一些矛盾和问题，却又不能很好地进行化解与处理，加之她自己对已经发生过的事情总是心存芥蒂，于是常常会感觉到处于一种孤立无援的境地之中。直至参加工作以后，这种情况也没有得到特别明显

---

① 残雪：《我和我的小黑房间》，残雪：《残雪文学回忆录》，广东人民出版社 2017 年版，第 88 页。

的改善。残雪在文章里曾多次表述和承认,长大以后的自己仍旧不擅长与周围的人交往、沟通和交流,不小心就会说错话、做错事,甚至因此而被别人批评、误解和伤害。她还说过,在这个过程中,她可以感觉到自己有了一些变化,"自我意识"在不断地增强,"我的人格已经开始了内部的分裂,长年潜伏在我体内的艺术自我这个时候已占了上风,一切违反理性的俗务都变得如此的不可忍受。我从心底感到,我是永远不可能同'他们'搞好关系的……"① 作家残雪不止一次地坦言,她所创作的不无特殊性的文学作品与自己的个人性格不无某种关联。不少学者也对此持有同样的意见和看法,有人曾经作过这样的表述:"残雪小说以怪诞、荒谬、晦涩难懂著称,小说时常形成一个封闭的空间,这些与残雪自己的性格有一定的关系。"②

相对而论,残雪本人又可以说十分幸运。在当过赤脚医生、工人、代课教师、个体裁缝之后,她成了一个以写作作为职业的人——作家。这不是指残雪不用再为生计而奔忙,可以名正言顺地到湖南省作家协会领取一份相应的工资,而是为她能够顺利走上文学创作之路感到高兴(此后,她终于可以更为专注地投入写作,去做自己向往已久的这份工作了)。从30岁开始创作至今的近四十年时间里,残雪长期坚持为自己的文学理想而进行工作,和她所景仰的、善于进行现代主义和后现代主义小说创作的几位外国作家(弗朗茨·卡夫卡、布鲁诺·舒尔茨、豪尔赫·路易斯·博尔赫斯、伊达洛·卡尔维诺等)一样,她也在不断地向着自己的心灵以及世界的纵深与隐秘之处探索、挖掘与行进。这位作家说过:"我写小说,不写则已,一旦开始,必定要超出常人的想象,到达陌生的、从未有人涉足过的领域,沉浸在那种空中楼阁般的风景里,并且始终不肯降格。"③ 残雪本人还多次谈到,她的头脑里会经常冒出一些"奇思异想",对能够通过艺术创造抵达精

① 残雪:《从染缸里突围》,残雪:《残雪文学回忆录》,广东人民出版社2017年版,第17页。

② 陆丽霞:《作家残雪和她的家人》,《文艺争鸣》2019年第8期。

③ 残雪:《高潮的平台》,残雪:《残雪文学回忆录》,广东人民出版社2017年版,第36页。

神活动的更深层面与境域而感到非常开心。由此可知，文艺创作的确十分有利于发挥这位富有个性的当代作家的想象力与创作才情，它早已经成为她的日常生活中异常重要的一个组成部分。

如前所述，作为作家残雪运用非常态人物叙述者展开癫狂（疯癫）叙事的一篇名作，文本篇幅并不长的小说《山上的小屋》其实是让人有些不易读懂或者说很难轻轻松松地进入其中的。由非常态的病人（"我"）所讲述出来的故事，总体上遵循了时间顺序和因果关系，但是其中的人物、情节、语言乃至主题均体现出了一种不确定性。"我"无疑是叙事文本中最为引人关注的人物形象，阅读这篇小说的时候，不论如何用心、费力地加以留意、捕捉和寻找，对于"我"的身份、职业、性别、年龄等方面的基本信息，人们终究还是难以作准确的获知与了解。我们认为，《山上的小屋》中的"我"既是具体的又是抽象的，可以用来指称身为主人公的自己（病人），也可以指称任何一个人。或许，"我"还可以谁也不是，而只是作家残雪在创作里借以表达思想与情感的人称代词或者具体符号而已，因此"我"所具有的表意功能随之而有可能被明显地淡化。这篇短篇小说从小屋始，又至小屋终。山上是否真的存在（过）一座小屋，小屋到底用来比喻或指称什么，残雪又为何要将这篇短篇作品取名为《山上的小屋》？……这些也都成了令人无法轻易进行回答并且给出确切答案的问题。

如果把以上难以求解与求证的问题简单地归结于人物叙述者（"我"）的精神状况，认为作为一个精神分裂症患者的"我"完全不必对自己的讲述逻辑以及具体内容负责，这实际无异于把这篇短篇小说彻底视作"我"这个病人的一通胡言乱语，进而拒绝承认以文本形式出现的《山上的小屋》所具有的相应价值与分量。我们知道，《山上的小屋》的叙事文本绝对不是对罹患精神疾病的"我"胡乱"说"出的一番话语及有关故事予以的所谓实录，而是作家残雪颇为用心地进行艺术构思并且借助语言和文字而得以"写"下来的一篇短篇小说创作。和鲁迅的《狂人日记》、冰心的《疯人笔记》虽不无某种相似之处，它本身却又不失为作家残雪怀揣特别的想法、理念以及意图进行文学创作实践所完成以及取得的一个实实在在而又富有新意的具体产物和成果。

　　从现实生活的角度来讲，鲁迅、冰心、残雪这三位作家对非常规形态的癫狂型人物叙述者的选择和运用，与他（她）们和医学有关的人生经历（我们知道，鲁迅曾经远赴日本仙台正式地学过医学；冰心从小就怀有学医的志愿；残雪早年当过赤脚医生），以及关于疾病的具体感受和体会、认识和理解（鲁迅的父亲因病早逝、表弟曾罹患精神疾病；冰心的母亲经常生病，她自己的身体也存在一些小的毛病和问题；残雪的父亲和弟弟分别患有心脏病、腰椎病，她本人则向来体弱多病）并非没有任何关系。从文学艺术的角度来看，非常态的癫狂型人物叙述者及其癫狂（疯癫）叙事，可谓与鲁迅的启蒙主义文学观念、冰心在表情达意方面的努力探索密切相关。对于当代作家残雪而言，短篇小说《山上的小屋》中对病人（"我"）这个特殊叙述者的具体运用，则和她关于文学以及创作的观念和理解存在比较大的关系。我们已经知道，残雪习惯性地把她所仰慕的大师们的文学称为"灵魂的文学"，并将自己的写作命名为"新实验"（即："拿自身做实验的写作"）。① 从 20 世纪 80 年代中期至今已经持续了三十余年的创作过程中，敢于进行艺术创新与不断突破自我，正是这位作家的一个显著特质以及优点。

　　在作家残雪看来，与文学有关的书写与表达绝对不能仅仅停留在一个相对浅表的层面上，而是要尽可能地走向人生与现实的内部乃至深层，主要以表现和揭示出一般人看不到或者看不见的东西为好。在数十年的时间里，她绝不愿意对现实生活进行"形似"类型的摹写和呈现，而是全力地冲击和突破生活表象的限制。这位作家更加看重的是精神层面的深入挖掘与拓展，并试图由此达成一种可以称为"神似"的目标与境界，这被认为是一种更加靠近人的本质和灵魂的、具

① 残雪：《追求极致》，残雪：《残雪文学回忆录》，广东人民出版社 2017 年版，第 111 页。

有所谓突出的普适性的意义与价值的写作。在短篇小说《山上的小屋》的文本里，病人（"我"）富有特色的叙述与表达，就是作家残雪面朝这个目标和方向所进行的一次具有显著成效的创作实践以及努力。

残雪曾经说，她自己从小就有一点儿神经质。学者王绯明确提出，从具体的文学作品里可以看出，残雪"倾心于描摹各类神经质人格心理，用精神错乱者的眼光检视生活……"① 对此，我们的理解是，作家残雪的精神状态并非真的出现（或者说存在）令人担忧的状况、现象以及问题，而是敏感而又有些固执的她比较倾向于在文学创作中启用癫狂（疯癫）之人来观察和看待、审视和言说这个世界，试图借助这一类特殊形态的人物叙述者进行一种别具特色的反映、表达与呈现，她想要以此来显露"海上冰山下面的部分"。残雪本人也说过，她自己的作品的确有些古怪，作为一名文艺创作者，她的本意却并不是有意识地要去为难和拒斥读者，以有目的地创作与制造一些人们普遍读不懂、弄不清的具体作品为乐。与此相反，这位作家指出，它们（指她自己的文艺作品）其实"是向一切关心精神事物的人们敞开的"。当然，不能否认的一点是，人们如果想要真正地进入其中的话，的确存在一定的难度和要求。

"不论你是写作还是阅读，只有独特的创新是其要义"②，这是残雪在2013年底说的一句话。从过去到现在，这位具有哲学家气质的、并不普通寻常的小说家一直躬耕不息，她的文学创作数量十分可观，在中国大陆地区近年来虽少有知音，在国外却从来都不缺乏热心的读者与赞许者③，因此而能够拥有不低的认可度和不小的影响力。2019年，作家残雪成为诺贝尔文学奖颇为引人关注的热门人选之一。对于

① 王绯：《在梦的妊娠中痛苦痉挛——残雪小说启悟》，《文学评论》1987年第5期。
② 残雪：《序》，残雪：《侵蚀》，湖南文艺出版社2014年版，第3页。
③ 已经有研究者注意到，近些年来，"残雪小说有不少英语、法语、日语的译本，在国外成为汉学研究的重要课本。一方面，她的文字意象颇受翻译小说影响，因此也比较容易为海外读者理解接受；另一方面，她也的确是80年代'先锋文学'的寂寞坚守者，一直在中国文学的边缘独行"。参见许子东《残雪〈山上的小屋〉：当代版"狂人日记"》，许子东《重读20世纪中国小说》，上海三联书店2021年版，第594页。

这样的现象，我们或许不会感到十分诧异和惊讶。由此，还可能促使人们更加深入地去思考这个现象之所以出现的部分原因以及背景。我们认为，它与这位当代作家多年来富有激情而又执着地坚持开展包括癫狂（疯癫）叙事在内的、非常规形态的人物叙述者方面的艺术创作与实验，确实存在一种较为密切的关系。因此也足以证明，作家残雪所采取的这种具有实验和突破性质的创作行为及其显露的效果和取得的相应结果及成果，从总体而言值得充分地予以认可和肯定。在未来的日子里，这位有些特立独行的中国作家的文学实践与成就的确是可以让更多人进一步地加以期待和守候的。

第三章 20 世纪中国文学中的痴呆型人物叙述者解析

一 痴呆以及痴者 （愚人） 叙事

（一） 痴呆及痴呆型人物叙述者

痴呆是一个出现以及使用频率并不低的词语，绝大多数人都不会对它感到陌生。《辞海》（1989 年版缩印本）中针对这个词所作的解释是这样的："医学上指智能的明显减退。严重者日常生活亦需别人照顾。常为慢性器质性精神病的症状。自幼即患痴呆者称'先天痴呆'，即精神发育迟缓。"[①] 在《现代痴呆学》这本书里，对痴呆作了这样的定义："痴呆（Dementia）是一种综合征，痴呆是在意识清晰的情况下全面持续的智能障碍，是获得性进行性认知功能障碍综合征，表现为记忆、语言功能、视空间功能障碍、人格异常及认知能力（认知能力包括计算力、综合能力、分析及解决问题能力）降低，常伴行为和感觉异常，导致日常生活、社会交往工作能力明显减退，是后天智能的持续性障碍，在临床上必须具备以下精神活动中的任何三个项目的障碍：言语、记忆力、视空间功能、情绪或人格和认知（抽象思维、计算、判断和执行能力等）。"[②]。

---

① 辞海编辑委员会编：《辞海》（1989 年版缩印本），上海辞书出版社 1990 年版，第 2006 页。

② 马永兴、俞卓伟主编：《现代痴呆学》，科学技术文献出版社 2008 年版，第 5 页。

对于人们认识和了解痴呆这一特殊现象，这两个定义无疑可以提供不小的帮助。将它们放置在一起进行一定程度的比较与辨析，我们可以看到，前者是相对清楚明了、言简意赅的，显现出了工具书词条的规范化以及通识性的特点，后者则专业性比较强，而且文字表述也更加地具体、详细。通过学习和理解相关定义，我们不仅可以获知痴呆的本质性特点——"智能的明显减退"以及"全面持续的智能障碍"。与此同时，还能够了解到作为一种综合征的痴呆，它实际上存在两种较为具体却又不太一样的基本类型：一是后天性能力功能障碍；二是先天性精神发育迟滞。

无论是过去、现在还是将来，可以肯定地讲，作为一种现象的疾病会与人类及其发展的历史进程长期相伴，精神方面的疾病又是其中的一个重要类别，它的复杂性、敏感性、特异性、隐喻性等实际已经远远超出了一般人感知、认识乃至了解、想象的能力和范围，因此从来都不是一个可以称之为简单、随意和轻松的话题。与名称为癫狂的疾病的情况相似，痴呆作为现实生活中相对常见的一种精神疾病类型，虽然尚未成为在不同领域从事多种职业与工作的人投注足够多的精力和功夫，去努力进行关注、思考和研究的具体对象，但不可否认的是，与过去相比，人们在面对和看待这种疾病的时候，态度、心理以及行为方面已经出现了一些明显而又可喜的变化。由一味地避讳、嫌弃、害怕转变为带有同情与体恤之心的接受、帮助、理解，而且确实有一部分人已经严肃、认真地对这种疾病及有关的现象和问题加以正视与研究、分析和讨论。从文艺创作的角度来看，痴呆其实早已进入了中外作家有意识地进行描述、反映和表现的视域之中，由于艺术想象力与创造力所具有以及发挥的功效和作用，而使与之相关的艺术处理和审美呈现显得比较感性、生动、丰富，因而明显有别于医学领域里所开展和进行的关于痴呆的更多讲求准确性、科学性、实效性的临床试验与理论研究。

原本主要以口头传承的形式存在和流传于多个国家、族群和区域内的民间文学作品中，普遍存在着有关痴者（愚人、傻子）的故事类型。就这类民间故事所表现及反映的具体内容而言，它通常会被认为是"聪明（人）故事的反向类型，实际上张扬了人类社会要求公正平衡的内在需求。傻子是一面镜子，傻子行为反射着社会中坚强者们所缺失的某些人格品质，具有强烈而深刻的启示意义"①。除此之外，我们注意到，在不同族别的民间文学作品中还出现了不少颇为引人注目的、与痴呆不无某种特殊乃至内在关联的机智人物。有人在对我国文学中这个类型的人物形象以及与此有关的广泛流传于民间的故事作了专门性的思考、探讨和研究以后指出，就一般情况而论，机智人物"作为故事主人公，在故事中很少，也无须以庄严的姿态出现，而是常常以一种带点愚笨甚至呆傻的姿态出现，以滑稽可笑的语言、动作或形象，赢得了故事受众的亲近和喜爱"②。

在主要以清楚标注出具体姓名的作家的创作实践及其艺术成就为基础的中外文学发展史上，以痴呆型人物作为叙述对象的文艺作品也并不少见。人们普遍认为，文本里对这类艺术形象特别而又用心的留意、书写以及呈现，其实并不是单纯地出于嘲弄、讽刺愚人的愚蠢、笨拙、贪婪等意图和目的。在很大程度上，这种做法更多地被人们理解为"是作者披着'愚人'的外衣，对于理性时代人类丑态的反讽和批判"③。通过此类以痴者（愚人）作为主角的特殊故事，创作者想要予以显现以及表达的一个重要内容其实是人类对于自身的存在状态与生命境遇的，既不无特别之处又不乏一定的广度与深度的思考和反映、认识和理解。

在五六百年之前的欧美文学之中，就曾经出现过以书写和表现愚人题材为主的愚人文学（Folly Literature）。根据有关学者所开展的相关研究以及由此而取得的成果可知，作为一种不乏特定的文化内涵以

---

① 王晶：《"傻子"的智慧——论中外民间故事中的傻子母题》，《云南民族大学学报》（哲学社会科学版）2004 年第 3 期。

② 周晓霞：《颠覆与顺从——读中国机智人物故事》，上海文化出版社 2010 年版，第 80 页。

③ 田俊武、王艳玲：《讽智还是讽愚——简论愚人文学的讽刺主题》，《外语教学》2003 年第 4 期。

及意义的主题文学，愚人文学是在"有关愚人和愚昧的幽默风趣的传说和故事的基础上，经过历代作家的精心创作和加工，丰富和发展起来的"，它"最初产生于15世纪到17世纪，源源流传于文学的各个时期乃至当代"，其中"作为主角的愚人可以是Gotham村和Coggeshall郡①的生性愚昧、尽干蠢事的人物，也可以是那些相对于上帝的智慧而显得愚蠢的世俗人物"。② 德国作家塞巴斯蒂安·布朗特的《愚人船》（*Das Narrenschiff*，1494）、荷兰人伊拉斯谟的《愚人颂》（*In Praise of Folly*，1509），由来自英国的乔治·查普曼所写的《全是傻瓜》（*All Fools*，1605）、美国作家马克·吐温的《傻子国外旅行记》（*Innocents Abroad*，1869），出于英国作家之手的约瑟夫·康拉德的《奥尔迈耶的愚蠢》（*Almayer's Folly*，1895）以及爱德华·邦德的《傻瓜：有关面包和爱情的特写》（*The Fool*，1975），还有美国作家凯瑟琳·安·波特创作的《愚人船》（*Ship of Fools*，1962）和马里奥·普佐的《愚人之死》（*Fools Die*，1978）等，它们都是具有代表性的、成就比较突出的愚人文学作品。

伴随文学艺术在题材、风格、技巧等多个方面的发展和演变，20世纪从事具体的文艺创作的作家，他（她）们中的很多人似乎都已经不再满足于只是将痴呆之人当作一种具体的叙述对象来加以描写和表现，而是开始尝试着让痴者（愚人）自己开口去进行其实不无某种可能性的讲述与表达。也就是说，想要让这种具有特殊形态乃至性格特征的人物形象成为文本中实在而又具体的叙述者，负责和承担与之相应的故事讲述任务。为了便于更好地开展相关的探讨和研究，我们不妨将在文本里启用痴呆之人作为叙述者的这类现象称为痴者（愚人）叙事。客观地讲，这是一项探索性极强的、明显存在比较大的难度的写作试验，国内外在文学艺术领域里长期从事创作与实践活动的作家

---

　　① 二者分别指称的是英国诺丁汉姆郡的一个小村庄和埃塞克斯的一个郡，主要因为这里的居民出于天性或者是反抗统治者的目的和需要，常常会去做一些荒唐可笑的事而变得远近闻名，所以后来它们成为英文中用以形容愚蠢的专门词语。

　　② 田俊武：《略论英美愚人文学的源流》，《国外文学》2003年第3期。

中，却并不缺乏愿意主动地迎接挑战、勇于进行这种试验和探索的尝试者。

　　我们知道，与癫狂（疯癫）之人具体负责展开的癫狂（疯癫）叙事的情况相近似，在叙事文本中由智力方面存在障碍或者出现问题的人物形象来展开叙述与表达，其实同样会让人心生疑惑，甚至不免为此感到明显的忧虑和担心。然而，文学艺术发展的实际已经比较清楚地表明，进入 20 世纪以后，不论在外国还是在中国，敢于而且善于选择和运用痴呆型的人物叙述者来讲述和呈现虚构类故事与作品的创作者，其实远不止于数量十分有限的一个或者几个艺术家。而且，他（她）们在具体的艺术构思及写作过程中进行的相关努力与付出的辛劳，早已经取得了一系列为大家所公认的收获与成果。

　　在广为人知的国际性奖项的获奖者及其获奖作品的名单中，荣获了 1949 年诺贝尔文学奖的美国作家威廉·福克纳（William Faulkner）的代表作《喧哗与骚动》（*The Sound and the Fury*，1929），1978 年获得诺贝尔文学奖的美国犹太作家艾萨克·巴什维斯·辛格（Isaac Ba-shevis Singer）的名作《傻瓜吉姆佩尔》（"*Gimpel the Fool*"，1953），1999 年的诺贝尔文学奖得主、德国作家君特·格拉斯（Günter Grass）的《铁皮鼓》（*Die Blechtrommel*，1959）等，可谓国外艺术家在痴者（愚人）叙事方面开展有关尝试与试验所得到的、富有代表性以及影响力的具体产物和成果。透过这些异乎寻常而又别开生面的小说创作，我们不难发现，这些作家所取得的艺术成就是有目共睹和令人欣喜的。

　　中外作家及其文艺创作之间实际不无一种相互借鉴、学习以及影响的关系，福克纳、辛格、格拉斯等作家的艺术实践在世界范围内所产生的功效和作用可谓巨大而又深远。就 20 世纪中国文学的具体创作而言，进入 80 年代以后，直接启用痴者（愚人）来充当故事讲述者的小说在新时期的文坛上开始陆续地出现，先后有多位作家进行过与之相关的创作实验。韩少功的《爸爸爸》（1985）、余华的《我没有自己的名字》（1995）、阿来的《尘埃落定》（1998）、莫言的《檀香刑》（2001）、贾平凹的《秦腔》（2005）和《古炉》（2011）等，是其中颇具代表性和影响力的文艺作品。它们不仅给人们留下了比较新奇、特别而又十分深刻、难忘的感受和印象，还因为艺术手法及技巧方面富有成效的创新与突破，而受到了国内外的文学批评界以及众多读者具有普遍性的关注、肯定和赞誉。

从总体上看，相对于常规形态的人物叙述者，由非常规形态的人物形象担任的叙述者很难说已经在数量及影响上占据比较明显的优势并且真正发挥着更加突出的效用。作为非常态人物叙述者之中的一个重要类别，启用痴呆之人来具体出任的、形态颇为特别的这种故事内叙述者，却从不缺乏自身的特殊性与独立价值。正是由于采用了与痴者（愚人）有关的叙述技巧、手段与策略，多位中外作家在具体的文学作品中得以营造、建构和呈现出了与众不同而又耐人寻味的人物形象以及艺术世界。可以肯定地讲，和癫狂型人物叙述者及其癫狂（疯癫）叙事一样，叙事文本中的痴呆型人物叙述者及与之相应的痴者（愚人）叙事不仅能够激发不少文艺工作者和文学爱好者进行关注、思索的兴趣和热情，对20世纪中国文学的创作实践也必将产生切实、有效而又意义深长的作用和影响。

（二）痴呆型人物叙述者的相关研究

今天，在医学、生物学、哲学、宗教学、文学、社会学、人类学等多个学科领域中，人们对于痴呆这样一种精神疾病类的病症以及与痴呆相关的状况、现象和问题的认识和了解、讨论和研究，已经有了很大程度的推进和发展，的确取得了不少足以让人感到欣慰甚至惊喜的成果与收获。还需要看到，处于丰富、复杂的现实世界中的人们在面对痴呆以及和它具有一定关系的各种特殊抑或寻常的情况与状态的时候，仍然会遇到足以引起人们的留意与思考并且令人深感苦恼、困惑乃至无奈的多种情况和问题。

具体来讲，一方面，所谓痴者（愚人）因为存在程度不同的智能障碍，而有可能得到来自国家机关、社会团体、企事业单位和社工机构等多个层面，具有不同性质的关怀与救助。近些年来，我国已经制定并且实施了针对包括痴呆之人在内的精神疾病患者的生活、健康、医疗等方面的一系列保障标准和救助政策。从理论上说，这个特殊群体中的不少人由此而能够得到相对及时、有效、专业的关心、治疗，并且获得帮助的机会正在增加。但是，另一方面，当直接面对痴呆以及痴呆之人时，人们（包括患者的亲戚、朋友等）仍然存在不少让人感到遗憾和担忧的现象、状况以及问题，不仅主观上的偏见较为明显，态度以及心理也显得很有保留甚至十分冷漠。痴呆常常被大家视作无知、愚昧、疯癫，不论是以何种类型出现和因何种缘由产生的痴呆，都有可能被很多人习惯性地当作某一类人身上迥异于常人的、显著而又特殊的一个标志，进而据此将这类人与其他人区分甚至隔离开来，致使痴呆之人因此而极容易成为被忽视、轻蔑、嘲弄，甚至会遭受歧视、伤害和侮辱的一类具体化对象。人类在面对痴者（愚人）时，可谓尽显了自身所存在（却又不自知亦常常不愿意予以直面与正视）的种种欠缺、错误以及问题。在很大程度上，透过这类显现与存在的状态及处境颇为特殊的人，确实可以将所谓正常人的某些本性、弱点和不足之处清晰而又巧妙地映现并且揭示出来。

在文学艺术通常会进行表现、书写和反映的对象及内容里，痴呆之人可以说是一类相对特殊的存在。自从以痴呆之人来充当的人物叙述者在具体作品中现身以来，他（她）们已逐渐进入了人们的视野范围，并引起了有关学者的留心和注意，叙事学家和一般的研究者对此作过一些富有价值的观察、思考与讨论，试图通过相关的分析与解释去把握和理解此类叙述者，去找寻和探究可能蕴含于其中的规律以及秘密。从总体上来讲，这方面的工作已经取得了数量较为可观的一批研究成果，它们可以分为以下两个类型。一是关于痴呆型人物叙述者的理论研究。需要作具体说明的情况是，国外与国内的不少叙事学家在讨论叙述者的可靠性问题时涉及了这一类特殊形态的叙述者，他（她）们主要将其视为不可靠叙述的一种重要表现，认为这是为了实现作者的创作意图而使用的叙述策略。在论及不可靠（不可信）叙述者时，叙事学家还对叙述者之所以不可靠的多种原因作过具体论析，提出叙述者的智力状况对其叙述可靠性具有明显的作用和影响。二是对痴呆型人物叙述者的个案分析与解读。有关问题通常是在阅读和理解的过程中被发现并且提出来的，与痴呆型人物叙述者有关的解析，在不少学者那里主要结合具体作品以及其中的叙述者来进行和展开。作为一个形态与状貌比较特殊而且知名度相对高的人物叙述者，美国作家威廉·福克纳的名作《喧哗与骚动》里的形象班吉被普遍当作由于智力方面的原因而形成的不可靠叙述者的典型，受到了不少中外研究者的共同关注。

　　半个世纪之前，美国著名文艺理论家韦恩·C. 布斯在《小说修辞学》中就曾经对叙述者的可靠性作过较为深入、细致的研究与讨论。他提出"当叙述者为作品的思想规范（亦即隐含的作者的思想规范）辩护或接近这一准则行动时，我把这样的叙述者称为可信的，反之，我称之为不可信的"①，并指出叙述者可以在道德上、理智上、身体上和时间上"或多或少地离开隐含的作者"②（也就是说，有多种因素均会对叙述者及其可靠性具有实际影响），"如果发现叙述者是不可信的，那他传达给我们的作品的整个效果也就被改变了"③。在《叙事虚构作品》这本书里，以色列学者施洛密斯·里蒙－凯南认为叙述者不可靠的主要根源之一是叙述者的知识有限，而年轻和白痴又被认为是导致叙述者"知识（或理解力）有限"的两个较为重要的原因④。当年身居海外的学者赵毅衡在《当说者被说的时候——比较叙述学导论》中也展开过关于叙述者可靠性问题的思索与论析，他首先论及叙

---

　　① ［美］W. C. 布斯：《小说修辞学》，华明、胡苏晓、周宪译，北京大学出版社 1987 年版，第 178 页。

　　② ［美］W. C. 布斯：《小说修辞学》，华明、胡苏晓、周宪译，北京大学出版社 1987 年版，第 175 页。

　　③ ［美］W. C. 布斯：《小说修辞学》，华明、胡苏晓、周宪译，北京大学出版社 1987 年版，第 178 页。

　　④ 该学者在书中进一步指出，前者的"明显的例子"是塞林格《麦田里的守望者》中"讲述他不久前遭遇的动荡事件的小伙子"，后者的代表则是福克纳《声音与疯狂》（即：《喧哗与骚动》）"第一部分里的班吉"。参见 ［以色列］里蒙－凯南《叙事虚构作品》，姚锦清、黄虹伟、傅浩等译，生活·读书·新知三联书店 1989 年版，第 181 页。

述者的智力与道德水平是使其叙述变得不可靠的主要原因，并认为"另一种叙述不可靠的标记是叙述者与其他主体意识发生冲突，这时叙述者的意识落入对比之中"，同时不忘指出，"不可靠叙述的不可靠程度可以相差很大，原因也千差万别，最多的却是道德上的差距"。①

后来，在《广义叙述学》一书中，这位学者又一次涉及和讨论了"叙述者不可靠"（narratorial unreliability）的问题，他认为"叙述者不可靠是叙述的一种形式特征，是表达方式的问题，是叙述者的意义—价值观与隐含作者的不一致，而不是所叙述的故事内容对读者来说不可靠（例如说谎、作假、吹牛、败德等等）。叙述可靠性，并不是故事可信性，虽然这两者经常会有所重叠，但是两者必须分清，因为许多不必要的争议，来自两者混淆"②。在同一本著作中，赵毅衡还具体地谈到了全局性不可靠（"是整个符号文本不可靠，往往是文本从头到尾几乎没有可靠的地方"）以及其中的一种情况——"叙述人格（不一定是'底线叙述者'）非常人，而是小丑、疯子、无知者、极端自私者、道德败坏者、偏执狂之类，在意义能力和道德能力上，低于解释社群可接受水准之下"，在他看来，精神、智力、道德等多种因素都可以致使叙述者的叙述变得不可靠。随后，该学者又这样说道："与道德差距正相反，智力与社会平均的差异，反而是叙述可靠的标记，作品用智力较差的人物作叙述者，往往预先埋伏了这样一个判断：被'文明社会'玷污的智力，与道德败坏共存，现代社会文明过熟，文化不够者反而道德可靠。"③ 在这位学者的眼里，与道德因素有别的智力因素对叙述者的可靠性的作用和影响相对复杂，叙事文本里智力水平低于常人的叙述者有的时候却是比较可靠的。

---

① 此外，这位学者在书中还说过这样的话："当然，智力和道德是两码事，由于小说的评价主要是道德观，因此道德上的差异很容易被认为是不可靠的标记"，"现代小说制造'智力上'不可靠叙述常用的办法是限制叙述者的视界，由于这种方法可用于隐身式叙述者，其应用就更为广泛"。参见赵毅衡《当说者被说的时候——比较叙述学导论》，中国人民大学出版社1998年版，第45—46页。

② 赵毅衡：《广义叙述学》，四川大学出版社2013年版，第225页。

③ 赵毅衡：《广义叙述学》，四川大学出版社2013年版，第236—237页。

　　国内著名叙事学家谭君强在《叙事理论与审美文化》里提出，道德意识、智力、年龄、性别、精神、价值观念、语言表达等多个方面的原因，都有可能促使叙述者在讲述故事时与隐含作者不相一致甚至大相径庭，从而促使叙述者变得不可靠。① 由以上已提及的多位学者及其具体的学术观点可以获知，韦恩·C. 布斯关于叙述者的可靠性的论述、主张以及意见在叙事研究的领域之内的确具有非常强大而又持久的影响力。上述其他几位叙事学家都颇为赞同布斯的意见和看法，进而在各自的著作中具体地探讨叙述（者）可靠性问题的时候颇为用心地作了相应的继承和发展。我们可以肯定地说，从叙述可靠性的层面对痴呆型人物叙述者进行研究是比较可行和有效的做法，与之相关的研究成果也多有可取之处，足以给人们带来不少的启发和帮助。但是，因为受到文学发展状况的影响以及论题自身的限制，绝大多数研究者对这种由痴者（愚人）负责担任的非常态人物叙述者及其在叙事文本中的叙述的有关评析、思考与解读，曾经一度限定和停留于可靠性这样一个相对单一和有限的角度与层面上，这种探讨和研究的具体思路与做法虽然不无自身的有效性，但是很显然还存在一定的局限性以及问题，因此难免会让人感觉到其中不无些许遗憾可言。

　　从具体的研究对象来看，美国作家威廉·福克纳笔下的班吉是最受大家欢迎和重视的一个痴呆型人物叙述者。多位中外的叙事学家在他（她）们的著作中进行不可靠叙述（者）的相关研究和论述时，几乎都曾经涉及《喧哗与骚动》里的这个著名的痴呆型人物叙述者。其中，我国学者谭君强关于班吉的叙述特点和作用所作的论述十分简明扼要，非常富有代表性和说服力。在承认人物班吉在这部小说的文本中所作的叙述"全凭一时的感觉和粗浅的印象，甚至分不清事件的先后顺序，恰如痴人说梦，读者不得不费力地加以揣测"的同时，这位学者还不忘指出，"这样的叙述不仅使读者充满着许许多多可疑之处，也与隐含作者自身对诸多事件与人物的看法充满矛盾"，并认为此种

————————

　　① 谭君强：《叙事理论与审美文化》，中国社会科学出版社2002年版，第70—72页。

矛盾或者说不一致其实又不无一种特殊的价值，它可以"使读者得以深思其产生的原因及裂缝所在，从而揭示出这种矛盾之下的深层意义，有利于对作品思想意义的把握"。[①]

在 20 世纪 20 年代，威廉·福克纳颇为大胆地采用直接内心独白[②]的方式呈现出了叙事文本里的痴者班吉这个特殊形象所特有的意识世界，并且试图借此达成对康普生家族故事在一个特殊向度上的讲述与言说。我们都知道，力图完全遵循存在智能障碍的痴呆之人的感知方式和思维"逻辑"来叙述一个有一定跨度而且相对复杂的故事是一项不太可能完成的任务，因为人物班吉的心理和意识过程显然很难（甚至几乎不可能）为外人所知晓、了解与掌握。在名《喧哗与骚动》的这部长篇小说中，这位美国作家却通过具有合理性的一种猜测、想象以及模仿，让十分特别的人物形象班吉逼真而又出色地"说"出了他自己处于相对隐秘和不明的状态中的感受、意识以及心事。

尽管康普生家族大大小小的所有事情并非全部由班吉一个人来进行讲述，这个各方面都显得异常独特的艺术形象在这部小说中确实只承担了整个家族故事的一部分叙述任务，但我们绝对不能予以否认的是，由人物叙述者班吉所展开的叙述总体上又是令人信服的。而且，长篇小说《喧哗与骚动》的文本里的第一部分，作为作家福克纳进行叙述实验所获得的一个具体产物，如果与这部作品的另外三个部分进行比较，它很显然毫不逊色甚至比它们更加地引人注目和富有特色一些。因此，我们可以这样说，文本中非常规形态的人物形象班吉及其比较独特和少见的痴者（愚人）叙事既是作为"伟大的实验主义者"

---

① 谭君强：《叙事理论与审美文化》，中国社会科学出版社 2002 年版，第 71—73 页。

② 一般认为，内心独白包括直接内心独白和间接内心独白这样两种基本类型。与由叙述者转述被叙述者的内心活动的间接内心独白不同，直接内心独白让小说中的人物以第一人称直接传达、袒露其内心活动，"这种独白没有假设的听众，也就是说，在某一场景中的人物并不同任何人说话，而且，他也不是在向读者说话（譬如像舞台独白者那样）。总而言之，这种独白的表现形式是将人物的内心彻底敞开，就好像不存在任何读者一样"。参见［美］罗伯特·汉弗莱《现代小说中的意识流》，程爱民、王正文译，湖南人民出版社 1987 年版，第 32 页。

的美国作家威廉·福克纳所拥有的杰出艺术才能的一种具体体现与证明，又是他通过较为用心的文艺创作奉献给世人的、运用痴呆型人物叙述者的一个典型范例。

　　与《喧哗与骚动》中的形象班吉较为相似，德国当代作家君特·格拉斯笔下的奥斯卡·马策拉特同样是一个备受关注的痴呆型人物叙述者。1959 年秋天在法兰克福国际书展上亮相的《铁皮鼓》，被视为格拉斯整个创作生涯当中最为著名的、"标志着 20 世纪德国小说的再生"① 的作品。这部长篇小说采用生理和心理方面都富有特点的人物奥斯卡来担任叙述者，从他 1952 年涉嫌谋杀一位女护士进入疗养与护理院（"疯人院的委婉称谓"②）开始击鼓回忆种种往事并在白纸上写下自供状开篇，直至 1954 年迎来自己的 30 岁生日之时将被宣告无罪释放而结束。小说文本里的主人公奥斯卡主要通过具有个性化特点的追述③形式来完成对数十年间所发生的，既与具体的自我（个人）的特殊经历不无直接的关联，又涉及由四代人共同组成的一个普通市民家庭，以及在第二次世界大战期间颇有代表性的区域——但泽④的历

---

　　①　刘硕良主编：《诺贝尔文学奖授奖词和获奖演说（下）》，漓江出版社 2013 年版，第 621 页。

　　②　《铁皮鼓》的翻译者胡其鼎在中文译作中以脚注形式为小说文本里出现在开篇位置的一句话"本人系疗养与护理院的居住者"作过注释，它的内容具体如下："本书主人公，自述者奥斯卡·马策拉特，因被指控为一件人命案的嫌疑犯而被'强行送入'疗养与护理院（疯人院的委婉称谓）进行观察……"参见［德］君特·格拉斯《铁皮鼓》，胡其鼎译，上海译文出版社 2011 年版，第 2 页。

　　③　在各种形式的叙事艺术中，叙述时间（话语时间）和被叙述时间（故事时间）有不同的顺序，它们几乎不可能一致或者是平行，于是错时（故事时序与叙事文本时序之间出现的不相吻合）的出现似乎显得不可避免。错时有追述（即：回顾）和预述（即：展望）两种形式，追述"是指在事件发生以后讲述所发生的事实"，它在叙事虚构作品里是较为常见的。参见谭君强《叙事理论与审美文化》，中国社会科学出版社 2002 年版，第 152—155 页。

　　④　临近波罗的海，它最初是名叫吉丹尼茨克的渔村，最早来到此处的是鲁基人。后来村庄变成了小城镇，逐渐发展成为波兰北部的一个海港城市。19 世纪末，波兰曾经 3 次被普鲁士、奥地利和俄国瓜分。1918 年波兰恢复独立，但泽成为"自由市"。1939 年德国再次占领但泽。第二次世界大战后，但泽重新回到波兰，改名格但斯克。由此可见，但泽不是一个普普通通的地方，它的历史具有深远的现实政治意义。参见刘硕良《诺贝尔文学——理想主义的文学评论、鉴赏》，武汉大学出版社 2012 年版，第 346 页。德国作家君特·格拉斯 1927 年 10 月在但泽出生，随后和他的家人一起在此地生活了将近 20 年，直到 1945 年由于政治原因全家不得不搬离而迁往德国西部。

史和故事的讲述。

《铁皮鼓》中的奥斯卡在身体方面接近于侏儒，但是这个人物形象的智力方面似乎并不存在所谓的问题（请看小说文本中奥斯卡本人的一段自述："从我三岁生日那天起，我连一指宽的高度都不再长，保持三岁孩子的状态，却又是个三倍聪明的人"①）。这个人物的内心极为聪慧，感情也比较细腻，完全有能力去应对并且处理好各种复杂多变的情况和问题，甚至可以对人生及诸多世事提前进行一种预判、规划和安排，而绝不是一般意义上所说的痴者（愚人）形象。由此可见，主要出于个人比较特殊的考虑以及目的，奥斯卡才有意识地要在世人面前"扮作傻瓜""装得非常愚笨"②罢了。因此，我们完全有理由将《铁皮鼓》这部长篇小说中的奥斯卡视为一个非常规形态的、具有假托性质的痴呆型人物叙述者。

还应该注意到，小说《铁皮鼓》里的奥斯卡·马策拉特实际是一个集叙述者（叙述主体）和被叙述者（叙述客体）于一身的人。奥斯卡既是直接面对受述者并且熟练、自如地将对方称为"诸君"或者"读者诸君"，同时负责向他（她）们讲述故事的叙述者，又是涉及多个层次（包括个人、家庭、但泽以及德国）的故事里最为重要的人物形象。在具体的叙述过程中，奥斯卡在叙述者与被叙述者之间不停地转换、变动，主要以这两重身份交替出现。同时，叙述的第一人称和第三人称也出现了相互变换（"'我'是叙述人，'奥斯卡'则成了被叙述的客体"③），由此而使得长篇小说《铁皮鼓》的话语与故事两个层面之间的关系比一般的叙事虚构类作品要更加复杂，"意味着奥斯卡这个人物的客观化，叙述者'我'把经历者'我'等同于其他任何事物，进行客观观察，从而导致自我的物化，并在主人公和读者之间

---

① 胡其鼎：《译本序》，［德］君特·格拉斯：《铁皮鼓》，胡其鼎译，上海译文出版社2007年版，第39页。

② ［德］君特·格拉斯：《铁皮鼓》，胡其鼎译，上海译文出版社2011年版，第66页。

③ 冯亚琳：《君特·格拉斯小说研究》，上海外语教育出版社2011年版，第197页。

制造间隔距离，避免后者对前者进行简单认同"①。

在长篇小说《铁皮鼓》中，不同的叙述层次出现了一定程度的交错与融合。戴着一副"面具"生活的人物奥斯卡·马策拉特对自己入住疗养和护理院两年以来的相关经历的描述与展现，是叙事文本的第一叙述层次，它起到了构成叙述框架的作用，进而引出"我"对于年代更为久远的故事的追忆，并由此构成第二叙述层次（这个叙述层次主要按照时间的自然顺序来展开，呈现的是与"我"有关的多个层面的事情和历史）。由于"我"这个较为独特的人物叙述者在讲述故事的时候常常会在现在和过去之间来回地穿插和频繁地游走，从而促使这两个叙述层次在叙事文本中呈现出了一种相互交汇的复杂状貌。在很大程度上，君特·格拉斯在小说《铁皮鼓》的故事讲述方面可谓投入并且花费了大量不容忽视的精力以及功夫，这位德国作家对于痴呆型的人物叙述者奥斯卡·马策拉特的成功运用，不仅能够增添叙述过程本身的趣味与魅力，而且非常有利于故事内容的具体表现以及作家本人的创作思想和理念的顺利传达。

和中外文学发展进程中出现和存在的丰富多样的痴呆型人物叙述者相比较，与之有关的研究、思考与讨论直至今日仍旧缺乏一种整体性和系统性，研究的视角较为单一、狭窄，理论和方法方面似乎可以有更多的尝试与选择，相关研究以及收获还比较零碎，高质量的成果其实并不是很多。因此，关于这个类型的非常态人物叙述者的研究实际上还具有令人期待的、有望得以拓展以及深化的余地和可能。在对20 世纪中国文学史上富有代表性的痴呆型人物叙述者展开具体的分析与探讨之前，回顾、梳理和总结有关的研究经验以及成果，在此基础上渐趋形成我们自己的论析思路和构想，相信将会有助于探寻以及考察中国文学的创作成就，并且能够真正地促进与推动中国文学和西方文学在叙事艺术以及方法技巧上实际存在的外在关系与内在会通的把握、认识及理解。

---

①　冯亚琳：《君特·格拉斯小说研究》，上海外语教育出版社 2011 年版，第 197 页。

二　丙崽：鸡头寨故事的特殊讲述者

（一）韩少功的《爸爸爸》

早在 20 世纪 70 年代，曾经有过知青经历的韩少功就已经开始写作和发表文学作品了。进入 80 年代后，这位青年作家取得了一系列引人瞩目的创作成果。他的《西望茅草地》和《飞过蓝天》分别获得 1980 年和 1981 年全国优秀短篇小说奖，1985 年发表有"寻根派的宣言"之称的文章《文学的"根"》，提出"文学有'根'，文学之'根'应深植于民族传统文化的土壤里，根不深，则叶难茂"，"从某种意义上说，不是地壳而是地下的岩浆，更值得作家们注意"，[①] 并且比较积极、主动地开展与之有关的文学创作实践，写出了《归去来》《蓝盖子》《爸爸爸》《女女女》等一系列作品，产生了较为可观而又深远的影响，他本人也由此成为倡导寻根文学的主将。

作为我国当代文坛上寻根文学的一篇著名的代表作，韩少功的中篇小说《爸爸爸》主要以湘山鄂水间独具特色的民族意识与民俗文化做底，以非常规形态的痴者（愚人）丙崽从出生直至最后喝下毒汁却不死的故事作为一条重要线索，采用一种非写实的创作手法为人们呈现出了既带有地方性、民族性，又不无神秘性和象征性，甚至可谓极富想象力以及浓重的魔幻色彩的一幅特殊图景。《爸爸爸》最初发表于《人民文学》1985 年第 6 期，当时乃至此后很多年里，它在众人的眼中都不失为一篇具有重要性的文学创作。关于这篇小说还出现过一定的争议，有人曾经提出，韩少功的《爸爸爸》写得有些怪异和难懂，在思想内容和艺术表现方面并非毫无瑕疵或者遗憾可言。当然，不可否认的是，这篇中篇小说所受到的更多是人们较为普遍的肯定、

---

① 这里的"地壳"是指以经典的形式显现的"我们的规范文化"，"岩浆"是具有"生命的自然面貌"的、"更多地属于不规范之列"的"乡土中所凝结的传统文化"，作家韩少功认为潜伏在大地深层的岩浆，可以"承托着地壳"，为它提供重要的营养补给。参见韩少功《文学的"根"》，《作家》1985 年第 4 期。

赞赏和好评。

　　有人认为，《爸爸爸》可以称得上一篇颇有见地和追求的文学作品。韩少功当年并不满足于对与鸡头寨有关的故事作一般性与常规化的书写、经营以及处理，这篇小说是这位作家心怀远大、宏伟的文学艺术的理想和愿望进行创作所取得的相应成果。"很明显，韩少功的意图不只是揭示一个偏僻山区的贫困落后，反倒是一种由神秘激发的主体精神，一种艺术的力量，使他颇有信心地向整个世界张开双臂。……他从鸡头寨人们的生存状态中看到了人类的普遍境遇"，"他的小说创作通过神秘的造境向我们展示一个本体的世界"。[①] 还有学者提出过这样的看法："《爸爸爸》无疑是寻根文学乃至文学本身，从对于社会政治的关注转向对于深层的文化心理结构发现的重要转折标志，其审美追求以及所体现出的美学价值是必然的，因此被誉为'新时期的经典之作'"，这篇小说及其作者"在展现民族文化心理、铸造社会群体性格方面，为当代文学创造了一种新的审美境界"。[②]

　　我们知道，20 世纪 80 年代中期，寻根文学与先锋小说在我国的当代文坛中几乎同时登场亮相。二者最初都曾经接受过来自国外的现代主义文学的启示、作用和影响，与之有关的作家普遍渴望在文学创作的理念以及实践方面能够有一定程度的作为、突破和创新。可以这样说，寻根文学与先锋小说都不是心甘情愿地一味满足于继承和沿袭既有的传统和经验，并且囿限于与现实主义紧密相连的写作思路以及方法的文学创作类型。相对于整体风格时常体现出某种突出的探索性、实验性与非中国化特点的先锋小说而言，寻根文学要更加注重对我国民族文化以及内在心理的反思、内省和呈现，作家（们）希图把外来的表现方法、技巧与本土性的创作题材和生活内容比较妥帖、巧妙地结合和融会起来，从而使相应的文艺创作既不乏自身的民族特点，又可以和世界文学进行一种富有价值的深层对话与交流。

---

　　① 李庆西：《说〈爸爸爸〉》，《读书》1986 年第 3 期。

　　② 杨匡汉、杨早主编，中国社会科学院文学研究所当代室著：《六十年与六十部——共和国文学档案（1949—2009）》，生活·读书·新知三联书店 2009 年版，第 247—248 页。

　　韩少功是一个既深谙西方的相关理论与创作，同时又对与中国本土及传统有关的文化意识、性格和心理有着比较深入、细致的思考和属于自己的想法以及见解的当代文化人。他反对盲目、狂热地向国外进行学习、模仿和借鉴，在 20 世纪 80 年代中期曾经非常清醒、坚定地表达过这样的意见与看法："万端变化中，中国还是中国，尤其是在文学艺术方面，在民族的深层精神和文化特质方面，我们有民族的自我。我们的责任是释放现代观念的热能，来重铸和镀亮这种自我。"① 这位作家十分愿意将有关的观点和主张，用小说这种文体形式比较形象化和具体化地予以适宜的展示与表达，以期能够引发更多人的留意以及关注，进而促使大家进行相应思索及探究的兴趣和热情得以产生、提升，所开展的研究和讨论能够获得较为有效的推动与促进。于 20 世纪 80 年代中期问世的中篇小说《爸爸爸》可以视为韩少功在当代文学的发展进程中，把外来的创作技巧与中国具有本土特色的具体内容结合得比较好的一篇优秀的文学作品。

（二）丙崽的叙述

1. 丙崽的叙述方式、特点及其效果

　　丙崽是谁？首先，他是韩少功的小说《爸爸爸》里一个与众不同的人物形象，用文本中的话语来讲，是个"宝崽"。丙崽是先天性精神发育迟滞的患者，也有人曾经将他称作"异形者"②。丙崽在出生之后的第三天才哭出了声，并且一直存在多个方面的功能障碍（除了傻笑、喊叫、哭泣之外，平时就只会说两句话，"一是'爸爸'，二是

---

① 韩少功：《文学的"根"》，《作家》1985 年第 4 期。
② "异形者"是日本学者加藤三由纪所采用的一个词语，主要用来指称韩少功的小说《爸爸爸》中的丙崽这个人物形象。20 世纪 90 年代中后期，翻译过韩少功《爸爸爸》的日本学者加藤三由纪在写给中国学者洪子诚的一封书信中，曾经说过这样的话："……小说开头就说，丙崽'摇摇晃晃地四处访问，见人不分男女老幼，亲切地喊一声'爸爸''，他也喜欢到外面走走，他这位异形者显然对外界很友好的，我也就对他感到亲切。"参见洪子诚《〈爸爸爸〉：丙崽生长记》之"附一：加藤三由纪来信（摘录）"，洪子诚《洪子诚学术作品精选》，北京大学出版社 2020 年版，第 294 页。

'×妈妈'"，"眼目无神，行动呆滞，畸形的脑袋倒很大，象个倒竖的
青皮葫芦，……"，连轮眼皮、翻白眼、转头、走路都十分费力)，
"后生们一个个冒胡桩了，背也慢慢弯了，又一批挂鼻涕的奶崽长成
后生了。丙崽还是只有背篓高，仍然穿着开裆的红花裤。母亲总说他
只有'十三岁'，说了好几年，但他的相明显地老了，额上隐隐有了
皱纹"，这个显得较为特别的人是长期被鸡头寨的男女老幼取笑与愚
弄、欺侮和凌虐的对象（当然，由于惊异于丙崽的神秘性和特殊性，
寨子里的民众偶尔也会将他当作神明进行供奉与膜拜)。①

　　其次，丙崽还是这篇小说的文本里多个人物叙述者当中的一员，
又具体采用了第三人称内聚焦叙事模式进行有关故事的讲述，这更多
地表现为"他"对一些琐细、平常的生活片段的记述与展示。在《爸
爸爸》的第一部分（即：小说文本中用"一"加以注明的部分），出
现了以下几段叙述文字：

　　　夜晚，她常常关起门来，把他稳在火塘边，坐在自己的膝下，
膝抵膝地对他喃喃说话。说的词语，说的腔调，甚至说话时悠悠然
摇晃着竹椅的模样，都象其他母亲对待自己的孩子："你这个奶崽，
往后有什么用啊？你不听话罗，你教不变罗，吃饭吃得多，又不学
好样罗。养你还不如养条狗，狗还可以守屋。养你还不如养头猪，
猪还可以杀肉咧。呵呵呵，你这个奶崽，有什么用啊，睚眦大的用
也没有，长了个鸡鸡，往后哪个媳妇愿意上门罗？……"

　　　丙崽望着这个颇象妈妈的妈妈，望着那死鱼般眼睛里的光辉，
舔舔嘴唇，觉得这些嗡嗡的声音一点也不新鲜，兴冲冲地顶撞：
"×吗吗。"

　　　母亲也习惯了，不计较，还是悠悠然地前后摇着身子，竹椅
吱吱呀呀地呻吟。

　　　"你收了亲以后，还记得娘么？"

---

　　① 韩少功：《爸爸爸》，《人民文学》1985 年第 6 期。

　　　　"×吗吗。"

　　　　"你生了娃崽以后，还记得娘么？"

　　　　"×吗吗。"

　　　　"你当了官以后，会把娘当狗屎嫌吧？"

　　　　"×吗吗。"

　　　　……①

　　这里，通过丙崽和丙崽娘这两个人物叙述者所作的一番讲述，比较具体地交代了"他"（儿子丙崽）与"她"（母亲丙崽娘）之间的一种日常相处模式——丙崽娘说，丙崽听。令人感到悲伤和惋惜的是，相依为命的两个人却根本没有处在同一个频道（主要表现为认知水平）之上，所以当丙崽面对自己的母亲——丙崽娘所说出的一连串话语的时候，作为儿子的"他"实际懵懵懂懂（当然，更不可能对这些话语加以揣摩、理解和把握）。至于被重复了多遍的"×吗吗。"这句话，也只是这个人物形象的一种习惯性发音而已，它根本算不上丙崽面对自己的母亲这位说话者及其生动、具体的言语和表达专门做出的有效回应。通过这些叙述文字，我们却可以看到这样一对形态特殊的母子在夜晚的家中进行促膝"交流"之时的一幅十分温馨、和谐的生活画面，并且能够从中感受到丙崽娘无私地给予身为宝崽的儿子丙崽的那一份颇为真挚和温暖、深沉和厚重的母爱。

　　以上所引用的这几段文字，无疑是对鸡头寨里由两口人组成的这个家庭日常生活情景的形象化描述与再现，它们所显示出来的是相对美好和浪漫的一种色调以及氛围。这与因为儿子丙崽的出生而带来的生活本身的艰难和压抑、痛苦和沉重形成了鲜明对比，借此可以传达出身为一名单身母亲的丙崽娘源于性格和心灵深处的乐观与坚强。客观地说，由它们所具体呈现出来的、关于这户人家夜深人静之时的特有场景，为外人直接看见以及亲耳听到的可能性其实不太大，因此让

---

　　① 韩少功：《爸爸爸》，《人民文学》1985 年第 6 期。

母子二人自己来进行讲述与表达或许才是一种更加合理、适宜而又行之有效的办法以及选择。我们需要看到，在中国作家韩少功的笔下，这个名字叫丙崽的艺术形象主要被定位和呈现为一个名副其实的痴者（愚人），"他"的表达、记忆、判断、分析、理解等多个方面的能力都显得十分有限。与美国作家威廉·福克纳的长篇小说《喧哗与骚动》中的班吉较为相近，中篇小说《爸爸爸》里的丙崽同样是一个存在严重智能障碍的真痴者。

在叙事文本里以非常态的人物叙述者进行痴者（愚人）叙事的时候，韩少功却未曾采用与福克纳完全相同的处理方式及做法，也就是让丙崽如同班吉那样依托直接内心独白的方式，展开更加接近于痴呆之人的状态及其特征的、具有一种显著的还原性质的叙述和呈现。可以看到，讲述故事的丙崽其实不无自身的复杂之处，"他"并不是一个纯粹的痴者（愚人），而会不时地显现出自己的逻辑、思维、判断和特点。在此前作过引述的几个段落中，叙述者丙崽已经进入痴者（愚人）的内心并且替他"说"出具有可理解性的一串话语（在很大程度上，与此处的另一个叙述者丙崽娘对自己家中晚上时常会出现的事情和情景所作的通顺、流畅的讲述与表达相比，它们不失为丙崽从"他"的个人化角度出发进行的一点儿描述和补充），这是一次相对清楚、有效的叙述与呈现，声音的发出者无疑与几乎不具备语言能力的人物丙崽具有明显差别（也就是说，此时讲述故事的丙崽与平日只会说两句话的丙崽是颇为不同的）。由此可见，中篇小说《爸爸爸》中的叙述者丙崽与人物丙崽之间，其实存在比较大的缝隙和差异，前者经常会采用和出现一些有别于（明显优于）后者的言行举止。

在这篇中篇小说里，由非常态的痴呆型人物叙述者丙崽具体展开的有关叙述，有的时候几乎与一个身体的多个方面（包括智力、能力以及生理、心理等）处于接近（或者说只略低于）正常状态的个体发出与实施的行为相似。小说文本里，丙崽所作的叙述具有以下几个特点。①时断时续。丙崽主要负责对与自己有关及亲身经历的一些事情进行讲述，叙述中的连贯性并不是很强，而是断断续续的。②自然流畅。作为叙述者的丙崽所作的文字表达，总体上可谓比较自然和顺畅，并不会给人以一种生涩与不易懂的感觉。③生动具体。丙崽的讲述虽说内容不是特别丰富，却又比较擅长把多个具有画面感的生活横切面，形象而又具体地描绘出来。④简洁明了。丙崽做出的叙述不无某种概括性，一段时间以内发生的事情，运用几句话就能够予以简要、明了的勾勒和陈述。

　　中篇小说《爸爸爸》中的鸡头寨是一个颇为特别的村庄，这里一直流传着不少明显带有巫风色彩的神秘习俗。在收成不好要杀人祭谷神的时候，人物丙崽曾经被大家选中而差点儿成为祭品，由于炸雷突然从天而降才使他勉强得以逃过一劫。另一种是"打冤"的古老习俗（即：在一口大铁锅里"煮了一头猪，还有冤家的一具尸体，都切成一块块，混成一锅。由一个汉子走上粗重的梯架，抄起长过扁担的大竹钎，往看不见的锅口里去戳，戳到么什就是什么，再分发给男女老幼。人人都无须知道吃的是什么，都得吃。不吃的话，就会有人把你架到铁锅前跪下，用竹钎戳你的嘴"①）。小说文本里关于这种习俗的叙述和呈现，又与因为争执而引起的、鸡头寨和鸡尾寨之间的一场械斗紧密相连，让人足以从有关的叙述文字中读出野蛮、蒙昧、残忍与团结、豪情、悲壮，以及它们十分错综复杂地交织、纠结在一起的特殊色彩与意味。我们看到，鸡头寨里这个非常规形态的独特成员——丙崽还曾不明就里地参与到了相应的仪式之中：

　　　　丙崽咬着开裆裤的背带，很不耐烦地被推到前面。他抓起一块什么肺，放到口中嚼了嚼，大概觉得味道不好，翻了个白眼，忧心忡忡地朝母亲怀里跑去了。
　　　　"你要吃。"有人叫他。
　　　　"你要吃！"很多人叫他。

———————————

①　韩少功：《爸爸爸》，《人民文学》1985 年第 6 期。

　　一位老人，对他伸出寸多长的指甲，响亮地咳了一声，激动地教诲："同仇敌忾，生死相托，既是鸡头寨的儿孙，岂有不吃之理？"

　　"吃！"掌竹钎的那位，冲着他把碗递过去。于是，屋顶上有了一个无比巨大的手影。①

　　在与邻近的鸡尾寨发生械斗的具体过程中，鸡头寨曾经出现过不小的人员伤亡，人们因此普遍而又真实、深切地感受到了族群之间的争斗所带来的痛苦、悲剧和创伤。丙崽虽然不是直接参与这场争斗里的人，"打冤"这种习俗却让身为痴者（愚人）的"他"被迫置身于与此有关的情境之中。按常理来说，对于寨子里当时发生的一系列事情与变故，形态特殊的丙崽本人几乎不可能去作相对清晰、正确、合理及有效的观察、认识和判断。但是，如果从另外一个角度来看，丙崽（"他"）这个形象的视觉、嗅觉、听觉和味觉等多种感官颇为直接、特有的体验以及与之相应的叙述文字却具有自身的作用和效果。不仅可以用来反映这样一种不无地域性、世俗性乃至某种原始性和神秘感的民间习俗，还能够借此较为形象、逼真地呈现出当面对大的灾难（包括天灾、人祸等）的时候，当地的普通民众表面上试图强作镇定、勠力前进，他（她）们的内心深处却又不免会感到忐忑、惶惑甚至恐惧的非常具体、生动、复杂的状况与情形。

　　我们认为，中篇小说《爸爸爸》中由非常态的人物叙述者丙崽借助第三人称内聚焦叙事模式所作的具体讲述，纵然其中存在一定的问题及欠缺，比如：具有"非正常"（非常）与"正常"相互交织的两重性的叙述者丙崽，让人感到面对受述者与读者进行故事讲述的这个人似乎并不是一个真正的痴者或愚人，这既可以增加艺术形象自身以及小说文本扑朔迷离的程度，又会给人们的分析与解读带来不小的困

---

　　①　韩少功：《爸爸爸》，《人民文学》1985 年第 6 期。

难和障碍，从总体上看，这样的叙述与安排却不无某种功能和效用，所以是值得大家予以相应的认可和肯定的。

2. 运用丙崽进行叙述的原因和意义

实实在在地讲，作家韩少功在《爸爸爸》的文本里对痴者（愚人）丙崽所作的设置、安排和处理，既发挥出了特别的效用，又存在一定的遗憾和问题（可以说，有的地方还不够周全与完善）。在具体展开叙述的过程中，叙述者丙崽具有一定的丰富性和复杂性，"他"有时会仿照痴者（愚人）的感受和体验进行叙述，有时则不然。具体地说，除了所选择和使用的语言与其精神疾病患者的身份并不完全相符外，"他"还对自己以及母亲的内心感受、想法等作过相当程度的描述和反映，其中不乏所谓视角越界的现象。例如：关于丙崽娘在面对重复说出同一句话（"×吗吗。"）的丙崽时的具体反应，文本中曾有过这样的叙述和呈现："母亲也习惯了，不计较，还是悠悠然地前后摇着身子，竹椅吱吱呀呀地呻吟。"① 实际上，这位与儿子丙崽朝夕相处的女性形象心里的真实想法（即：身为母亲的丙崽娘真的"习惯"、"不计较"和"悠悠然"与否），除了丙崽娘本人之外，很难为包括丙崽在内的其他人真正地知晓及了解。

我们注意到，与人物丙崽存在不小差异的叙述者丙崽，"他"可谓时而清醒时而愚钝。从"他"说出的具体话语来看，文本里负责讲述故事的叙述者丙崽与那个更具现实性、真实感与趋于生活化的痴者（愚人）丙崽，二者重合为同一个人的可能性其实并不大，因为这两个人几乎不可能出现完全对等的情况。对于小说文本里出现的这种显得有点儿矛盾（以致略微有些说不过去）的情况，人们普遍持有的是一种视而不见的态度（至今，未见有人作过相关提及或者专门进行讨论），作者韩少功也从未对此作过有关的说明和解释（或许，他没有比较清楚和充分地意识到这个现象的存在，并不认为它足以构成需要和值得自己以及其他人加以特别注意与思考、处理和解决的一个具体

---

①　韩少功：《爸爸爸》，《人民文学》1985 年第 6 期。

问题①）。非常规形态的丙崽是否具备一定的逻辑思维能力，"他"的逻辑思维能力与语言表达能力是否相一致，"他"究竟会出现何种类型的心理活动，"他"的心理活动是否与常规形态的人完全相同？……这是一些与现代医学、心理学关系比较密切的问题，特定领域里的专业人士应该也难以对它们进行明晰、准确而又科学、具体的回答。作为并非处于专业领域中的普通人，在面对这些问题的时候，我们所采用的做法是试图去叙事文本里为它们寻找可能的答案，但是不得不说这样做的结果其实并不理想（而且，还会时常令人感觉到犹豫和困扰、为难和苦恼）。究其原因，这又与因由特殊形态的人物叙述者丙崽在《爸爸爸》中的叙述而引发的疑惑和顾虑不无关系。

　　在这篇中篇小说的文本里，作为集叙述主体和叙述对象于一身的人物叙述者，由丙崽具体展开叙述的地方在数量上是相对有限的（前

①　在中篇小说《爸爸爸》的第七部分（即："七"）里，为了表现丙崽娘有一天"挽着个菜篮子，一顿一顿地上山去了，再也没有回来"给丙崽带来与造成的具体影响，作家韩少功曾经这样写道："丙崽一直等妈妈回来。太阳下山，石蛙呱呱地叫，门前小道上的脚步声也稀少了，还没有见到那张熟悉的面孔。好象有很多蚊子，咬得全身麻麻地直炸。小老头使劲地搔着，搔出了血，愤怒起来。他要报复那个人。走到家里去，把椅子推倒，把茶水泼在床上，又把柴灰灌到吊壶里。一块石头砸过去，铁锅也叭地一声裂开。他颠覆了一个世界"，"一切都沉到黑暗中去了，屋外还是没有熟悉的脚步声。只有隔邻的那栋木屋里，传来麻脸裁缝断断续续的呻吟"，"小老头在蚊虫的包围下睡了一觉，醒来后觉得肚子饿，踉踉跄跄地走"，"月亮很圆，很白，浓浓的光雾，照得世界如同白昼，连对面山上每棵树，每一叶茅草，似乎也看得清楚。溪那边，哗哗响处有一片银光灼灼的流水，大块的银光中有几团黑影，象捅了几个洞，当然是雄踞溪水中的礁石。石蛙声已经消停了，大概它们也睡了。但远处不知什么地方有密集的狗吠，象发生了什么事"，"丙崽含着指头，在鸡埘前坐了一阵，想了想，走出了寨子"，"妈妈曾带他出去接生，也许妈妈现在在那些地方。他要去找"，"他在月光下的山道上走着，在笼罩大地的云雾之上走着，走得很自由，上身微微前倾，膝弯处悠悠地一晃一晃，象随时可能折断……"我们可以肯定地说，在家等待母亲返回而被蚊虫袭击，因此感到愤怒起身去实施报复（实为破坏），进而在夜里睡醒一觉后依靠本能走出家门和寨子，试图去山里寻找母亲的是同一个人——丙崽。在这几段叙述文字里，作者先后采用了"丙崽""小老头""他"三个称谓来进行叙述，其目的似乎是想要对叙述者与叙述对象作一定程度的区分，从而让叙述者的讲述、故事的呈现以及人们的阅读和理解变得更为清晰和具体一些。我们发现，这样做的效果总体上看起来似乎是好的，但内中还存在让人稍感遗憾和困惑的地方，比如：从实际所起到的作用来讲，"丙崽"、"小老头"和"他"这三个称谓在文本中并不存在实质性的区别，如果进行相互替换或者只采用其中的一个称谓也不会造成比较明显的影响；就具体的言语以及表达方面而言，已作引述的这几个段落其实不可能全部出自身为痴者（愚人）的丙崽之口，作者在文本里却并未对它们进行更加合理和具有说服力的相应说明以及区分度更高的处理与解释。

已有述，"他"实际只是作者笔下诸多人物叙述者中的一个）。特殊的形态与身份却促使叙述者丙崽不是默默无闻的存在，所以很多人都很可能会将目光和注意力投注到丙崽的身上。不难发现，《爸爸爸》当中的这个叙述者偶尔会依据或模仿痴者丙崽的眼光和感受来进行具体的表述，有意制造出一种较为特别的叙述感受与氛围。如前所述，在智力以及能力方面，负责讲述故事的丙崽很多时候明显优越于人物丙崽。叙述者丙崽的具体讲述主要围绕着人物丙崽来展开，但是"他"的叙述语言和思路与痴呆型人物丙崽原本"说"出的话语、可能拥有的想法具有比较显著的差别。在我们看来，叙述者丙崽讲述出来的具体内容虽然不无可信之处，"他"的两重性（即：非正常与正常相交织的特点）却不免会让人对其叙述可靠性心存疑虑甚至提出质疑。也就是说，人们很难相信眼前的这个叙述者是全然可靠的，进而会觉得需要认真、仔细地进行一番与丙崽及其所作的叙述有关的观察、分析和思考，以为唯有如此才能更好地理解作家韩少功以及他的小说《爸爸爸》。

我们认为，这位作家之所以进行这样的安排和处理，应该与他对叙述效果的预期和考虑关系较为密切。文本里不无一定的矛盾与复杂之处的非常态人物叙述者丙崽的存在与出现，绝不是写作者主观方面的疏忽大意或缺少规划所导致的所谓失误的一个具体证明。在我们看来，愚弱而又特别的丙崽所作的叙述无疑有利于增加叙述文字本身的形象感、生动性及逼真感，但还会给人带来一种含混、模糊、飘忽的感受和印象。相对清醒和正常的叙述者丙崽则完全不同，这样的"他"具备和拥有不弱的逻辑思维能力与语言表达能力，所进行的讲述以及最终呈现出来的故事都更容易被人们理解和接受。因此，总体观之，作家在《爸爸爸》里对具有两重性的人物叙述者丙崽的选用能够显现出一种特有的效能，的确可以不动声色地促使叙述者丙崽与人物丙崽以及受述者、读者之间的关系和距离发生微妙变化，丰富和充实叙述交流层次及其具体内容的同时，可以显著增强阅读和审美的感受及体验，进而让大家对文本中相对复杂的人物叙述者丙崽及其痴者（愚人）叙事最终做出认可、接受和理解的程度能够获得一种有效提升。

须承认，从叙事艺术的角度来看，同为非常规形态的痴呆型人物叙述者，韩少功的中篇小说《爸爸爸》中的丙崽（"他"）及其所采用的第三人称内聚焦叙事模式，其表现力和效果确实不及威廉·福克纳的长篇小说《喧哗与骚动》里的班吉（"我"）及其以第一人称内聚焦叙事模式进行的、具有还原性质的叙述那般特别与出彩。在这篇小说的文本里，叙述者丙崽及其所作的讲述还存在一定的遗憾和问题，作家韩少功在运用特殊形态的人物叙述者的时候尚有处理得不够精细和到位的地方（比如：对"他"的非正常与正常这两种状态以及文本中已经表现出来的在二者间的转换与过渡未作任何必要的交代和解释、铺垫及说明），还不足以给受述者和读者造成并且留下非常深刻而又难以接受的感受以及印象。不可否认的是，这位作家当年所作的这种艺术处理却又是有助于达成把与痴者（愚人）丙崽有关的故事具体地讲述和呈现出来这个基本目的的。中篇小说《爸爸爸》里独特的艺术形象丙崽及其叙述不失为作家韩少功在文学创作过程中有意识地采取的、具有实际效用的叙述策略与手段，这可以说是谁都不能轻易地加以忽视和抹杀的一个事实。

近年来，有的学者已经注意到，王安忆的《小鲍庄》、莫言的《透明的红萝卜》和韩少功的《爸爸爸》里的捞渣、黑孩、丙崽等身为智障者的特殊人物形象，"时常占据了读者的视野中心。人微言轻并不妨碍他们成为文本主角。当然，与其说作家将他们设置为小说叙述的视角，不如说将他们的境遇设置为价值评判的隐蔽标准。他们与成人世界的格格不入，他们所遭受的嘲弄、疏离、威胁和恐惧无不暗示了成人世界的冷漠和残酷"①。在我们眼里，中篇小说《爸爸爸》中的痴者（愚人）丙崽既是一个相对少见的艺术形象，又是可以感知和

① 南帆：《异常的傻瓜》，南帆：《南帆文集10 这一代的表述》，福建教育出版社2018年版，第378页。

触摸得到的特殊形态的人物叙述者，这正是丙崽（"他"）与其他的痴呆型人物叙述者相一致的地方。在人们阅读和理解这篇小说的过程中，作家韩少功进行的这种设置与处理无疑会成功制造出一种陌生化效果，由此而足以提醒大家需要对丙崽本人进行一番认真、细致的观察与思考。

事实上，讲故事的叙述者丙崽和故事里的人物丙崽是让人感到既熟悉又陌生、既惊喜又困惑的，我们不宜（更不能）简单、直接地对二者予以毫无保留的认同以及不做任何判断与考量的肯定。从 20 世纪 80 年代中期至今，与《爸爸爸》里的丙崽形象相关的分析和讨论，在学术界早已成为一个较为常见的现象。由此可见，这篇小说的文本中与叙述者丙崽密切相关的、借助语言和文字塑造出来的丙崽这个艺术形象，已经被大家较为普遍地加以关注和接受。人们侧重对这个在现实生活中存在原型①的非常态人物的特性、渊源及其象征意义进行深入思考，丙崽被普遍认为是中国人的文化、心理、性格等的浓缩与外化，而将一种审视与批判性质的目光置于丙崽的身上，则是作家韩少功面对具有悠久历史的民族文化传统的态度、认识的具体显现与流露。多年前，学者刘再复曾经指出："丙崽正是一种符号，既是历史的，又是现实的，既是民族的，又是个人的一个荒谬却又真实的象征符号"，丙崽的"非此即彼的'二值判断'的思维方式是普遍性的文化

---

① 韩少功在 2004 年接受访谈时说："丙崽这个人物是有生活原型的。我在乡下时，有一个邻居的孩子就叫丙崽。我只是把他的形象搬到虚构的背景，但他的一些细节和行为逻辑又来自写实。我对他有一种复杂的态度，觉得可叹又可怜。他在村子里是一个永远受人欺辱受人蔑视的孩子，使我一想起就感到同情和绝望。我没有让他去死，可能是出于我的同情，也可能是出于我的绝望。我不知道类似的人类悲剧会不会有结束的一天，不知道丙崽是不是我们永远要背负的一个劫数。你可能注意到了，我写这个小说的时候，尽力抹去了时间与空间的痕迹，因此我的主人公不死是很自然的。他是我们需要时时面对的东西。"参见韩少功、张均《用语言挑战语言——韩少功访谈录》，《小说评论》2004 年第 6 期。此外，学者项静在《韩少功论》一书中的《前言》里记录了 2017 年 10 月 15 日在湖南汨罗的于天井茶场（知青下放地）举办的作家韩少功的汨罗老乡见面会的一些情况，并且对参加这次见面会的多个汨罗老乡的发言作了不无还原性的呈现，其中有一个人曾经这样说："丙崽就是我们队上的丙伢子，因为有些智障，只会说两句话，其中一句就是'爸、爸、爸'……"参见项静《前言》，项静《韩少功论》，作家出版社 2021 年版，第 7 页。

现象，它蕴含着一种深刻的悲剧性"，与面对鲁迅笔下的艺术形象阿 Q
一样，人们要正视丙崽的"简陋""粗鄙"，并杜绝丙崽的"思维方
式"和"哲学"。① 后来，又有研究者提出，作为"巨大的文化隐喻符
号"的丙崽"是一个长不大的人"，"丙崽有三个特性——冥顽、丑
陋、浑浑噩噩，在韩少功这里即是文化负面因素的象征"，"这个负面
因素和中国人的正面因素密切相关，就是人的依附性、非成长性、非
敞开性"。②

可以这样说，韩少功的中篇小说《爸爸爸》以及其中的人物形象
丙崽，已经被人们较为普遍地当作这位当代作家对过往的历史和传统
进行思索与反省的一个具体产物和结晶。有人认为，"韩少功所审视
的现实生活的一个主要内容是'文化大革命'对中国人所产生的冲
击，这也为许多其他中国作家所关注"，与伤痕文学的作者不同，他
的作品里"没有那种粗浅的感情释放和焦躁的宣泄"。③ 如果就小说文
本里的叙述语调和风格而言，《爸爸爸》在整体上的确是比较冷静和
克制的，并未出现创作者将十分强烈、浓重的主观感情投注其中并
且让他笔下的艺术形象进行与之相应的缺少节制的表达乃至直接宣
泄的情况。在这篇中篇小说的文本里，具体现身的多个人物叙述者
在叙述过程中一直与叙述对象、受述者保持着不远不近的距离，其
中的丙崽（"他"）所秉持的可以说是一种既不倾情投入又并非超然
世外的态度。

毋庸置疑，《爸爸爸》是一篇与中国乃至中国人、中国社会密切
相关的作品，中国的历史、文化、传统及其特点等无疑为作家韩少功
的艺术构思与表现提供了厚实、坚定、具体的基础。如前所述，它不
是仅仅止于一时与一地的、以写实性的表现手法著称的小说创作，当

---

① 刘再复：《论丙崽》，《光明日报》1988 年 11 月 4 日。
② 吴炫：《〈爸爸爸〉：关于长不大的丙崽》，吴炫：《依附启蒙观念的当代文学》，上海大学出版社 2017 年版，第 125—126 页。
③ ［英］玛莎·琼：《论韩少功的探索型小说》，田中阳译，吴义勤主编：《韩少功研究资料》，山东文艺出版社 2006 年版，第 141 页。

代作家韩少功在写作《爸爸爸》的过程中未曾自我设限，他所持有的是一种比较开放和自由的、适合进行艺术想象与虚构的创作心态。作家本人曾经说过，这篇中篇小说"主要是一种主观精神的体现，它并不是说这个世界是什么样，我们一定要真实地表现它，而是把许多事情凑在一块，历史的现实的，把时间空间打破，没有时间界限，没有空间界限。把历史的现实的混在一块，有意把时代背景模糊，把民族的界限模糊，有许多素材是从少数民族来的，但不写少数民族，小说中看不出是写哪个民族，甚至看不出是写哪个地方……更看不出是写解放前还是解放后……我觉得这是整个人类超时间超空间的一种生存状态，一种生存精神……"①

韩少功在写作中篇小说《爸爸爸》的时候，富有成效地借鉴和汲取过较为丰富和多样化的文化资源，涉及了传统与现代、现实与幻想、民族与世界、国内与国外……不少和它们有关的东西交错和叠加、聚集和融会在一起，共同织就与构成了可以谓之为色彩斑斓、神秘莫测而又引人入胜的艺术作品。在这篇小说的叙事文本里，通过痴呆型人物叙述者丙崽及其相对具体的、呈片段性的讲述，使我们在得以走进一个不无神奇和魔幻色彩的故事之中的同时，完全可以读出这位中国作家寄寓于字里行间的、宏远而又感人的文学抱负和理想。

三 二少爷：川西北麦其土司家族故事的唯一叙述者

（一）阿来的《尘埃落定》

20 世纪 80 年代中期，当代文坛中出现过一个引人瞩目的现象，就是马原、残雪、格非、莫言、余华、苏童、孙甘露、洪峰等先锋小说家对与西方现代主义有关的多种表现技巧和创作手法所作的大胆探索与激情实验，由此而取得了不少创作成果并且产生了比较大的影响。

---

① 林伟平：《文学和人格——访作家韩少功》，《上海文学》1986 年第 11 期。

进入 90 年代这个"成熟与'回复常态'的时期"① 以后，从事文学创作的作家普遍变得更为成熟、理智和沉稳，懂得认真、仔细地去选择和运用真正适合自己的方法、手段、技巧、策略，更加注重以个体主观性较为明显的眼光和视角去重新审视历史与现实，在使叙事和写作变得极具个人化特点的同时，进一步突破了过去步调相对整齐划一的宏大叙事的有关要求和规范、习惯以及传统，这非常有助于更好地表现不同类型的创作题材、内容以及主题。经过一段时间的努力与实践、付出与积累，我国的当代文坛上逐渐涌现出了一批颇有新意同时又不无分量的文学作品。

藏族作家阿来的《尘埃落定》就是当时让人感到眼前一亮的小说创作，它是阿来的第一部长篇小说，于 1994 年创作完成，1998 年 3 月由人民文学出版社出版。这部富有特色的作品当时曾经引起过不小的震动和反响，它的成功与形态特殊的人物叙述者的运用存在较为密切的关系（具体地说，这部小说是作者运用痴呆型人物叙述者进行故事讲述所得到的一个显著成果）。与所谓正常人相比，痴呆之人本身以及与之有关的很多东西均不无新奇和特别之处，或许正是由于此种特殊性、新颖性，从而促使痴者（愚人）成为显得格外富有吸引力而备受人们关注的一个具体对象。我们知道，由痴呆之人在叙事文本里开口作叙述，虽然不失为作家笔下难得一见的现象，但它并不是由某一位作家所发明和独创而具有排他性的一项专利。可以看到，继美国现代小说家威廉·福克纳于 20 世纪 20 年代末期创作、出版长篇小说《喧哗与骚动》之后，曾经有多位中外作家对此进行过用心的学习、

① 学者张清华认为，我国当代小说具有"明显不同的阶段性特征"，相对于 20 世纪 70 年代以前的"意识形态时期"，80 年代的"渐变与先锋运动时期"，90 年代以来则是"成熟与'回复常态'的时期"，"所谓回复常态是指小说形式变革的过程逐渐停息，小说的道路不再呈现为运动式的景观序列"，总体而言，"这个时期小说渐渐回到了庸常的叙述"。他同时指出："但有一个例外就是长篇小说，90 年代以后的长篇小说是汉语新文学诞生以来最辉煌的时期，这是此前形式变革与艺术探索蕴积能量的结果，它催生出一批了不起的和必将成为经典的长篇作品，这个过程其实也可以看做是 80 年代中期以来先锋小说运动的真正结果和最后辉煌。"参见张清华《存在之镜与智慧之灯——中国当代小说叙事及美学研究》，福建教育出版社 2010 年版，第 1—2 页。

模仿和借鉴，出自他（她）们之手的启用同一个类型的叙述者的文学创作吸引了不少读者和评论者的目光，受到了来自多个方面的广泛注意、赞许以及肯定。

如果说，南方①是生养、哺育和造就美国作家威廉·福克纳的一个非常重要的地方，但泽为德国作家君特·格拉斯早已失去了的故乡和"他一直魂牵梦绕的精神家园"②，中国作家阿来及其文学创作则可谓与川西北的藏区具有一种密不可分的关系和渊源。阿来的故乡是四川省阿坝藏族自治州的马尔康县，俗称"四土"（即：四个土司统辖之地），处于整个藏区的边缘地带，它"虽然远离以拉萨河谷和雅砻河谷为主的藏族文化中心，但是这里的人们同样生活在一脉相承的藏族宗教文化和民俗文化的环境中"③。关于自己与这片土地之间的紧密联系，在一篇散文中这位作家曾经作过这样的表述："我出生在这片构成大地阶梯的群山中间，并在那里生活、成长，直到三十六岁时，方才离开。"④ 藏区，不仅赋予作家阿来鲜活的肉体与生命，还给予了他的精神和灵魂以异常珍贵的给养，他和他的艺术创作在相当长的一段时间里都离不开这片土地，离不开自己所属的族别富有特色的历史、文化和与之相应的积累以及沉淀，离不开从这一切中获得、汲取与受到的熏陶、濡染、滋润以及影响。

《尘埃落定》是一部以家族故事为题材的长篇小说，它描述了四

---

① 曾有中国学者对与美国的认识和了解关系相对密切的"南方"一词作过如下的界定和说明："在美利坚的地理版图上，南方是最大的区域。它的范围通常是指美国南方和东南方部分，横向由东海岸的弗吉尼亚州向西至德克萨斯州，纵向由东南端的佛罗里达州向北至马里兰州这一广袤的区域。根据盖洛普的定义，它包括 11 个前南方邦联州——弗吉尼亚（Virginia）、佛罗里达（Florida）、佐治亚（Georgia）、南卡罗莱纳（South Carolina）、北卡罗莱纳（North Carolina）、阿拉巴马（Alabama）、田纳西（Tennessee）、路易斯安那（Louisiana）、阿肯色（Arkansas）、密西西比（Mississippi）、德克萨斯（Texas），加上肯塔基（Kentucky）、俄克拉荷马（Oklahoma）——南方不仅地域辽阔，而且人口众多，占全国面积的四分之一以上。"参见李杨《美国南方文学后现代时期的嬗变》，山东大学出版社 2006 年版，第 2 页。

② 冯亚琳：《君特·格拉斯小说研究》，上海外语教育出版社 2011 年版，第 3 页。

③ 丹珍措：《阿来作品文化心理透视》，《民族文学研究》2003 年第 4 期。

④ 阿来：《离开就是一种归来》，阿来：《大地的语言——阿来散文精选集》，四川文艺出版社 2018 年版，第 50 页。

川西北部藏族地区麦其土司家族由盛到衰的历史，被公认为我国近些年来出现的一部优秀的民族文学作品。关于"民族文学"，有人曾经立足于中国当代语境作过这样的界定："我国这样多民族国家中的人口居于少数的民族的文学。"① 也就是说，在非特指的情况下，"民族文学"大体上相当于"少数民族文学"。就我国近百年以来新文学发展的情况而论，少数民族作家虽然人数相对有限，他（她）们的文学成就和影响却是有目共睹的。在具体的文学创作中，他（她）们又主要表现出了两种走向：一种是偏重对本民族的历史和生活的描述，强调和突出独特的民族文化特征，比如，苗族作家沈从文②、鄂温克族作家乌热尔图、藏族作家扎西达娃、回族作家张承志和霍达等；另一种是淡化自己的族别身份，以更具普遍性的文化心态来进行文艺创作，像满族作家老舍③、蒙古族作家萧乾和李准、回族作家陈村、仡佬族作家鬼子等。在这些作家的创作中，族别特点不是十分明显（或者说显得相对隐蔽）。

一个需要引起思考和重视的现象是，绝大多数的少数民族作家在创作过程中早已疏离了自己的母语，转而运用汉语来进行表达和书写。之所以如此的一个重要原因在于，拥有少数民族身份的作家，常常不是处在单一的文化氛围与背景当中的创作个体，在求学、工作、生活的过程中，很有可能一直在自然而然并且从不间断地触碰、认识、了解既包括自己的族别又包括汉族在内的多个族别的文化传统、历史与资源。当面对自己所属的族别之外的丰富、复杂的各种现象、信息、条件以及因素等时，他（她）们通常不会从一开始就明确地表示排斥、拒绝，或者不明就里却坚决与盲目地去加以否定、抵制和反对，其中不少人实际是非常愿意而且乐于对外来的很多东西做出自己的感

---

① 刘俐俐：《民族文学与文学性问题》，《民族文学研究》2005 年第 2 期。

② 作家沈从文的族别问题，学术界尚有争议，有苗族、土家族、汉族之说，此处采用常见的苗族一说。

③ 一般认为，除《正红旗下》之外，作家老舍在文学创作中对自己的族别身份主要采取的是一种隐藏而非显露的态度。

知与认识、理解和接受的。

对于这样做的好处、问题以及弊端，我们尝试从两个方面来进行说明：一方面，少数民族作家可以从中汲取相对而言更为多元化、多样化的文化养分以及资源，从理论上来讲这对于他（她）们自身的成长、成熟及其艺术创作的稳步发展具有不小的启发和帮助、影响和作用，非常有利于扩大少数民族文学的读者面，提升少数民族文学被接受和认可的程度以及实际产生的影响力；另一方面，由于外来影响的存在和相应的冲击力，对包括语言的风格和特征在内的民族文学特色的保存，客观地说很可能会带来某种干扰乃至困难。就拿某一种具体的语言来讲，它不仅具有参与思维与表达的工具属性，还是拥有十分丰富的内涵和意蕴的比较重要的文化现象。可以这样说，汉语写作对于想要更多地保留和呈现（乃至强调和凸显）自己所属族别的文化特色的一部分少数民族作家而言，实际上确实有可能存在一种不可轻易地予以忽略、否认和无视的局限性，以及自己原本想要用心去作表达的内容（具体的思想、感情、心理等）与所采用的语言及形式之间并不完全能够相互适应、匹配和吻合的问题。

如果单纯地为了避免这种局限与不相适应的问题的出现，而让所有的少数民族作家都停止汉语形式的写作而改用他（她）们各自的母语来进行文学创作，则是典型的因噎废食而不现实、不可取甚至显得有些倒行逆施和荒唐可笑的做法。由此说来，这是否意味着少数民族作家除了被相对普遍和强势的其他族别的语言、文化不断地同化、湮没之外，几乎不存在足以保留自身的族别特色的方法、途径与可能呢？一般认为，文化本身具有外显和内隐这两个不同的层面，相对于服饰、饮食、建筑等主要以物质、实体的形式显示出来，外部特征相对明显的文化形态，民族意识、价值观念、审美心理等主要涉及文化的核心和深层，具有与精神、思想密切相关的性质和特征，因此它们通常不会轻易、快速地发生更改和变化。可以肯定地讲，作为一种重要载体的母语对不少少数民族作家思维习惯的形成和文化心理的建构，的确起到了非常关键乃至具有决定性的功效与作用。而且，在接触、学习、掌握进而开始运用母语以外的语言进行艺术创作的时候，作家自己所属的族别的情感、意志、观念、思想等依旧会持续性地发挥作用以及影响，并且可以通过一定的方式与途径有意或无意地体现出来，由此而使他（她）们的具体作品普遍具有并打上与民族性格、传统习俗、文化心理有关的或深或浅的烙印与痕迹。

我们因此而不难理解，藏族作家阿来的《尘埃落定》虽然是用汉字（而非藏文）书写而成的长篇小说，但是它为何能够显现出十分独特而又比较强烈、浓郁的族别意识，会让广大读者产生关于作家的族别身份以及文化心态的明显感受与认知。作为一位较为清楚地知晓自己的身份与处境的当代作家，阿来不仅明白因为家庭出身和生活环境的影响，决定了自己与不少人存在一定的差异和区别。同时，他还非常重视从自己所属的族别的文化以及传统中主动地去汲取有用的养分和资源——"我作为一个藏族人更多是从藏族民间口耳传承的神话、部族传说、家族传说、人物故事和寓言中吸收营养。……那些在乡野中流传于百姓口头的故事反而包含了更多的藏民族原本的思维习惯与审美特征，包含了更多对世界朴素而又深刻的看法。"① 阿来曾经不止一次地具体谈到从一位较为著称的藏族民间智者——阿古顿巴②的身上获得创作灵感的事情，他十分明确地指出，出现在自己笔下的二少爷这个人物形象主要是以阿古顿巴作为原型来进行描述、书写和塑造的。由此可见，在写作长篇小说《尘埃落定》的时候，作家阿来对自

---

① 阿来：《穿行于异质文化之间》，《中国文化报》2001年5月10日。

② 阿古顿巴的故事在我国的藏族地区可谓广为流传，他是一个类似于维吾尔族的阿凡提和纳西族的阿一旦的民间智者，当面对国王、庄园主、喇嘛等位高权重的人的时候，他总能以一些看似愚拙实则暗藏智慧的方式使自己处于有利位置。在发表于《解放日报》2007年2月25日的《文学创作中的民间文化元素——阿来在上海市作家协会"城市文学讲坛"的演讲》一文中，阿来曾经对"阿古顿巴"在藏语里的意思作过解释："'阿古'指的是对所有有叔叔辈、舅舅辈、伯伯辈的称呼，是对男性长辈的尊称，'顿巴'的意思是导师，他开启了智慧。"这位作家还说过："在一系列阿古顿巴的故事里，有着大量的把复杂的事情变得简单的智慧"，"在我的经验中，我们很可能会从'民间'学到的东西，就是他们看待事物的方法和人生的基本态度。我觉得，假如在文学创作中找不到对现实问题的合理的解决方案的时候，民间的态度或方法也许能够提供有益的启示"。

己的藏族身份的确作了有意识的彰显和强调，并且非常愿意将文学创作之根深植于藏族所固有的丰富、深厚的历史文化资源及其内涵与底蕴之中。

（二）二少爷的叙述

1. 二少爷的叙述方式及特点

作家阿来是带着对藏族民族文化和民间智慧的崇敬、赞赏态度来创作长篇小说《尘埃落定》的。我们知道，在中国的传统文化中向来就有"大巧若拙""大智若愚"一类的观点与说法，人们普遍认为真正的灵巧与智慧绝不是卖弄自己一时一地的聪明，显露个人的某种机敏或者炫耀所谓的一技之长，而是主张人要在顺应规律的过程中使目的、意图、愿望、向往等自然而然地得以显示、达成和实现。这部小说中以藏族民间智者阿古顿巴作为原型刻画出来的主人公二少爷的艺术形象，无疑体现出了阿来关于愚智问题的深入思考与辨析，完成了对常人眼里的聪明人和傻子的某种反观、审视、探讨、解读乃至嘲讽。

在小说《尘埃落定》中，二少爷是一名先天痴呆患者，幼年时明显出现过精神发育迟滞的现象。小说文本里，对有关情况作了这样的记述："那时我已经三个月了，母亲焦急地等着我做一个知道自己来到这个世界的表情"，"一个月时我坚决不笑"，"两个月时任何人都不能使我的双眼对任何呼唤做出反应"，"土司父亲像他平常发布命令一样对他的儿子说：'对我笑一个吧。'见没有反应，他一改温和的口吻，十分严厉地说：'对我笑一个，笑啊，你听到了吗？'他那模样真是好笑。我一咧嘴，一汪涎水从嘴角掉了下来"。① 和《喧哗与骚动》里的班吉、《铁皮鼓》中的奥斯卡·马策拉特一样，二少爷是《尘埃落定》里不容忽视的一个人物形象，而且"我"还具有与班吉、奥斯卡既有联系又有区别的特点。这个特别的形象一直长到十多岁才能够记事（在此之前，身为二少爷的"我"因为精神发育的状况欠佳而犹

---

① 阿来：《尘埃落定》，人民文学出版社1998年版，第5页。

如痴者班吉一般活着）。后来，二少爷的智能障碍逐渐消失，开始显露过人的分析、判断、推理乃至预测、决策的能力和本领，甚至表现出十分显著和突出的足以影响民族发展与历史进程的一种天才性以及创造性，却出于现实的原因和考虑而选择并决定像德国作家君特·格拉斯笔下的人物奥斯卡·马策拉特那样戴着痴者（愚人）的面具继续生活和存在。

与此同时，叙事文本中的二少爷还是一个颇具特色的痴呆型人物叙述者，不仅采用第一人称来进行叙述，还承担了麦其土司家族故事的全部讲述任务。二少爷所作的叙述，主要顺承着十三岁开始记事之时（即：那个有野画眉在窗外叫唤的、下雪的早晨），直至多年以后一个春天的正午（"我"被麦其家的仇人用刀子所杀）的生命历程徐徐展开。和同样类型的人物叙述者班吉、奥斯卡乃至丙崽相比，《尘埃落定》里的二少爷在叙述方式上无疑与他们存在一定的差别。美国作家福克纳将自己笔下的班吉尽量还原为一个名实相符的痴者（愚人），让"我"在小说文本中侧重以直接内心独白的方式，犹如自言自语一般进行叙述。阿来在创作过程中对人物叙述者二少爷所作的具体安排和处理，与德国作家格拉斯针对《铁皮鼓》中的人物奥斯卡所采用的做法要更为接近，这位中国作家同样在文本里对痴者（愚人）作了一种具有可能性的戏仿和假托。

在长篇小说《尘埃落定》中，作为故事叙述者（而且，是唯一的叙述者）的二少爷（"我"），十三岁以后表面上仍旧维持着众人眼中显得与众不同的痴呆、智障之人的特有形象与外表，实际却比较巧妙地运用了明显突破与超越痴呆之人的理念、想法、视界来对规模宏大、情况复杂的家族故事进行比较清晰、具体的讲述，这明显有别于韩少功的中篇小说《爸爸爸》里丙崽依据第三人称所展开的、不无自身特点的片段式叙述。作家阿来通过笔下的人物二少爷给人们展示和呈现出来的，可以说是痴呆型人物叙述者的另一种条分缕析式的叙述方式，这与身为一个痴者（愚人）的艺术形象原本可能具备和拥有的眼光、思维逻辑以及言语表达的习惯都相去甚远。

　　我们注意到，二少爷（"我"）对自己所讲述的人物、事件以及文本本身所作的干预显得较为频繁，这个非常态的人物叙述者可谓对叙事文本的形式和内容两个方面均有比较明显的涉及与触碰。具体来讲，有关的情况又是这样的：一方面，通过标明叙事进程来显露自己讲述故事的痕迹，企图有意识地引导受述者及读者进行认识、阅读与接受。比如："天啊，你看我终于说到画眉这里来了。""啊，还是趁我不能四处走动时来说说我们的骨头吧。""现在该说银子了。""还是叫这不重要的人的故事提前结束了吧。"① 另一方面，对所叙述的内容作过一定程度的解释、评价和概括，由此而使人物叙述者二少爷（"我"）的存在及看法得到了进一步的突出与强调。例如："我想自己是把眼睛闭上了。但实际上我的眼睛是睁开的，便大叫一声，'我的眼睛不在了！'"之后叙事文本中出现了一句话："意思是说，我什么都看不到了。"（这里的着重号为引者所加，而非原文所有，下同）"活佛激动得连话都说不出来了，一个劲地对土司太太躬身行礼。照理说，他这样做是不对的。""因为战争，这一年播种比以往晚了几天。结果，等到地里庄稼出苗时，反而躲过了一场霜冻。坏事变成了好事。"② 叙述者的这些话语无疑会给叙述接受者的理解和判断带来（甚至造成）不小影响，让人明显感觉到非常规形态的人物二少爷在叙事文本的故事与话语两个层面都拥有举足轻重的位置以及作用的同时，意识到麦其家族故事完全是依赖二少爷（"我"）及其做出的具体讲述才得以呈现出来的，从而提醒人们在面对和阅读《尘埃落定》这部长篇小说的时候，需要对痴呆型人物叙述者二少爷以及由"我"所作的叙述的方式、手段和内容等更多地加以留意、思考和关注。

　　随着阅读过程的逐渐展开，我们不难发现，与《喧哗与骚动》中执着于感觉和印象，如同梦中呓语一般"说"出自己根本理解不了的、成员之间关系较为复杂的家庭里存在和发生的多种事情的人物班

---

　　① 阿来：《尘埃落定》，人民文学出版社 1998 年版，第 6、12、89、109 页。

　　② 阿来：《尘埃落定》，人民文学出版社 1998 年版，第 11、19、38 页。

吉，以及《爸爸爸》里借助相对流畅的语言侧重讲述一些与"他"本人有关的事情，在很大程度上却并不能够将它们梳理得十分地清楚和明白的形象丙崀明显不同，《尘埃落定》中的二少爷实际上更加接近于《铁皮鼓》里的人物奥斯卡。关于不论是过去、现在还是将来在自己的身边以及周围所发生与出现的诸多事情、现象、问题等，叙事文本中的二少爷（"我"）不仅知其然，更知其所以然，从而能够对有着多条线索、内容不无庞杂之处的整个麦其土司家族的故事，进行颇为详细、完整和全面的介绍、讲述与呈现。阿来笔下人物叙述者二少爷的讲述又主要体现出了以下几个特点。

第一，富有连贯性。叙事文本中主要借助第一人称来进行聚焦、叙述的"我"，不但能够抓住要害与关键来审视、厘清种种形势与状况，善于沉着、冷静、自如地应对和掌控纷繁复杂的局面，而且比较擅长运用通顺、流畅而又具有个性风格以及表述特色的语言，将大大小小的事件及其来龙去脉陈述得清清楚楚，把它们的前因、后果等分析、交代得明明白白，从而能够对时空方面的跨度相当大、牵涉不少人事的麦其土司的家族故事作颇为到位甚至游刃有余的讲述。人物二少爷在叙述过程中的条理和逻辑总体上可谓较为清晰、明了，极少会出现语义表达含混、模糊、不准确以及错误的情况和问题。

第二，外向性明显。二少爷的叙述是明显指向外部的，有的时候甚至直接指向了叙事文本中被称作"你"的受述者（与人物叙述者"我"相对应）。比如："如果不信，你去当个家奴，或者百姓的绝顶聪明的儿子试试，看看有没有人会知道你。""你看，我们这样长久地存在就是因为对自己的位置有正确的判断。""我对你竖起手指，但我又忍不住告诉你……""你想，一个傻子怎么能做万人之上的土司，做人间的王者呢?"[①] 在这些语句里，外显的人物叙述者二少爷（"我"）显现出来的是较强的自我意识，并且似乎很愿意与受述者直接进行沟通、对话，在强化自己作为叙事主体的权威身份与有效地增强叙述交

① 阿来：《尘埃落定》，人民文学出版社 1998 年版，第 4、18、60、64 页。

流氛围的同时，还可以对身处文本之外的现实生活中的广大读者关于这部长篇小说的阅读、感受以及理解起到一定的功效和作用。

第三，吸引力较强。小说文本中第一章的"辖日"一节里，在开春后一个下雪的早上，二少爷因为和一群家奴的孩子做游戏而被土司太太训斥和教导之后，紧接着出现了这样的一段话："她觉得自己非常聪明，但我觉得聪明人也有很蠢的地方。我虽然是个傻子，却也自有人所不及的地方。于是脸上还挂着泪水的我，忍不住嘿嘿地笑了"①，这些文字比较充分地体现了非常规形态的"我"所具有的愚智并存的特点。这个特点还可以巧妙地赋予人物二少爷以一种出众和非凡的魅力：一方面，"我"可以拥有非同一般的感知和思维能力，进而促使自己的言说空间和表现范围能够得到极大的扩张与拓展；另一方面，犹如谜一样的"我"足以让处于故事和文本之外的我们，和在故事及文本之内的不少人物一样，心中生出种种困惑和疑问的同时，非常容易被这个十分特别的"我"以及"我"所作的叙述深深地吸引。

2. 二少爷的叙述效果

福克纳和格拉斯等外国作家在运用痴呆型人物叙述者方面所取得的成果与成就，无疑已经为更多的后来者继续进行与这一类型的非常规形态的人物叙述者相关的艺术创作积累并且提供了较为难得的经验，中国作家阿来在写作长篇小说《尘埃落定》之时是完全可以对班吉和奥斯卡这两个同类型的人物叙述者及其叙述的方法、技巧等进行学习、模仿和借鉴的。假如阿来所借鉴与模仿的具体对象是福克纳笔下的痴者班吉，我们不难设想，叙事文本里二少爷（"我"）的叙述很可能会呈现出一副模糊杂乱而让人难以厘清、把握和理解的模样。由于特别的人物二少爷是这部长篇小说的文本中唯一的一个叙述者，没有其他的艺术形象再来对二少爷（"我"）的叙述进行相应的补充、纠正、说明以及阐释，所以运用与班吉的叙述相类似的方法来讲述故事的话，

---

① 阿来：《尘埃落定》，人民文学出版社1998年版，第10—11页。

很可能给人带来极大的阅读及理解的困扰和麻烦，会让人深感晦涩难懂、迷惑不解甚至完全不知所云。

可见，如果采用《喧哗与骚动》里的人物叙述者班吉那样的自言自语式的还原性叙述方式，与之相应的叙述效果有可能并不理想。也许正是出于这样的原因和考虑，作家阿来在长篇小说《尘埃落定》的写作过程中借鉴有关的创作经验的同时，还进行了属于自己的尝试和试验，这位中国作家让人物二少爷（"我"）具体加以运用的是一种条分缕析式的叙述方式。从另一个角度来看，当代的中国作家阿来决定在小说文本中选用二少爷这个形象开始讲述故事的时候，或许就已经念及与想到读者的需要和反应，并且对这部长篇小说的发表、销售等方面的具体问题和事宜有所考虑，进行过初步的设想与规划，从而表现出的是与 1928 年"写班吉这一节时纯粹是为了倾诉心中郁积，并未想到出版的事"① 的美国作家威廉·福克纳不尽相同的一种创作心境。

在《尘埃落定》第十章的"杀手"一节里，人物二少爷（"我"）对同父异母的哥哥（即：麦其土司的长子旦真贡布）在继承土司位置的前夕，突然遭遇来到麦其家复仇的杀手多吉罗布袭击的事情进行了这样的叙述：

> 塔娜说："你还不想睡吗？这回我真的要睡了。"
>
> 说完，她转过身去就睡着了。我也闭上了眼睛。就在这时，那件紫色衣服出现在我眼前。我闭着眼睛，它在那里，我睁开眼睛，它还是在那里。我看到它被塔娜从窗口扔出去时，在风中像旗子一样展开了。衣服被水淋湿了，所以，刚刚展开就冻住了。它（他？她？）就那样硬邦邦地坠落下去。下面，有一个人正等着。或者说，正好有一个人在下面，衣服便蒙在了他的头上。这个人挣扎了一阵，这件冻硬了的衣服又粘在他身上了。
>
> 我看到了他的脸，这是一张我认识的脸。

---

① 李文俊：《福克纳传》，新世界出版社 2003 年版，第 41 页。

他就是那个杀手。

他到达麦其家的官寨已经好几个月了，还没有下手，看来，他是因为缺乏足够的勇气。

我看到这张脸，被仇恨，被胆怯，被严寒所折磨，变得比月亮还苍白，比伤口还敏感。

从我身上脱下的紫色衣服从窗口飘下去，他站在墙根那里，望着土司窗子里流泻出来的灯光，正冻得牙齿嗒嗒作响。天气这么寒冷，一件衣服从天而降，他是不会拒绝穿上的。何况，这衣服里还有另外一个人残存的意志。是的，好多事情虽然不是发生在眼前，但我都能看见。

紫色衣服从窗口飘下去，虽然冻得硬邦邦的，但一到那个叫多吉罗布的杀手身上，就软下来，连上面的冰也融化了。这个杀手不是个好杀手。他到这里来这么久了，不是没有下手的机会，而是老去想为什么要下手，结果是迟迟不能下手。现在不同了，这件紫色的衣服帮了他的忙，两股对麦其家的仇恨在一个人身上汇聚起来。在严寒的冬夜里，刀鞘和刀也上了冻。他站在麦其家似乎是坚不可摧的官寨下面，拔刀在手，只听夜空里锵琅琅一声响亮，叫人骨头缝里都结上冰了。杀手上了楼，他依照我的愿望在楼上走动，刀上寒光闪闪。这时，他的选择也是我的选择，要是我是个杀手，也会跟他走一样的路线。土司反正要死了，精力旺盛咄咄逼人的是就要登上土司的位子的那个人，杀手来到了他的门前，用刀尖拨动门闩，门像个吃了一惊的妇人一样"呀"了一声。屋子里没有灯，杀手迈进门坎后黑暗的深渊。他站着一动不动，等待眼睛从黑暗里看见点什么。慢慢地，一团模模糊糊的白色从暗中浮现出来，是的，那是一张脸，是麦其家大少爷的脸。紫色衣服对这张脸没有仇恨，他恨的是另一张脸，所以，立即就想转身向外。杀手不知道这些，只感到有个神秘的力量推他往外走。他稳住身子，举起了刀子，这次不下手，也许他永远也不会有足够的勇气举起刀子了。他本来就没有足够的仇恨，只是这片土地规定了，像他这样的人必须为自己的亲人复仇。当逃亡在遥远的地方时，他是有足够仇恨的。当他们回来，知道自己的父亲其实是背叛自己的主子才落得那样的下场时，仇恨就开始慢慢消逝。但他必须对麦其家举起复仇的刀子，用刀子上复仇的寒光去照亮他们惊恐的脸。是的，复仇不仅是要杀人，而是要叫被杀的人知道是被哪一个复仇者所杀。

但今天，多吉罗布却来不及把土司家的大少爷叫醒，告诉他是谁的儿子回来复仇了。紫色衣服却推着他去找老土司。杀手的刀子向床上那个模糊的影子杀了下去。

床上的人睡意蒙眬地哼了一声。

杀手一刀下去，黑暗中软软的扑哧一声，紫色衣服上的仇恨就没有了。杀手多吉罗布是第一次杀人，他不知道刀子捅进人的身子会有这样软软的一声。他站在黑暗里，闻到血腥味四处弥漫，被杀的人又哼了睡意浓重的一声。

杀手逃出了屋子，他手里的刀让血蒙住，没有了亮光。他慌慌张张地下楼，衣袂在身后飘飞起来。官寨像所有人都被杀了一样静。只有麦其家的傻子少爷躺在床上大叫起来：“杀人了！杀手来了！”

塔娜醒过来，把我的嘴紧紧捂住，我在她手上狠狠咬了一口，又大叫起来：“杀人了！杀手多吉罗布来了！”①

多吉罗布为了报杀父之仇而潜入麦其家，亲手刺杀大少爷的这个夜晚，二少爷一直躺在床上休息，根本没有离开过自己的那间屋子，所以可以肯定地说，“我”不可能是这起刺杀事件的在场者、亲历者或者见证者。但是，由小说文本中的“我”所展开的有关叙述来看，二少爷（“我”）不仅了解杀手的身份及其行刺的目标以及缘由，还知晓杀手当时所选择和采用的行刺路线、具体实施的刺杀行动以及“他”的脸上显

---

① 阿来：《尘埃落定》，人民文学出版社 1998 年版，第 291—293 页。

露出来的表情，乃至杀手内心非常隐秘、细微的一些想法与念头，甚至对被刺杀对象在遇刺之时产生以及出现的生理反应都可谓一清二楚，并且在杀手多吉罗布结束刺杀逃出官寨以后，方才适时地发出"杀人了！杀手来了！"的大声喊叫。二少爷此时的叫喊之声，与其说是尽力地替夜间突然遭到刺杀的哥哥旦真贡布呼救，倒不如将它视作"我"在以个人的名义向外发布一条关于自己家族的非常重要的消息。

　　不难看出，叙事文本中二少爷（"我"）的这一番叙述所提供和呈现出来的、与刺杀有关的具体情况以及细节，事实上远远大于和多于"我"本人当时可能看见、听闻或者知道的这件事情的相关信息。如果完全囿于或者遵循个人的眼界、视野的范围与相应的心智水平，其实绝对不可能展开这样明显超越当天晚上人物实际的活动空间以及认知水平的叙述与表达。在具体的叙述过程中，这个非常规形态的人物叙述者虽然对此作了——"好多事情虽然不是发生在眼前，但我都能看见"——的相关解释（也就是说，"我"想要将此处很显然有些越界和违规的、关于刺杀场面的较为具体和细致的讲述与呈现，归因于非常规形态的人物叙述者二少爷所具有的某种"特异"功能），但是仔细想来，这种说法的确难以让人完全表示同意、认可以及信服。

　　针对这种情况，有的学者提出这部名叫《尘埃落定》的长篇小说中二少爷在"傻"与"不傻"的问题上纠缠不清，显得自相矛盾而不真实，由此而导致了"我"的叙述的低能与失败。[①] 当然，也不乏对此持一种肯定意见的评论者，他（她）们认为小说文本里的人物二少爷（"我"）的叙述虽然不可信（不可靠），但是这种不可信（不可靠）的叙述正是作家阿来有意为之的叙述策略，是用来讲述世界的独特方式和手段，它促使作家有可能更加接近对象世界。[②] 此外，还有

---

　　① 野马：《低能的叙述：尘埃不定》，《读书》1998 年第 10 期；李建军：《像蝴蝶一样飞舞的绣花碎片——评〈尘埃落定〉》，《南方文坛》2003 年第 2 期。

　　② 佘向军：《超常、越界与反讽——论〈尘埃落定〉对叙事可靠性的消解》，《广西社会科学》2004 年第 5 期；张劢：《穿透"尘埃"见灵境——为〈尘埃落定〉一辩》，《民族文学研究》2005 年第 2 期。

人在所撰写的评论文章里指出，"傻子并非真傻，他是因为聪明、超脱而傻，傻则无爱无恨，只能看到基本事实，能够不偏不倚地审视生活。作家因此选择他作为生活的切入点和故事的叙述者，这就保证了小说所反映的社会生活的客观性和真实性，从而能够真实地反映出生活的本来面目"①。

与人的愚、智的问题相接近，"社会生活的客观性与真实性"同样不失为一个十分复杂因而令人感到困惑的问题。对于评论者所说的这部小说中的人物二少爷的叙述"能够真实地反映出生活的本来面目"的观点，我们也许并不同意或者不会轻易地表示认可和接受。但是毋庸置疑的一点是，相对于作家福克纳在《喧哗与骚动》中尽力把人物班吉还原为一个痴者（愚人），用以突出其独特的感受、想法和体验，本身显得颇为模糊、杂乱和陌生却早已被公认为非常富有特色的叙述，阿来在长篇小说《尘埃落定》里让颇为特殊的人物二少爷（"我"）去假托和戏仿痴者（愚人），并且具体展开的一种条分缕析、清楚明了的讲述，由此而取得的效果同样值得予以尊重和肯定。它不仅可以呈现出"我"眼中的世界，更足以为人们了解和审视川西北麦其家族的故事以及与之有关的一段民族发展和地方文化的历史进程，提供一个十分独特而又有效的视角与向度。事实已经表明，这种方式的叙述是非常有利于人们对这个故事及其内涵、意蕴作相对深入、细致的思考和解读的。

须承认，在讲述的流畅度和条理性方面，阿来的《尘埃落定》里的二少爷确实胜过了福克纳的《喧哗与骚动》中的班吉。据此，人们是否会普遍认为前者比后者更具有优越性，甚至得出美国作家威廉·福克纳运用痴呆型人物叙述者的能力、技巧和水平不及中国作家阿来这一类的意见和结论呢？答案应该是否定的。我们不难获知，很多国内外的作家都不缺乏在篇幅相对完整和有限的叙事文本里将故事讲述

---

① 杨玉梅：《论傻子形象的审美价值——读阿来的〈尘埃落定〉》，《民族文学研究》1999年第 1 期。

清楚的内在愿望与自我要求，但是所谓的"清楚"绝对不是他（她）们开展及进行叙事实践和写作活动的唯一（或者说最高）的文学创作目标与追求。当然，如果一定要和表述凌乱、语义不明、内容含混、歧义丛生的文艺创作进行比较，讲述条理和话语逻辑相对清晰和明了的作品，它（们）可以被更多的人识读、接受和理解的具体程度确实会更高一些。

　　需要看到，不少作家通常并不愿意在具体的文学创作中将自己想表达的所有东西都一律和盘托出，不怎么希望读者过早（或者太快）地看清、猜透文本及其内部所蕴含和储存的所有意图以及信息，这正如学者罗钢在前些年所说的那样："叙事是一种交流，一种传达，叙事作品写出来，就是为了供人阅读，为了被阅读，它就要使自己能够被读者理解，从这个方面来看，它必须千方百计地提高自身的可理解性。但在另一方面，为了确保自身的存在，为了使读者能够耐心地看到最后一页，它又必须延长读者的理解，如果它过早地被理解了，它也就过早地结束了自己的生命，我们都厌弃那种看了开头就知道结局的小说，为了达到后面这个目的，叙述者又必须有意识地在读者的阅读过程中设置种种困难和障碍，这也是叙事中一个无法摆脱的悖论。"[①]

　　绝大多数优秀的小说家都是技艺超群的叙事能手，非常擅长面对、处理、解决与叙述及表达有关的各种问题乃至难题。前已有述，美国作家威廉·福克纳通过人物班吉没能把康普生家族的故事讲述清楚，因而留下了不少"阐释空缺"，给人们的阅读和理解造成了不小的困难以及障碍。但是，由于小说文本中另外 3 个人物叙述者（昆丁、杰生、迪尔西）随后所展开的叙述，使这个空缺得到一定程度的填充和弥补，班吉的叙述也因此变得不再那么让人费解（它反而被认为足以为长篇小说《喧哗与骚动》增添一种别样而又吸引人的色调与光泽）。事实证明，人物班吉采用的这种自言自语式的还原性讲述，成功再现

---

① 罗钢：《叙事学导论》，云南人民出版社 1994 年版，第 255 页。

了一个痴者（愚人）可能存在和具有的意识世界，并且完成了作家福克纳本人关于人生、世界的看法、理解以及观念的有效表达与呈现。德国作家君特·格拉斯让内心始终保持清醒的人物奥斯卡借助追忆性叙述的形式，极富个性地讲述了不仅与自我（个人）的特殊经历以及由四代人所组成的市民家庭有关，更与二战期间富有代表性的但泽地区紧密相连的故事。从表面上看，小说《铁皮鼓》里的这种叙述的确有些荒诞不经，它的内里以及实质又是异常严肃和认真的，需要看到，这两者之间的差别完全可以形成一种特殊而又强劲的张力以及效果，非常有助于表达作家本人在数十年的时间里对不无历史沉重感的一些现象与事件、经历与问题等所进行的分析以及思考。

有别于韩少功笔下的人物丙崽（"他"）所进行的本身不具有连贯性和完整性的痴者（愚人）叙事，阿来的长篇小说《尘埃落定》中的二少爷（"我"）展开的是较为流畅、连贯又不无自身特点的讲述与表达，这样做的目的以及意图并不止于对几十年间麦其家族的盛衰、土司制度的兴亡作一种相对清晰、到位的呈现，而是重在传达藏族作家阿来对自己所属的族别和区域，乃至更大范围之内的人类的历史发展及其进程与本质的有关看法及理解。作家阿来本人曾经说过："如果让我总结《尘埃落定》到底写了什么。我说：总体来讲是关于权力和时间的寓意。"① 关于这句话的深层内涵，已经有评论者撰文提出，可以将它理解为，"'寓意'就是借'尘埃'泛起—落定的动态隐喻：无处不在的时间将把世俗的权力最终消弭得无声无息"②。

可以这样说，和威廉·福克纳的《喧哗与骚动》、君特·格拉斯的《铁皮鼓》、韩少功的《爸爸爸》中的班吉、奥斯卡和丙崽这三个痴呆型人物叙述者的典型，以及他们各自进行的讲述和所取得的叙述功效相类似，阿来的《尘埃落定》里的二少爷（"我"）及其借助一定

---

① 沈文愉：《写作是生命本身的一种冲动——访〈尘埃落定〉作者阿来》，《北京晚报》2000年11月20日。

② 董正宇：《一个傻子眼中的"尘埃"世界——试析阿来的〈尘埃落定〉》，《郴州师范高等专科学校学报》2002年第1期。

的叙述方式展开的叙述，同样不失为一种具有可能性、合理性、创新性的创造与做法，这与作家阿来希望达到的内容传达以及主题表现的目的，乃至写出一部优秀的小说创作的愿望与追求①，总体上是相匹配并且比较适宜的，因此能够收到令人满意的一种叙述效果。

3. 运用二少爷进行叙述的原因以及意义

早在 1999 年，在一次与人谈话的过程中，作家阿来言及自己小说中的人物叙述者二少爷时说过这样的一席话："《尘埃落定》里我用土司傻子儿子的眼光作为小说叙述的角度，并且用他来作为观照世界的一个标尺，这也许就是受像阿古顿巴这种稚拙智慧的影响。"针对谈话者冉云飞当时提出的由傻子视角所形成的、20 世纪小说中具有世界性的寓言感，阿来还发表过自己的意见："二十世纪小说中世界性的寓言感，所带来的是荒诞不经，以及对读者所带来的恐惧，我认为最重要的思想来源往往是被大家忽略的由布勒东所创建的'超现实主义'，应该说二十世纪的许多文艺观念都可以在其中找到影子。我也同意二十世纪的好小说大抵都与寓言有或多或少的关联……"同时，阿来非常坦率地承认，他的确受到了阿斯塔菲耶夫的《鱼王》、海明威的《尼克·亚当斯故事集》、福克纳的《喧哗与骚动》和《我弥留之际》、托里·莫里森的《娇女》等多部外国文学作品的影响，并认为自己从所接受的影响中逐渐获得了某种超越，已经开始享受由独创带来的快乐。②

美国作家威廉·福克纳当年启用痴者（愚人）班吉来担任《喧哗

---

① 关于优秀的小说创作，作家阿来曾经明确提出过两个评价标准："一种，有没有创造出一种新的人物形象，并通过这样的形象表达了作者对于某一个时代社会生活的感受与思考"，"再一种，有没有在小说这种文体上有一定的创新"。参见阿来《好小说的两个标准》，《小说评论》2013 年第 2 期。2015 年 4 月 14 日，在与任教于北京大学的学者陈晓明进行对话时，阿来曾说多年来自己一直努力通过《尘埃落定》《空山》等与故乡有关的文学创作表现和反映 20 世纪的 100 年时间里"中国的一段历史文化状态"，他还说："其实我本质上是一个悲观主义者"，"但反过来说，我也有某种积极性。我觉得天地就给了你几十年的时间，你难道不应该把它过得丰富一些吗？这是我积极的原因"。参见陈晓明、阿来《藏地书写与小说的叙事——阿来与陈晓明对话》，《阿来研究》2016 年第 2 期。

② 冉云飞：《通往可能之路——与作家阿来谈话录》，《文艺报》1999 年 7 月 10 日。

与骚动》中的第一叙述者，最初极有可能源于因为特殊的考虑与意图
而开展的一次写作技巧方面的创新和实验。形象班吉（以及叙事文本
里的另外 3 个人物叙述者）的叙述所获得的普遍认可与肯定，客观上
不仅给福克纳带来较高的文坛声誉与地位，还对其他作家产生了不小
的作用和影响。从《喧哗与骚动》里的人物班吉别出心裁的叙述当中
所获得的某种灵感和启发，正是促使中国作家阿来创作出同样富有特
色的长篇小说《尘埃落定》的一个重要的原因和基础。这部小说中的
痴呆型人物叙述者二少爷（"我"），可以视为我国当代的藏族作家阿
来长期以来在不断地汲取和接纳包括自己所属的族别在内的国内文化
资源的滋养、润泽、陶冶的基础之上，主动地学习和借鉴来自国外的、
由福克纳首创的启用痴者（愚人）来讲述、呈现故事的叙述手法和策
略，创造性地接受其影响并且以此为基础而有所创新之后取得的、值
得加以充分肯定的一个具体成果。我们注意到，叙事文本中的人物二
少爷具有愚智并存的复杂性，并不是对相对纯粹、彻底的痴者（愚
人）班吉的一种简单模仿和复制。事实上，阿来让《尘埃落定》里的
二少爷这个特别的人物叙述者以条分缕析式的叙述来讲述故事，的确
很好地完成了关于气势恢宏、结构复杂的史诗性题材的叙述任务。与
《喧哗与骚动》中的同类型的人物叙述者班吉进行比较，二少爷（"我"）
也并不显得逊色、虚弱或者可疑。

　　这部名叫《尘埃落定》的长篇小说自 1998 年出版和发行以来，
一直被视为让人感到耳目一新的作品。不少评论者认为，作家阿来采
用一种非常规的艺术思维观察、审视川西高原上康巴人在土司制度下
的一段生活与历史，傻子视角相当独特，二少爷是阿来颇为成功的艺
术创造。① 可以肯定地说，对非常态的痴呆型人物叙述者的运用，是

---

① 　杨玉梅：《论傻子形象的审美价值——读阿来的〈尘埃落定〉》，《民族文学研究》1999
年第 1 期；艾莲：《"我"非傻子——试析〈尘埃落定〉的叙事策略》，《当代文坛》1999 年第 3
期；严家炎：《〈尘埃落定〉：丰厚的文化底蕴》，《人民日报》（海外版）2000 年 11 月 20 日；董
正宇：《一个傻子眼中的"尘埃"世界——试析阿来的〈尘埃落定〉》，《郴州师范高等专科学校
学报》2002 年第 1 期；张素英：《傻子视角：上帝的第三只眼——析〈尘埃落定〉的叙事视角》，
《西藏民族学院学报》（哲学社会科学版）2005 年第 6 期。

小说《尘埃落定》获得人们的普遍称道和赞许的一个不可忽视的原因。如果从大的文化背景来看，我们还可以把在这部长篇小说的创作过程中运用二少爷（"我"）这样一个颇为特殊的、非常规形态的人物叙述者进行故事讲述的行为，视作我国当代作家阿来依托以及借助自己所推崇的"超现实主义"手法，对"二十世纪小说中世界性的寓言感"所作的一种相对内在又直达深层的、颇为用心而且被证明比较有效的尝试与呼应。

对于由二少爷这个特殊形态的人物叙述者讲述出来的，富有地域特征和族别特色的整个故事产生以及带来的结果和效应，当代文学批评界又主要有如下两种看法：一是认为《尘埃落定》展现了特有的民俗风情，显现出"文化与历史的'知性'价值"①，使"生活在文化边缘、文化夹缝中的普通藏民的生活与心态也得以进入主流文化的视野"之中②；二是提出由此而引起了"景观化"③ 效应，认为这部长篇小说"是沿着这种常套（指景观化——引者注）发展下来的极端之作。这部描述一个藏族部落在农奴制废除前后的辉煌与幻灭的小说，把部落头人（麦其土司）一家的生活展现为一幅怪异而富有奇幻趣味的藏族风俗画。然而，这只是一部以汉文化为视角的藏族风俗画，它的作者阿来的藏族出身（身份）只是为这幅风俗画的素材或原料提供了必要的资源。这部小说的优美情调或可读性，产生于作者从藏文化逸入汉文化之后的写作距离，准确说，产生于作者与这段历史的天然

---

① 郝敏：《〈尘埃落定〉成功原因之我见》，《安徽广播电视大学学报》2002 年第 1 期。

② 袁丁：《跨越还是对立——〈尘埃落定〉族别问题浅析》，《文艺评论》2003 年第 4 期。

③ 在我国当代的文学评论领域里，较早运用"景观化"概念进行学术研究的学者是肖鹰。在刊发于《文学评论》2000 年第 2 期的文章《九十年代中国文学：全球化与自我认同》中，他曾据此对阿来的《尘埃落定》进行过一番探讨和论述。学者肖鹰的意见和观点对国内的其他学者具有较为显著的影响，比如：学者刘俐俐在发表于《民族文学研究》2005 年第 2 期的《民族文学与文学性问题》一文中，非常清楚地提及了肖鹰及其与"景观化"有关的、针对阿来的长篇小说《尘埃落定》的学术观点，与此同时，她还对"景观化"这个概念作了这样的说明和解释："景观化是 90 年代以来文学批评家们对文学创作的一个概括。所谓景观化，就是站在历史和文化之外，为了市场及其他目的，随意把历史文化书写成可供观赏、消费的景致。"

联系断裂之后，后者成为前者回忆中一段纯粹的风景"①。

　　毫无疑问，这是两种相互对立的意见和观点，它们之所以会在同一个时段出现，我们认为其中的一个主要原因在于，评论界对藏族作家阿来创作的《尘埃落定》是否为"纯粹"的民族文学作品尚且存在不小的争议。早在这部长篇小说最初出版并且引起一定反响的1998年，在相关的研讨会上有人提出它是一部具有独创性的藏族文学作品，认为这是"'藏族作家写的藏族人的人生故事'（谢永旺语）、'真正体现了藏族美学和心理学特色'（邓友梅语）"②，当时还曾经由此而引起过一场不小的争论。作家阿来对这种有意突出藏族的族别色彩的观点持反对意见，他本人指出并强调从事文学创作时所关怀与看重的是普遍性而非特殊性，认为异族过的并不是另类人生，人们生活在此处与彼处，实在没有太大区别，自己之所以要以"异族""异域"为题材，不过只是一种借用，真正的目的则在于表现历史的普遍性。③

　　作家阿来希望既能很好地融入一直植根于其中，不断给予他养分进而促使自己得以成长的族别文化里，又可以在一定程度上与之保持一段可能而又适当的距离。也就是说，他很渴望与自己所属的族别的文化传统有较好的融会，与此同时，又努力地想要从其中挣脱甚至游离出来，他本人连同思想和手脚并不愿意被它牢牢地拘囿、捆绑和束缚住。阿来希望几乎已经被当作乃至成为一些少数民族作家及其文艺创作的一种显著和重要标识的民族性与地域性（这也是长期为为数不少的人所津津乐道而且有意加以彰显和强调的东西），可以真正获得及实现更具普遍性与包容性（同时，具有愈加值得予以尊重和珍视的价值、意义）的提升与变化，进而使作家从自己的出生地——中国西南的马尔康县走向更加宽阔而又深广的世界的这个内心愿望能够顺利地得以实现。

---

① 肖鹰：《九十年代中国文学：全球化与自我认同》，《文学评论》2000年第2期。
② 李翠芳：《多元文化格局中少数民族作家的文化认同与身份建构》，《扬子江评论》2014年第6期。
③ 阿来、孙小宁：《历史深处的人生表达》，《中国文化报》1998年3月31日。

　　不难发现，人物形象二少爷长期处于麦其土司的家庭中，"我"的精神和心理却与这个家庭始终存在一定的距离，由此体现的是人与外部环境之间"在"又不完全"属于"，显得有些特别而又有所超离的一种关系以及状态。《尘埃落定》的文本里对痴呆型人物叙述者二少爷（"我"）的具体运用，在很大程度上满足并且体现了作家阿来既饱含感情又较为理性地面向、理解和对待自己所属的族别及其思想、文化、传统的特殊需要与心境。二少爷这个非常规形态的人物形象身上，无疑寄托了藏族作家阿来多年以来的文学追求和艺术理想。阿来曾说，写了长篇小说《尘埃落定》后觉得对生养自己 30 余年的那片土地（即：四川西北部藏区马尔康县）有了一个交代。我们看到，通过这部富有现代意识的长篇小说创作，这位作家的确对藏族的历史、文化等作了既具有个性又不失共性与普遍性的理解和阐释、书写和呈现。因此，不仅使他本人"成功地由一个边缘作家进入了主流文学的庙堂"[1]，更给予了我国广大的民族文学的创作者、关心者和爱好者以一种重要而且有益的写作经验和相应的作用及影响。

　　我们还看到，曾经有学者提出，藏族作家阿来所进行的实际是一种"跨族别写作"——"与化族别写作笃信不会有族别差异或这种差异完全会融化不同，跨族别写作则是在承认族别差异的前提下更重视民族间普遍性，而不是要融化差异而走向同一性。……也与族别写作认定差异永恒而无法沟通不同，这里是力求跨越差异而发现某种差异中的普遍性。"[2] 我们认为，这种观点是很有道理的，藏族作家阿来既对自己所属的族别怀有一种比较明确而且毋庸置疑的认同感，非常愿意在文学创作中具体地去刻画、描述与藏族有关的人物、事件和场景，反映和表现与之紧密相连的族别特色与文化心理。与此同时，阿来还想努力地突破作为一名藏族作家所具有的相对有限的眼光、视域和境界，尽力使自己的思索、构思与创作能够真正地潜入历史、现实以及

　　① 袁丁：《跨越还是对立——〈尘埃落定〉族别问题浅析》，《文艺评论》2003 年第 4 期。
　　② 王一川：《跨族别写作与现代性新景观——读阿来长篇小说〈尘埃落定〉》，《四川文学》1998 年第 9 期。

人心、人性的深处。通过对区域性的藏族历史和文化进行深入与细致
的反映、书写和表现，去探寻与思考、分析及讨论关涉全人类的明显
具有更为突出的普遍性与规律性的诸多现象和问题，从而可以为处于
各个地方的人们进一步认识和理解自我、族别以及世界及其相互间的
关系提供更大的帮助与启示。

四　张引生：　清风街故事的一个重要叙述者

（一）贾平凹的《秦腔》

作为中国当代文坛中富有实力的作家，贾平凹从 20 世纪 70 年代
至今一直坚定、执着地行进在文学艺术的创作道路上，以作品的优质、
高产而在国内外赢得了广泛、持久的赞誉与尊敬。在贾平凹丰富多彩
的创作世界里，小说所占有的比重可谓最大，是除了诗歌和散文之外
颇为重要的一种文体形式。最早引起人们关注的，首先是他的一批数
量和影响力都较为可观的中短篇小说，主要以《满月儿》《小月前本》
《鸡窝洼人家》《腊月·正月》《古堡》等为代表。此外，这位作家在
长篇小说方面所投注的精力和功夫以及取得的创作成果与成就也是有
目共睹的。

迄今为止，贾平凹一共出版了 18 部长篇小说，从整体上考察这些
文艺创作，我们认为，有两个方面的情况值得加以注意。一是创作题
材方面，乡土是贾平凹最为擅长也十分乐意去进行艺术表现的领域。
正如作家本人在接受采访时所说，"我的创作一直是写农村，并且是
写当前农村的"①。除了《废都》（1993）、《白夜》（1995）、《病相报
告》（2002）、《暂坐》（2020）、《酱豆》（2020）等为数不多的几部小
说与城市生活、革命历史、创作历程等有关之外，这位作家的更多长
篇小说创作以书写、表现和反映处于不断变迁中的乡土生活为主。二

---

①　贾平凹、郜元宝：《关于〈秦腔〉和乡土文学的对话》，郜元宝、张冉冉编：《贾平凹研究资料》，天津人民出版社 2005 年版，第 1 页。

是艺术创新方面，写作每一部具体的长篇作品时，作家贾平凹几乎都在写法上进行过深入的思考并尽力寻求突破点。他曾经说："我不会永远在一个巢里孵蛋，做好一个窝我就要走了。"① 文艺创作虽然被贾平凹视作与吃饭、睡觉一般自然和平常的事情，但是他从未将自己局限在一个所谓的写作套路当中，作品的具体内容以及艺术风格都常常富于变化，绝不愿意一遍又一遍地去加以简单重复与套用。

《秦腔》是贾平凹的第十部长篇小说，以书写农民和反映乡土中国作为主要内容。它最初在《收获》2005 年第 1 期和第 2 期连载，同年 4 月由作家出版社出版单行本。这部小说发表之后，曾经引起过较为强烈的反响，并且给创作界、批评界带来了不小的冲击和挑战。小说《秦腔》是作家贾平凹前后花费三年的时间②（用一年零九个月撰写初稿，又花了一年零五个月三易其稿）写成的，它讲述的是发生在一个名叫清风街的村庄里的事情。关于《秦腔》的好与不好，专业人士可谓众说纷纭、莫衷一是，"不同意见的反差之大，争论之激烈都是近年来所罕见的，堪称是继《废都》之后的又一次'贾平凹现象'"③。很多评论者都认为，这是一部杰出的文艺作品。与此同时，还有人指出，《秦腔》存在不少问题（比如，情节显得烦琐，陕西方言较重，人物对话密集，角色关系复杂），给阅读者制造了不少困难和障碍。

作为有"当代中国文学界争议最大的作家"之称的贾平凹，这些年来一直是被大家持续关注、葆有艺术创造的青春与活力的人。自从 20 世纪 90 年代初期出版《废都》开始，贾平凹每次有长篇小说问世，

---

① 胡殿红：《〈怀念狼〉及其他——贾平凹访谈录》，白烨选编：《2000 中国年度文坛纪事》，漓江出版社 2001 年版，第 334 页。

② 贾平凹在《秦腔》一书的《后记》中写道："书稿整整写了一年九个月，这期间我基本上没有再干别事……"，而在这部小说末尾的最后落款处，则分行写着这样的四句话："2003 年 4 月 30 日晚草稿完毕/2004 年 1 月 12 日凌晨 2 点二稿完毕/2004 年 8 月 31 日晚三稿完毕/2004 年 9 月 23 日再改毕。"据此，可以推断出作家贾平凹撰写这部小说的初稿以及随后进行修改所花费的时间及精力。参见贾平凹《秦腔》，作家出版社 2005 年版，第 564、557 页。

③ 吴义勤：《乡土经验与"中国之心"——〈秦腔〉论》，《当代作家评论》2006 年第 4 期。

似乎总会引起一些讨论乃至争议，只是在具体的程度和规模上有所不同罢了。面对这种情况，贾平凹本人的态度是不爱发表意见，更不愿意介入和参与其中。对于不少人置于他的作品（乃至作家身上）的批评意见，总的来说他不是特别地在意和关心（哪怕是听到或者看到了，一般也不会真的把它放在心上）。他的内心十分清楚，作家是以写作为业的人，非常用心、努力（同时也不无自信与坚持）地采用自己认为更加适合而且富有新意的写法进行文艺创作，有的时候虽然不免会感到有些孤独和疲惫，甚至要为此付出一定的代价，但他还是十分敢于继续进行文学艺术方面的探索和实践，比较注重个人见解的独立性，一直在以适合自己的方式、态度以及心境去工作和生活。

2008年10月27日，中国作家协会以《第七届茅盾文学奖评奖公告》的形式，在中国作家网正式发布了关于2003—2006年间发表或出版，由各团体会员单位、出版社、杂志社推荐参评的130部长篇小说的评奖结果，贾平凹的《秦腔》与迟子建的《额尔古纳河右岸》（2005）、周大新的《湖光山色》（2006）、麦加的《暗算》（2006）一同获此殊荣。关于长篇小说《秦腔》，茅盾文学奖评委会的授奖词给予了如下评价："贾平凹的写作，既传统又现代，既写实又高远，语言朴拙、憨厚，内心却波澜万丈。他的《秦腔》，以精微的叙事，绵密的细节，成功地仿写了一种日常生活的本真状态，并对变化中的乡土中国所面临的矛盾、迷茫，做了充满赤子情怀的记述和解读。"① 我们从这份授奖词可以获知，负责此次评奖的专家对贾平凹的这部长篇小说可谓从形式到内容都作了充分肯定，认为它具有特色的叙事风格与关于中国农村的描述与反映是非常相宜的。

有人曾经明确指出，以上这种评价"是具有权威性的，将在文学史上持续相当长一段时间，甚至一直持续下去——因为时至今日，不管哪一部获得茅盾文学奖或鲁迅文学奖的作品，即使有人——哪怕是非常有名的文学评论家——提出异议，竭力批判，全盘否定，都不曾

---

① 转引自孙见喜、孙立盎《废都里的贾平凹》，陕西人民出版社2013年版，第218页。

推翻这个定性。而当今及后世的读者、文学院学生、从事文学研究工作的学者，大多将承认并接受这一定性"①。这种观点无疑具有一定的道理，但是不等于说荣获茅盾文学奖之后，关于作家贾平凹及其长篇小说《秦腔》的争论就会自动终止或者自行消失。现实生活中存在和出现的有关情况可能恰恰与之相反，人们的意见在一个时段内并不会主动地协调和统一起来，而相关的研究和讨论还将继续开展下去。

我们知道，茅盾文学奖的评奖机制以及最终结果，主要体现的是我国当代主流批评界的取向、意见和主张，在很大程度上评奖结果与主流意见两者之间可谓具有高度的一致性，所以某些看法与观点会在一段时间里占据一定的优势，但是这只代表相关的作品已经进入当今中国文坛具有评奖资格的专业人士的视线当中，得到了一种相应的认可和肯定。他（她）们的意见和观点会在比较大的一个范围内产生不小的影响力，但却不一定会具有和显现所谓的唯一性，也并不意味着所有的人都必须对此表示同意或者说无条件地予以赞扬和认同。相对而言，比较正常（甚至有些理想化）的情况是，专业人士和一般读者都能够秉持冷静、客观、公正的态度，心里真正怀着推动中国文学健康发展的愿望和目的，以足够的信心与决心负责任地去面对数量众多的作家及其作品。他（她）们既不以评论对象名气的大小为是，又不唯某位权威人士的马首是瞻，而是努力将属于自己的立场、想法和评价，尽可能地建立在实事求是、扎实可靠、令人信服的文本阅读和理论研究的基础之上，从而真正做到好处说好、坏处说坏。

只有更多的人懂得这样去做，并且力争在相对合理、宽松和自由的空间以及氛围里进行负责任的思索和解析，从观念、意识、理论、方法等多个方面尽力作触及实质性问题的突破与追求，才可能深入地去触摸和接近、探寻和揭示文学及艺术的内在规律。学者吴义勤曾经站在一个比较高的层面与角度之上，对长篇小说《秦腔》所引起的争

---

① 李新勇：《由对〈秦腔〉的不同评价谈评论家应有的社会责任担当》，《名作欣赏》2009年第25期。

论及其意义作过这样的评价，"自始至终都有着浓烈的学术色彩，它在纯文学和纯理论层面上所展开的许多话题都有着相当的学术深度和现实意义，而这也恰恰正是《秦腔》独特文学价值的体现，……围绕《秦腔》的争论其实并没有我们想象的那么'严重'，各种'分歧'之间的'对'与'错'的较劲也并不重要，重要的是它提供了一个认真检视中国当代文学的历史和现实的视角与平台，促成了一种真正意义上的文学'对话'的发生，并使我们可以通过对一个特殊'文学标本'的解剖来重新思考一些具有超越性和普遍性的更深层次的文学问题或理论问题"①。

我们认为，与长篇小说《秦腔》有关的争论无疑是富有价值和意义的，它可以有力地促进人们关于这部作品以及当代作家贾平凹的认识和理解。人们确实有理由相信，真正具有深度与穿透力的解读、研究和讨论，完全有可能超越就事论事、人云亦云式的一般性议论以及明显带有先入为主的主观感觉和印象的寻常性批评与解析，而能够富有说服力地朝着文艺作品这样一种不无内容和形式方面的独特性及重要性可言的特殊创造物，以及与它密切相关的、人类自身的精神和灵魂的深处持续不断地靠拢、探寻和掘进。

（二）张引生的叙述

1. 张引生的叙述方式、特点

长篇小说《秦腔》究竟是怎样写成的？它是如何讲述关于清风街的故事的呢？这显然不是用一两句话就可以作较为明确和直接的回答并且轻轻松松地表达与阐述完毕的简单问题，我们不妨从这部小说的文本里开篇的第一句话——"要我说，我最喜欢的女人还是白雪"②谈起。根据叙事理论的有关知识，我们实际不难获知，这句话中的"我"显然不是指创作这部长篇小说的贾平凹本人，而是在叙事文本

---

① 吴义勤：《乡土经验与"中国之心"——〈秦腔〉论》，《当代作家评论》2006 年第 4 期。
② 贾平凹：《秦腔》，作家出版社 2005 年版，第 1 页。

里负责讲述故事的一个具体的艺术形象。这个叙述者的名字叫作张引生，《秦腔》中整个故事的展开与呈现，和"我"这样一个比较特别的、被众人唤作疯子的人物形象存在极为密切的关系。

自身罹患癫痫病、父母已经双亡的张引生，心智存在较为明显的欠缺和障碍，与正常人相比明显有着"痴"与"傻"的特点，但"我"却不是一个一般意义上的痴者（愚人）。叙事文本里的张引生时而愚钝癫狂、举止失常、言行怪诞，时而清醒睿智、思路清晰、出语惊人，让人颇有些捉摸不定（甚至会感到困惑不已），村里人一边讥笑、嫌弃、捉弄、欺侮他，一边又讨好、同情、害怕、畏惧他。这个人物形象是外表与内里存在较大反差的矛盾统一体，不同于美国作家威廉·福克纳的长篇小说《喧哗与骚动》和我国当代作家韩少功的中篇小说《爸爸爸》里的真痴者班吉与丙崽，而与德国作家君特·格拉斯笔下的奥斯卡、中国作家阿来《尘埃落定》中的二少爷更为接近，贾平凹《秦腔》里的张引生的身上同样显现出一种假傻、佯狂的特征。不仅如此，"在引生那'万物有灵'的世界里，人类和世间万物的一切界限都消失了"[①]，"我"可以与游鱼、老鼠、蜘蛛、飞鸟甚至亡灵等自如地对话和交谈。由此表明，张引生还是一个具有某种特殊禀赋与魔幻色彩，能够穿梭和游走于人间、动物界以及冥府的特殊形象。实际上，张引生已经不是（也不止于）医学上一种具体病症的一个典型患者，而是作家贾平凹进行艺术创造所取得的颇为独特的产物。

作为《秦腔》里十分特别而又重要的艺术形象的张引生却并不是讲述清风街故事的唯一的人，我们注意到，作家贾平凹在这部小说中其实还运用了全知叙述者。小说文本中的重要人物夏风结婚后短短几天时间里发生的、由两委会相关人员宴请乡政府领导这件事情[②]，与

---

① 欧阳光明：《论贾平凹后期长篇小说的叙事视角》，《当代文坛》2012 年第 3 期。

② 在《秦腔》的小说文本中，关于"宴请"这件事的具体情况是，为了解决村里一些比较棘手的具体问题，村主任夏君亭与会计上善、妇女委员金莲商量之后，决定以两委会名义在刘家饭店宴请乡政府领导，并且很快便付诸行动。事实证明，这个决定的确起到了一定的作用。参见贾平凹《秦腔》，作家出版社 2005 年版，第 27—35 页。

之有关的叙述就可以说非常具有代表性。关于"宴请"的事情，如果
让当时既不在场又根本不知情的人物张引生来作详细讲述，不免会令
人生疑（因为这样做是有违常规也有悖常理的）。在这个部分的叙述
文字中，张引生（"我"）虽然有两次"现身"机会①，但是可以肯定
地说，这个"我"绝对不是叙事文本里那个不慌不忙地对整件事情进
行叙述与呈现的人。

或者说，"宴请"一事的叙述者实际应该另有其人。人们可以明
显地感觉到，在人物形象张引生（"我"）的身后站立着一位如同上
帝一般的叙述者，对这件事情的细枝末节了解、掌握得非常清楚，
对当时每个人脸上的表情、所说的话语以及隐秘的心理活动都可谓
了然于心。

叙事文本中的全知叙述者主要是针对张引生本人不在场的时候所
发生的一些事情（它们对于情节发展具有一定的推动作用，但是这些
事情在发生之后并没有人专门向"我"作转述，"我"似乎也不能够
凭借个人能力直接地察觉或者感知到）进行叙述的需要而加以采用
的，目的是便于人们更为清楚、全面地了解清风街的故事、现实以及
历史。如果沿用法国著名叙事学家热拉尔·热奈特关于叙述聚焦的标
准术语来进行考察和表述，作家贾平凹在长篇小说《秦腔》中对内聚
焦叙事和零聚焦叙事都有具体的运用。这两种不同类型的叙述聚焦模
式，在叙事文本里虽然不能说结合得十分地默契与理想，已经达到了
一种水乳交融的程度（实际上，还会不时地出现一些缝隙、状况以及
问题），但是从总体上来讲，它们可谓发挥了不小的功效和作用，是
比较有利于表现相关的故事内容的。

在长篇小说《秦腔》里，张引生是一个引人注目的非常态人物叙

---

① 具体地讲，第一次是为说明人物夏君亭"性急"，举了有一次在厕所里遇到他的例子，
与之相遇的人是张引生（"我"）。参见贾平凹《秦腔》，作家出版社 2005 年版，第 27 页；第二
次是由夏君亭和上善关于已经过世的一个村干部（"我爹"，即：张引生的父亲）的一番对话，
引发了相关议论与评价，发出议论和评价的人则是张引生（"我"）。参见贾平凹《秦腔》，作家
出版社 2005 年版，第 29—30 页。

述者。让如此特别的一个人在一年多的叙事时间里，讲述清风街长达数十年的历史以及其间所发生与出现的各种事情和状况，客观地来说，确实不是一个简单、轻松、容易的差事。我们发现，以第一人称出现的人物叙述者张引生，主要采用了一种絮絮叨叨式的叙述方式，这与前文已经有过一定涉及的其他几个具有代表性的痴呆型人物叙述者（《喧哗与骚动》和《铁皮鼓》里的班吉、奥斯卡，以及《爸爸爸》与《尘埃落定》中的丙崽、二少爷）的叙述方式并不相同。作家贾平凹说过，《秦腔》里采用的是一种"密实的流年式的叙写"方式。我们认为，可以将它理解为，这位作家主要让在叙事文本中的人物张引生沿着存在先后顺序的线性时间，对清风街所发生的一切（从两委会的班子调整，历年积下了不少债务，村民常常拖欠费用，果园、砖厂的承包，积极修建农贸市场，田地里的生产劳动，到各家的婚丧嫁娶，各户的家长里短，夏天仁命浅福薄，夏天义坚持淤地，夏天礼贩卖银元，夏天智酷爱秦腔，张引生因羞愧自残，武林为丢钱哭泣，夏风不理解白雪，夏中星官运亨通，乃至花儿会低声喊疼，狗儿是艺人投生，等等），这些可以称之为或大或小的诸多事情，尽可能地进行仔细陈述与详尽呈现。

不能予以否认的是，长篇小说《秦腔》中的人物叙述者张引生（"我"）的确尽己所能地将自己所知道的（即：亲眼看见、亲耳听见、亲身经历，甚至道听途说、主观臆测、神秘感知的）各种情况和事情，毫无保留地讲述并且告知了所有的人。由这个外显形态比较特别的痴呆型人物叙述者所展开的叙述，从总体上来看，又具有以下几个具体的特点。

一是明显指向外部。作为长篇小说《秦腔》中负责讲述故事的人，张引生（"我"）时常有意识地显露自己的叙事痕迹，多次表示要和叙述接受者进行一种可能的交流和沟通。与此同时，这样做的目的还在于强化和突出自我意识，掌控叙事的进程以及节奏，从而达到建构一种叙事权威的目的。比如："我现在给你说清风街。""我这说到哪儿啦？我这脑子常常走神。""明白了吧，夏天义和俊奇家是有故事哩！""还是再说清风街吧。""现在我告诉你，这蜘蛛是我。""该说说我这一天的情况了，因为不说到我，新的故事就无法再继续下去……"①

二是条理比较分明。对于并不具有重大意义的一个又一个有些琐碎和平常的小故事，小说文本中的人物叙述者张引生能够较为耐心、细致地进行处理，将它们的来龙去脉交代得十分清楚。就拿夏风结婚的时候邀请县里的秦腔剧团来清风街演出的这件事情来说，对于那天究竟来了一些什么样的演员，他（她）们受到了何种款待，与当地村民怎样见面和交谈，提前为表演做了哪些准备，具体上演了什么样的节目，演出之时为何台下会出现混乱，又是谁出面来维持秩序，最后如何酬谢演出人员，怎样将他（她）们送走，等等，都借助特殊人物张引生之口而得以有条不紊地讲述出来了。

三是表达明白晓畅。与清风街的普通民众相比，张引生虽然显得有些不同寻常，却能够按照一定的时间顺序及因果关系，将并不简单的事情、意思和想法比较清楚、明白地表达出来，很少会出现令人疑惑不解的地方。关于文本里张引生的自残事件，最初读来确实会让人感到颇为意外，但一旦明白"我"对白雪的美好感情以及两人之间存在的巨大差异，看到做出失当行为后舆论所置于及施予张引生的巨大压力，懂得"我"的内心深感自责与愧疚而自觉再也无脸去面对父老乡亲时，或许就不会再认为这件事情根本无法想象或者完全不可理喻。而以上这些情况，我们又是通过人物张引生所作的较为仔细、通顺、流畅的叙述而得以逐步认识和了解到的。

四是视角偶有越界。对于生活中发生的绝大多数的较为普通和寻常的故事，长篇小说《秦腔》里的人物叙述者张引生一般都能够遵照"我"的目光和感受进行相对具体与贴切的讲述。一旦碰到稍微特殊一点的情况，比如：叙述自己不在场时所发生和出现的事情，这个特

---

① 贾平凹：《秦腔》，作家出版社2005年版，第5、26、38、47、302、377页。

别的叙述者常常会及时地作相应的解释、说明①，告诉受述者有关情况是从某某人那里听说的，或者由于自己所具有的一些特异功能②而得以获知，这在一定程度上可以消除受述者心中极可能出现的顾虑以及怀疑，让更多的人愿意相信这个非常规形态的人物叙述者以及从"我"的嘴里得以说出的话语和讲述出来的故事。

　　2. 张引生的叙述效果

　　在长篇小说《秦腔》的开头部分，听说白雪结婚的消息之后，张引生（"我"）的情绪波动非常大。对此，文本里这样写道：

　　　　……我脑子里嗡的一下，满空里都是火星子在闪。我说："白雪结了婚，白雪和谁结婚啦？"药铺门外的街道往起翘，翘得像一堵墙，鸡呀猫呀的在墙上跑，赵宏声捏着酒盅喝酒，嘴突然大得像个盆子，他说，"你咋啦，引生，你咋啦？"我死狼声地喊："这不可能！不可能！"哇地就哭起来，清风街人都怕我哭的，我一哭嘴脸要乌青，牙关紧咬，倒在地上就得气死了。我当时就倒在地上，闭住了气，赵宏声忙过来掐人中，说："爷，小爷，我胆小，你别吓我！"武林却说："啊咱们没没，没打，打他，是他他他，他，死的！"拉了我的腿往药铺门外拖。我哽了哽气，缓醒了……③

---

① 当然，长篇小说《秦腔》中还曾不止一次地出现过随意切换叙述视角、更换叙述聚焦者而缺少过渡、未作任何交代的情况，比如：张引生在以"我"的视角（即：以"我"作为叙述聚焦者）讲述故事的过程中，对清风街其他人的内心世界和私人生活直接展开叙述，或者改用张引生（"我"）之外的其他人物及其视角对"我"不可能看到、听说，也不可能通过其他途径了解到的不少事情进行详细的讲述，这不免会给人以一种不自然和突兀之感。对于这种现象，人们的意见和看法其实并不一致，有人视之为一种成功的设计与处理，给予了肯定和赞赏，也有人认为这是叙述方面的重大缺陷和严重漏洞，是一处败笔。

② 通过阅读《秦腔》的叙事文本可知，其中的人物形象张引生（"我"）不仅是一个患病之人，还擅长改变自己的身体形状，甚至能够预知未来，所以知道不少别人并不清楚的事情，可以感知其他人觉察不到的问题以及情况，而且几乎不受时间与空间的限制。

③ 贾平凹：《秦腔》，作家出版社 2005 年版，第 3—4 页。

　　这是人物张引生本人的一段自述，也是《秦腔》的叙事文本中关于"我"的发病情形进行的最早的一处描述，不少人据此推断张引生所患的疾病是癫痫，认为它与俗称羊癫风或羊痫风的、持续数分钟的大发作的症状比较接近。现代的医学研究表明，癫痫是"由多种病因引起的慢性脑功能障碍综合征，是大脑神经细胞反复超同步放电引起的发作性、突然性、短暂性脑功能紊乱。也就是说癫痫具备发作性、复发性和自然缓解性的特点"①。它是时犯时愈的一种脑部疾患，在神经系统疾病中是最为常见的，"有关癫痫与精神疾病的密切关系长期以来一直是神经科和精神科共同关注的问题，……多数研究认为两者在临床上同时存在，至今对此尚未达成共识"②。已经有研究者提出，智能障碍"不是癫痫的必然结局，有脑损害等病理因素者多见，常表现为集中注意和记忆事物困难，思维粘滞、不灵活，说话过分细致、啰嗦、主次不分、赘述，行为刻板，做事过分仔细……"③，而作为疾病的癫痫却很可能是导致患者出现智能障碍的一个重要原因。

　　长篇小说《秦腔》里的人物张引生一直被当地村民当成疯子，这种判断除了具有病理学方面的部分依据之外，其实更多的应该是由于某种和现实有关的原因及考虑。与专门从事医务工作的专业人员不同，普通人对癫痫这种疾病实际上知之甚少，容易将它与精神疾病的另外一些具体类型（如癫狂、痴呆）完全混为一谈，进而产生不少的误解乃至偏见。人物张引生是在多大年纪时罹患癫痫的，它是原发性的还是继发性的？张引生原本是一个什么样的人，张引生的心智是最初就存在障碍，还是因为患病才受到影响的？……关于这些问题，人们从小说文本中其实很难找到与之能够很好地对应和吻合起来的答案，作家贾平凹似乎并无意于要把人物张引生完全当成具有典型性的病例进行书写和表现。

　　但是，我们仍然可以清楚地看到，这部长篇小说里的张引生实际长期处于疾病状态，而且，这个人物形象的病情很不稳定。疾患对人

---

① 何仅等主编：《癫痫学》（第二版），南海出版公司2004年版，第1页。
② 何仅等主编：《癫痫学》（第二版），南海出版公司2004年版，第301页。
③ 何仅等主编：《癫痫学》（第二版），南海出版公司2004年版，第311页。

物张引生的心智水平具有和产生了很大的影响，使"我"一度表现出
"痴"（痴呆、愚弱）与"狂"（癫狂、疯癫）相交错、混合的特点，
在很大程度上明显有别于常人以及一般的痴者（愚人）。进一步来讲，
这个形态特殊的人物还不乏文化层面的一种隐喻色彩，"他不是真疯
子，所谓'疯'，是农民眼中异于常态的地方"，这又具体地表现为他
"有清醒的理性""有执著的感情力量，深刻的感情体验""癫痫病时
有发作，以致出现某种特异功能的幻觉（如灵魂出窍、灵魂附体于别
的动物、俯瞰芸芸众生等）"①。张引生这个人物的具体情况尽管如此，
小说文本中的"我"在叙述方面的表现却堪称尽职尽责、任劳任怨。
作为非常态人物叙述者的张引生，可谓花费了不小的力气和功夫把清
风街数十年间的故事颇为耐心、细致地描摹和呈现出来，力图让大家
尽可能多地去认识和了解它的过去、现在和将来。

　　很多人都曾经表示，长篇小说《秦腔》既宏大又沉闷，是一部不
易读懂（读完以后，仍旧会感到有些不明就里）的作品，它绝不是普
通、寻常的乡土文学创作。从故事层面来看，作家贾平凹笔下这个名
叫清风街的村庄，与我国唤作××街或者××村、××庄的其他地方
相比较，并不存在十分显著的差异和区别，不论在这里生活和存在的
人们，还是发生以及出现的事情都并非绝无仅有。面对有数百个页码，
共计40余万字②的长篇小说《秦腔》，连专业人士都明显地感觉到了
某种挑战性，可以看到，这主要不是由于作家贾平凹在叙事文本中给

---

　　① 陈思和：《中国现当代文学名篇十五讲》（第二版），北京大学出版社2013年版，第346页。
　　② 自2005年至今，贾平凹的长篇小说《秦腔》出现了由多个出版社分别出版的不同版本，
正文的页码与字数（在版权页有明确标注）却不尽相同。正文页码主要与印刷品的开本、印张
等有关，出现不一致的具体缘由及可能性都是存在的，因此对这种不一致似乎无须存疑和进行深
究。文学作品一旦写成、改定之后，正文部分则趋于稳定，所以它的字数应该是相对固定的。我
们发现，实际上有关的情况却并非如此，多个版本的《秦腔》所显现和存在的差别完全打破了
此种认识和判断。此处仅以不同版本的《秦腔》的版权页所标注的字数为作一点儿说明，有
关情况如下：作家出版社2005年出版的《秦腔》，字数：458千；陕西人民出版社2008年出版
的《秦腔》，字数：456千；上海三联书店2012年出版的《秦腔》，字数：430千。同为漓江
出版社出版的两个版本也存在不小的差别：2012年出版的《秦腔》，字数：440千；2013年出版的
《秦腔》，字数：483千。

大家呈现了异常诡异、蹊跷的故事，有意要让人难以接受和理解甚至不堪卒读的原因所导致的。在话语层面上，清风街多年来发生的许多大大小小的事情，是叙述者张引生借用一种絮絮叨叨的讲述方式展现给叙述接受者的。这个非常态人物叙述者的讲述，确实给人们的阅读、认识与理解制造了不小的困难和问题。相对于《喧哗与骚动》中班吉模糊杂乱的叙述、《铁皮鼓》里奥斯卡举重若轻的叙述，以及《爸爸爸》中丙崽非连贯的片段式叙述和《尘埃落定》里二少爷条分缕析的叙述，同为痴呆型人物叙述者的张引生，在《秦腔》中具体展开的叙述可谓事无巨细、密密匝匝。

当然，人物张引生在这部长篇小说中所作的叙述虽然是比较有效的，但是它实际上绝非近乎完美也并未臻于完善。就具体的阅读感受而言，让受述者以及读者明显地感觉到就好像被安排或放置到了一个空间并不大的车厢内部，只能在两旁的风景几乎密不透风的一条道路上进行匀速运动，却不被允许稍作喘息、停留和思考。小说文本里的不少事件和情景犹如幻灯片一般从人们的眼前飞快地掠过，却未必能够在人们的头脑中留下相对深刻的印象以及耀眼的痕迹。我们看到，对于人物叙述者张引生的痴者（愚人）叙事及其效果，不少人已经明确地表示过赞同和认可，曾经给予了很高的评价。与此同时，我们可以看到，持肯定意见的学者还在具体的评论文章里，表达过另外一种不同的阅读感受与体验——困惑、失落、苦恼、找不到出口。

还有人曾经提出，长篇小说《秦腔》是"反史诗的史诗性写作"，在叙述风格上追求"自然化"而呈现出了一种"反故事"的特点，对日常生活的有关反映和表现会对作品的故事性产生影响，但它绝不是一部缺少故事主线的文学创作，作家贾平凹是有意识地在"以'反故事'的'故事'的方式，记录着夏天义与夏天智的逝去，纪念着'秦腔'所代表的'传统'与'乡土'的消亡"。①《秦腔》被认为是一部具有音乐性的长篇小说创

---

① 王鸿生等：《关于长篇小说〈秦腔〉的笔谈》，《上海大学学报》（社会科学版）2006年第1期；黄平：《无字的墓碑：乡土叙事的"形式"与"历史"——细读〈秦腔〉》，《南方文坛》2011年第1期。

作，值得大家细细地加以品味和鉴赏，面对生活积累异常丰厚的作家贾平凹所写出的这部文学作品，人们想要通过快速浏览的方式来把握它的内核以及意蕴实在不是一个明智之举。

我们认为，关于《秦腔》这样一部在形式层面颇具特色的乡土文学创作，人们从整体上来认识、把握和理解它及其主题意蕴，试图弄清楚作家贾平凹通过人物张引生及其富有特色的讲述究竟要呈现与表达什么，事实上的确需要花费不小的精力和功夫。如果我们能够仔细、耐心地对它进行阅读和欣赏，特别是对叙事文本中的张引生（"我"）这个非常规形态的人物叙述者及其异乎寻常而又不无自身特色的叙述，在多加关注、留意的基础上尽力地作一番恰当与适宜的分析、思考和解读的话，阅读以及理解方面所遇到的困难、障碍和问题很大程度上又是有可能得以克服、跨越与解决的。

3. 运用张引生进行叙述的原因、意义

当发表茅盾文学奖获奖感言的时候，贾平凹说过这样的一段话："在我的写作中，《秦腔》是我最想写的一部书，也是我最费心血的一部。当年动笔写这本书时，我不知道要写的这本书会是什么命运，但我在家乡的山上，在我父亲的坟头发誓，我要以此书为故乡的过去立一块纪念的碑子。现在，《秦腔》受到肯定，我为我欣慰，也为故乡欣慰。"[①] 这位作家当年一心想要去做的事情，就是借助文学创作的形式来言说他的故乡——陕南商山丹水之畔的乡镇棣花街，书写出能够映现乡土中国之当代图景，并且足以用来告慰他的父老乡亲以及本人心灵的一部相对厚实和重要的文学作品。

棣花街是地处崇山峻岭中的一个小盆地，曾经是古长安道上的一个重要地点，接待过无数南来北往的人，在陕西商洛地区不失为自然风物和人文景观均富有吸引力的地方。这里虽然人多地少，条件较为有限，却是养育了作家贾平凹并且让他在许多场合会自然而然、情不自禁地提起与谈及的一片故土。对于故乡所给予自己的巨大影响，贾

---

① 杨鸥：《第七届茅盾文学奖见闻录》，《人民日报》（海外版）2008 年 11 月 7 日。

平凹曾经深情地作过无数次的书写和表达。此处，我们仅引述出现在
小说《秦腔》的《后记》里的一段话："我是个农民，善良本分，又
自私好强，能出大力，有了苦不对人说。我感激着故乡的水土，它使
我如芦苇丛里的萤火虫，夜里自带了一盏小灯，如满山遍野的棠棣花，
鲜艳的颜色是自染的。但是，我又恨故乡，故乡的贫困使我的身体始
终没有长开，红苕吃坏了我的胃。我终于在偶尔的机遇中离开了故乡，
那曾经是棣花街惊天动地的事情，记得我背着被褥坐在去省城的汽车
上，经过秦岭时停车小便，我说：'我把农民皮剥了！'可后来，做起
城里人了，我才发现，我的本性依旧是农民，如乌鸡一样，那是乌在
了骨头里的。"①

　　开始动笔写作长篇小说《秦腔》的时候，贾平凹并未延续 20 世
纪二三十年代新文学史上较为常见的居于"城市人"以及"乡下
人"的立场和角度，采用批判或者审美的眼光与姿态来反映和表现
以故乡为代表的乡土中国，与 40 年代中后期之后的数十年间我国比
较盛行的、写农村是为了对有关政策作宣讲、图解与阐释的思路和
做法，也不存在太大的关系。我们注意到，作家贾平凹给自己笔下
的人物形象戴上了一副特意挑选（此前，或许已经进行了一番精心
的设计和打造）的面具，即：采用别样的非常规形态的人物叙述者
张引生来讲述清风街的故事。通过张引生这个存在智能障碍而又显
得不同寻常的患病之人在叙事文本里所作的具体叙述，试图去实现
所谓逼真地再现和还原乡村生活的场景这个深植于作家心底的创作
目的与追求。

　　由此可见，将非常规形态的人物张引生作为小说文本里的故事讲
述者，主要是由于作家本人希望达成某种创作意图而作的考虑和选择。
痴呆型人物叙述者张引生之所以出现在这部长篇创作中并且发挥了不
可或缺的重要作用，是作家贾平凹有意识、有目的地采用富有特点的
叙述手段和策略来进行艺术表现与反映的结果。在长篇小说《秦腔》

---

　　① 贾平凹：《后记》，贾平凹：《秦腔》，作家出版社 2005 年版，第 560 页。

里，人物张引生讲述了处于不同生活场景中的许多小故事，它们虽然并非毫无关联，相互之间的关系却谈不上十分地紧密。在外在的形式上，文本中一个故事与另一个故事之间仅用两个并列的"※"符号简单地加以区隔，如若将其中的几个故事随意抽取出来而后将它们放置到旁边去，给人带来的具体感觉是，这样做并不会对整部长篇小说产生太大或特别突出的影响以及作用。至于事件的重大性、情节的戏剧性、环境的典型性等，似乎并没能引起张引生这个人物叙述者充分的重视和特别的留意，这些应该也不是站立在艺术形象张引生背后的作家贾平凹眼中十分看重并试图去强调的东西。

当年，贾平凹十分自信而又有些固执地作过这样的表态："只因我写的是一堆鸡零狗碎的泼烦日子，它只能是这一种写法。"① 从人物的具体身份来看，张引生既不是知识分子也不是国家干部或者单位职工，"我"是在清风街出生和长大的一个十分特殊的人，长期以耕田种地为生却又与当地的一般村民颇为不同。当有人问到长篇小说《秦腔》里为何不采用更加接近于作家本人的夏风这个人物形象来展开具体的故事讲述时，作家贾平凹曾说过这样的话："我的任务只是充分描绘故乡的生活，故乡的亲人们当然有他们对自己的生活的解释，但这都是我的对象，我只描绘，不想解释，所以就写成这样了。"② 也就是说，在当代作家贾平凹的眼里，非常规形态的人物张引生是一个比这部长篇小说中的其他人物（包括夏风在内）还要更加适合的、可以用来"描绘故乡的生活"（而不是对它作某种所谓"解释"）的叙述者的上佳人选。对于这个问题，学者陈思和也作过相应的思考与讨论，他曾经较为明确地指出："……由引生取代夏风作为叙事者，标志了贾平凹创作的民间叙事立场已经完成。引生不是一个单纯的讲述人，他不仅带着自己的故事，而且带着自己的民间精神立场和审美意识来讲述清风街历史，也就是说，民间的叙事功能决定了这部小说的民间

---

① 贾平凹：《后记》，贾平凹：《秦腔》，作家出版社 2005 年版，第 565 页。
② 贾平凹、郜元宝：《关于〈秦腔〉和乡土文学的对话》，郜元宝、张冉冉编：《贾平凹研究资料》，天津人民出版社 2005 年版，第 4 页。

精神和审美导向。"①

　　已经有人注意到，"对乡村世界及其文化即将要消失这一事实"以及该怎样"来叙述这个过程"，作家贾平凹的内心其实一直怀有比较丰富、复杂的情绪和想法。在几十年的时间里，这位作家曾经运用多种办法书写过故乡商州这块土地，但是当真正开始着手创作长篇小说《秦腔》的时候，仍然感到忐忑不安，甚至有点儿力不从心，觉得需要重新作一些思索。后来，他决定要更换一种写法。由此可知，长篇小说《秦腔》里主要通过人物张引生的叙述体现出来的"我只描绘，不想解释"，是这位作家试图反映乡村生活原有的庸常和繁复状貌而仔细地加以选用的具体做法。这显然不是仅仅关涉到创作形式的一个简单问题，在我们看来，它实际上显现出了双重的意味：一是在以往所获得的与乡土有关的经验的基础上，努力进行写法上的创造与更新的具体表现；二是努力调整创作方法，力求更好地去适应书写和呈现处于不断变化中的乡土的现实需要。从这个角度来讲，特殊的人物叙述者张引生在这部名叫《秦腔》的长篇小说中并不只是一个负责讲述故事的艺术形象，"我"的背后实际隐伏着作家本人面对现实的故乡以及乡土中国时，尽力去进行与做出超越单一向度的情感反映（乃至认知判断、理性思索）而出现的比较微妙、复杂的心理体验。

　　我们知道，"以新文学的近百年发展历程而论，乡村、农民、乡土，就一直是它关注、描写、叙述和想象的中心或重心之一"②，关于家园以及故土的言说与反映，可以追溯到中国现代文学的重要奠基人、现代乡土文学的先行者——鲁迅及其文艺创作这里。经由鲁迅以及众多作家的共同努力，乡土文学已逐渐发展成为新文学的历史进程中成果丰硕、蔚为可观的一种创作潮流。中国现代文学时段的第一个十年（1917—1927）里，曾经有为数不少的乡土文学作家带着对早年生活的记忆以及眷念，以现代意识反观自己在时间与空间方面已经日渐远

---

　　①　陈思和：《中国现当代文学名篇十五讲》（第二版），北京大学出版社 2013 年版，第 349 页。

　　②　范家进：《现代乡土小说三家论》，上海三联书店 2002 年版，第 2 页。

离而心理感受上却始终难以割舍的乡土，常常能够做到真正地扎根乡土并且深入农民的生活中，了解他（她）们内心的辛酸苦楚，从而在当时颇为兴盛和风行的男女恋爱题材之外，开辟和拓展了另一个视野开阔的文学表现空间以及领域。

具体地讲，以一种"隐现着乡愁"的笔触，通过对各地风物民俗的描写、乡间子民的塑造，在自我抒情的感伤主义盛行的时代氛围中，乡土文学创作可谓为我国当时的文坛注入了一股泥土的气息，不仅自身显现出一种清新、朴实与敦厚之美，而且促使"为人生而艺术"的艺术主张和创作理念得到了真正的体现与落实。此后直至 1949 年之前的二十余年间，更多的现代作家以鲁迅式清醒、敏锐的城市侨寓者或者沈从文式固执、坚定的乡下人的身份以及心态，十分用心地摹写并且建构起了现代中国之"乡土"最为重要以及具有代表性的两副面孔：颓败、闭塞的乡土和诗意、美好的乡土，并由此而组合成为我国现代文学中丰富多彩的多种乡土镜像与景观。

中华人民共和国成立后到"文革"结束以前，乡土文学逐渐被创作题材重新进行分类之后出现的农业农村题材小说所替代，它原本内含的思想与文化、叙事及文体方面的独特质地几乎不复存在了。进入新时期以后，"由于中国现代化历史进程面临着更复杂的格局，由于作家在全球化语境中遭遇不同文化思潮的冲击，'乡土'作为认知与审美对象，其面目是纷然杂陈的"，与乡土有关的文学创作也相应地"有更复杂的局面"，与此有关的另一种重要表现是，人们很可能在一个作家的身上看到多重文化身份，贾平凹就属于这样的作家。[①] 此时的作家贾平凹，已经不再像过去置身于时间跨度超过半个世纪的社会发展进程之中的不少将目光和笔尖对准中国农村及其现实状况的作家那样，更多地基于启蒙批判者、诗化审美者或者政策宣讲员的身份以及立场来进行相应的创作与书写。

―――――――――――

① 孙先科：《〈秦腔〉：在乡土叙事范式之外》，《河南师范大学学报》（哲学社会科学版）2009 年第 3 期。

在具体的文学作品的写作过程中，包括贾平凹在内的新时期的农业农村题材的不少创作者，仍然会受到多种因素、条件、状况等的影响和制约，出于对各个方面的需要、诉求的顾及和考虑而不断地对自己所从事的构思与制作进行或大或小的调整，但是作家个人的创作自主性无疑已经有了较为显著的加强乃至提升，从而使其创作显现出某种多样性、丰富性以及复杂性。就写作以及审美的态度而言，从事农业农村题材的文艺创作的作家既可以肯定、颂扬、美化乡土，也可以否定、嘲讽、批判它，还可以对乡土提出和进行质疑、诘难以及拷问。我们可以这样说，在实际存在的与广大的乡村以及农民有关的书写、反映和表达方面，有关的作家及其文学创作已经拥有了足以进行更加多元、多样也更为复杂、深入的考量、选择和思索的空间、余地以及自由。

绝大多数作家在开始进行乡土文学创作时实际早已离开了原本生养自己的那块倍感亲切和熟悉的土地，与之相关的文艺作品多为居于知识分子立场对和自己隔河相望的乡村、故土以及生活于其间的农民而作的，主要是借助语言和文字来诉诸笔端的一种叙述与想象。作家本人和描述对象之间的关系，因此极容易出现不同程度的疏远甚至隔膜①，进而导致在一些具体的乡土文学创作中出现乡村生活细节虚化或者弱化、农民形象粗略化和脸谱化、艺术表现显得乏力乃至贫血等缺憾及问题。这些与作家及其小说创作能否得到普遍的认可和肯定，虽然并不存在某种必然联系（因为作家笔下的乡土不可能也没必要与现实当中的故乡一模一样），但是如果一味地对其坐视不管、听之任之，完全忽视这些已经出现与存在于具体创作之中的现象和问题，而不采取任何措施进行适当与可能的处理、调整或者干预的话，则会影

---

① 多年前已有学者通过对鲁迅的乡土小说的仔细解读，具体分析了以鲁迅为代表的现代知识分子与他们笔下的"乡村主人公"之间的"双向隔膜"，认为前者对后者作"哀其不幸怒其不争"式（"乡村主人公对于上层发动的种种社会和文化变革的冷漠、疏远与无关"）的批判的同时，还存在着对后者"质朴合理的生活欲求的冷漠、对他们具体生存环境和文化环境的无能为力以及对他们真正精神需要的不同程度的无知、隔膜、冷淡以至无关和'逃避'"。参见范家进《现代乡土小说三家论》，上海三联书店 2002 年版，第 84—85 页。

响到此类创作的具体成效乃至作家自己的文学成就，很有可能带来或者造成比较大的欠缺与遗憾。

和具有相对自觉和独立的创作意识的其他作家一样，贾平凹时常会对自己所从事的文艺活动的本质和要求进行思考，明白个人与世界、民族文学与世界文学之间的关系，清楚借鉴国内外文学艺术资源的重要性，知道个人的艺术创作之根应该深植于什么样的土地之中，自己的写作实践需要从哪里入手、在什么地方和方向上去使气与用力。因此，这位当代作家对于"写什么"和"怎么写"的问题，从来不缺少明晰而又具体的认识、考虑和构想，在文学创作方面常常能够做到富有创意、善于规划、敢于突破，他通过具体、实在的文学作品所取得的效果与成就是比较明显的。此外，在陕南乡间出生、成长将近 20 年的人生经历，对乡村和农民的热爱、熟悉和了解，无疑可以为作家贾平凹的乡土文学创作提供非常丰厚、坚实、沉稳的现实基础，这也是促使他走向成功的一个十分重要的原因和理由。在长篇小说《秦腔》的文本里，通过非常规形态的人物叙述者张引生絮絮叨叨式的讲述，使对包括许多琐屑、寻常的细节和故事的我国当代农村日常生活以及景象所作的仔细描绘和耐心呈现得以有效完成，则可谓贾平凹的这部具体作品有别于同时代的其他乡土文学创作的一个较为显著的特征。

多年前，学者范家进曾经提出这样一个观点，"20 世纪的乡土小说总体上都是作家对于中国乡村的'背靠背'的言说与议论，被言说的客体——乡村人与乡村社会——始终未能作为一种独立的社会力量或'独立的声音'参与对乡村言说姿态的影响，始终都是作为一个不在场的隐形人被长期放逐在文本创造过程以外，作家的乡村言说在多数时候都成了一种作家单方面的'单声独白'，而不是有着多种独立声音共同存在的'多声部合奏'"。[①] 在 20 世纪的中国文学中，从来不缺少描述乡间的农民及其日常生活的叙事类作品，吊诡

[①]　范家进：《现代乡土小说三家论》，上海三联书店 2002 年版，第 16—17 页。

的是，此类创作的不少作者常常没有做到"真正把农民当作小说中的主人公"①，而主要是在以一种类似或者说接近农民（实际上，却可能是"非农民化"）的立场和眼光来进行以及展开与之相应的观察、审视、书写。

不少与乡土有关的文学作品虽然采用了农民式的语言以及为农民所喜欢的表现形式，精神和心理上却不无与真正的农民相疏离与隔膜的现象和问题。农民的利益、体会、想法、诉求等时常遭到一定程度的忽略或者漠视，他（她）们更多地是处在"被关注""被领导""被组织""被团结""被要求""被服务"的相应位置之上，成为必须接受某种改造、引导、影响以及帮助（不论是以启蒙、革命的名义，还是将救助、帮扶作为出发点）的一个缺少自身的主动性与自觉意识的群体。如果用一句话来进行概括，可以这样说，现实生活中数量众多的农民长期以来早已成为被不少人（包括作家、艺术家在内）有意或者无意地予以俯视、塑造与表现，并且不断地予以不无生疏、割裂之感乃至带有某种误解及隔膜式的书写和解读、阐释与利用的具体对象。

当然，这并不等于说只有让农民自身来进行写作与言说，由他（她）们亲自提笔描绘和讲述自己的生活及农村的状貌，与此有关的表达和呈现才能够取得最好的与最具有说服力的效果。事实上，"乡下人要学会用自己的声音说自己的话，实在是太难太难了"②，之所以如此的原因可以说并不简单，其中的一个理由就在于他（她）们习惯了"深藏在中文普通话无法照亮的暗夜里"，而且早已"接受了这种暗夜"③。对于包括话语在内的以各种类型及形式显现出来的霸权，不说欣然接受也可谓至少已经习以为常（甚至毫不在意）了。他（她）们中有不少人终其一生在颜色的深浅度有所不同的土地上默默不语地

---

① 王瑶：《鲁迅作品论集》，人民文学出版社1984年版，第59页。
② 范家进：《在都市、乡村与小城之间穿行（代后记）》，范家进：《现代乡土小说三家论》，上海三联书店2002年版，第332—333页。
③ 韩少功：《后记》，韩少功：《马桥词典》，人民文学出版社2004年版，第376页。

出生和长大、劳作和耕耘直至衰老和死亡，常常无心（更无意、无力）要去言说、叙述、反映或者表达些什么。哪怕偶尔面对从外面的世界中走来进而登门造访的采访人、调查人、研究者的镜头、话筒或者录音笔说话，甚至只是和这些外来的人进行一些简单、直接的交谈都会显得有些局促、拘谨，感觉到很不自信甚至难以适应。那么，作为面对乡土以及乡民而努力去进行与展开一种新的写作尝试的具体产物，这部名叫《秦腔》的长篇小说是否可以给中国当代的乡土文学作家在如何书写、表现乡村与农民方面提供一些不太一样的经验、帮助和启示呢？

　　作家贾平凹在《秦腔》的小说文本里主要借助张引生这个形态比较特别的人物的眼光去"看"（聚焦），采用"我"的显得有些异常的口吻以及语气去"说"（叙述）。与此同时，张引生也是被清风街的其他人（干部夏君亭、秦安、李上善、夏中星，知识分子夏天智、夏风，演员白雪，村民夏天义、夏生荣、三踅、哑巴等）"看"和"说"的具体对象。正是通过张引生和数十个乡民以及他（她）们的故事，使名为清风街的村庄各个方面的情况与状貌得以清楚地呈现和显露出来，并由此建构起了一个相对真实、完整的"乡村人与乡村社会"的世界。还需要看到，作为写作主体的贾平凹在创作这部长篇小说时非常用心地塑造了名叫张引生的人物叙述者（即：叙事文本里的这个负责讲述故事的"乡村人"形象），当然，这并不是说作家本人就真的变为这个异于常人的人。实际上，贾平凹是试图运用张引生这样一个身体和心智都存在一定疾病与欠缺的角色（或者说，侧重借助并且依托痴呆型的人物叙述者这样一副比较独特而又具体的面具），尽可能地让小说文本中的人物张引生（"我"）和乡民们共同去完成关于他（她）们自己以及乡土中国的一场务实、特别而又精彩的演出，作家贾平凹本人也由此而得以兑现了想要"为故乡的过去立一块纪念的碑子"的有关承诺。

　　有人认为，显得较为特殊的人物形象张引生的出现和运用是对国内外相关的叙述方法与技巧的一种有益借鉴与创新，让人由此而可以"看到生活的散乱，看到那些毫无历史感也没有深度的生活碎片"以及"二十一世纪中国乡村的废墟场景"。① 事实上，我们更应该注意到的是，作为具有独特形态的人物叙述者张引生（"我"）的创造者——从陕南乡间一步一步地走出来的、名字叫作贾平凹的当代作家，一心要让乡土文学和乡土叙事得以重新回到乡土生活本身的真正努力与勤勉实践。对于这位作家，学者陈思和曾经这样评价道："贾平凹是一个有飞翔能力的作家，但他的飞翔，绝非飞在高高的云间轻歌曼舞，而是紧紧贴近地面，呼吸着大地气息，有时飞得太低而扫起尘土飞扬，有时几乎在穿行沼泽泥坑，翅膀是沉重的，力量是浑然的，在近似滑翔的飞行中追求着精神的升华。"② 多年以来，这位中国当代的作家一直力图通过具体的写作实践与文学创作"超越建筑在优越感基础上的批判性伦理取向，而建构一种平等、宽容的乡土叙事新伦理"③ 的良苦用心，以及因为故乡、百姓、农民乃至土地、农村、中国等方面的状况与问题而产生的深重忧虑和进行的苦苦思索，在这部作品中都不乏较为形象生动而又耐人寻味的反映和体现。

《秦腔》是一本以乡村和农民作为表现主体的长篇小说，也是一本具有浓厚的乡土气息和方言色彩的文学作品，更是一本凝聚着作家贾平凹对当代乡土中国的仔细观察、用心体会和深入理解的大书。在这部作品的"后记"中，贾平凹曾经提及一件与《秦腔》的阅读情况有关的事情：这部小说的书稿最初的两位读者来自农村（并不是文学圈当中的人），但是这两个人阅读《秦腔》的兴趣可谓非常地浓厚和明显。由此可见，《秦腔》当年无疑是明显受到来自农村的一些读者的认可与肯定的。我们虽然不能据此就贸然断言这是作家贾平凹专门写给农民看的一

---

① 陈晓明：《本土、文化与阉割美学——评从〈废都〉到〈秦腔〉的贾平凹》，《当代作家评论》2006 年第 3 期。

② 陈思和：《中国现当代文学名篇十五讲》（第二版），北京大学出版社 2013 年版，第 345 页。

③ 吴义勤：《乡土经验与"中国之心"——〈秦腔〉论》，《当代作家评论》2006 年第 4 期。

本书，但是需要指出（并且可以作相应强调）的一点是，《秦腔》在很大程度上的确是这位当代作家为广大农民（多年以来，这是极少会选择主动离开家乡而迁移到其他地方去的一群人，其中的不少人一辈子都出生、成长、耕作和生活在自己熟悉的那一块并不算大同时也谈不上富庶的土地之上）也为自己（一个由农民生养，曾经当过农民，并且在相当长的时间里一直深爱、惦记和牵挂农民的中国作家）而十分尽心、用力地进行构思与创作的一个富有成效的结果。

在《秦腔》中，作家贾平凹确实将长期生活于乡间的农民放在一个相对显眼和重要的位置上，进行了有别于其他乡土文学作家的安排和处理。他（她）们既是贾平凹的具体书写对象，更是与这位作家血肉相连、休戚相关的父老乡亲、兄弟姐妹……他久久地凝望和注视着他（她）们，回忆和温习他（她）们的身影与话语、习惯和气息，一遍遍地在心里念叨他（她）们的名字，生怕怠慢、错过、遗漏或者忘记了谁。作家对自己笔下的乡间民众群像始终心存一份发自内心的尊重、理解、关切乃至悲悯，并且真正地赋予了他（她）们开口言说（即：用当地的方言土语来讲述和建构）自己的故事以及眼中的乡村乃至世界的机会和权利。长篇小说《秦腔》里，长期处于并且属于清风街的人们共同组成了一支生动、活泼的表演队，其中既有小学教师、基层干部、秦腔演员，又有乡村医生、建筑工匠、民间艺人、阴阳先生等。人们不难发现，站在表演队最前排中间位置的人物张引生毫无疑问是一个五音不全、不太协调的演员，但是似乎并不会有人轻易或随便地去否定、质疑和怪罪这个外显以及存在的形态颇为特殊的人物形象十分投入地歌唱与演出的那份发自内心的真诚和勇敢。

这样的一群人自自然然地站在那里，用真实和诚挚的身体、生命以及灵魂放声高歌，在田园大舞台上共同唱响了简单而又雄浑、质朴而又悲壮的，献给广袤无垠的大地和缓缓逝去的岁月，以及向来沉默寡言、低头不语的乡民们自己的乡村交响曲。它那动人的旋律随着阳光、空气、云彩飘荡，顺着河床、流水、山峦起舞，在天与地之间起伏、萦绕并且肆意地弥漫和扩展开来，经过了很长时间也不曾轻易地隐匿、退去或者说消散。写的是故乡的农民又为故乡以及农民而写，以恳切、执着而又异常质朴、坚定的心境乃至毅力作为内在支撑，这就是当代的中国作家贾平凹通过名叫《秦腔》的这部长篇小说具体地体现出来的、难得而又可贵的一种创作立场以及品质。

第四章　20 世纪中国文学中的幽灵型人物叙述者解析

一　灵魂、幽灵以及幽灵（亡灵）叙事

不得不说，灵魂（或者称为魂灵）是所有的人都可能或多或少地有过一些"接触"（即：通过亲耳听闻的故事、亲眼观看的影片、亲身经历的仪式，以及自己所面对和阅读的各式各样的书籍、资料等而进行一种"可能的触碰"），但是却不一定愿意（或者说需要与能够）作相对适宜、妥当和深入的思考、探讨与理解的一个颇为特殊的现象以及概念。它与宗教学、哲学、神话学、文学、民俗学、人类学、社会学、心理学等存在某种特殊关系，甚至足以成为被大家较为广泛而又饶有兴趣地加以特别留心与注意的、不无重要性以及难度的具体问题和讨论对象。去除由于多种多样并且较为复杂的因素及条件而产生和出现的困惑、干扰以及迷雾，与"灵魂"相关的具有比较强大、突出的影响力的观念，我们认为首推"万物有灵观"（Animism）①。

---

① "Animism"这个词过去一直被翻译作"万物有灵论"或者"泛灵论"。学者刘魁立曾经专门对与之相关的翻译问题作过讨论："从中国的习惯说来，'论'意味着一种学说的体系。如果所指的确实是这种情况，'-ism'译为'论'当然是贴切的，但关于原始人的灵魂信仰和精灵信仰的观念，无论它具有什么样的普遍意义，也不宜说成是一种学说体系，所以我一直主张这一词应有两种译法：一为'万物有灵观'，一为'万物有灵论'。应根据所指或为观念或为学说的不同，分别选择不同的译法。"参见刘魁立《中译本序言》，[英]爱德华·泰勒《原始文化：神话、哲学、宗教、语言、艺术和习俗发展之研究》，连树声译，广西师范大学出版社 2005 年版，第 6 页。

学术界一般认为，"万物有灵观"（Animism）是杰出的英国人类学家爱德华·泰勒（Edward Tylor，1832—1917）的一个"科学发现"。在《原始文化》（*Primitive Culture*：*Researches into the Development of Mythology，Philosophy，Religion，Language，Art，and Custom*，又译作《原始文化：神话、哲学、宗教、语言、艺术和习俗发展之研究》）里，泰勒曾经对它作过如下说明，"万物有灵观"原来是一个"被用来标志斯塔尔（Stahl，1660—1734，德国医学家、化学家和哲学家）的学说"的"名称"（名词），"万物有灵观并不是新的专门术语，虽然现在用得还非常少"①。我们注意到，学者泰勒在这本著作中用了将近一半的篇幅对"万物有灵观"进行过相应的考察以及阐释。

泰勒在开展大量研究的基础上提出，"万物有灵观"包括"两个主要的信条"——"第一条，包括各个生物的灵魂，这灵魂在肉体死亡或消灭之后能够继续存在。另一条则包括各个精灵本身，上升到威力强大的诸神行列。"这位学者还说过："神灵被认为影响或控制着物质世界的现象和人的今生和来世的生活"，"神灵和人是相通的，人的一举一动都可以引起神灵高兴或不悦"，"对它们存在的信仰"会发展为"对它们的实际崇拜或希望得到它们的怜悯"。于是，他认为，"充分发展起来的万物有灵观就包括了信奉灵魂和未来的生活，信奉主管神和附属神，这些信奉在实践中转化为某种实际的崇拜"。②

詹姆斯·乔治·弗雷泽（James George Frazer，1854—1941）是另一位著名的英国人类学家，他曾经接受过爱德华·泰勒的学术思想以及观念的影响。在《金枝》（*The Golden Bough*：*a Study in Magic and Religion*，也译作《金枝：巫术与宗教之研究》）一书中，弗雷泽继续对"万物有灵观"作了思考、探讨和研究，提出"万物有灵观"并不是人类最初就已经产生和必然拥有的一个具体观点或理念。弗雷泽认

① ［英］爱德华·泰勒：《原始文化：神话、哲学、宗教、语言、艺术和习俗发展之研究》，连树声译，广西师范大学出版社 2005 年版，第 349 页。

② ［英］爱德华·泰勒：《原始文化：神话、哲学、宗教、语言、艺术和习俗发展之研究》，连树声译，广西师范大学出版社 2005 年版，第 349—350 页。

为，宇宙间的一切事物（即："万物"）从一开始即被人们普遍当作受到一种非人格性的超自然力量所统治的对象，人类在很长的一个时段内曾经试图借助巫术（多由懂得与掌握"适当的仪式和咒语"，并且有权说出"祷词"的巫师具体负责实施）对这种"非人力量"，乃至所有的自然物加以"操纵"和"利用"。在这样的做法失去效用以后，才逐渐开始由力图控制、强迫、压制它转而去取悦、讨好、崇拜它。①也就是说，"万物有灵观"除了可以理解为一种人类关于世界以及自身的认知与阐释理念之外，还可以与人类的宗教信仰发生关联，或者说，可将它解读为所谓具有宗教性质的崇拜。

简单地来讲，"万物有灵观"是在一个相当长的历史发展阶段之上，世界各地的人们产生、形成并且长期信奉和持有的一种观念（乃至信仰），包括人、动物、植物、日月、山川、风雨、雷电等，都被认为是世间有意志、有灵魂的存在物。万物外显的形体与内在的灵魂之间具有颇为复杂的关系，灵魂既可以依托形体而存在，又可以独立于形体而活动（比如：梦幻、疾病和死亡，常常被看作或者解释为所谓灵魂离开形体而外出活动并产生作用的现象）。至于灵魂为一种实体与否（即：是否具有实体性），不仅是现实生活中的普通人有可能去加以关注或者具体谈论的特殊话题，还是民俗学家、宗教学家、哲学家等竭力进行思考和论述的一个重要问题，他（她）们从各自的立场、观点以及理论出发，曾经提出过一些不太一样甚至大相径庭的意见和看法。

不难发现，在有人提出人的灵魂与肉体同在，二者应该会"一起毁伤"的观点的同时，还有人相信人的灵魂在梦境与幻觉中的"现实性和客观性"，甚至不惜调动视觉、听觉与触觉（即：所谓眼睛看见、耳朵听到、伸手触摸和感知）等方面的相关感受和体验进行一些具体而又生动和形象化的描述、说明与解释。事实已经表明，

---

① 弗雷泽在《金枝》的"第四章 巫术与宗教"中对这个观点作过相对集中的论述，这本著作中另有多处与之相关的论述文字均不乏比较明显的涉及和体现。参见〔英〕詹姆斯·乔治·弗雷泽《金枝：巫术与宗教之研究》，徐育新、汪培基、张泽石译，大众文艺出版社1998年版，第75—91页。

视觉、听觉乃至触觉这几个感觉器官的具体调动与参与，确实被认为会更加有利于捕捉、显现与灵魂有关的所谓声音以及形象，是比较有助于用来证明"虚幻的灵魂有时候可以借助肉体躯壳的形式而显现、活动和存在"这一类在民间社会里具有不算太低的接受度的说法及意见的。

对于通常处于某个非特定的区域内或者群体中的人来讲，在他（她）们的意识世界里，一切的事物（"万物"）似乎都具有一定长度或者期限的生命周期，而依托与借助肉体（以及某种实体）形式而得以显现出来的灵魂，却被不少人认为可以不受限制地长期（甚至永久）存在而不会轻易消亡，这与已经引述过的英国人类学家泰勒所概括的"万物有灵观"的"两个主要的信条"之一（即：其中的"第一条，包括各个生物的灵魂，这灵魂在肉体死亡或消灭之后能够继续存在"）是比较接近和吻合的。我们可以看到，这位杰出的人类学家还曾对人类的灵魂与肉体、死亡的关系作过相对具体的说明和表述："事实上，无论是蒙昧人的，还是文明民族的万物有灵观的哲学，都一下子就永远接受了这样的观点，即摆脱了自己的肉体的灵魂，可以根据它们跟其肉体所保持的那种相同性而辨认出来，虽然它们成了大地上周游的幽灵或是成了阴曹地府的居民。斯韦登伯格说，人的幽灵是死后仍然具有本人容貌的灵魂。"①

在汉语的世界里，"幽灵""幽魂""亡灵""亡魂"是日常生活中并不鲜见的几个词语，它们首先指称的是离开已经失去了生命力的肉体的灵魂。如果进行查询的话，在《现代汉语词典》（修订本）里可以看到研究者已经分别对这几个词语进行过如下解释：幽灵——"幽魂"②；幽魂——"人死后的灵魂"（迷信）③；亡灵——"人死后

---

① ［英］爱德华·泰勒：《原始文化》，连树声译，广西师范大学出版社 2005 年版，第 368 页。

② 中国社会科学院语言研究所词典编辑室编：《现代汉语词典》（修订本），商务印书馆 1996 年版，第 1520 页。

③ 中国社会科学院语言研究所词典编辑室编：《现代汉语词典》（修订本），商务印书馆 1996 年版，第 1520 页。

的魂灵"（迷信，多用于比喻）①；亡魂——"迷信的人指人死后的灵魂"（多指刚死不久的）②。这是几条意思颇有些接近的解释，仔细地想一想后不难发现，它们至少包括了两个方面的信息：①强调唯有"人"才存在"灵魂"；②指出所谓"灵魂（亡灵）观"与"迷信"有关。从这几条具体的解释当中，我们几乎看不出"幽灵""幽魂""亡灵""亡魂"这四个词语之间所存在的明显差异和区别，由此也就不难获知为何人们在现实生活中使用这几个汉语词汇的时候，通常不会（甚至认为无须）对它们进行细致、认真、严格的区分和辨析的一个具体缘由。

　　近些年来，"幽灵"这个词的比喻义——犹如幽灵一般令人感到害怕或者恐惧的某种东西，逐渐变得更加地广为人知，有更多人在使用"幽灵"这个词语的时候已经留意到了它的这个义项（甚至开始偏重于对这个具有衍生性质的义项的选择）。这正如我国当代著名的文化学者戴锦华所说，"中文里的'幽灵'，不仅对应着马克思、德里达那里的 Specter（幽灵），还对应着 ghost（鬼、鬼魂）。前者是徘徊不去的无名威胁，后者则来自旧世界、死亡国度，一有机会，便试图'夺舍'或借尸还魂的怪影"③。艺术领域里和幽灵（亡灵）有关的叙事，一般被人们称为幽灵叙事或者亡灵叙事，与之相关的文艺创作中多半会有幽灵（亡灵）形象现身和出没，幽灵（亡灵）形象有的时候是被叙述的对象，有的时候则是文本里负责讲述故事的特殊叙述者。当然，偶尔也可能遇到在一些被评论者称为幽灵叙事的文学作品中，其实并未出现常规意义上所说的幽灵（亡灵）形象的情况，这里的幽灵叙事主要指的是具有与某种"幽灵"（比如：种族主义、民粹主义）有关的、文本的具体氛围以及效果比较特别

---

① 中国社会科学院语言研究所词典编辑室编：《现代汉语词典》（修订本），商务印书馆1996年版，第1301页。
② 中国社会科学院语言研究所词典编辑室编：《现代汉语词典》（修订本），商务印书馆1996年版，第1301页。
③ 戴锦华：《后革命的幽灵》，乐黛云、［法］李比雄主编：《跨文化对话》（第38辑），商务印书馆2018年版，第12页。

的叙事现象①。

从过去到现在的日常生活以及艺术创作中，幽灵（亡灵）叙事实际上是不难见到而又显得相对特殊的一种叙事类型，人们出于各种原因、考虑、意图以及目的，有意或者无意地都可能会涉及这个类型的叙事现象与问题，并且常常能够感知到它的存在以及相应的作用和影响。与通常采取姑妄言之、姑妄听之一类的，大多以比较轻松、随意的态度和心境去面对幽灵（亡灵）的现象及问题的普通人不同，主动而且有意识地在具体的创作中开展与幽灵（亡灵）有关的叙事行为以及活动的艺术家们，表现出来的是更为明显、突出、强烈的一种兴趣和热情。他（她）们中的绝大多数确实是不仅热衷而且比较擅长进行此类叙事实践的专业人士，经由一番独特的艺术构思、创造和处理而形成的幽灵（亡灵）叙事方面的创作文本以及生动而又具体的故事，在给大家带来颇为不同的风格和感受的同时，时常能够让人产生并且留下特别而又难忘的不浅薄、不稀淡的体验和印象。

有学者认为，"'幽灵'一词在文学中发源于欧洲18世纪出现的哥特文学。这种被看作是次文类的文学形式在德国发源之后，19世纪在英国以小说的形式发展到了巅峰。此后，在整个西方乃至世界各地，哥特叙事分别以文学、电影、音乐，甚至是时尚和科学技术（以电

---

① 学者陆薇在关于华裔美国女作家的小说《向我来》（*Steer Toward Rock*，2008）的评论文章《华裔美国文学的幽灵叙事——以伍慧明的小说〈向我来〉为例》（刊载于《译林》2009年第2期）中说过，自己撰写这篇论文的目的是"旨在借用'幽灵学'的研究方法，以华裔美国女作家伍慧明的新作《向我来》为例，指出华裔美国文学的很多文本中，有些'无法言说'和'未能言说'的事情都是以幽灵叙事的方式表现的，它所创造的'熟悉的陌生感'给人带来了震撼人心的艺术效果和极富启示意义的哲学思考"。我们通过阅读伍慧明的《向我来》可以获知，这部小说中其实并没有出现一般人所说的幽灵（亡灵）形象。这位学者在同一篇文章里还说过："亚裔美国文学的大部分作品所反映的也是美国政治、经济、法律方面的种族主义给亚裔美国人所带来的精神创伤。这些创伤随着时间的推移一直纠缠于心，已经变成了影响几代人的不可启齿又挥之不去的'种族的忧伤'。对这种噩梦般的种族主义幽灵，作家们选择了用他们各自独特的方式予以言说，用书写的方式'驱鬼'，从而找回他们心灵的平静和重新面对生活的勇气。"这段话可以进一步表明，学者陆薇在自己的评论文章里所运用的"幽灵叙事"一词，主要指的是亚裔美国文学中与"种族主义"密切相关的一种书写与叙述现象。

话、网络为例）等形式渗透到人们生活的方方面面"。① 我们知道，国外的哥特文学（Gothic Literature）通常被视为浪漫主义文学传统的一个重要分支，具有与黑暗、恐怖、神秘、阴森、罪恶、丑陋等紧密相连的审美特性，体现了对理性主义、古典主义、新古典主义的反叛与挑战。哥特式小说及其作者非常擅长调动梦幻、想象、死亡、幽灵、癫狂等多种非理性的因素来描述和构造反常规的场景以及情节，并且经常借助充满象征性、暗示性的语言和文字，营造与呈现充溢着颇为诡异离奇和痛苦压抑的整体氛围，从而创作出既令读者感到不安和恐惧又可能产生一种比较特殊的效果、吸引力以及美感的故事。

　　哥特式小说的代表作有霍勒斯·沃波尔的《奥特朗托堡》（*The Castle of Otranto*，1764）、威廉·贝克福德的《瓦塞克》（*Vathek*，1786）、拉德克里夫的《尤道弗的神秘》（*The Mysteries of Udolph*，1794）、马修·格雷戈里·刘易斯的《修道士》（*The Monk*，1796）、查尔斯·布朗的《维兰德》（*Wieland*，1798）、玛丽·雪莱的《弗兰肯斯坦》（*Frankenstein*，1818）、查尔斯·罗伯特·马特林的《漂泊者梅尔莫斯》（*Melmoth the Wanderer*，1820）等。如果从广义上来说，哥特式小说的范围则可以扩大一些，爱伦·坡的《黑猫》（"*Black Cat*"，1843）、艾米莉·勃朗特的《呼啸山庄》（*Wuthering Heights*，1847）、威尔基·柯林斯的《白衣女人》（*The Woman in White*，1859）、罗勃·路易士·史蒂文森的《化身博士》（*Strange Case of Dr Jekyll and Mr Hyde*，1894）、亚伯拉罕·布兰姆·斯托克的《德拉库拉》（*Dracula*，1897）等不少作品都可以被纳入其中。作为一类较为特别的文学形象，亡魂、幽灵、鬼魅等在这些艺术创作里不时地现身与出现，并且时常参与情节发展的具体进程，发挥着自己相对独特的功效以及作用，"这里的鬼影，是形形色色的'异者'，他们中有些是社会既定秩序的破坏者或挑战者，有些是被主流意识形态刻意压制与忽视的对象"②。

————————

　　①　陆薇：《华裔美国文学的幽灵叙事——以伍慧明的小说〈向我来〉为例》，《译林》2009年第2期。
　　②　陈榕：《哥特小说》，《外国文学》2012年第4期。

　　进入 20 世纪以后，在国外的文学艺术创作领域中，哥特式小说的艺术风格与创作技法仍然不断地得以延续和发展。在英国著名作家、文学批评家 A. S. 拜厄特的《婚姻天使》（*Conjugial Angel*，1992）、《占有》（*Possession*，2000）等多篇（部）以通灵术①曾经风行一时的 19 世纪作为创作背景的新维多利亚小说里，不仅故事内容直接关涉与幽灵（亡灵）有关的现象，创作者还借此较为深入地思考、探讨了科学与宗教、精神与物质、身体与灵魂等的关系问题。此外，还有为数不少的、与幽灵（亡灵）叙事存在一定关系的奇幻文学作品受到了人们的普遍关注，比如：J. R. R. 托尔金的《魔戒》（*The Lord of the Rings*，1954—1955）、J. K. 罗琳的《哈利·波特》系列（*Harry Potter*，1997—2007）、斯蒂芬妮·梅尔的《暮光之城》系列（*The Twilight Saga*，2005—2008）等。它们不仅在图书销量方面创造了较为惊人的纪录，还因为与影视、音乐、电子游戏等多种媒介的结合而变得家喻户晓，已经在全世界的范围内产生了十分显著的影响力。

　　我们还知道，在意大利作家但丁·阿利吉耶里的长诗《神曲》（*Divina Commedia*，1307—1321），英国杰出的文学家威廉·莎士比亚的《理查三世》（*Richard* III，1592）、《哈姆莱特》（*Hamlet*，1601）、《麦克白》（*Macbeth*，1605）等剧作，德国作家歌德的诗剧《浮士德》（*Faust*，1832）中，都曾经出现过亡灵、鬼魂一类的形象亲自参与其中的具体情节，并且给人留下了比较独特的感受和深刻的印象。20 世纪以来，奥地利作家弗朗茨·卡夫卡的《猎人格拉胡斯》②（*Der Jager Gracchus*，1917）、日本作家芥川龙之介的《竹林中》（薮の中，1921）、智利作家玛丽亚·路易莎·邦巴尔的《穿裹尸衣的女人》（*La amorta-*

---

　　①　通灵术（spiritualism，也译作招魂术）即相信生者可以通过灵媒（medium，通常为女性）主导的降神会（seance）与死者的灵魂进行交流，相信灵魂不灭及不依附于肉身的灵魂的存在。常见的通灵术包括桌灵击（table rapping）、桌灵转（table turning）、自动书写（automatic writing）等。参见金冰《维多利亚时代与后现代历史想象：拜厄特"新维多利亚小说"研究》，北京大学出版社 2010 年版，第 56—58 页。

　　②　这篇现存三个稿本的短篇小说，原本没有标题，它的标题实为后人所加。关于《猎人格拉胡斯》的版本、研究评述及其文学渊源，国外多年以来一直不乏进行相关研究的学者。

jada，1938）、墨西哥作家胡安·鲁尔弗的《佩德罗·帕拉莫》（*Pedro Páramo*，1955）、哥伦比亚作家加夫列尔·加西亚·马尔克斯的《百年孤独》（*Cien años de soledad*，1967）、美国作家托尼·莫里森的《宠儿》（*Beloved*，1987）、波兰作家奥尔加·托卡尔丘克的《太古和其他的时间》（*Prawiek i inne czasy*，1996）、土耳其作家奥尔罕·帕慕克的《我的名字叫红》（*Benim Adim Kirmizi*，1998）和英国作家玛格丽特·德拉布尔的《红王妃》（*The Red Queen*，2004）里，逝者以及与之有关的幽灵（亡灵）是小说文本里亲自开口说话和讲述故事的重要形象，而且普遍具有一种让人难以轻易地予以忽略或者忘却的艺术效果。不可否认，与幽灵（亡灵）有关的叙事技巧和策略，对于作者的创作理念以及意图、目的等的顺利传达与最终实现，可谓起到了十分重要和关键的功效及作用。

与幽灵（亡灵）形象有关的叙事很早就出现在了中国文学的发展进程中，涉及神话、传说、诗歌、小说、戏剧等多种文体形式的创作，一直到后来，它也不失为令为数不少的文学家和读者念念不忘的一类比较特别的创作题材与故事内容。"精卫填海"是《山海经》① 的《北次三经》中作过记述的上古神话，它无疑具有丰富、多元的内涵以及意蕴，在神话类型方面，人们已经对它进行过多种多样、各不相同的归类、处理和解析。我们认为，它与远古时代的人类关于灵魂的看法和观念，实际上不无一种内在而又紧密的关联。如果说身为炎帝之女的女娃，在游于东海之时溺水而亡完全是一个意外事件，随后化作一种名叫精卫的飞鸟，却并不是纯粹地发挥艺术想象力便

---

① 我国长期致力于叙事理论研究的著名学者傅修延认为，相对于"或多或少保留了一些神话材料"的《庄子》《列子》《淮南子》等典籍，"'古之巫书'《山海经》收录神话材料'特多'"，"《山海经》旧传为夏禹、伯夷所作，但书中的商周人名与秦汉地名，暴露出它总体上应为先秦时期众多无名氏的集体创作，其中尚有少量秦汉时陆续羼入的内容。顾名思义，《山海经》主要记录当时人对空间的观察，全书结构亦按地理方位依序铺开，以山川海荒为经，以东南西北为纬。……《山海经》就功能来说不是叙事性的（narrative），它那平面展开的结构形式服从于书中主要介绍的地理内容"。参见傅修延《先秦叙事研究：关于中国叙事传统的形成》，东方出版社 1999 年版，第 140 页。

可以自然而然地得到的结果。这个情节其实是大有深意的，它足以表明在这则神话的创作者（乃至记录者和传承者）的眼中，女娃的身体和灵魂是并不相同的两种存在物，二者既可以合一又可以分开，即：如晋人郭璞在有关注释中所言："炎帝之女，化为精卫。沉形东海，灵爽西迈……"①

当以人的形态与状貌出现的肉体遭遇和发生死亡之后，女娃的魂魄还可以进入精卫这种具有在天空中飞翔的本领、明显有别于人类自身的鸟类（图腾）的形体中去，甚至还借此而使明显与人相关的所谓"填海"意志最终得以彰显和实现。或许正是因为察觉到内中所包含与存在的这些相对复杂的信息，在有人主张将"精卫填海"归入图腾崇拜神话里去的同时，还有人认为它应该属于变形神话中的"死后复生"类型。这两类神话虽然具有不一样的侧重点（前者强调鸟图腾的强大力量，后者重视死亡所显现的意义），但是二者其实并不缺少一些相通之处。可以看到，它们具有一个不可或缺和轻易加以忽略的重要前提以及假设——灵魂本身是有着某种独立性的（甚至可以做到不死与不灭），能够在不同形态的肉体（人类→鸟类）之间穿梭和出入、转移和游走，肉体的死亡与消失一定程度上意味着灵魂的新生与升华。

在中国古代的小说创作中，存在着与灵魂（幽灵、亡灵）关系非常密切的一个重要的题材类型，有人将与此有关的作品称为离魂还魂小说，认为它"发轫和滥觞于魏晋六朝时期，开拓和变异于唐宋时期，高潮和集成于明清时期"②。刘宋时期刘义庆《幽明录》中的《庞阿》被视为这个类型的小说的发端之作，《列异记》《搜神记》《搜神后记》等里也有不少与之相近的故事。唐宋两代的《离魂记》《冥报记》《广异记》《玄怪录》《续玄怪录》《青琐高议》《睽车志》《夷坚志》等，其中不乏涉及神异、幽灵、鬼魅一类比较特别的艺术形象而又具有一定的文学性、时代感以及某种人性化的内容和意蕴的具体作

---

① （唐）欧阳询等：《艺文类聚》卷九二，上海古籍出版社 1999 年版，第 1608 页。

② 李青唐：《论中国古典离魂还魂小说的发展、特质及其人文意涵》，《齐齐哈尔大学学报》（哲学社会科学版）2018 年第 5 期。

品。明代的《剪灯新话》《剪灯余话》《效颦集》《觅灯因话》《情史》《拍案惊奇》中的同类作品，可以视作对前人创作的一种相应的继承和发展。

清代出现了《聊斋志异》、《新齐谐》（即：《子不语》）、《阅微草堂笔记》等多部创作题材与灵魂（幽灵、亡灵）形象有关的小说集，其中，蒲松龄的《聊斋志异》这部中国古代文言短篇小说的经典可以称为离魂还魂小说的集大成之作①。由此可见，幽灵（亡灵）叙事贯穿了中国古典文学的多个发展阶段，与各个时期的政治、历史、宗教、哲学、民俗、文化等多方面的思想、观念以及内容十分紧密地交织、纠缠、融会在一起，它所描述、呈现和反映出来的有关故事以及内容，实为一幅色彩斑斓而又有些光怪陆离的特殊图画与景象，内中却不无创作者力求借助非现实的方式和手段来隐晦曲折地传达某种具有现实意义的特殊意图与关怀。

清末民初以来，随着西学在中国大地上的输入、传播与接受，中国人对于死亡、身体、灵魂等问题的感受、认识和思考具有了可以作一定选择和发展的，更为多元化与多样化的机会和可能，观念和意识方面也随之而出现了一些新的变化以及取向。人们在面对与宗教信仰以及民俗活动密切相关的多种不尽相同与一致的具体看法、意见、观点等的时候，显露出来的多半是更加理性、平和、包容的心境和态度，关于生与死、肉体与灵魂、物质与精神乃至存在与虚无等问题的理解、思考以及把握也逐渐趋于深化。作为专门致力于文学艺术方面的创作活动的作家，在很大程度上是与一定的社会历史进程密不可分的人，不同时期与阶段之上思想、理念、想法等所发生以及出现的各种发展和变化，同样会在他（她）们的身上留下相应的痕迹和烙印，并且在其文艺

---

①　相对而言，清代蒲松龄的《聊斋志异》里与离魂还魂有关的作品在数量和类型上都显得比较明显、突出，"包含还魂情节"的小说有 30 余篇，大体可以分为三类：本体还魂（人死后魂魄离开又回到自身的肉体里）、借尸还魂（已死之人的魂魄进入别人的肉体之中）、转世还魂（借轮回转世而使亡魂来到新生肉体里）。作者蒲松龄用一种超现实的艺术手法打破现实社会中的诸多限制、阻碍与禁忌，在真假、阴阳、虚实之间巧妙地体现了自己的想法、理念以及思索。参见王龄仪《〈聊斋志异〉还魂故事研究》，《四川职业技术学院学报》2016 年第 4 期。

作品中通过一定的模样、姿态与形式较为生动、具体地显现出来。

　　与过去的多个历史时段进行比较，我们可以看到，我国近代以来的文学创作中，与传统意义上的灵魂（魂灵）有关的言说和描述、反映和表现，在数量上呈现出了一种明显减少的趋势。在具体的作品里展开幽灵（亡灵）叙事的艺术家，显露出来的大多是一种相对超离、洒脱以及审美化、艺术化的态度与情感，所持有的创作理念、意识以及观点则往往与现实生活当中出现、存在的一些引人关注的现象和问题密切相关。具体地讲，他（他）们主要是将幽灵、幽魂、亡灵、亡魂等作为笔下的一类艺术形象来进行塑造、处理和呈现，通常会有意识地与之保持较为明显的一段距离，而极少出现创作者本人与自己笔下所书写、描绘和表现的灵魂（魂灵）形象以及与此有关的内容完全融为一体，在精神和心理上对二者不进行任何区别或者说分辨的情况。

　　张天翼是我国十分擅长将讽刺与幽默寓于日常生活图景中的作家，他的长篇日记体小说《鬼土日记》不失为这个方面一个比较典型的例子。这部小说于 1930 年在南京的《幼稚周刊》上连载，1931 年 7 月由上海的正午书局出版。我们依据小说文本中正文（即："鬼土日记"）之前的"献辞"和"关于《鬼土日记》的一封信"这两个副文本①可知，"作者"②决心要借助具体的文艺创作来发出所谓"不中听的声音"，由

---

　　①　副文本（paratext）也译作类文本、准文本，"其理论的先行者及倡导者为 20 世纪法国著名的叙事学家杰拉德·热奈特（Gérard Genette）"，热奈特认为，副文本"就是指一本书除了（主）文本之外的其他要素，包括：出版商的信息、署名、书名、献辞、前言、后记、插图、目录页、版权页、封面及其介绍、附录、注释、索引、访谈、作品评介等所有能让'文本成为一本书，并以书的形式呈现给读者'的那些要素"。参见许德金、蒋竹怡《西方文论关键词：类文本》，《外国文学》2016 年第 6 期。

　　②　我们认为，出现在小说《鬼土日记》的"献辞"这个超文本叙述层次里自称为"作者"的人，事实上是一个具有假托性质的人物形象，与真正处于现实生活中的作家张天翼本人并不完全一致与重合。小说文本里的这个所谓的"作者"主要是作家张天翼出于叙述策略与实际的叙述效果方面的考虑而进行艺术构思和处理的结果。作为人物叙述者的韩士谦（"我"）是《鬼土日记》里的主人公，在"关于《鬼土日记》的一封信"中曾经说过这样的一番话："鬼土社会和阳世社会虽然看去似乎是不同，但不同的只是表面，只是形式，而其实这两个社会的一切一切，无论人，无论事，都是建立在同一原则之上的。这两个社会是一样的，没什么差（转下页）

此而安排叙事文本里的主人公——非常特别的人物韩士谦将他在"鬼土"与"阳世"之间来回穿梭的一段别样的经历和见闻"写实地记了下来"。在叙事文本的正文部分，人物叙述者韩士谦采用了第一人称内聚焦叙事模式将这个故事条理清楚地讲述出来，还比较明确地请求受述者（在这篇小说的文本里被直接称为"你"）要"严肃地去读它"。人们需要稍作留意的是，假若从文本层面来看，《鬼土日记》中已经公开现身的"作者"与身处阴阳两界的非常规形态的人物叙述者韩士谦（"我"）实际上存在较为显著的差异，由此而促使我们不能（通常也不会）随便地将二者完全等同或者混淆。

近些年来，伴随外国文学的大规模翻译和引进、网络文学的快速兴起以及我国作家写作与创新意识的不断推进和发展，与幽灵（亡灵）叙事有关的话剧剧本与小说创作在数量上开始日渐增多，这不仅表现在奇幻、玄幻类型的通俗文学方面，文本中有幽灵（亡灵）形象说话、现身的纯文学制作事实上为数也并不算少。黄碧云的《胭脂扣》（1985）、刘树纲的《一个死者对生者的访问》（1985）、方方的《风景》（1987）、阿来的《随风飘散》（2004）、莫言的《生死疲劳》（2006）、陈亚珍的《羊哭了，猪笑了，蚂蚁病了》（2011）、余华的《第七天》（2013）、雪漠的《野狐岭》（2014）、艾伟的《南方》（2014）、孙惠芬的《后上塘书》（2015）、陈应松的《还魂记》（2015）、张翎的《劳燕》（2017）、刘震云的《一日三秋》（2021）等，它们都是在文本中运用亡灵、幽魂形象来讲述故事而且本身不无一定的知名度及影响力的文艺作品。当我们阅读和理解这些与幽灵（亡灵）叙事有关的、普遍具有一种超越常规形态的特殊结构以及外形的具体创作的时

（接上页）别……"通过阅读小说文本，我们不难发现，韩士谦并不是一个常规形态的人物形象，因为掌握了有关技术（"走阴"），不但最初实现了肉体与灵魂的分离（肉体留在阳世，灵魂则前往鬼土，去与"十年前死去的故人萧仲讷君"相见），而且最后又与长期生活于鬼土的萧仲讷、司马吸毒、黑灵灵、饶三等诸位朋友"一个个握了手"而"走出了鬼土"，得以"回到阳世来了"，并且真正地意识到"善哉萧爷之言曰：'鬼土跟阳世的一切，原则上是相同的。'鬼土里当然还有许多事我不懂得，可是看来总不会有什么不顺眼的了"。参见张天翼《鬼土日记》，周鹏飞主编《中国现代小说精品·张天翼卷》，陕西人民出版社1995年版，第14—127页。

候，需要（而且应该）持有的是一种相对敞开和包容的、更具审美属性的心态以及感情，应当真诚、细致而又较为适合和有效地加以面对，从而达到对幽灵（亡灵）叙事以及与之相关的艺术作品进行合乎情理的认识、解读与真正意义上的靠近和欣赏、理解和接受的目的。

二　小八子：讲述河南棚子家庭故事的早夭者

（一）方方的《风景》

20世纪80年代中期的文坛上，在寻根文学、先锋小说引发普遍关注的同时，刘恒、方方、池莉、刘震云、范小青、王安忆等数量并不算少的一批年轻人，将描写和反映更具日常态与逼真感的现实生活作为己任，开始把目光和视线投向由于多种原因而长期被遮蔽、忽略（甚至漠视和遗忘）的"民间"世界，颇为用心、用力地以一种与所谓政治权力话语以及知识分子精英话语都不同的方式，试图为生命力一度犹如草木一般蓬勃和旺盛，个人相对具体的面目却有些模糊不清，直接面对现实和人生不无达观态度，整体性的生存境遇常常令人感到忧虑的一群人进行言说、书写和表现。随后，再由一些主要从事文学评论以及文学期刊编辑工作的专业人士为这样的现象作专门的命名、推介与讨论①，从而使之得以顺利地进入更为广大的读者、研究者和受众的视野当中，这就是被人们当作一定时期之内一种重要的文学创作现象的"新写实小说"。

1982年从武汉大学中文系毕业的方方，在1987年发表了四篇题材、风格和类型很不一样的中篇小说——《白雾》、《闲聊宦子塌》、《船的沉没》和《风景》，《风景》毋庸置疑是其中知名度最为突出的

---

① "新写实"这个创作现象最早是1988年由《文学评论》和《钟山》二杂志于无锡联合举行的"现实主义与先锋派"研讨会上提出来并加以讨论的。最初出现了"后现实主义""新现实主义"等多种提法与称谓，直至《钟山》杂志1989年第3期专门开设"新写实小说大联展"方才将"新写实主义"这样一个名称正式确定下来。参见陈思和主编《中国当代文学史教程》，复旦大学出版社1999年版，第320页。

作品。这篇小说最初在《当代作家》1987 年第 5 期刊发，曾经荣获
1987—1988 年全国优秀中篇小说奖。多年来，人们通常会将方方的
《风景》与池莉的《烦恼人生》相提并论，并且把它们视作我国新写
实小说的两篇开山之作，方方本人在 20 世纪 80 年代中后期之后的很
多年里一直被称为新写实小说的一位代表作家。至于"新写实"这个
名称，我们认为，完全可以进行不止于单一层面的分析与解读：①一种
写作方法；②一种创作类型；③一种文坛现象；④一种命名方式。"新
写实"之"新"表明这种类型的小说已经明显不同于传统意义上的现实
主义文学创作，并且足以体现出不一样的一种写作观念和反映方式。

《风景》可以视为作家方方关于民间叙事的一个重要起点，这篇
小说所呈现的又主要是发生在河南棚子的一段往事。关于河南棚子，
小说文本里曾有如下描述："父亲说这地方之所以叫河南棚子就是因
为祖父他们那群逃荒者在此安营扎寨的缘故。河南棚子在今天差不多
是在市中心的地盘上了。向南去翻过京广铁路便是车站路。汉口火车
站阴郁地像个教堂立在路的尽头……""父亲说祖父是在光绪十二年
从河南周口逃荒到汉口的。祖父在汉口扛码头。自他干上这一行后到
四哥已经是第三代干这了……"① 这些叙述文字表明，这个被唤作
"河南棚子"的地方是一个典型的棚户区，它最初是从河南周口迁移
到湖北武汉来的灾民为自己找寻到的一块落脚之地，这里最早的住户
应该出现在清代光绪年间，他（她）们及其儿孙辈多半以"扛码头"
谋生。

作家方方在中篇小说《风景》里还这样写道，"父亲每天越过中
山大道一直走到滨江公园去练太极拳。父亲总是骄傲地对他的拳友们
说他是河南棚子的老住客。而实际上老汉口人提起河南棚子这四个字
如果不用一种轻蔑的口气那简直是等于降低了他们的人格"。② 由此可
见，对于地处长江边的这个名叫武汉的城市及其中的一些居民而言，

① 方方：《风景》，《方方作品精选》，长江文艺出版社 2005 年版，第 5 页。
② 方方：《风景》，《方方作品精选》，长江文艺出版社 2005 年版，第 5 页。

河南棚子的住户实为居住"在市中心的地盘上"却又根本不起眼的一群边缘人。对于包括"父亲"在内的河南棚子的"老住户"在面对这块居住地以及在这里长大的自己的时候言语以及表情所流露出来的那种"骄傲"，同样生活在这个城市里的另外一部分人（比如：滨江公园里的拳友）不仅毫不在意，甚至还非常明显地表现出了一种由内而外的"轻蔑"。

从创作题材方面来看，这篇名叫《风景》的中篇小说是令人感到既熟悉而又陌生的。在 20 世纪的中国文学中，关于城市及其居民的书写是并不鲜见的一个具体内容，但是把聚焦点直接汇聚在城市里的河南棚子这种类型的棚户区的作品实际并不多见。当人们读到文本中的"父亲带着他的妻子和七男二女住在汉口河南棚子一个十三平米的板壁屋子里。父亲从结婚那天就是住在这屋。他和母亲在这里用 17 年时间生下了他们的九个儿女……"① 这几句话的时候，相信不免会对人均居住面积不足 1.5 平方米的这个家庭及其日常生活的状况深感忧虑，甚而至于从心底生发出关于这户人家究竟如何长时间共处一室的种种困惑乃至担心。阅读文本的人不仅会对异常逼仄的生存空间何以容纳得了这么多的家庭成员产生一种带着好奇与怜悯之心的疑问，还可能因为难以想象出他（她）们真实的生活情景与面貌，而对处于这种较为特别和少见的生活（生存）状态之下的人物形象以及与之相应的故事表示闻所未闻、见所未见，认为这几乎是不能深想、不宜细思甚至完全不可理喻的事情。

早在 20 世纪 80 年代中期，方方作为湖北省一个年轻的女作家，毫不迟疑地把笔触伸向了她熟悉的这个城市里相对特殊的空间及区域，有意识地去反映和表现经常被大家视而不见、听而不闻的一个幽微角落所存在和发生的事情，把镜头对准生活在有些昏暗与暧昧的环境之中，自身却又较为鲜活、生动和具体的一群普通人。她以名叫河南棚子的这个地点为大本营，用语言和文字作为文学创作的工具，颇为耐

---

① 方方：《风景》，《方方作品精选》，长江文艺出版社 2005 年版，第 4 页。

心、细致地建构起了一栋形状和风格都堪称别具一格的建筑物，让当时以及此后走近或者阅读这篇小说创作的人们，每当提及这个名叫武汉的、早已不再年轻的城市的时候，除了会想起它相对悠久的历史文化、比较重要的地理位置，以及十分特别的政治、经济方面的作用和影响之外，还可能对于它不怎么为大众所熟知的、被忽略和遮蔽了的另外一面加以关注、留意以及思考。

在中篇小说《风景》中，不仅具体的创作题材和相应的表现内容比较独特，它还有一个颇为引人注目的地方就是，作家方方所采用的讲述故事的方法以及技巧。关于河南棚子里的这样一户曾经达到过12口人之多的人家，在近三十年的时光里发生的一系列深沉往事，实际上借用了一个已经夭折了20余年的亡灵形象来进行既细致而又特别的叙述。关于人物叙述者小八子（"我"），作家方方在叙事文本里曾经这样写道："第八个儿子生下来半个月就死掉了。父亲对这条小生命的早夭痛心疾首。父亲那年48岁。……父亲买了木料做了一口小小的棺材把小婴儿埋在了窗下。那就是我……"① 这个取名为小八子的人物（"我"）是中篇小说《风景》里的第一叙述者，与这个特殊家庭有关的故事首先由"我"之口而得以讲述和呈现出来。

整个故事虽然与更加宏大和复杂的时代、民族、国家的命运以及前途，未曾发生过一种较为直接、紧密的关系，但是它与曾经存在和生活于其中的多个非常实在、具体的生命个体，以及这个城市看得见、摸得着的发展历程其实是密切相连而不能够截然地予以割裂或分开的。伴随这个城市里大规模的旧屋改造以及来自历史纵深之处的不可阻挡的力量所产生及发挥的作用，曾经处于城市之中的一个如此拥挤、热闹和嘈杂的家庭逐渐走向萎缩、困顿，最终将会随风而逝甚至彻底地消失不见……透过与它有过亲密关系的特定时空（即：一度为它所拥有的数十年的时间以及那个异常狭小的空间）里所发生和出现的一系列事情，同样可以映现和折射出可谓之为五彩斑斓、丰富复杂的一幅

---

① 方方：《风景》，《方方作品精选》，长江文艺出版社2005年版，第4页。

现实生活图景，以及显露或者潜藏于其间的形形色色而又诡谲多变的人心与人性。

（二）小八子的叙述

1. 小八子的叙述方式与特点

前已有述，20世纪80年代是一个充满勃勃生机与创新精神的时期，当时从事文艺工作的专业人士突破种种内在与外在的限制、规定以及约束，勇敢地进行过多种多样的尝试、创新和实验，从而使文学创作显现出了过去不曾有过的、令人印象深刻的姿态与状貌。到了80年代中期，我国大陆地区的文坛上继曾经名噪一时的伤痕文学、反思文学、改革文学之后，寻根文学、先锋小说、新写实小说等纷纷登台亮相，它们在当时产生了一种不容忽视的巨大冲击和影响。从总体上来讲，不仅使当代的文艺创作在思想和内容方面具有了走向历史与文化的纵深之处的可能，也让作为一种重要的艺术门类的文学本身的写作样式、表现手法等受到了前所未有的关注和重视。与此同时，还可谓将与具体的文学实践关系十分密切的、创作方面的创新与自觉意识，推进到了一个新的层次、水平以及程度之上。

毫无疑问，方方的《风景》是我国当代文坛中较早采用幽灵（亡灵）叙事的中篇小说创作。如果仅从小说的开头和结尾两个部分来看，这篇小说还是一篇运用第一人称内聚焦叙事模式写成的文学作品。《风景》的小说文本一共由14节①（即：十四个部分）构成，其中的第二节十分清楚地交代过人物小八子（"我"）的身世，"……新生儿不仅同他一样属虎而且竟与他的生日同月同日同一时辰。15天里，父亲欣喜若狂地每天必抱他的小儿子。他对所有的儿女都没给予过这样深厚的父爱。然而第16天小婴儿突然全身抽筋随后在晚上咽了气。父亲悲哀的神情几乎把母亲吓晕过去。父亲买了木料做了一口小小的棺

---

① 在方方的中篇小说《风景》里，一个小节即为一个叙述片段，作者采用数字为序号分别对它们予以了比较清楚的注明。

材把小婴儿埋在了窗下。那就是我。我极其感激父亲给我的这块血肉并让我永远和家人呆在一起。我宁静地看着我的哥哥姐姐们生活和成长，在困厄中挣扎和在彼此间殴斗。我听见他们每个人都对着窗下说过还是小八子舒服的话……"① 在第十四节（它是小说文本的最后一个部分）里，因为河南棚子即将被拆除，所以在一个大晴天，"窗下"的小八子被父亲挖出并由三哥用自行车运到墓地，然后"埋在二哥身边"，离开"小屋世界"的"我"却依旧"什么都不说"，而"只是冷静而恒久地看山下那变幻无穷的最美丽的风景"。可见，小八子既是这个家庭中不同寻常的一个成员，又是异常温情、特别而又长期保持沉默不语的状态的艺术形象。

当然，小八子（"我"）显然不是一个普普通通的婴儿，也不是愿意（或者说能够）全面、主动、深入地参与和介入家庭生活当中去的特殊个体。在方方的中篇小说《风景》里，身为幽灵（亡灵）的"我"是比较典型的非常规形态的人物叙述者，也是这个特殊家庭不无一种残酷性的生活以及状况的具体观察者、冷静注视者和重要见证者。小八子在叙事文本中采用第一人称所作的讲述表明，正是由于父亲的某种偏爱，使小婴儿在夭折之后还能够继续与自己的家人待在一块儿，从而可以"宁静地看着我的哥哥姐姐们生活和成长，在困厄中挣扎和在彼此间殴斗"。当20多年的时间过去之后，小八子的尸首虽然从家中（"窗下"）被迁移出去了，但是这个"我"仍然保持着往日的习惯与状态，坚持"冷静而恒久地"注视和观看包括自己的家人在内的、属于人间的一切"风景"。在人物小八子的内心深处，我们完全见不到埋怨、不平、嫉妒或者愤恨，而可谓充溢着平静和幸福、安宁和温馨，这样的一个特殊形态的人物形象有的时候还会为不能分担家人的痛苦、艰辛、凄惶而深感歉疚和自责。

但是，如果对《风景》的叙事文本进行更加认真、细致、严谨的分析和思考，我们会发现，这个名叫小八子的人物叙述者及其叙述其

---

① 方方：《风景》，《方方作品精选》，长江文艺出版社 2005 年版，第 4 页。

实不是那么的标准和完善，有的时候"我"并没有严格地遵从一个身处于故事之内的、具有一定限制性的叙述者的眼光和视界来进行令人信服的叙述与表达。在叙事文本里，人物形象小八子（"我"）时常从具体的叙述过程中抽身而出（甚至完全隐匿不见），取而代之的则是以第三人称的形式出现的、另外一种不太一样的内聚焦叙事。进一步来讲，这应该属于由不同的人物叙述者所展开的不定式内聚焦叙事（即：由这个家庭里的多个成员分别讲述各自所发生和经历的事情）。而且，对于叙述聚焦者的这种更改以及切换，小说文本中几乎没有进行过任何的交代或者与此有关的说明，所以不免会让人产生不少的疑问和困惑。

中篇小说《风景》里具体谈到过为了减轻家庭负担七哥从五岁开始就主动外出去捡破烂的事情，它对于七哥这个人物形象的塑造具有很大的帮助和作用，让人足以从中看出他自幼就是一个善于进行观察与思考的、非常乖巧和懂事的男孩子。作家方方在叙事文本中还比较耐心、细致地写到了七哥捡破烂的一些细节乃至当时的他相对内在与个体化的心理和感受。

> 七哥对于他五岁就敢在河南棚子穿梭于小巷小道中拾破烂的胆略极其诧异。……七哥记得他捡的第一件东西是一块破了角的手绢。手绢上有些粘粘糊糊的东西。七哥用舌头舔了一下，是甜的，便又舔了好多下，直到那手绢湿漉漉的。七哥相信他至死都不会忘记他蹲在墙根下虔诚地舔手绢的模样。七哥很少说话，有大人指着他的小篮子说些什么他也从来不理。七哥每天要把小篮子装到他提不动为止……①

关于人物七哥幼年时四处走动去捡破烂的情景进行再现的这一段叙述文字，它本身是十分形象、生动和逼真的，对七哥当年比较具体

---

① 方方：《风景》，《方方作品精选》，长江文艺出版社 2005 年版，第 9 页。

的行动、相对美好的味觉体验乃至颇为丰富的内心感受的描写也非常地细腻、真实和可信。如果按照常理进行推断，可以肯定地说，这些事情不可能是由文本里幽灵（亡灵）型的人物叙述者小八子（"我"）讲述出来的。我们知道，现实生活中早已夭折的小八子几乎没有离开"窗下"（家）进而随便外出与四处走动的可能性。关于二十多年前年仅 5 岁的七哥第一次去捡破烂的事情，"我"（小八子）在当时及以后既没有亲眼看到又不曾亲耳听闻，或者借助一定的方法、手段而得以获知和了解其中的一些具体情况，所以叙事文本里负责聚焦（"看"）以及讲述（"说"）的叙述者只可能是人物小八子之外的其他形象。与此相应，叙事文本之中所具体运用的叙述聚焦模式也应该作适当的调整和改变。事实上，我们的确看到，中篇小说《风景》里的这个部分已经从第一人称内聚焦叙事转变为第三人称内聚焦叙事。

　　由此可以说明，当代作家方方在 20 世纪 80 年代中期写作中篇小说《风景》的时候，她的眼光、思路和做法与当时的不少作家其实是较为接近的，对于"写什么"和"怎么写"这一类比较宏大而又重要的文学创作方面的基本问题，同样进行过一番相对深入的思索与细致的考量。在具体进行文学创作的过程中，关于叙述者以及叙述聚焦模式的选择和运用方面的一些相对琐碎、细小的问题，作家方方并没有非常随意地去加以面对或者想当然地进行有关的安排与处理，而是根据故事以及内容的表达需要提前作过一些较为认真、仔细、可行的思考和设计的。这些踏踏实实的准备、努力与认认真真的考虑、付出，可谓为作家方方及其包括中篇小说《风景》在内的具体作品所取得的相应成绩奠定了非常重要的基础。

　　早夭者小八子（"我"）凭借幽灵（亡灵）的特殊身份而得以出现在《风景》的小说文本中，这个非常规形态的人物叙述者所展开的叙述，主要体现出以下的几个特点。

　　第一，具有较为显著的故事讲述意识。从最初在叙事文本中现身开始，人物小八子就有意识地采用一种看似平静而又不无悲悯之情的语气和口吻，将关于河南棚子里这一户人家的故事缓缓道来，让人无法忽略这个自称为"我"的叙述者及其较为具体的叙述。

第二,叙述的思路清晰明了而又开阔。安静甚至沉默地待在"窗下"的小八子,从来无意于要参与和卷入家庭成员的残酷争斗中,而是用略高于故事中其他人物的眼光来看待世界,以条理清楚而且比较开阔的思路将自己看到、感到及想到的一切讲述出来。

第三,语言表述上流畅、自然、妥帖。幽灵(亡灵)型的人物叙述者小八子,与其他的人物刻意保持一段距离,以流畅、自然的语言把具有残酷与悲凉之感的故事负责任地讲述和呈现给大家,总体上较为平静、克制而未作额外的渲染和涂抹,显得十分妥帖。

2. 小八子的叙述效果

在中篇小说《风景》里,作为于人于畜都没有害处的、善良而又幽微的存在,早夭的小八子并不是方方想要花费大量的时间、精力和功夫去进行书写以及塑造的一个十分重要的文学形象。这位作家更加看重的应该是小八子作为人物叙述者的效用,小说文本里的这个"我"实际上就如同比较适合而又顺手和好用的工具一般,可以用来讲述与呈现关于处在汉口河南棚子的这个多子女家庭的故事,能够较好地发挥一个故事内叙述者/人物叙述者的功效和作用。处于文本内外的所有的人(包括和小八子同处一屋的其他家庭成员、听"我"讲述故事的受述者、阅读这个叙事文本的读者等),大概都不会对这样一个能够而且愿意开口说话的幽灵(亡灵)形象产生害怕和畏惧的心理,因为小八子及其叙述更有可能唤起的,其实是一种接近于同情与怜惜的感情及体会。在这一点上,与人们在面对美国作家威廉·福克纳笔下著名的痴呆型人物叙述者班吉(也就是长篇小说《喧哗与骚动》的第一章里那个可谓不明就里地讲述着康普生家族故事的痴呆之人)的时候所产生和出现的相关体验以及心情实际上是比较近似的。

小八子是一个只活了半个月就告别了这个世界的小婴儿,"我"在小说文本中的过早离去,虽然会让人觉得颇为遗憾和惋惜,但是这并不给人以一种恐惧与悲伤相交织的、比较沉重和复杂的感受及印象。仔细地想一想,小八子走得相对平静、自然,就犹如一缕柔和、温顺的气息或者游丝，从人们的眼前、耳畔和脑际飘浮过去或者游荡开来。在中篇小说《风景》的叙事文本里，我们可以发现，与灵魂（魂灵）距离比较接近的叙述文字还存在于另外两个地方，它们和人物小八子（"我"）的关系似乎不是特别密切，而主要反映了与这篇中篇小说里的主人公七哥有关的故事。《风景》中的人物七哥出生之后，他的"身份"首先受到了来自父亲的明显质疑，加之本身有些体弱多病，这个人物的性格也相对隐忍、懦弱，在这个特殊的家庭中所处的地位曾经极为低下和卑微，除了大哥和二哥之外的其他亲人几乎只是把七哥"当白痴当玩物当一头要死没死的癞狗"对待，因而使他长期成为被众人欺凌、践踏和侮辱的对象，正式地离开家之前的七哥可谓一直处在饱受煎熬与折磨的艰难境地当中。

正是这样的一个人，在小说文本中曾经发生过两次可以称之为"闹鬼"的事情。第一次是七哥下乡的时候。"鬼的故事"首先是山村里和七哥同住的房东儿子听别人说起的，夜晚在村里出没的"鬼"被人们描述得绘声绘色，后来村里的年轻人抓住了"鬼"，才发现"鬼"竟然是七哥。由于村里人当时没怎么听说或者不太懂得梦游的事情，有人专门去对从城里来村中插队的七哥作了一番问询后竟然误以为他是"天神派来的"（这反倒成为促使七哥"七六年突然被推荐上大学"的一个重要原因）。第二次是七哥上大学期间。根据叙事文本里与此有关的文字可知，七哥当时上的是"中国最了不起的学府"——北京大学，与之相连的一段经历是这个人物的人生历程中非常重要的一个转折点。进入大学以后，七哥在夜里外出的特殊习惯似乎仍然没有发生改变，与过去的日子颇为不同的是，当他"到学校第一个晚上梦游时就被同寝室的同学抓到了"，这虽然使七哥在同学的面前深感自卑，却也令他对改变个人命运的事情有了进一步的关注与思考。

如果与国内外运用幽灵（亡灵）形象来负责故事讲述事宜的诸多文艺作品进行比较，实际不难看出，方方的《风景》和其中的幽灵（亡灵）形象以及闹鬼的故事，完全不会给人带来（或者造成）与一般的灵异题材的故事与创作相似的心理感受和影响。作家方方在写作这篇名叫《风景》的中篇小说的时候，似乎根本不以营造或者渲染与死亡、灵魂、鬼魅、复仇等有关的，充满恐怖、血腥、悬疑和惊悚的特殊氛围作为自己主要的创作意图与目的。这位当代作家更加关注和在意的是，透过中篇小说《风景》里的幽灵（亡灵）和灵魂（魂灵）等艺术形象所讲述和显现出来的、与处于民间社会的众人的生存本相直接相关的现实生活景象，从而制造出一种令人深感粗鄙和逼真、惊愕和残忍的叙述效果。

由小八子（"我"）这个特殊形象在《风景》的小说文本里所讲述的家庭故事不仅有数十年的时间跨度，而且所涉及的空间可以说多种多样。具体地来看，有晴川饭店、安庆、团省委、河南棚子、汉口火车站、中山大道、滨江公园、扬子街、汉江路、六渡桥、徐家棚码头、华清街、黑泥湖、黄浦路、黄家墩、刘家庙、三眼桥、武钢、大洪山、北京大学、天津路英租界、一中、八中、阳逻、扁担山、东荆河北岸、龟山、青山岬、长城、香山、上海、水果湖、广州、深圳、深圳湾大酒店、南京、南通、汉正街、航空路、云鹤酒楼、武昌、黄孝河边、孤儿院、墓地……它们中绝大多数的地点确实与武汉这个城市息息相关，遍布于它的多个不太一样的位置以及区域之内。尽管它们在现实生活中所具有和发挥的作用差别很大，在人们心目当中的分量与地位也可谓明显不同，却又与非常规形态的人物叙述者小八子（"我"）及其家人存在一种较为密切而且不容忽视的关系。

就拿其中的黑泥湖来讲，它和中篇小说《风景》里着墨最多、分量最重的核心形象——七哥无疑具有一种十分特殊的关联。与河南棚子一样，黑泥湖不失为人物七哥的成长记忆和人生经历中非常重要的一个地点，儿时的他除了会来这里拾破烂、捡菜叶之外，十二岁那年的冬天还因为挖藕而差一点儿在此处丢掉性命。七哥当时之所以得救，又与一个名叫够够、比他大两岁的女孩儿具有很大的关系。这个女孩虽然就在同一年（当她年仅十四岁的时候）遭遇了不幸（"被火车碾了"），却曾经给予过人物七哥不少温暖和美好、快乐和感动，因而可以说是令他永远难以忘怀和不会将有关记忆随意地抹去或删除的人。

《风景》的小说文本里有一段文字是这样进行描述的：

> 第二天刮风，寒嗖嗖的。七哥一出家门就被风吹斜了身子。他斜斜地行走。小竹篮里还搁了一条麻袋。他一路走一路在算计哪一块藕塘比较好。风把七哥的脸吹得红通通的。左脸颊上的冻疮又鼓胀了起来。七哥并不觉得这日子有什么特殊的苦，他已经习惯这样的生活了。万一哪一天让他安安逸逸地享受一天，他倒是会惊恐不安地以为出了什么大事。七哥在铁路边碰上了够够。够够当时正迎着风尖起嗓门唱歌。那歌子的词是七哥一辈子忘不了的。"美丽的哈瓦那，那里有我的家，明媚的阳光照进屋，门前开红花。"够够总是唱这支歌，一遍又一遍地对七哥说如果有一个新家在哈瓦那，门口种满了鲜艳的花朵那该多好哇。讲得他俩都极羡慕哈瓦那了。①

这是年纪已经二十八岁的七哥对自己十二岁时发生的一段往事的追述，将一个少年当年曾经亲身经历的生活情景作了细致、生动而又非常有效的再现和还原，是叙事文本里的人物七哥对自己的人生历程中非常温馨、美好的一幕的用心缅怀与深情追忆。隔着十六年时光的这次别有意味的回眸，可以让兼具聚焦者与叙述者两重身份的七哥想起一些早已成为过去的事情（比如：遇到深陷藕塘的危险之时，是女孩够够去请求路过的中学生将自己救起；由于挖藕的承诺不能够按时兑现，为此而曾遭到家中父母的打骂……），但是它们与寒冷的天气、窘迫的日子、遥远的哈瓦那关系并不大，因为比起女孩够够这个闪闪发光、璀璨夺目的艺术形象来说，这些都显得特别地微不足道而实在算不了什么。

当然，我们需要看到，这段追述性质的文字无疑是七哥本人而不是小八子（"我"）借助年少的自己经历挖藕事件时的眼光、心态和体

---

① 方方：《风景》，《方方作品精选》，长江文艺出版社 2005 年版，第 18 页。

验来展开的具体叙述。它在呈现出带着特殊色彩与烙印的往日生活情景的同时，是非常有利于塑造七哥这样一个在中篇小说《风景》里相对复杂、多变和丰腴的人物形象的。借助叙事文本中的这些与一段特定的岁月和时光紧紧相连接的叙述文字，人们足以走入人物七哥平日不大愿意轻易向外人敞开的内心世界，从而接触和感知到其中一直深藏不露实则颇为柔软的那个部分与角落。

在方方的中篇小说《风景》中，与上面的这一段引文相类似的、由小八子（"我"）的多个亲人自己来展开叙述的段落，从数量上来讲实际并不占少数，它们还不只出现在叙事文本里的一个或者两个具体位置。客观地说，如果只讲求阅读的感受以及体验，关于这些在叙述方式上作过相应调整和处理的文字，一定程度上确实是令人感觉到不太习惯（甚至不大乐意）去爽快地加以接受及认可的。也就是说，《风景》的小说文本中负责讲述故事的人从已经逝去多年的小八子（"我"，是以第一人称现身的非常规形态的人物叙述者）突然转换为现实生活里的七哥以及大哥、三哥、四哥、五哥、六哥等人物形象（他们在《风景》的文本里均以"他"来现身与存在，是采用第三人称进行讲述的常规形态的人物叙述者），其实或多或少会显得不自然甚至有些突兀。但是，相对于让人物小八子（"我"）比较生硬甚至冒险式地去采取某种明显"越界"的叙述行为，也就是由幽灵型的人物叙述者小八子借助"我"的语气和口吻，将七哥以及其他的多个家庭成员在多年以前所发生的、根本不为别人知晓或者了解的有关情况和事情，详细而又完整地逐一讲述出来，确实要更加地合乎叙述逻辑与情理一些。

如今看来，作家方方的中篇小说《风景》在叙事艺术方面虽然存在一定的问题，讲述的技巧、方法与手段还有显得不够圆熟和完美的地方，不乏可以进一步地调整、改善的余地和空间。但是，就整个小说文本及其艺术效果而言，实际上并不存在叙述方面的所谓重大疏漏和欠缺，或者说，未曾出现十分明显、突出并且根本无法加以弥补和挽救的毛病以及硬伤。从总体上来看，叙事文本中显现以及存在的具体形态比较特殊的小八子（"我"）这个非常规形态的幽灵型人物叙述者，所负责展开与具体实施的关于河南棚子里的一个家庭故事的叙述及呈现可谓令人难忘而又颇为有效。

3. 运用小八子进行叙述的原因、意义

从介入故事的具体程度来看，主要依托幽灵（亡灵）的形象而得以现身的小八子，是行动的次要参与者（a minor participant，即：次要人物①），并且发挥了旁观者或见证者（observer or witness）的功用，"我"并不是中篇小说《风景》里的主人公（protagonist）与家庭故事重要的参与者（a relatively important participant）。作为这个多子女家庭中的特殊成员，早已经离世的人物小八子几乎从未打扰过家人们的日常生活。不论躺在小屋"窗下"的 20 多年时间里，还是被父亲和三哥迁移到二哥所在的墓地去之后，小八子（"我"）一直努力地将自己置身于事外，只是一心要"宁静地看着"和"冷静而恒久地看"家庭里其他人的经历和生活，然后再运用一种几乎不动声色而显得相对冷峻、客观的眼光与态度、话语和口吻把处于棚户区中的这个家庭非同一般的故事清楚而又具体地讲述出来。

借助人物小八子及其在中篇小说《风景》里所展开的幽灵（亡灵）叙事，作家方方的确达到了对生活在武汉这个城市一隅的一个贫民家庭的生活状貌进行如实呈现这样一个创作目的。有的学者曾经提出，"由死者的视角来讲述生存的故事，显然是一种机智的安排，这使得作品中的生存景观看来异常的冷漠和残酷"②。依据这种观点，可以认为，方方在这篇小说的文本里之所以会采用小八子（"我"）这个幽灵（亡灵）类型的非常态人物叙述者来讲述河南棚子颇为独特的一个家庭的故事，主要是这位作家从叙述效果方面进行考虑以及权衡之后所作的选择与决定。换言之，在叙事文本中启用非常规形态的人物

---

① 　根据美国著名叙事学家杰拉德·普林斯所提出的相关理论，次要人物是指作品中人物的一个具体层次。普林斯认为，同故事叙述者在所叙述的事件中可以行使主人公、重要人物、次要人物甚或仅是旁观者的职责。参见［美］杰拉德·普林斯《叙述学词典》（修订版），乔国强、李孝弟译，上海译文出版社 2011 年版，第 153—154 页。

② 　陈思和主编：《中国当代文学史教程》，复旦大学出版社 1999 年版，第 311 页。

小八子（"我"）来进行幽灵（亡灵）叙事，主要是为了促使中篇小说《风景》在呈现出比较特别的"生存的故事"的同时，尽可能地取得一种所谓"异常的冷漠和残酷"的叙述效果。

关于昔日曾经受到众人瞩目的新写实小说，有学者作过这样的说明与评价，"新写实小说之'新'，在于更新了传统的'写实'观念，即改变了小说创作中对于'现实'的认识及反映方式。在此之前，当代文学中对现实主义创作方法的经典表述是：文学创作中所要反映的现实，除细节真实外，还要真实地再现典型环境中的典型性格。艺术上的'真实'不仅来自于生活现象本身，还必须要体现出生活背后的'本质'，并对其加以观念形态上的解释"，"新写实小说正是对这种含有强烈政治权力色彩的创作原则的拒绝和背弃，它最基本的创作特征是还原生活本相，或者说是在作品中表现出生活的'纯态事实'"。①

为了达到对在我国当代文学发展的进程中曾经占据某种优势的、具有特定色彩的创作原则的"拒绝和背弃"以及"还原生活本相"、"表现出生活的'纯态事实'"的目的与效果，新写实小说的作家（们）明显舍弃了对典型性的因循式膜拜与追求，放逐了对生活意义的一般性追问和探寻，而是采用一种看似"冷漠和残酷"的叙述态度有意地淡化、模糊、遮蔽个人化的倾向和判断，从历史与现实两个不同的维度试图逼近"生活本相"，从而凸显出了对于生存问题（包括人们所处的环境、背景、氛围，大家拥有的多个层次与面向的需要、期待以及向往，以及由于多种原因形成的存在方式、状貌和境况等）从表面来看不无俗世化的特点实则较为严肃、认真和直接的观察与思索、关注与重视以及书写与反映，从而"强烈体现出一种中国文学过去少有的生存意识"②。

出身于知识分子家庭的作家方方，从小就养成了善于进行观察和

① 陈思和主编：《中国当代文学史教程》，复旦大学出版社1999年版，第306—307页。
② 陈思和主编：《中国当代文学史教程》，复旦大学出版社1999年版，第307页。

学习、阅读和思考的习惯。在她还不到 20 岁时，就开始与具有历史性、真实性、丰富性与复杂性的社会现实，以及生活于呈现出多样化和立体感的生存状态与境遇中的、较为微弱和细小而又非常地坚强与执着的生命个体，有过比较具体、实在、平等、深入的接触和对话、沟通及交流，这无疑是非常有助于她对于人与世界（以及二者之间的关系）的认识、思索和理解的。① 当新时期开始以后，方方在武汉大学较为系统、完整地接受了中文专业的本科教育，关于她本人开展文艺创作活动的道路、风格以及手法等方面的情况和问题，很早就已经具有相对明确、自觉、清醒的意识、想法乃至规划。因此，方方在 20 世纪 80 年代初期开始进行文学作品的创作时，她的起点的确比当时的不少同样从事写作的人要略高一些。

　　作家方方曾说过这样的话："毫无疑问，小说必须不断创新。写作从无定法，创新才能有活力。"② 由小八子（"我"）这个非常规形态的人物叙述者在文本里负责具体经营与实施的幽灵（亡灵）叙事，正是一种比较典型而又富有意义的艺术创新行为。由此说明，早在 20 世纪 80 年代中期，在写作这篇名叫《风景》的中篇小说的时候，这位当代作家就已经表现出了敢于采用比较新颖和特别的叙述手法与策略，以期突破传统的艺术形式的一种想法和意识、信心和勇气。对于作家方方本人的创作生涯乃至我国当代文学的发展进程而言，这种勇于进行尝试和创新的创作行为的作用以及由此而取得的效果都是比较明显的。多年以来，作为新写实小说重要代表作之一的《风景》，被认为通过对普通人的生存状态与境况的逼真还原而"具有一种令人震撼的探索精神"，这篇中篇小说使"以生存为内核"的一种民间价值取向得以凸显，与此同时，还较为成功地开拓出了关于"社会底层"

---

① 作家方方曾经在多个公开的场合谈及她在高中毕业后到武汉运输合作社当工人的工作经历，并且坦言这段为期四年的经历促使她重新认识自己所处的社会及其结构，开始对当时身处底层社会的民众怀有特殊的感情与认识，从而愿意去为这个层面的人进行一种相应的书写与表达。

② 方方：《这只是我的个人表达》，《扬子江评论》2014 年第 3 期。

的当代文学"写作的新空间"。①

　　在把方方及其作品归入新写实主义的群体和行列之中进行探讨、解析和评价的同时，其实还应该注意到这位当代作家比较独特的艺术个性。不可否认，与同一时段的其他新写实的小说家相比，作家方方的写作确实存在不太一样的风格和特点。她除了创作题材方面会更多地将聚焦点对准武汉以及现实生活当中的底层民众外，在涉及叙事的方法、手段和技巧的艺术形式层面同样不无自己的一些特殊与创新之处。具体地讲，"还原"仍然不失为方方从事小说创作的一个比较重要的意图和目的，这位作家却并未全身而退地去进行完全不介入式的写作（即：只进行关于生活景象的纯粹"静观"性质的一种描述、反映与呈现）。在中篇小说《风景》中，作家方方笔下颇为引人注目的人物叙述者小八子（"我"），确实是以次要人物的身份出现与存在的，在叙事文本里由小八子所展开的较为清楚和具体的叙述，却并没有做到全然地（或者说绝对地）客观与冷静。

　　与此前已经作过一定程度论析的、在癫狂（疯癫）叙事和痴者（愚人）叙事之中出现的非常态的人物叙述者（具体包括癫狂型、痴呆型这两类叙述者）相联系，我们可以发现，在作家方方《风景》的叙事文本里展开幽灵（亡灵）叙事的小八子（"我"）不同于鲁迅的《狂人日记》中的狂人、冰心的《疯人笔记》里的疯人、残雪的《山上的小屋》中的病人，以及威廉·福克纳的《喧哗与骚动》里的班吉、韩少功的《爸爸爸》中的丙崽，而是与君特·格拉斯的《铁皮鼓》里的奥斯卡·马策拉特、阿来的《尘埃落定》中的二少爷、贾平凹的《秦腔》里的张引生更为接近的人物叙述者。实际上，《风景》中的小八子是一个比较明显的"介入性叙述者"（intrusive narrator），即"用他或她自己的声音对被呈现的情境与事件、表述或其语境作出评价；依赖并以评论性补充或介入为特征的叙述者"②。

---

　　①　陈思和主编：《中国当代文学史教程》，复旦大学出版社 1999 年版，第 310—313 页。

　　②　［美］杰拉德·普林斯：《叙述学词典》（修订版），乔国强、李孝弟译，上海译文出版社 2011 年版，第 108 页。

　　在小说文本的第二节的第 1 段，对住在十三平方米板壁屋里一个特殊家庭的日常生活，以及自己的个人身世作了简要、明了的介绍和交代以后，这个独特的人物小八子（"我"）还曾经这样说道：

　　　　……我为我比他们每个人都拥有更多的幸福和安宁而忐忑不安。命运如此厚待了我而薄了他们这完全不是我的过错。我常常是怀着内疚之情凝视我的父母和兄长。在他们最痛苦的时刻我甚至想挺身而出，让出我的一切幸福去与他们分享痛苦。但我始终没有勇气做到这一步。我对他们那个世界由衷感到不寒而栗。我是一个懦弱的人，为此我常在心里请求我所有的亲人原谅我的这种懦弱，原谅我独自享受着本该属于全家人的安宁和温馨，原谅我以十分冷静的目光一滴不漏地看着他们劳碌奔波，看着他们的艰辛和凄惶。①

　　初看一遍，这些带着"评论性补充或介入"特征的话语无疑是令人感到诧异和惊讶的。身为幽灵（亡灵）形象的"我"是这个多子女家庭中唯一早夭的成员，当家人对着"窗下"说出"还是小八子舒服"这一类的话语的时候，应该只是略微地表达一下情绪或者偶尔发出一声感慨而已。我们认为，绝不适合将它径直、简单地看作家人（们）由衷地羡慕"我"这个幽灵（亡灵）形态的人物形象的一种比较具体和真实的表现。如果更加深入一层来想，文本中的小八子虽然早已失去了与肉体密切相连的个体生命，这却没有令"我"感觉到十分困惑、苦恼、沮丧和哀伤（因为远离尘世和纷扰，"我"反而收获了更多的温馨、平静、幸福、安宁）。当小八子（"我"）每次看到并且面对家人们在人世间苦苦地挣扎、劳碌以及相互争斗、倾轧之时，这个形态十分特殊的人物叙述者从心里产生和流露出来的其实主要是一种无可奈何、无能为力的感受，"我"为自己既无力分担又无法分

---

　　① 方方：《风景》，《方方作品精选》，长江文艺出版社 2005 年版，第 4—5 页。

享而深切地感到内疚和痛苦。于是，这篇小说中的人物小八子（"我"）所能够做的事情，只剩下"以十分冷静的目光一滴不漏地看着"自己的家人，并且把与他（她）们相关的故事用自己的方式与口吻讲述、表达和显露出来。

可见，作为幽灵（亡灵）型人物叙述者的小八子在具体展开叙述的过程中，实际上并没有能够做到所谓百分之百的平静、客观乃至冷漠，虽然叙事文本里的"我"一再强调自己无力介入和参与家人（们）的日常生活以及具体和琐碎的事务中，而且一直在尽力地运用一种"冷静的目光"及态度去观察、面对和处理这个家庭的故事。我们注意到，在叙事文本的第十节里，当关于沉默的四哥的故事宣告一个段落的时候，又一次地出现了与之类似的情况。多年之前，小八子（"我"）的四哥因为幼年发高烧而成为聋哑人，在 24 岁的时候娶了一个盲人为妻，随后两人生儿育女，四哥的人生经历可谓"平凡而顺畅"。将人物七哥有一天到四哥的家里吃饭、喝酒的事情讲述完毕以后，小说文本中还出现了以下两段文字："能有几人像四哥这样平和安宁地过自给自足的日子呢？这是因为嘈杂繁乱的世界之声完全进入不了他的心境才使得他生活得这般和谐和安稳的么？""四哥又聋又哑啊。"①

如果仔细地进行一番思考，可以发现，它们明显不像是从七哥或者四哥这两个人物的口中直接说出来的话语，而更可能出自小八子这个特殊形象及其身后的隐含作者的眼光、思路与看法。从表面上来看，这两段话是对四哥当时所拥有的生活以及状况的议论和评价，字里行间流露出了一种不无肯定（甚至羡慕）的态度和心理。如果结合四哥的身体情况来作一些考虑，我们还可以从中读出一种饱含悲凉与凄怆而不禁要发出惋叹之声的感受和意味，因为不论人物叙述者在小说文本中试图怎样去描述、理解和评论四哥及其当下所拥有的人生，必须看到，这绝对不是四哥本人主动地做出选择之后所得到的相应结果。

---

① 方方：《风景》，《方方作品精选》，长江文艺出版社 2005 年版，第 40 页。

事实上，当初主要是由于疾病和家庭的原因（经济条件欠佳）才使四哥被迫生活在那个"无声"的世界（与正常人的所谓"嘈杂繁乱的世界"相对）之中的。人物四哥真实的内心是不是真正"平和安宁"的呢？他本人是否会认为自己的生活是"和谐安稳"的？关于这些问题的答案，人们其实并不能在文本中直接地找寻得到，与它们有关的情况确实不大可能如同我们从中篇小说《风景》里引述过来的上面这两段话（及其字面意思）一般地清楚和简单。

在从20世纪80年代至今将近40年的创作生涯中，作家方方始终坚定而又执着地进行着一种不止于单一层面的、与人生和现实紧紧相连的文学创作，并且一直坚持进行关涉形式与内容两个方面的艺术创新和实践，从未放弃过对历史、现实以及生活本身作积极、主动、自觉地参与（甚至介入和干预）的信念与看法。她力图凭借手中的一支能够而且擅长进行书写和反映、描述和表达的笔，朝着自己心目当中的目标、境域乃至某种理想（它不仅止于文学艺术本身）不断地迸发与靠拢。从作家方方的身上所流露和显现出来的，是并不畏惧路途当中的艰难险阻而坚持砥砺前行的、与力图超越个体性的文学创作以及言说的追求密切相关，真正富有力量与特色同时又令人感到敬佩的一种姿态以及精神。

三　西门闹：　亲历并讲述阴曹地府里的事情的被枪决者

（一）莫言的《生死疲劳》

20世纪80年代中期，已经拥有最初的创作经验①的莫言有意识地开展了一系列富有成效的叙述实验，具体涉及语言、文体、感觉和体验等多个方面，在注重对故事本身的反映与讲述的同时，逐渐显现并

---

① 应征入伍之前，尚在家乡务农的莫言曾经进行过文学方面的不成功尝试。莫言正式的文学创作生涯始于1981年，这一年的秋天，他在河北保定市的双月刊《莲池》第5期发表处女作短篇小说《春夜雨霏霏》。1982年和1983年，莫言继续在《莲池》上发表短篇小说《丑兵》《为了孩子》《售棉大路》《民间音乐》，其中的《售棉大路》被《小说月报》转载，《民间音乐》则得到了老作家孙犁的赏识，这篇小说被认为具有一种空灵之感。参见贾杨、彭云思编《中国·百年之痒：聚焦莫言》，巴蜀书社2012年版，第316页。

且形成了具有自己的个性特点的创作风格。他的多部作品将神话、传奇、历史、战争、革命、现实等熔为一炉，建构了一个以高密东北乡①为中心并且具有浓重的乡野气息的艺术世界。在《中国作家》1985 年第 2 期发表的《透明的红萝卜》，是莫言首次书写故乡高密的文学创作，这篇具有明显的文体实验性质的中篇小说，当时曾经引起过不小的轰动效应，这位山东籍作家因此而被更多的人所关注和认识。作为一篇不无自身特色的先锋小说创作，《透明的红萝卜》着力表现的是一个生活在乡间的智障儿黑孩比较独特的生命体验，作家莫言有意借用精灵一般的人物黑孩的眼睛来看待特定年代乡村世界里的人与事，小说文本中所描述出来的生活图景，被人们普遍认为带有超现实的诗化色彩，呈现出了一种不同寻常的特殊意味。

　　《红高粱》堪称作家莫言最为脍炙人口的一篇小说，最初刊载于《人民文学》1986 年第 3 期，它与中篇小说《高粱酒》《狗道》《高粱殡》《狗皮》共同合成了长篇小说《红高粱家族》。除了居于民间立场讲述一个抗日题材的故事外，通过语言、文字体现出来的超乎寻常的想象力，以及较为强烈和突出的主观抒情性，是促使这篇作品焕发出迷人光彩的两个相对具体而又重要的原因。在叙事艺术方面，《红高

---

　　①　这是莫言的小说、散文等不同样式的文艺创作中经常出现的地名，作家本人曾经对它作过相应的说明，指出这"是一个文学的概念而不是一个地理的概念，高密东北乡是一个开放的概念而不是一个封闭的概念，高密东北乡是在我童年经验的基础上想象出来的一个文学的幻境"。参见莫言《小说的气味》，春风文艺出版社 2003 年版，第 42 页。不能忽视和否认的是，高密东北乡与作家莫言的故乡确实存在一种密切的关系。1955 年 2 月 17 日，"农历乙未年正月二十五，莫言降生在山东省高密县河崖镇大栏乡平安庄一户农民家中"，"平安庄所在的河崖镇，民国时期旧称'高密东北乡'，地处平度县、胶县和高密县交界处，在二十世纪初时，还蛮荒一片，是个三不管的地方"。参见李桂玲编著《莫言文学年谱》，复旦大学出版社 2014 年版，第 1 页。莫言的女儿对高密东北乡作过更为详尽的说明与解释："高密东北乡，这个实际存在的普通的山东乡镇，已经随着莫言的文学创作成为世界文学史上显赫的文学地标。莫言大多数小说叙事都在'高密东北乡'这一空间展开。文学意义上的'高密东北乡'起源于短篇小说《秋水》，随着莫言的笔耕，'高密东北乡'早已超越了承载莫言生命经验的原乡意义，而成为一个不断扩展的文学时空。从时间的维度来看，高密东北乡容纳了历史和当下；从空间的维度来看，高密东北乡在莫言的笔下不再是一个北方普通的乡村，而是成为了一个包罗万象的象征性的地理空间。可以说，'高密东北乡'已经从一个实际存在的地理空间演变成文学意义上的'舞台'时空"。参见管笑笑《莫言小说文体研究》，北京师范大学出版社 2016 年版，第 121 页。

梁》被人称为一篇独具匠心的小说,它采用儿孙一辈的人物("我")的家族回忆形式,对"爷爷"(余占鳌,土匪头目、抗日英雄)、"奶奶"(戴凤莲,女中魁首)、"父亲"(豆官)等人充满传奇性和民间性的故事进行了不无奇幻色彩的呈现。在这篇小说创作中,莫言侧重去作书写、言说和表现的,其实是发生在东北的民间世界里早已经成为关于过往的回忆乃至传说的事情,它又与抗日战争、土匪队伍、民间反抗等密切相关,故事时间延续了将近四十年(从1939年到1976年)。从中,人们可以较为清楚地看到作家莫言的心里具有一种与民间、现实、历史等不无关联的理想、感情以及寄托。有学者曾经提出,《透明的胡萝卜》和《红高粱》是莫言作品中"最具有天才光辉的杰作"①。

对于1981年正式开始进行文艺创作的莫言来讲,他常以写作风格大胆和具有颠覆性的作品著称。故事本身实际并非他进行艺术创作的唯一以及最终的意图和目的,莫言本人比较看重的是对人(包括自我在内)的生存、际遇和命运的关注、思考与表现。在乡间的泥土里辛勤劳作、苦苦挣扎的父老乡亲的艰辛、苦楚、沉重以及悲哀,是令这位当代作家在具体、实在的文学创作过程中一直割舍不下、忘却不了的一个重要内容,他非常善于透过具体而又微弱、丰富而又渺小的生命个体及其相对独特的人生经历,去反映、折射和呈现历史发展进程的壮阔和雄伟、诡谲与复杂。

多年以来,身为作家的莫言还投入了大量的时间、精力和功夫去认真地面对、处理小说创作的艺术形式问题,故事的叙述方式与技巧是他比较用心、尽力地加以对待和考虑、经营与揣摩的一项具体而又重要的工作。从20世纪80年代中期至今,莫言不断地突破传统以及自我,他笔下的叙述者几乎从来不会按部就班、有头有尾地来讲述或者展现故事。在这位当代作家为数不少的叙事文本中,不论是故事本身还是加以反映和呈现的具体形态,乃至选择以及采用的叙述方式和手段等都常常能够给人以一种出乎意料的惊喜之感。他的不少文艺创作正是

---

① 黄发有:《莫言的"变形记"》,《当代作家评论》2006年第6期。

进行叙述形式的探索、实验和创新的典范，它们在受到较为普遍的认可、称道以及赞誉的同时，实际早已产生了非常显著和突出的影响力。

迄今为止，莫言已经出版了《红高粱家族》（1987）、《天堂蒜薹之歌》（1988）、《十三步》（1989）、《食草家族》（1989）、《酒国》（1993）、《丰乳肥臀》（1996）、《红树林》（1999）、《檀香刑》（2001）、《四十一炮》（2003）、《生死疲劳》（2006）、《蛙》（2009）等 11 部长篇小说，发表中短篇小说、剧本以及散文若干，文学创作所涉及与反映的题材和内容十分丰富，思想深度和艺术成就都是有目共睹的。他的多部作品已经被翻译为英、法、德、意、日、西、俄、韩、荷兰、瑞典、挪威、波兰、阿拉伯、越南等五十多种语言，在世界各地产生了比较广泛而又重要的作用与影响。

在接近 40 年的时光里，作家莫言创作了近千万字的艺术作品，他的产量是相当可观甚至颇有些惊人的。除了荣获茅盾文学奖、华语文学传媒大奖·年度杰出成就奖、世界华文长篇小说奖·红楼梦奖、冯牧文学奖、联合文学奖、大家·红河文学奖等多个国内的文学奖之外，莫言还得到了法国 Laure Bataillon（儒尔·巴泰庸）外国文学奖、法兰西文化与艺术骑士勋章、意大利 Nonino（诺尼诺）国际文学奖、日本福冈亚洲文化大奖、美国纽曼华语文学奖、韩国万海文学奖、阿尔及利亚"国家杰出奖"等。2012 年 10 月，莫言成为首位获得诺贝尔文学奖的中国籍作家，受到了更大范围的瞩目与赞赏。

《生死疲劳》是作家莫言的第十部长篇小说，也是他在 2005 年的夏天仅用 43 天的时间就写作完成的一部文学作品。对此，莫言本人作过这样的说明："准确地说，我是用四十三天写了四十三万字（稿纸字数），版面字数是四十九万字。写得不算慢，也可以说很快。当众多批评家批评作家急功近利、粗制滥造时，我写得这样快，有些大逆不道。当然我也可以说，虽然写了四十三天，但我积累了四十三年，……"①

---

① 莫言：《小说是手工活儿——代新版后记》，莫言：《生死疲劳》，浙江文艺出版社 2020 年版，第 575 页。

这是一部非常特别而又生动有趣的文艺创作，它具体讲述了西门屯的地主西门闹在土地改革时被民兵队长枪毙，后来历经六道轮回（一世为驴、一世为牛、一世为猪、一世为狗、一世为猴、一世为大头儿蓝千岁……）的颇为奇异和怪诞的事情。

小说《生死疲劳》里的主人公西门闹每次投胎转世的具体对象虽然不同，他却几乎从来没有真正地离开过自己的家族以及高密东北乡这块熟悉的土地。我们看到，这部小说正是借用西门闹这样一个异乎寻常的艺术形象及其变体来观察并且讲述和呈现当代的中国农村以及更加广阔、复杂的社会生活历时长达半个世纪之久（1950 年初至 2000年底）的历史及其变迁的有关情形与过程的文学创作。关于《生死疲劳》，已经有评论者提出，它是作家莫言迄今为止最为重要的一部长篇小说，也是这位中国作家之所以荣获诺贝尔文学奖的具有决定性的叙事作品。

（二）身为幽灵（亡灵）的西门闹的叙述

1. 身为幽灵（亡灵）的西门闹的叙述方式、特点和效果

在莫言的小说《生死疲劳》里，人物西门闹并不是唯一的开口讲述故事的叙述者，小说文本中还存在另外两个叙述者——蓝解放以及与作家本人同名同姓的人物莫言。这三个形象分别承担了各自的那一部分故事讲述任务（具体而言，西门闹主要负责"第一部　驴折腾"、"第三部　猪撒欢"及"第四部　狗精神"的一部分；蓝解放负责"第二部　牛倔强"以及"第四部　狗精神"的另一部分；人物莫言负责的是"第五部　结局与开端"），并且一块儿"展开了三重唱式的叙述"①，他们都是在叙事文本中现身的有名有姓的人物叙述者，可谓既有分工又有合作，在负责自己的故事讲述的同时，这三个艺术形象相互之间又存在一种密切的关联。客观地来讲，作为这部长篇小说中颇为重要和关键的人物叙述者之一，西门闹确实是十分复杂多变的。如果依据非常规

---

① 　黄发有：《莫言的"变形记"》，《当代作家评论》2006 年第 6 期。

形态人物叙述者的具体类型来进行观察和衡量，西门闹与人化以及非人化的非常态人物叙述者其实不无某种关系。

小说文本里有关的叙述文字可以表明，当西门闹生而为人的时候，他原本是西门屯这个村庄里赫赫有名的地主，拥有自己的良田、房产、家人、财富以及好名声，曾经是当地的众多民众崇敬和仰望的一个具体对象。1947年底，在一个天气阴冷的日子里（小说文本中出现了与此相关的文字表述："那是腊月里的二十三日，离春节只有七天。"①），西门闹被西门屯的民兵队长黄瞳用一支土枪当众处决，在此后两年多的时间之内，主要以幽灵（亡灵）的形象显现和存在于阴曹地府中。到了1950年的元旦，西门闹好不容易才获准得以生还，但是连他本人也不曾预见和料想到的一个特殊情况是——"想不到读过私塾、识字解文、堂堂的乡绅西门闹，竟成了一匹四蹄雪白、嘴巴粉嫩的小驴子。"② 而且，还有另外一个出乎人们意料的状况和事情，这头驴（在文本中，它有时候被直接唤作西门驴）的主人竟然是因为西门闹昔日所施与的一次救助行为而得以侥幸地存活下来并且在地主家里长大成人的长工蓝脸。

透过这部小说的叙事文本，我们还可以看到，进入20世纪50年代以后，作为《生死疲劳》里核心形象的西门闹因为投胎转世的缘故而发生了多次变形，由幽灵（亡灵）化身为包括驴、牛、猪、狗、猴等在内的多种动物，随之而被赋予的是与"人"具有很大差异的形象以及外表，由此一次又一次地以非人化的多种外貌及体形而存在和现身。到了21世纪这个新千年刚刚开始的时候，伴随大头儿蓝千岁的诞生，西门闹才终于得以重新变回了"人"，却又注定将是另一段可谓并不简单及平凡的经历和旅途的开始。并且，从《生死疲劳》的文本中可以获知，"这个大头儿生来就有怪病，动辄出血不止。医生说是血友病，百药无效，只能任其死去"，"这孩子生来

---

①　莫言：《生死疲劳》，浙江文艺出版社2020年版，第8页。

②　莫言：《生死疲劳》，浙江文艺出版社2020年版，第9页。

就不同寻常。他身体瘦小，脑袋奇大，有极强的记忆力和天才的语言能力"，在五岁生日的那天，蓝千岁甚而至于"摆开一副朗读长篇小说的架势"并开口作了这样的讲述，"我的故事，从一九五〇年一月一日那天讲起……"①

　　不难发现，长篇小说《生死疲劳》里的西门闹已经涉及了与人化、非人化这两类非常规形态的人物叙述者有关的现象和问题。这个活着的时候身为地主的艺术形象，在死后"两年多的时间里"一直以幽灵（亡灵）形态在阴曹地府现身和活动。当离开阴曹地府之后，西门闹又发生了一系列十分明显和奇异的变形事件。作家莫言笔下的这个人物形象一会儿拟物（被赋予"非人"即动物的外形），一会儿又拟人（被赋予"人"的外形），人物西门闹由此而变得异常特殊和复杂。如果从更加具体、细致的叙述者类型的角度来作相应考察，在小说文本中最靠前的部分（即："第一章　受酷刑喊冤阎罗殿　遭欺瞒转世白蹄驴"）出现并且开始讲述自己去世之后两年有余的时间里的事情的西门闹明显属于一个幽灵型的人物叙述者。自从投生为驴以后，在《生死疲劳》的叙事文本中开口讲述故事的西门闹则可谓发生新的变化，成为一个比拟型的人物叙述者（这个称谓用在重新获得生命而且还不断变形的形象西门闹的身上，似乎要更加地适宜和贴切一些）。

　　我们即将认真、细致地进行观察和审视、思考和探讨的具体对象，首先是以幽灵（亡灵）形象出现的非常规形态的人物叙述者西门闹及其在长篇小说《生死疲劳》中的幽灵（亡灵）叙事问题。具体地来说，侧重对小说文本里处于阴曹地府的这个幽灵型人物叙述者以及相应的叙述作一定程度的分析与解读，至于主人公西门闹化身为多种不同种类的动物和大头儿蓝千岁来展开故事讲述的情况，则将留待本书后面的有关章节（即：第五章）再去进行与之相关的论述、解析以及阐释。实际上，这部小说从一开头就注定是不同凡响的：

_____

　　①　莫言：《生死疲劳》，浙江文艺出版社 2020 年版，第 574 页。

　　我的故事，从一九五〇年一月一日讲起。在此之前两年多的
时间里，我在阴曹地府里受尽了人间难以想象的酷刑。每次提审，
我都会鸣冤叫屈。我的声音悲壮凄凉，传播到阎罗大殿的每个角
落，激发出重重叠叠的回声。我身受酷刑而绝不改悔，挣得了一
个硬汉子的名声。我知道许多鬼卒对我暗中钦佩，我也知道阎王
老子对我不胜厌烦。为了让我认罪服输，他们使出了地狱酷刑中
最歹毒的一招，将我扔到沸腾的油锅里，翻来覆去，像炸鸡一样
炸了半个时辰，痛苦之状，难以言表。鬼卒还用叉子把我叉起来，
高高举着，一步步走上通往大殿的台阶。两边的鬼卒嘬口吹哨，
如同成群的吸血蝙蝠鸣叫。我的身体滴油淅沥，落在台阶上，冒
出一簇簇黄烟……鬼卒小心翼翼地将我安放在阎罗殿前的青石板
上，跪下向阎王报告：
　　"大王，炸好了。"①
　　……

　　小说《生死疲劳》的文本里，放在开篇位置的这两段话可谓非常地
形象和生动，由叙述者西门闹采用第一人称内聚焦叙事的方式展开的具
体讲述，可以十分清楚地表明，曾经身为西门屯首富的西门闹（"我"）
这个人物叙述者已经离开人世而成为幽灵（亡灵），并且在所谓的阴曹
地府里停留了"两年多的时间"。与这部长篇小说中记述与呈现关于
"我"投生转世之后所发生的具体事情的其他数十个章节不同，叙事文
本的"第一部　驴折腾"里的"第一章　受酷刑喊冤阎罗殿　遭欺瞒转
世白蹄驴"主要讲述的是中华人民共和国成立前夕已经死去的西门屯村
地主西门闹在 1950 年元旦之前两年多的时间内曾经有过的那样一段极为
不平凡的特殊经历。我们认为，在作家莫言的这部长篇创作中，由非常
态的幽灵型人物叙述者西门闹所展开的叙述主要具有以下的几个特点。
　　第一，具体化。阴曹地府原本为一个道教用语，长篇小说《生死

———————

　　①　莫言：《生死疲劳》，浙江文艺出版社 2020 年版，第 1 页。

疲劳》中将它描述为人死后所处的地方，是与人世间相对的所在，和中国传统文化中的阴间意义相近，又与佛教的六道轮回（包括地狱道）不无关联。西门闹在叙事文本里对阴曹地府作过比较具体、细致的描述，内中有阎罗殿、隧道、青石板、灯架、灯盏、高台、台阶，更不乏阎王、判官、鬼卒、蝙蝠、老婆婆及油锅、叉子、惊堂木、令牌、木桶、驴血、刷子、铁锅、勺子、大碗，建筑物、统治者、用具和物品等都可谓交代得十分清楚。

第二，形象化。关于阴曹地府里很多东西的文字描述较为生动、具体、形象，具有很强的可视性。比如：沸腾的油锅、高高的大堂、血迹斑斑的木桶、身材修长的蓝脸鬼卒、看不到尽头的幽暗隧道、白发苍苍的老婆婆、肮脏的铁锅、涂满红釉的大碗……尤其是小说文本中以"我"之口所作的、关于下油锅这种酷刑的叙述则可以说神形毕肖、异常逼真，读来令人不寒而栗。我们认为，莫言这样做的目的主要是为了展现主人公西门闹被枪决后仍在遭受巨大折磨与煎熬，而并非对某种宗教义理进行阐释。

第三，陌生化。身为幽灵（亡灵）的西门闹是介乎"人"（地主、大头儿）与"非人"（多种动物）之间的一个特殊形象，叙事文本中的"我"既具有接近于"人"的外表，又亲身经历了非人间（它与人们所知晓、熟悉的人间存在某种显著的差异性）发生以及出现的多种事情。"我"一旦开口说话就能够带来一种特别和另类的色调和意味，形成非常特殊而又有效的吸引力，可以让叙述接受者比较明显地感觉到，"我"、"我"的讲述及相应的故事是非同一般的，需要有意又用心地加以留意和关注。

第四，条理化。在1950年元旦这一天，由被枪毙的主人公西门闹所讲述出来的在阴曹地府两年多的自身经历和体验，是较为具体而又条理化的，非常符合时间顺序以及因果原则。"我"因为不停地鸣冤叫屈而受尽各种酷刑，却一直坚决不认罪服输，于是招致了"最歹毒的一招"——下油锅。尽管身体已经焦煳，人物西门闹却依旧大声地喊叫，表明自己"是个冤鬼"，终于等来了阎王"……现在本殿法外开恩，放你生还"的判决，随后由牛头、马面两个鬼卒给其浇驴血后负责送回家乡——高密东北乡。

第五，戏谑化。作为幽灵（亡灵）的居所的阴曹地府，本来是充斥各种酷刑与惨状的处所，也是这部小说里的主人公西门闹的受苦受难之地。我们注意到，人物西门闹（"我"）以第一人称进行与之相关的叙述时，却有意识地使用了一种明显具有诙谐和逗趣性质的话语和表达，这不仅削弱（甚至挑战）了阴曹地府的掌控者——阎王和众多判官所拥有的、不容置疑的威信与尊严，还十分巧妙地实现了叙述者对生死轮回这类与阴阳两界所有的艺术形象（人、鬼魂、神灵等）直接有关的大事的有效解构。

让我们继续看一下，《生死疲劳》的叙事文本中为了生动地再现阎王对西门闹（"我"）进行判决之时的情景而出现的几段叙述文字：

> 在我连珠炮般的话语中，我看到阎王那张油汪汪的大脸不断地扭曲着。阎王身边那些判官们，目光躲躲闪闪，不敢与我对视。我知道他们全都清楚我的冤枉，他们从一开始就知道我是个冤鬼，只是出于某些我不知道的原因，他们才装聋作哑。我继续喊叫着，话语重复，一圈圈轮回。阎王与身边的判官低声交谈几句，然后一拍惊堂木，说：
>
> "好了，西门闹，知道你是冤枉的。世界上许多人该死，但却不死；许多人不该死，偏偏死了。这是本殿也无法改变的现实。现在本殿法外开恩，放你生还。"
>
> 突然降临的大喜事，像一扇沉重的磨盘，几乎粉碎了我的身体。阎王扔下一块朱红色的三角形令牌，用颇不耐烦的腔调说：
>
> "牛头马面，送他回去吧！"
>
> 阎王拂袖退堂，众判官跟随其后。烛火在他们的宽袍大袖激起来的气流中摇曳。两个身穿皂衣、腰扎着橘红色宽带的鬼卒从两边厢走到我近前。一个弯腰捡起令牌插在腰带里，一个扯住我一条胳膊，试图将我拉起来。我听到胳膊上发出酥脆的声响，似

乎筋骨在断裂。我发出一声尖叫……①

在这里，由非常规形态的幽灵型人物叙述者西门闹展开的叙述，可谓异常逼真而又富有成效。叙述者试图呈现给受述者的具体内容是，"我"在阴曹地府里连续抗争了两年有余的时间后，接受最终判决之时所出现的、非常具有戏剧性的一幕场景。前已有述，土改过程中被枪毙的地主西门闹因为坚信自己无罪而一直坚持喊冤，因此曾经先后遭受过多种酷刑却仍旧敢于斗争甚至表现得无所畏惧。当又一次直接面对刚下过油锅的冤鬼西门闹，听到此时此刻的"我"拼尽全力而发出的"连珠炮般的话语"，手里掌握着众生的生杀大权的阎王以及判官们的外在表情乃至内在心理开始变得异常地微妙和复杂。

从文本里人物西门闹所负责开展和进行的幽灵（亡灵）叙事以及与此有关的文字中，人们可以看到，这一群阴曹地府里的权力执掌者既有处世的一贯的世故、圆滑与傲慢，又有多次冤枉一个众所周知的好人的些许不安、歉意和内疚，最后竟然是以一种"颇不耐烦"的腔调、口吻以及态度作了"放你生还"的判决。仔细想来，与其说这是阎王对自己曾经习惯性地犯下的、早已经置若罔闻和不以为然的错误的纠正与弥补，不如将它视为明显带有情绪化色彩以及应付、打发和敷衍意味的一个随意性很强的具体行为与决定。对于阎王、判官这些具有权威性的特殊形象而言，像西门闹这样的或许为数并不算少的人的生与死的问题似乎完全可以不在话下，而只是任凭自己随随便便地去作安排和处理的一件小事而已。人物西门闹（"我"）在叙事文本中所进行的这些看似滑稽、诡异和荒诞的叙述，令人觉得有些匪夷所思甚至忍俊不禁，而当笑过之后却又不免会感到悲从中来。

2. 采用身为幽灵（亡灵）的西门闹进行讲述的原因及意义

采用了传统的章回体结构写成的《生死疲劳》，是一部风格颇为

---

① 莫言：《生死疲劳》，浙江文艺出版社 2020 年版，第 4—5 页。

奇特和怪诞的长篇小说，这并不是一般意义上所说的旧瓶装新酒，实际上这部小说是以传统形式来反传统的典型代表。有人说，"小说的主体就是由变驴记、变牛记、变猪记、变狗记四大板块构成，其后还有一个变猴记和再次转生为人的尾声，极尽离奇想象、腾挪变化之能事"。① 从叙事艺术的角度来看，这部主要围绕西门闹（"我"）的六道轮回来展开的奇书，对主人公先后转生为驴、牛、猪、狗、猴、大头儿的故事进行了有序讲述和依次呈现，它既是作家莫言借助语言和文字而得以实现的酣畅淋漓的叙事狂欢，又不失为他极力地发挥艺术想象力和创作才情的一次异彩纷呈的纵情表演。

与蓝解放及人物莫言这两个故事讲述者不同，西门闹无疑是《生死疲劳》的叙事文本里最为新颖、独特和耀眼的人物叙述者，这又与"我"得以具体显现和存在的形态具有一种较为密切的关系。我们认为，在小说文本的开头部分（即："第一部　驴折腾"的"第一章　受酷刑喊冤阎罗殿　遭欺瞒转世白蹄驴"），作家莫言之所以采用幽灵（亡灵）形态的人物叙述者西门闹来开始一个不无想象性、特殊性与复杂性的故事的讲述，主要由于以下几个方面的原因：首先，是因为对故事讲述氛围以及叙述效果的渲染、考虑和重视。我们知道，在具体的文学作品中，叙述者与叙述氛围、叙述效果有很大关系，采用不同类型的叙述者来进行讲述通常意味着可以形成与取得不太一样的氛围以及效果。

与常规形态的人物叙述者相比，非常规形态的人物叙述者本身及其叙述总体上可以说比较特别，作家莫言对幽灵型人物叙述者西门闹的运用，十分有利于这部长篇小说中不无荒诞乃至奇幻色彩的叙述氛围的有意营造以及具体呈现。在叙事文本里，最初由非常规形态的"我"具体负责展开的幽灵（亡灵）叙事，所持续的故事时间虽然比较短（仅限于一九五〇年一月一日这一天），与之相应的叙述文字在已经出版的长篇小说《生死疲劳》中一般体现为 4 个页码的篇幅（这

---

① 龚刚：《论〈生死疲劳〉的超现实主义叙事》，《华文文学》2014 年第 2 期。

约占该小说文本里"第一章"总长度的 2/3，它其实并不太长）。但是，由此而取得的叙述效果却是比较显著和突出的，能够快速而又有效地吸引人们的关注，进而容易让更多的人对作为幽灵（亡灵）艺术形象的西门闹（"我"）本身，以及通过这样一个显得非常特别和另类的非常规形态的人物叙述者之口讲述及呈现出来的故事产生阅读和了解的兴趣。

其次，让身为幽灵（亡灵）的人物西门闹在《生死疲劳》的叙事文本中率先进行故事的讲述，是作家莫言进行叙事技巧创新的一个较为具体和突出的表现。大家都清楚，幽灵（亡灵）叙事可谓古已有之，如何在继承前人的方法、技巧和经验的基础之上，能够有一定程度的真正属于自己的发现、突破与创造，确实是一个不无难度而需要创作者仔仔细细、认认真真地加以考虑与处理的问题。作为当代中国一位非常富有想象力与创造力的作家，莫言不仅善于构思和讲述能够给人们留下深刻印象的故事，而且十分注重对故事所作的具体叙述与呈现，因此他的小说创作总是"在不断地变化，无论是结构、语言、故事和情感，往往怪招迭出，不落俗套，突破惯性与惰性的重重围困，发掘新的艺术可能性"①。在叙述的方法与手段方面，莫言从来不愿意一味地去重复他人以及自己，而是试图突破传统的习惯、成规与束缚，力求寻找到更加具有新意也愈加恰当和适合的言说与表达的方式、路径，从而努力去开拓一片艺术创作的新的园地和空间。

莫言曾经写过一篇名叫《学习蒲松龄》的情节颇为奇特的短篇小说，主要运用具有一种调侃色调的叙述语言和表现形式描述了"我"与祖师爷蒲松龄相遇的事情，文本中的"我"最后得到的是一只大笔和"回去胡抢吧！"的训示。借助这个虚构而成的故事，作家莫言表达了对蒲松龄这位擅作志怪传奇类小说的清代文学家由衷的敬重与推崇，以及自己从自幼熟读的《聊斋志异》等超越现实的文艺创作中所

---

① 黄发有：《莫言的"变形记"》，《当代作家评论》2006 年第 6 期。

获取和得到的一些非常重要而又有益的启示与帮助。而文中所谓的
"胡抡"绝不是说从事文学创作的作家可以无所顾忌、随心所欲地去
胡编乱造，而应该是指展开意料之外、情理之中的艺术想象与虚构
（当然，它最好能够以比较丰富、实在和厚重的生活经验做底），这不
仅要求作家要仔细、认真、深入地观察生活与现实，还要争取看到别
人没有觉察和体会到的东西，并且在具体的创作过程中可以依托和借
助不乏新颖性与说服力的故事、情节、人物和细节等方面的安排与处
理来进行相应的反映以及表现。长篇小说《生死疲劳》正是作家莫言
在数十年的现实生活与艺术积累的基础上，有意识地打破写作的常规、
常理、常法，尽心竭力地去进行创新与创造、突破与实验所取得的一
个引人注目的成果。

　　国内的评论者普遍认为，莫言曾经对国外的不少作家及其作品
进行过广泛而又深入的学习、揣摩和借鉴。同样不可忽视的另一个
情况是，莫言本人还在多个场合非常严肃、认真地谈起过清代文坛
的先辈蒲松龄及其著作《聊斋志异》，曾经多次说过他自己确实从中
获益良多。他多次直言："这个故事的框架就是从蒲松龄的《席方
平》中学来的，我用这种方式向文学前辈致敬。"① 在这句话里，作
家莫言所说到的"这个故事"，实际上指的就是长篇小说《生死疲
劳》中主人公西门闹在长达五十年的时间里多次投胎转世的事情。
由此可见，清代的作家蒲松龄的确对身处当代这个环境中的莫言以
及他的文学创作产生过不小而且不容轻视、忽略与淡化的影响，莫
言对这位作家发自内心的尊敬、赞美和崇拜之情是溢于言表、有目
共睹的。

　　作为一位非常善于进行学习和思考、借鉴和创新的当代作家，
一直潜心地进行文学创作的莫言可谓具有十分强烈、突出的文体感
觉与创作意识，早已经认识到了小说自身的特点和小说家的任务、
追求，并且比较明确地表述过如下的意见和观点："讲故事当然是小

---

① 莫言：《读书其实是在读自己——从学习蒲松龄谈起》，《中华读书报》2010年4月14日。

说家最原始的冲动，故事也是小说存在的最基本的理由。但是故事怎么讲，确实也大有学问"，"对我们写小说的人来说，实际上是用笔来讲故事——这就是怎么样把故事讲得引人入胜，讲得韵味无穷。从这个意义上来讲，文学叙事技巧也可以看做是讲故事的技巧"。①

可以这样说，这位当代的中国作家曾经较为广泛、自觉、主动地学习和接受过来自国内外的许多作家及其丰富多样的创作思路、方法和技巧等方面的启发以及影响，包括《生死疲劳》在内的数量并不少的小说创作，实际是莫言转益多师之后所取得的具体产物。在写作这部风格独特的长篇小说的过程中，作家莫言十分勇敢地进行过非常规形态的人物叙述者（其中已包括了幽灵型人物叙述者）以及其他叙述策略的颇为巧妙而又有益的尝试与实践，进而形成和体现出了他自己富有特色的艺术个性以及审美风格，与之相应的文学创作成果则赢得和收获了众人的高度赞赏与大声喝彩。

四　杨飞：侧重讲述死无葬身之地的故事的中年逝者

（一）余华的《第七天》

在《北京文学》1984 年第 1 期发表处女作《星星》的余华，20世纪 80 年代中期写了《四月三日事件》《河边的错误》《现实一种》《鲜血梅花》《难逃劫数》等不少实验性非常突出的小说创作。他比较善于运用细致而又冷静的笔触，以及一种貌似超然的姿态来描绘和讲述与死亡、暴力有关的故事，被大家公认为致力于探索和反映人的生存状态的一位不无自身的写作特色和相应风格的先锋派作家。进入 90年代后，余华转而以平实、悲悯的态度面对、处理和表现底层民众的生活题材以及具体故事，陆续写出了《活着》《许三观卖血记》等曾经广受称赞和好评的作品。可以看到，在 20 世纪的最后一个十年，这位

---

①　莫言、刘琛：《把"高密东北乡"安放在世界文学的版图上——莫言先生文学访谈录》，《东岳论丛》2012 年第 10 期。

当代作家的创作风格与手法已经发生了较为明显的调整和变化，他所创作的叙事虚构类作品中却仍然延续着关注与表现关于痛苦、磨难、死亡的悲剧性比较显著的故事的热情，它们同样是余华对平民生活以及其中不免会令人感到沉重、悲伤和压抑的东西继续进行描摹与书写的结果。

十三万字的小说《第七天》于 2013 年 6 月出版后，曾经引起过很大的反响，肯定与否定性质的看法可谓同时并存。有人不无质疑地说，这部长篇小说如同当下社会新闻的串烧，是现实社会中许多热点现象以及令人震惊的事件、问题等的嘈杂聚会，认为余华的这部文学作品以及其中所运用的语言都缺少力量。与此同时，也有人提出了不同的意见和看法，认为作家余华用力地加以呈现的是普通民众的日常生活本身，是其中未曾被众人完全讲述清楚（甚至不大愿意轻易地去加以触碰与涉及）的那个部分。由此，《第七天》被认为十分逼真、深入、透彻地书写出了置身于当代社会中的不少人既虚弱无力又无可奈何的真实处境与感受，它不失为余华直面复杂、滑稽、纷乱的社会现实的时候，对由鲁迅等人所开创的现代文学批判传统在文艺创作上的自觉继承与延续，也是作家本人反映、言说现实生活的责任、意识与勇气的一种较为真实、突出、具体的体现。还有学者已经注意到，作家余华在艺术表现方面其实并不缺少明显的创新性与探索性，他有意识地创作了一个不无新意的小说文本，以展现非现实世界的场景为主的《第七天》及其文本值得大家进行与展开认真、精细的阅读、接触和阐释。

《第七天》是一部篇幅并不长的长篇小说，它的文本结构显得既简洁又明晰，一共只有七个章节（即：七个部分），作家余华用了"第一天"、"第二天"……"第七天"对它们分别予以较为清楚、具体的命名和标示，它们和非常规形态的人物叙述者杨飞在文本中讲述故事的时间顺序是相吻合的。小说文本里的每一章都不乏侧重去进行表现的人物、事件以及与之相应的创作主题，运用语言、文字而得以展开的叙述在节奏上可谓快慢相间而又总体得宜。对这部长篇小说所书写和表现的具体内容进行概括与总结，可以看到，它主要记述的是主人公杨飞在过世以后的短短七天（叙述时间）之内回忆、遇见以及听闻的，实际的跨度却长达数十年（故事时间）里所发生、出现和存在的多种多样的事情。它们涉及的人物、时间、空间等不无丰富性与复杂性，并且与非常规形态的人物叙述者杨飞（"我"）具有一种特殊的关系与牵连。

就具体的人物形象而言，这个叙事文本中出现的有名有姓的人不在少数，比如：杨金彪、李青、郑小敏、谭家鑫、郝强生、李月珍、郝霞、刘梅、伍超、张刚、肖庆……现实生活里的他（她）们是一些身份、处境、经历等各不相同的人，相互之间本来并没有什么联系或者不存在相对密切的往来，主要因为他（她）们分别与长篇小说《第七天》的主人公杨飞具有某种关联，即：不仅是杨飞（"我"）的亲人、熟人以及认识的人，而且他（她）们的人生故事具体由"我"负责讲述出来，从而使这些人在小说文本里得以依次登场亮相。和叙事文本里的人物杨飞一样，他（她）们几乎都是本性非常淳朴、善良的艺术形象，却又不可避免地遇到了诸多的苦难、不幸以及悲剧。在人物杨飞（"我"）的叙述过程中露脸和现身的时候，他（她）们当中的绝大多数已经由于各式各样的原因而不无遗憾地逝去了。所以，这个名叫杨飞的形态较为特殊的人物叙述者在叙事文本里所承担和进行的一项不无重要性的工作，其实就是对包括"我"自己在内的一个又一个逝者颇具悲剧性的故事展开带有浓重追忆色彩的叙述以及呈现。

在长篇小说《第七天》里，被细致地加以反映和显现的与社会现实紧密相关的故事从数量来看是比较多的。其中，关于死无葬身之地的故事，又是人物叙述者杨飞所进行的具体讲述中的一个重心之所在，它也是整个叙事文本里作家余华非常看重并且真正在意的内容①。在

---

① 《第七天》出版不到一个月的时候（2013 年 7 月 3 日），在北京师范大学举行的关于这部长篇小说的研讨会上，作家余华本人曾这样说过："我写《第七天》的时候，有一种很强烈的感觉，把现实世界作为倒影来写的，其实我的重点不在现实世界，是在死亡的世界。……现实世界里的事件只是小说的背景，死无葬身之地才是小说的叙述支撑。"参见张清华、张新颖等《余华长篇小说〈第七天〉学术研讨会纪要》，《当代作家评论》2013 年第 6 期。

中国人的日常生活中，人们或许听过（甚至说过）"死无葬身之地"，它原本是一句骂人的话语，通常用来诅咒对方遭到非常严厉的惩罚，是带着明显的贬义色彩而且古已有之的用语。在作家余华的眼里，"死无葬身之地"还可以是一个专用名词（在小说文本里，它主要被当作名词来加以描述和使用），他本人还曾经对它作过一点儿相对具体和特别的说明，提出"死无葬身之地"原来是"一个谁死了都不愿意去的地方，一个咒骂人的地方"①，但是情况后来发生了一些比较显著的变化。

依据小说《第七天》的文本中与之有关的叙述文字可知，一个人如果失去生命以后本来应该到"安息之地"去，但是这却是拥有墓地的人的相应去处。和主人公杨飞（"我"）一样，现实生活中实际上还有不少人因为"没有骨灰盒，没有墓地，无法前往安息之地"②，甚至到殡仪馆去接受火化都成为一件不可能轻易地做到的事情。或许是出于悲悯和恻隐之心（同时，不排除源自内心深处的愤怒、激动与不平的情绪以及心理），我国的当代作家余华为长篇小说《第七天》中离开人世之后因为暂时找不到归宿而只能够不停地行走和游荡的这一类形象，专门提供（或者说虚构、想象乃至创造）了一个可能的去处以及容身之所——名叫"死无葬身之地"的比较另类和特别的地方。

在长篇小说《第七天》里，"死无葬身之地"无疑是一个颇为引人注目的特殊词语。我们不难发现，作家余华似乎有意识地要反其意而用之。具体地讲，在叙事文本中篇幅接近一半的地方③才首次出现的"死无葬身之地"，它竟然被这位当代作家描述成了一个异常温馨和美好的地方——"水在流淌，青草遍地，树木茂盛，树枝上结满有核的果

---

① 张清华、张新颖等：《余华长篇小说〈第七天〉学术研讨会纪要》，《当代作家评论》2013 年第 6 期。

② 余华：《第七天》，新星出版社 2013 年版，第 111 页。

③ 此处以 2013 年 6 月由新星出版社出版的《第七天》一书为例，这部小说的文本篇幅一共有 225 页。我们所说的"篇幅接近一半的地方"，具体是指《第七天》这本书的第 126 页。在此之前，人物叙述者杨飞（"我"）的讲述已经在篇幅不算短的叙事文本里持续地进行了一段时间。

子，树叶都是心脏的模样，它们抖动时也是心脏跳动的节奏……"①，"……那里树叶会向你招手，石头会向你微笑，河水会向你问候。那里没有贫贱也没有富贵，没有悲伤也没有疼痛，没有仇也没有恨……那里人人死而平等"②。

可见，小说《第七天》中的所谓"死无葬身之地"，绝不是作家余华信手拈来而不加考虑地随意加以使用的一个简单用语。出现在叙事文本里的这个称谓其实是不乏某种特有的"乌托邦"色彩以及较为突出、强烈和明显的反讽意味的。可以感觉和体会到，"死无葬身之地"的深层其实饱含着与批评和质疑、否定和无奈相连的并不简单的情绪以及心境，其中应该不无这位眼光与嗅觉均颇为敏锐的中国当代作家特有的一种用心、考虑以及值得人们予以关注和留意的创作目的。我们看到，余华本人说过这样的话："如果有人问我《第七天》文学的意义在什么地方，我说就在这里，在死无葬身之地这里。"③

（二）杨飞的叙述

1. 杨飞的叙述方式、特点以及效果

作家余华的《第七天》是以第一人称（"我"）的形式，借助新近去世的一个名叫杨飞的、四十一岁的中年男性进行叙述的长篇小说，不少评论者因此而将它称为采用幽灵（亡灵）的形象来作具体讲述的一本"亡灵书"。在小说文本开头的"第一天"这个部分，其中的人物杨飞（"我"）是这样展开关于自己的人生故事的最初叙述的：

　　　浓雾弥漫之时，我走出了出租屋，在空虚混沌的城市里孑孓

---

①　余华：《第七天》，新星出版社 2013 年版，第 126 页。
②　余华：《第七天》，新星出版社 2013 年版，第 225 页。
③　张清华、张新颖等：《余华长篇小说〈第七天〉学术研讨会纪要》，《当代作家评论》2013 年第 6 期。

而行。我要去的地方名叫殡仪馆，这是它现在的名字，它过去的名字叫火葬场。我得到一个通知，让我早晨九点之前赶到殡仪馆，我的火化时间预约在九点半。

昨夜响了一宵倒塌的声音，轰然声连接着轰然声，仿佛一幢一幢房屋疲惫不堪之后躺下了。我在持续的轰然声里似睡非睡，天亮后打开屋门时轰然声突然消失，我开门的动作似乎是关上轰然声的开关。随后看到门上贴着这张通知我去殡仪馆火化的纸条，上面的字在雾中湿润模糊，还有两张纸条是十多天前贴上去的，通知我去缴纳电费和水费。

我出门时浓雾锁住了整个城市的容貌，这个城市失去了白昼和黑夜，失去了早晨和晚上。我走向公交车站，一些人影在我面前倏忽间出现，又倏忽间消失。我小心翼翼走了一段路程，一个像是站牌的东西挡住了我，仿佛是从地里突然生长出来。我想上面应该有一些数字，如果有 203，就是我要坐的那一路公交车。我看不清楚上面的数字，举起右手去擦拭，仍然看不清楚。我揉擦起了自己的眼睛，好像看见上面的 203，我知道这里就是公交车站。奇怪的感觉出现了，我的右眼还在原来的地方，左眼外移到颧骨的位置。接着我感到鼻子旁边好像挂着什么，下巴下面也好像挂着什么，我伸手去摸，发现鼻子旁边的就是鼻子，下巴下面的就是下巴，它们在我的脸上转移了。

……

我意识到这是一个重要的日子：我死去的第一天。可是我没有净身，也没有穿上殓衣，只是穿着平常的衣服，还有外面这件陈旧臃肿的棉大衣，就走向殡仪馆。我为自己的冒失感到羞愧，于是转身往回走去。①

以上的这几段叙述文字是颇为精彩和逼真的，它们不仅交代了文

---

① 余华：《第七天》，新星出版社 2013 年版，第 3—5 页。

本里的叙述者杨飞（"我"）是一个已经离开现实世界的特殊个体，这一天是"我死去的第一天"，还清楚地告诉受述者当"我"按照有关通知的要求准备赶往殡仪馆去进行火化时，在公交车站才突然察觉与意识到自己脸上的多个感觉器官已经发生了严重位移的情况，又由于想起"净身"和"殓衣"的事情而临时改变主意，重新返回了"我"在这个容易迷失的城市里的唯一住处——出租屋。毫无疑问，小说文本里的杨飞是一个非常规形态的人物叙述者——中年逝者，肉体死亡之后的"我"此时正在进行的很显然是由幽灵（亡灵）形象负责展开的一种叙事行为。通过这个特殊的艺术形象借助话语来进行并且延续了好几个段落的具体讲述，我们不难看出，除了叙述者杨飞（"我"）已经没有生命气息以及失去了与创伤、疼痛有关的感觉和体验之外，现实生活里的很多东西（比如：浓雾、出租屋、城市、时间、动作、纸条、公交车站、衣服等）似乎并没有发生和出现相对明显的变化，连"我"的性格之中的小心谨慎和每当面对、考虑具体的情况以及问题的时候所表现出来的细致、周到、淡定和妥帖都可以说一律照旧。

　　结合小说文本里的其他几个部分，我们可以看到，人物叙述者杨飞运用第一人称内聚焦叙事模式所作的讲述主要具有以下一些特点。①条理清楚。仅就此前作过引述的这几段话来看，它们已经将"第一天"清晨发生的事情讲述得十分清楚，让人们对"我"以及"我"行动的路线、目的地、缘由等有了相应的了解。②细腻生动。人物杨飞的叙述是比较具体、生动和形象化的，可以很好地调动大家的感觉与体验。与此同时，它又显得非常地耐心和细致，十分有助于受述者进行感知以及接受。③富有创意。上面所引述的部分的第三段文字里，对左眼、鼻子、下巴出现位移的情况，"我"的叙述打破常规又极具创新色彩，客观、冷峻的语调里不无对于事故的本相还原。④举重若轻。爆炸、毁容、死亡、火化等都是一些重大事件，叙述者杨飞在小说文本中所作的讲述及处理却显得自然平淡、从容不迫，感觉就如同在面对普通、寻常的事情一样。

　　长篇小说《第七天》中，作家余华依托不算短的文本篇幅侧重反映的是由幽灵（亡灵）、死者、骷髅等非常规形态的艺术形象组合而成的一个特殊世界，由于包括人物叙述者杨飞（"我"）在内的不少形象的回忆、讲述、游走等多种原因，和逝者有关的死亡世界又时常会与属于生者的现实世界发生一种比较密切的关联、交错乃至纠缠。叙事文本里非常态的人物叙述者杨飞凭借第一人称进行的聚焦和展开的幽灵（亡灵）叙事及其所取得的叙述效果，从总体上来看虽然并不十分完美，却是比较可行而又富有效用的。为了更加细致和清楚地讨论问题，对于这个幽灵型的特殊形象杨飞所展开的叙述，我们不妨适当地作一点儿有关的、相对具体的分析和说明。

　　作家余华在小说文本的第三章（即："第三天"）里曾经这样写道，"我几次走向那间出租屋，昨天我和李青还在那里留下久别重逢的痕迹，今天却无法走近它。我尝试从不同方向走过去，始终不能接近它，我好像行走在静止里，那间出租屋可望不可即"①。这些叙述文字表明，此时的幽灵型人物叙述者杨飞实际已经无法接近自己原来居住的出租屋，也就是说，"我"不能够再像生前以及死后的头两天里那样，可以非常随意、轻松、自如地出入其中。由此可知，作为一个形态比较特别的人物形象，杨飞有的时候其实并不是无所不能的，需要去面对的情况以及处理的事情已经发出了明显的信号，让离开人世而身为幽灵（亡灵）形象的"我"开始感受和意识到自己并不可以为所欲为。

　　根据《第七天》的叙事文本里随后出现的"我看见自己出生时的情景"这句话以及由它所引起的有关追述，人们可以获知关于人物叙述者杨飞（"我"）的更多信息（比如：杨飞其实是"火车生下的孩子"，这个生命的到来可谓极富偶然性以及荒诞感的一个意外事件。当年，脱离母体的杨飞突然闯入年轻的铁路工人杨金彪原本安静、单纯的日常生活中，随后竟然与他朝夕相处了将近40年的时间……）。在一部具体的小说创作中，一个人物叙述者是否一定会出现追述？他（她、它）在何时何地开始进行追述？他（她、它）追述的具体内容又是什

---

① 余华：《第七天》，新星出版社2013年版，第63页。

么？……在很大程度上，这些是作家本人完全有资格也有必要主动和自觉地去作考虑、决定与安排的事宜。关于文本中出现的追述，如果一定要讲有什么相对具体和明确的要求的话，我们认为，主要是需要做到合乎情理，或者说，至少应该以情理上说得通而且让人理解得了为好。

在长篇小说《第七天》里，主人公杨飞有关自己最初出生之时的情景的呈现，是通过"我"的追述来具体完成的，而"我"之所以能够这样做的一个理由则是我们已经作过引述的那句话——"我看见自己出生时的情景"（这可以视作身为失去生命已达数日之久的幽灵型人物叙述者的"我"为了说服受述者，而在进行追忆性自述的过程中所作的具体说明与解释）。此处的"看见"，应该是指负责讲述故事的人物叙述者杨飞所具有和被赋予的一种特殊能耐，即：这个"我"在长大（甚至死去）之后，还可以比较轻易地获知多年以前偶然发生的、具体而又琐细并且的确不同寻常的一些事情。

作家余华在文本里所作的这种安排与处理确实有助于部分地解决受述者乃至一般的读者可能会产生进而提出的有关困惑和问题（一个刚出生的婴儿是否可以对周围的环境以及自我作准确、具体的感知？婴儿能否形成相对清晰和明确的个人记忆？……），却又很难让所有的人都感觉到非常地合理、妥当和信服。这与阿来的长篇小说《尘埃落定》的文本中第一章的"1. 野画眉"一节里，痴呆型的人物叙述者二少爷（"我"）关于自己在十三岁开始记事之前就已经出现的情况以及发生和存在的事情（比如："那时我已经三个月了，母亲焦急地等着我做出一个知道自己来到这个世界的表情"；"一个月时我坚决不笑"；"两个月时任何人都不能使我的双眼对任何呼唤做出反应"。[①]）所进行的叙述及由此而给人们造成的印象与带来的感觉，实际上不无一种相近之处。

我们认为，人物叙述者杨飞关于"自己出生时的情景"的具体叙述，虽然不是余华小说《第七天》的叙事文本里较为明显以致不可原

---

① 阿来：《尘埃落定》，人民文学出版社 1998 年版，第 5 页。

谅的硬伤与缺陷，却也不无可以进行进一步商榷并且继续加以调整和
完善的余地、空间与可能。试想一下，如果这个特定的、偶然出现的
情景以及与之有关的故事内容交给文本里的另外一个人（比如：人物
杨飞的养父杨金彪，或者当时和杨金彪一样恰巧路过而且有可能见证
了杨飞的到来这个离奇事件的发生的其他人物形象）来进行相对具体
的讲述，而不是由杨飞本人亲自开口加以叙述与呈现，在我们看来，
相应的依据、理由和逻辑似乎要更加地充分、合理，与此有关的叙述
以及文字的可信程度想必也可能变得更高一些。

　　2. 采用杨飞来展开叙述的原因和意义

　　在中外文学的发展史上，幽灵（亡灵）叙事并不是异常鲜见和少
有的创作现象，它与作家本人所持有的创作理念和意识存在紧密的关
系，可以谓之为形式技巧层面令人印象深刻的一种创新、探索与突破，
比较有助于作家（们）普遍重视的与叙述效果直接相关的写作意图以
及目的的实现与达成。前已有述，作家方方的中篇小说《风景》采用
了幽灵型人物叙述者（即：早夭者小八子）对河南棚子的家庭故事进
行过巧妙呈现，莫言在《生死疲劳》文本里的第一章，以土改运动中
被枪毙的地主西门闹（"我"）来开口讲述自身曾经亲历过的阴曹地府
里所出现以及发生的事情。从叙事艺术的层面来看，在长篇小说《第
七天》中，余华同样运用了一个显现以及存在的形态颇为特殊的人物
叙述者——成年逝者杨飞，让这个非常规形态的"我"首先讲述了与
逝者、幽灵（亡灵）以及死亡世界有关的故事。

　　早在长篇小说《第七天》正式出版、发行的 2013 年，华裔学者
王德威就曾经在一篇评论文章里说过如下的一段话："用文学批评术
语来说，余华的叙事是个标准的'陌生化'（defamiliarization）过程，
他借死人的眼光回看活人的世界，发现生命的不可承受之轻：毒水毒
气毒奶泛滥，假货假话假人当道；坐在家中得提防地层下陷，吃顿饭
小心被炸得血肉横飞……"① 这位学者在话语中所提及的"死人"，具

———————————

① 王德威：《从十八岁到第七天》，《读书》2013 年第 10 期。

体指称的应该是《第七天》的叙事文本中以主人公杨飞为代表的、已经逝世的多个人物形象。余华在这部小说里所采用的幽灵（亡灵）叙事，则被认为是与"陌生化"具有密切关联的一种创作行为与实践。而这位作家之所以要在叙事文本里进行这样的安排和处理，主要的目的是对充斥着让一般的生命个体"不可承受"的各种现象和问题的这个所谓"活人的世界"进行适宜而又巧妙的反映及审视。由是观之，作家余华在长篇小说《第七天》里运用幽灵型的非常态人物叙述者杨飞（"我"）来讲述故事，不仅是为了单纯地去描述和表现与已经过世的人有关的、令人感到惊奇、讶异和陌生的死亡世界，还要试图借此来观察、映现以及反衬与活人相连的这个现实世界，而后者其实才是这位当代作家自认为更为重要的一个创作意图。

　　同一年，还有人清楚地看到并且十分明确地指出："《第七天》的'幽灵叙事'仅仅是一种叙事上的技巧，'那个世界'并不是鬼、灵、神的世界，它并不存在，只是作家比照现实所想象出来的别一种现实而已。归根结底，彰显的依然是作家对于现实的一种态度。"① 这位研究者认为，余华并非真的相信世间存在由死去的人所组成的另一个世界（实际上，它主要是作家本人进行艺术构思以及创作的具体产物，可以谓之为"别一种现实"），他采用幽灵（亡灵）形象来讲述故事的最终目的是更好地反映现实生活本身。客观地来讲，长篇小说《第七天》里的人物叙述者杨飞（"我"）围绕"死无葬身之地"所展开的叙述与表达，虽然不太完善而存在一定的问题及欠缺②，却又不无自身的艺术性和思想性可言。在我们看来，作为非常规形态的人物

---

　　① 梁振华：《〈第七天〉：由真实抵达荒诞》，《中国艺术报》2013 年 7 月 26 日。

　　② 通过这部小说中与"死无葬身之地"直接相关的、显得多少有些笼统和模糊的叙述文字可知，它同样被描述为一个快乐、平等、幸福的所在，与"安息之地"几乎没有太大的区别。如果对有的学者已经作过一定分析的、与之相关的宗教寓意暂且不论，我们认为，作家余华在《第七天》的小说文本里关于"死无葬身之地"的描述似有可以继续进行挖掘和提升的余地。具体地说，它除了有可能让人得出"死亡世界（与困窘、不美甚至丑恶的现实世界相对）其实不无令人向往之处"这一类的结论之外，似乎很难真正地促使人们去进行较为深入、具体、切实的思考与探索，而这或许不失为这部敢于直面现实、揭示时代病苦的长篇小说最终未能给人们以及与其生活、存在有关的一系列现象和问题提供可能的、期待中的精神出口与合理解答的一个重要原因。

形象杨飞的存在及其在小说文本里所进行的不无个性与特色的具体讲述，既能体现出当代作家余华面对人生及世界之时的思考与态度，又确实足以给人留下比较特别而又深刻的感受以及印象，这无疑是富有不止于文学艺术层面的意义和价值的。

我们发现，自从这部长篇小说出版以来，关于人物叙述者杨飞及其叙述问题的讨论便时有发生。最初，大家几乎颇为一致地认为《第七天》是一部典型的运用亡灵形象来进行叙事的小说创作，与此相关的探讨和论述虽然并非尽如人意，但是几乎没有引发与激起过较为显著的议论或争执。后来，人们对于小说《第七天》的批评意见主要集中在文本篇幅与故事内容的关系问题上，不少人认为作家余华在有限的文本篇幅里放置了过多的内容和东西，它们与现实生活中所出现、发生的一些民生事件的距离比较近，由此而对这部长篇小说的艺术成就造成了一定程度的影响。进一步来看，这种意见实际上已经涉及了两个具体问题。①一部小说的容量究竟可以有多大？②文学与生活之间存在着何种关系？对于后一个问题，在今天似乎已经不必作更多或者更复杂的研究和分析、评说和讨论。有的学者早已提出，我国的当代作家余华在长篇小说《第七天》里将源于生活的诸多具有真实性的事件"整合成了一个象征性的能指"，并且以此来"寓示整个时代的荒谬和不可理喻"。① 在我们看来，这种看法确实不无一定的依据和道理，对这部作品的认识和理解可以起到相应的作用。

我国的叙事学家傅修延曾说："叙事的构成涉及故事、文本与叙述这三个要素：文本是叙述的记录，读者通过阅读文本接触到叙述，并进而获知叙述传达的故事。故事不一定都属于文学，story 可以是虚构的，也可以是真实的；……一定的故事内容必须有一定数量的文本篇幅与之匹配，才能传递故事包含的诸多信息，此所谓'量世事之厚薄，限篇第以多少'也。"② 任何一部文学作品的字数和容量其实都

---

① 梁振华：《〈第七天〉：由真实抵达荒诞》，《中国艺术报》2013 年 7 月 26 日。

② 傅修延：《先秦叙事研究——关于中国叙事传统的形成》，东方出版社 1999 年版，第196—197 页。

是相对有限的，优秀的作者多半善于寻求并且能够借助各种办法及手段尽力地突破具体的文本与篇幅的限制，进而通过一定的叙述者及其具有成效的讲述将通常由一个或者多个事件所构成的故事显示和呈现出来。

对于叙事虚构作品及其作者来讲，同样存在类似的情况和问题。当然，技艺高超的作家几乎都擅长在叙述的方式以及结构方面花费精力和心思，从而使叙事文本的容量及叙事性得到显著而又有效的拓展与提升。已经有学者提出过如下的意见和看法，"概括起来，完成任何一个叙事行为都应该包括两个主要步骤：首先是确定事件，也就是从浑沌的'事件之海'中选择出部分有意义的事件作为叙述的对象；其次是赋予选出的事件以某种'秩序'，也就是把这些事件组合或'编织'成完整的叙事文本"，相对于古典时期重视"事件"（写什么）的叙事作品及作者，现代的叙事作品及其作者更加重视"组织或'编织'"（怎么写），"他们认为决定一件叙事作品质量的往往并不是事件本身，而是把这些事件组织成一个整体的叙事技巧"，因此，人们在分析和解读以小说为代表的叙事虚构作品的时候，"考察把事件组织起来的模式或结构远比探讨事件本身重要，因为作为叙事作品的本质特征往往就潜藏在其文本的结构之中"。[①]

在我们的眼里，这是一个富有价值的学术观点，当阅读和理解 20 世纪中国小说创作的时候，它同样是较为有效和适用的。也就是说，面对包括余华的《第七天》在内的不少具体作品的时候，对于出现在叙事文本中的叙述的方法、技巧以及所叙之事，我们都应该予以足够的留心和重视。启用中年逝者杨飞作为文本中重要的人物叙述者，不失为作家余华具有创新性和探索性的一种艺术创作行为。通过人物杨飞（"我"）不无合理之处的叙述，确实把不少匪夷所思的人与事组合在了一起，在具体的阅读过程中，这虽然难免会让人产生些许的繁杂和疲惫之感，但是幽灵（亡灵）叙事本身无疑是具有实用性和有效性

---

① 龙迪勇：《空间叙事研究》，生活·读书·新知三联书店 2014 年版，第 170—172 页。

的。相对于将多个生活素材（如：具有新闻性的具体事件）在一个篇幅较为有限的文本中简单、乏味地直接罗列出来的处理方式，作家余华在《第七天》里所采用的非常规形态的人物叙述者及其展开的讲述明显具有更加突出和耀眼的优势性以及可行性。这部长篇小说的叙事文本中，生存与死亡、生者和死者、离去与归来、希望和绝望、真实与虚构等，它们不无区别而又相互映衬，十分诡谲而又较为和谐地交错和纠结在一起，为人们涂抹和刻画、描绘和呈现了风格奇妙、色调特别、趣味独到的一幅图像与景观，这在足以给人带来比较新奇、别样的感受与体会的同时，还能够促使大家作更进一步和深入一层的思考与解析。

小说（包括长篇小说在内）并非一般意义上的用具，它不是与通常所说的容器相类似或接近的、仅仅讲求实用功能的物品。一个作家在选定了一定数量的"所叙之事"，并且对与叙述者关系较为密切的叙事结构以及话语作相应的考虑、选择和构想之后，还需要站在受述者与读者的角度和立场，从总体上去认真思考和留意这两者之间是否能够真正相匹配和适宜的问题。唯有故事以及叙述两个层面都少有问题、遗憾和瑕疵的小说创作，才有可能抵达叙事、思想和审美的更高层次与境域。实际上，长篇小说《第七天》的文本篇幅并不太长，它却装载了和我国当代普通民众时常发生与出现的多种现实生活事件紧密相连的、具有很大的信息含量的故事以及较为具体与实在的内容，这一点是让人感到颇为吃惊的。当真正地走近、面对和阅读《第七天》的叙事文本的时候，既应该清楚地看到中国当代富有才华的作家余华在叙事技巧和手法方面已经取得了一定的突破、创新与成就，又需要理解和明白对文艺创作的思想内容与艺术形式以及二者之间的关系问题继续作更深层次的考量、揣摩和沉思的重要性与必要性，由此才能对这部近年来创作完成的长篇小说予以和进行更加准确、到位的认识、解读以及评价。

第五章　20 世纪中国文学中的比拟型人物叙述者解析

一　比拟以及比拟（模拟）叙事

　　每当人们提及或者谈到比拟，首先想到的很可能是一种修辞格（也称为辞格），它为世界上许多不同区域和族别的语言所共有，通常是指借助较为丰富的想象力而把人当作物来写，或者把物当作人来写，或者把甲物当作乙物来写。《大辞海·语言学卷》（修订版）里对比拟所作的解释具体如下："辞格之一。把物拟作人，或把人拟作物的手法。前者叫'拟人'，如鲁迅《从百草园到三味书屋》：'油蛉在这里低唱，蟋蟀们在这里弹琴。'后者叫'拟物'，如《木兰诗》：'雄兔脚扑朔，雌兔眼迷离。两兔傍地走，安能辨我是雄雌？'结句是木兰自拟。"①

　　以上用作解释的这段话已经涉及了比拟的两个具体类型——拟人和拟物，它们本身又是不太一样的。拟人主要是指赋予了物以人的言行举止以及思想、感情和神态，拟物则是指予以人一种物的形态和特征。在实际的文艺创作中，比拟这种辞格常常可以使语言表达变得生动、形象、活泼，与此同时，还能够达到巧妙、新颖、独到甚至富有情趣地表情达意的目的以及效果。因此，在一般情况下，它足以给人

---

① 许宝华、杨剑桥主编：《大辞海·语言学卷》（修订版），上海辞书出版社 2015 年版，第 313 页。

留下十分特别而又深刻的感受和印象。如果负责具体写作事宜的人在文本里能够把比拟运用得贴切和恰当的话，是比较容易获得包括阅读者、批评者和创作者本人在内的多方人士的肯定、认可以及称赞的。

从唯物论的角度来讲，物质性是世界的第一属性。生物学领域里的人通常认为，物质可以分为生命物质和非生命物质（也就是生物与非生物）两个大类。关于生命物质的分类，虽说是一个比较复杂的问题，但是一般人并不缺少普遍认可和相对一致的意见——具体地说，就是指将它分为动物、植物、微生物三类。在生物学研究中，人被分类为人科人属人种，是一种高级动物，较为常见的一种观点是："人类起源于动物，现代人在体质和形态上仍然保留与动物相似的一些特征。但人又区别于动物，人不但处于动物进化的最高阶段，而且已经与动物有了质的不同。"① 长期以来，人又是与其他的生物（包括动物、植物、微生物）以及非生物（如：日月、星辰、山川、空气、土地等）一起存在、进化和发展的。

有人曾表达过这样的见解，"物构成了人的基本存在条件，……物服务于人，从山川河流到植物动物都是人利用的对象，从锅碗瓢盆、桌椅板凳、服装首饰、家用电器到交通工具，都是为人的生存而生产的产品；而物也塑造着人，规范着人的行为，影响着人的社会实践……"② 此处所言及的"物"，虽然没有进行天然物与人造物的区分，但不可否认的是，当人类出现以后，物才真正地成为一个问题。我们知道，物（包括天然物和人造物）很早就已经成为人类进行观察、运用以及思考和言说的对象。人如何看待外物是中国古代思想家曾经作过深入思索与探讨的一个重要命题，儒家与道家的思想者从社会秩序和自然世界的不同角度对人与物的关系分别给出了自己的答案——前者提出人要善假于物（依托和利用外物来取得现实的实现），后者认为人要无待于物（摆脱对物的依赖而实现精神自由）。"物""心""我"以及

---

① 刘永烈、刘永诺、刘永焰：《生物进化双向选择原理》，广东科技出版社 2007 年版，第305 页。

② 王炳钧：《人与物关系的演变》，《外国文学》2019 年第 6 期。

三者相互间的关系，可谓我国历代众多的哲学家、艺术家、思想家等认真进行考虑和辨析、讨论和回答的对象及问题，他（她）们所持有以及得出的具体看法、意见和观点是多元多样、丰富复杂的。

与中国的情况有所不同，"在历史进程中，物走过了从直观的观察对象到认识的客体，从形而上的精神载体到拜物教的对象，从对物界限的消解到人与物相互作用的道路"，自古希腊时期到 18 世纪，西方的"哲学或人文领域对物的关注可以大致划分为三个不同的研究范式：一是对万物起源的探索，二是把自然看作科学认识对象来探讨物质的运作机制，三是关注物质或自然与精神的关系"。① 从 18 世纪末期开始，人与物的关系受到了不少以哲学家为代表的西方学者和知识分子的关注及重视。伴随探索意识的增强、机械生产的推进，发明创造得以丰富，商品经济也在不断发展，物品的生产与加工渐趋达到了相当的规模、程度与水平，从而使人对于物的需求在一定程度上有了逐步摆脱受自然（界）严重制约的可能，并形成了与传统有所不同的、新式的审美理念和艺术主张。但是，由此也产生和出现了一定数量的新的问题、困惑与挑战，比如：一些传统美德与价值取向开始遭遇到轻视、嘲笑甚至被抛弃和遗忘，财富、金钱还有商品拜物教逐渐成为十分引人瞩目的现象，对于物的占有欲望获得满足而人的异化（非人化）却依旧难以改变……

马克思说过："但是，抽象的、孤立的、与人分离的自然界，对人说来也是无。"② 在学习并接受马克思的理论及其观点的影响之后，中国国内的学者普遍认为，"这种影响着人的存在的世界，不是抽象的、孤立的、与人分离的自然界"，而是"把人的本质对象化其中的属人的世界"。③ 这里所说的"自然界"既是一个与物有关的世界，又

---

① 王炳钧：《人与物关系的演变》，《外国文学》2019 年第 6 期。
② ［德］马克思：《1844 年经济学—哲学手稿》，刘丕坤译，人民出版社 1979 年版，第 131 页。
③ 秦光涛：《"类的存在物"与人所特有的意义世界》，吉林大学哲学基础理论研究中心编：《山高水长——高清海纪念文集》，吉林大学出版社 2006 年版，第 105 页。

和作为一种存在物的人本身密切相连。有学者早已比较明确地提出："我认为在哲学基础问题中应当突出人的地位。人的对立面是物，所以人与物的关系问题，也应当是哲学的基本问题。"① 总体来讲，从远古时代直到已经进入 21 世纪的今天，人与物之间的关系可谓十分复杂而且具有不断地发展和变化的可能性：一方面，二者可以相安无事、和平共处，相互依赖、信任并且相互发生作用和影响；另一方面，又存在矛盾、对立的关系，会因为相互抵触而出现乃至爆发尖锐、激烈的冲突以及争斗。

还需要看到，人与物两者之间的关系时而和谐时而不和谐，经常伴随具体条件和状况的变动而变动（甚至可谓变动不居），而不会持续性地（乃至恒久地）呈现出一种均衡、固定的模样与态势。当然，如果从某个特定而又具体的时段来看，人和物的关系其实又存在趋于相对平静及稳定的一种可能性，这是我们对它作适宜和有效的观察以及思考的基础之所在。关于人与物的复杂关系以及人在其中所处的位置及发挥的功能和作用，有人认为："以人为中心、为目的，物是人行为的对象，人与物有信息和能量交换"②，"物为人服务，人是物的主宰"③。仔细想来，这其实是已经亲身走入 21 世纪之后的一部分学者所持有的一种意见和观点，可以将它视作对人本身非常富有自信力和优越感而进行的言语表达，却很难说一定能够得到人们的一致赞赏与肯定，因而并不具有毋庸置疑的合理性和普遍性。

我们清楚地知道，人类其实并非必然地就是整个世界的中心与主宰，可以无所顾忌地去凌驾、掌握乃至操纵、役使一切事物。不可否认的是，人总是居于自己的位置、立场和维度在努力地分析、思考物以及与物有关的情况和问题，所谓纯粹的物的维度实际上主要是一种预设和假想。"人既是物质实体、精神载体，又是实践主体，是三者的统一。人能通过实践，使物成为思想物化的工具，又

---

① 林德宏：《人与物关系的初步讨论》，《自然辩证法研究》2000 年第 7 期。
② 张天波：《事论》，中山大学出版社 2014 年版，第 100 页。
③ 林德宏：《人与物关系的初步讨论》，《自然辩证法研究》2000 年第 7 期。

能使思想物化为物。人既是精神力量的创造者，又是精神力量变为物质力量的转化者。这便是人的本质"①，虽然不能决然地说物因为人而存在并且由此获得相应的价值和意义，但是相对于其他的物（尤其是天然物），人确实要更加擅长开展与实施探索、追究和思维方面的行为以及活动。在很大程度上，只有进入了人的视野之后，物才有可能真正地成为被予以分析、讨论和研究的具体对象，乃至借助一定的条件以及因素而得以有意识、有目的地组合、制作、再现或者创造出来。

就人与其中的动物、植物的关系来看，其实也并不是简单和纯粹的。主要以狩猎和采集为生的早期人类，已经知道动物、植物对于经常处于充满各种困难、挑战与危机的生存境况中的自己以及他人而言，是十分必要并且富有难以取代的特殊价值和效用的存在之物，懂得利用它们的肉体、皮毛、骨头、叶子、果实等来填充肚子、制作衣物、打磨工具……后来，在具体的生产、生活以及实践过程中逐渐摸索、积累和掌握了驯化的方法、技术和经验，学会把野生的动植物培养成家养动物或者栽培植物，由此而有可能获得相对稳定和可持续的物资供应以及具有成效的畜力补给，在使维系人类生存、发展的物质基础方面的条件有一定程度的变化与改善的同时，能够更为有效而又持久地去应对气候、环境、灾害等方面的情况以及问题，对自己所怀有的信心和希望也随之而得到了比较显著的增强与提升。

当然，人本身其实又不无自己的特别之处，而绝不是一种可谓之为简简单单、普普通通的动物。从第三纪灵长类（拉玛古猿等）经历多个阶段进而一步步地实现、完成自身进化之后，人类终于得以与一般意义上的动物分离和告别，不仅重视生存（想方设法地希图活下去）的问题，还具有真正属于自己的意识和精神世界。在漫长的时间长河里，借助所拥有的身体以及心灵，人类一直比较善于不间断地进

---

① 林德宏：《人与物关系的初步讨论》，《自然辩证法研究》2000 年第 7 期。

行探索、思考、叩问、讲述、记录、总结、制作、创造……而且，似乎从来不畏惧曲折、坎坷与挑战，也不担心或者害怕可能产生与出现新的迷惑以及诸多困难而又复杂的情况和问题，不在意遇见各种艰辛与疲惫，更不会轻言停止或放弃。需要看到，当人类面对、看待和利用可以相对直接地看见、听闻、触摸以及觉察、感知、认识得到的，包括动植物在内的、构成这个世界的多种多样的具体物质的时候，人们的心态其实是颇为矛盾和复杂的。

在前一个章节（本书的第四章）里，为了更加清晰、具体地分析和论述幽灵型人物叙述者以及与此相应的幽灵（亡灵）叙事，我们对"万物有灵观"（Animism）进行过一番力所能及的思考与论析，由此而得出的看法和意见是这样的——简单地来讲，"万物有灵观"是在一个相对长的历史发展阶段之上，世界各地的人们普遍产生、形成并且长期持有的一种观念（乃至信仰），包括人、动物、植物、日月、山川、风雨、雷电等，都被认为是世间有意志、有灵魂的存在物。英国的人类学家弗雷泽认为，宇宙间的一切事物（即："万物"）曾经被人们普遍当作受到一种非人格性的超自然力量所统治的对象，在巫术（主要由巫师具体负责实施，被认为可以对这种"非人力量"产生影响和作用）渐趋失去期待中的某种特殊效用后，人类的态度和心理不得不作一些调整和改变，即：由最初试图控制、掌控与操纵它转向讨好、取悦和崇拜它。

还需要作了解的是，通过长期采用和实施具有一定的宗教性质的仪式（活动），人类面对万物的时候出现的这种既敬重又害怕的敬畏心理实际上会被不断默认、强化和肯定。虽然仪式（活动）本身不一定具有强制性与规定性，但是由于多半以个体、成员的形式从属于诸如部落、族群、团队、组织、单位等群体之中的人普遍存在所谓的相互关联和影响，这不仅会对他（她）的外部行为产生作用，还可能牵涉并且波及其相对内在的心理和感受，进而使与具体的仪式（活动）有关的观念、理解和意识等并不直接显露在外的东西，得以自觉或不自觉地实现足以持续很长时间、本身不无目的与效用的所谓代际传承。"万物有灵观"以及与"万物有灵观"密切相关的图腾崇拜①，从过去到现在都没有完全绝迹，尤其是后者，它不仅在氏族公社时期产生、存在和盛行，直至近代在世界各地的某些部落和民族中仍然流行而未曾急剧衰弱或者彻底地走向消失，其实就不失为一个较为典型的例证。

　　就文学艺术本身的情况来看，关于人和物的思考、书写与表现同样是一个很重要的问题，与此相关的文字里既包含特别的感悟和理念，又不乏作者新颖、独到的创意与巧思。在一部分作品里，与之有关的看法和观点的表达有的时候颇为直接，例如：广为人知的"……人是一件多么了不得的杰作！多么高贵的理性！多么伟大的力量！多么优美的仪表！多么文雅的举动！在行为上多么像一个天使！在智慧上多么像一个天神！宇宙的精华！万物的灵长！……"②是英国文学家威廉·莎士比亚借助剧中人物之口说出来的话语（台词）。它们在《哈姆莱特》中所表达的人文主义理念非常地显著和突出，这又与作家本人的思想观念、剧本里的上下文以及大的时代背景、小的创作环境等可谓密不可分。如果在各个方面早已发生了很大变化，与《哈姆莱特》存在较大的时空距离的中国当代的文化语境当中来重温和探讨这几句话，我们既不能轻易地忽视和忘却使它们得以产生并且呈现出来的有关条件以及因素，又尽量不要进行断章取义或人云亦云式的认识和理解，争取不去作想当然的或者相对刻板、固化的推测、评判与阐释为好，因为只有这样才可能有效地避免比较明显的错误、硬伤、讹谬的产生与出现。

---

①　图腾崇拜是原始宗教信仰活动之一。一般认为，大约发生于氏族公社时期。图腾（totem）系北美印第安人语，意思是"属彼亲族"。原始人相信每个氏族都和某种动物、植物或其他自然物有着亲属或其他特殊关系，一般而言，以动物居多。作为氏族图腾的动物（如：虎、熊、狼、鹿、鹰、蛇等）即是该氏族的神圣标志，照例而为全族之忌物，禁杀禁食，而且多定期举行崇拜仪式，以求能够促进其不断地繁衍。参见史金波、白振声、陈勤建等主编《大辞海·民族卷》，上海辞书出版社2012年版，第27页。

②　[英]威廉·莎士比亚：《哈姆莱特》，《莎士比亚全集（九）》，朱生豪译，人民文学出版社1978年版，第49页。

可以看到，动植物等生命物质及其他的非生命物质①不仅可以成为文艺创作中被反复加以描述和侧重进行反映的具体对象，有的时候它们还是感受与认知的出发点，会被作者赋予一种人格化的品质和特征，甚至能够直接开口进行属于自己的讲述、表达与呈现，由此让人很难完全将其忽略或者忘怀，经常忍不住要走近并且主动地对其加以揣摩、思索、解读，试图去探求和把握这些独特的艺术形象的内涵及其身后的隐含作者所具备和拥有的思想、感情、心理等。古今中外的诸多文献里，均不乏与此相关的具体记述与表现。在国外的文艺创作中，对以动植物为代表的物的反映、书写和表现及其形成的传统可谓由来已久，它们不仅出现在早期的更多可以被视作集体智慧的结晶，多少带有民间文学和宗教信仰的属性以及色彩的神话、传说、寓言当中，还非常频繁地出入于由有名有姓的作家、艺术家等怀揣相对明确、具体的意识和理念写作而成的具体作品里。从文体类型来看，这类作品并不局限于主要以少年儿童作为阅读对象，包括童话和故事等在内的、更加适合特定年龄段的读者的接受习惯与心理需求的儿童文学创作。

相传为古希腊人伊索所著的《伊索寓言》是西方文学中古老而又著名的寓言故事集，它的语言表述十分生动活泼、平易近人，流传面很广并且产生的影响力非常突出、显著，在文学艺术、伦理道德、政治思想等多个方面体现出了重要的价值和意义。其中收录了数百个言简意赅的故事，它们之中与动植物有关的其实不在少数，主要借助动植物形象（其中，既有人们比较熟悉的狼、羊、乌龟、兔子、狮子、狐狸、橡树、芦苇等，又有大家相对陌生的蜣螂、银鼠、螽斯、鸫鸟、

---

① 一般的作家作品里，相对于以动植物等生命物质作为叙述者的情况，除了早期明显带着神话色彩的创作外，在文本中直接开口说话的非生命物质实际并不多见，国内外的文学家近些年来不乏这方面的尝试与努力。比如：中国作家王蒙于1983年发表的短篇小说《木箱深处的紫绸花服》里，做工精细、讲究的"一件旧而弥新的细绸女罩服"是叙事文本中的叙述者之一。英国小说家伊恩·麦克尤恩的长篇小说《像我这样的机器》（*Machines Like Me*，2019）中，出现了以高度智能化的新型人形机器人亚当作为叙述者的情况。从具体类型来看，细绸女罩服是非人化的非生物型叙述者，机器人亚当则是人化的超能型叙述者。

芥菜、刺李等）来巧妙地反映、表现以及传达对于生活在一定社会组织和自然环境中的人及其具体处境、相互关系等的感受、体会和看法。和在现实世界存在与生活的人类一样，《伊索寓言》里的动植物普遍具有自己的心理、性格、情感和体验，甚至在对待不少情况以及问题时不无相对独立的想法和意见，既可以与人进行对话，它们相互间也时常会出现沟通与交流（人们不难看到，这些可谓被描述得非常地自然、贴切和逼真）。此外，书中的一些非生物性质的物品（如：罐子、风筝、太阳、锉刀等）也并不缺乏某种主体性与自我意识，它们完全可以借助和依托于一定形式的语言与行为来实现传递信息乃至表达情意的愿望以及目的。

《伊索寓言》属于创作时间比较早的艺术作品，它记录和保留了人类发展进程中曾经真实存在和出现并有幸得以表达与显露出来的不少内容以及信息。有的学者已经提出，在很长的一个历史时段里，"西方主流文化都是人类中心主义的"，从亚里士多德一直到康德，他们普遍持有的观点是"动物只是工具性存在，人对动物，也只需承担间接义务"。[1] 也就是说，人们曾经很少将动物作为具有自身独立性的生命主体去加以面对、认识、思考或者讨论。到了 18 世纪中后期，随着动物的权利和身份渐趋受到关注与留意，有关情况才有了一定程度的调整和变化。进入 19 世纪之后，"在生态观念支配下，把动物当作生命主体来书写的动物叙事"（即"主体型动物叙事"）开始出现。到了 20 世纪以后，这种类型的作品[2]所呈现出来的是数量上日渐增多并且思想和艺术方面不断地走向深入的发展态势。

---

[1] 唐克龙：《"主体型动物叙事"：蔡世平作品的一个面向》，王兆鹏主编：《南园词评论》，中国青年出版社 2015 年版，第 157 页。

[2] 在国外，这方面的作品为数不少，其中的名作有"加拿大作家厄尼斯特·汤·西顿的大批动物文学作品、法利·莫厄特的生态文学系列、英国作家乔治·奥威尔的《动物庄园》；日本作家椋鸠十的动物小说系列、夏目漱石的《我是猫》"，以及英国作家约瑟夫·鲁德亚德·吉卜林的《丛林之书》、美国作家杰克·伦敦的《野性的呼唤》、奥地利作家弗朗茨·卡夫卡的《变形记》、苏联作家加夫里尔·尼古拉耶维奇·特罗耶波利斯基的《白比姆黑耳朵》等。参见朱宝荣《动物形象：小说研究中不应忽视的一隅》，《文艺理论与批评》2005 年第 1 期。

相对而言，以植物形态现身的人物叙述者直接参与叙事进程里的艺术作品要更少见一些，由此而取得的效果和成就却是有目共睹、不容低估的。对此，我们可以两位诺贝尔文学奖得主的两部重要作品为例来进行相应说明。波兰作家奥尔加·托卡尔丘克于2018年、2019年先后获得布克国际文学奖和诺贝尔文学奖，《太古和其他的时间》是这位作家广受赞誉与好评的一部长篇小说，其中的"椴树的时间"这个章节里的椴树就是一个特殊形态的人物叙述者，作家采用它在叙事文本中展开了相对具体而又独特的聚焦与叙述①。土耳其作家奥尔罕·帕慕克于2006年荣获诺贝尔文学奖，他的代表作《我的名字叫红》之"10、我是一棵树"中的树（"我"），作为小说文本里多个非常规形态的人物叙述者②当中的一员，最初看起来却并不是那么地引人注目。

在帕慕克的这部小说中，随着具体的叙述过程的推进，我们其实

① 《太古和其他的时间》的小说文本共有84个章节，各个章节中所运用的叙述者从类型上看较为丰富多彩，除了生活在现实世界里的人物（如：磨坊主米哈乌夫妇及其家人、麦穗儿母女、地主波皮耶尔斯基及其家人、教区神父、埃利、弗洛伦滕卡、拉比、匠人博斯基及其家人、乌克莱雅、德国军人库尔特、俄国军人伊凡·穆克塔）之外，还出现了天使、恶人、圣母、小咖啡壶、欧白芷、溺死鬼普卢什奇、上帝、菌丝体、死者老博斯基、椴树、名叫"洋娃娃"的母狗等分别以神灵、鬼怪、亡灵和植物、动物、微生物、非生物形态出现的，乃至包括比拟型与超能型在内的多个种类及具体类型的非常态人物叙述者。在其中的"椴树的时间"这个部分，可以看到如下的句子："树木不知道在一年四季的变化中存在着时间，不知道这些季节是一个接着一个轮流出现的。对于树木而言，所有季节都一起存在。冬天是夏天的一部分，秋天是春天的一部分……"，"在树木看来，人是永恒的——总是有人穿过椴树的树荫在官道上行走，人不是凝固的，也不是活动的。对树木而言，人是永远存在的，然而也同样意味着，人似乎从来就没有存在过"，它们是树木进行聚焦和叙述的产物。参见［波兰］奥尔加·托卡尔丘克《太古和其他的时间》，易丽君、袁汉镕译，四川人民出版社2017年版，第238页。
② 土耳其作家奥尔罕·帕慕克的长篇小说《我的名字叫红》具体由59个小节构成，每一个小节各有一个负责讲述故事的叙述者，叙述者的形态、状貌的特点以及种类、类型的丰富和复杂的程度可谓令人感到叹为观止。其中，非常规形态的人物叙述者为数不少，具体来讲又是多种多样的。如果对叙事文本里曾经多次出现和使用的、具有生命力的人化人物叙述者（如：黑、凶手、姨父、奥尔罕、艾斯特、谢库瑞、"蝴蝶"、"鹳鸟"、"橄榄"、奥斯曼大师、自称为"一个女人"的说书人先生）暂且不论，在这部小说的文本中依次现身的死人、狗、树、金币、死亡、马、撒旦、"已经死了一百一十年"的两个苦行僧等，所涉及的是已经失去了生命的人化的人物叙述者（即：幽灵型人物叙述者）和以动物、植物、非生物等形象及相应形态现身的多种非人化的人物叙述者，这些艺术形象无疑都属于具有典型性的非常态人物叙述者。

不难发现，"10、我是一棵树"里的"我"既与"真正的树"有关，又和一张飘零的图画、一本精美的手抄绘本乃至波斯王塔赫玛斯普、马什哈德总督易卜拉欣·密尔萨苏丹、奥斯曼帝国等存在牵连，所以当读到和面对如下话语："我是一棵树，而且我很寂寞，我在雨中哭泣……"① 以及"我不想成为一棵树本身，而想成为它的意义"② 的时候，很可能会被文本中不同寻常的这棵树（"我"）及其显得十分新奇、独特的讲述成功地吸引与捕获。须承认，在开始阅读长篇小说《我的名字叫红》中"10、我是一棵树"这个部分的叙述文字之时，人们主要是试图梳理和弄清与之有关的故事以及情节，于是决定紧跟这个形态颇为特殊的叙述者去叙事文本里一探究竟，到了最后确实会感到有些出乎意料，却又禁不住主动、自觉地陷入一种沉思之中，进而要去为作家帕慕克在叙述策略上的精巧处理和细致安排大声地喝彩。

　　经过考察后我们还发现，在中国文学的发展过程中，动植物以及非生命物质（如：日月星辰、风霜雨雪、山川河流等）被写作者予以关注、书写和呈现的频率很高，它们经常在各种体式的文本里存在、现身、说话。众所周知，我国的先秦古籍《山海经》包含了极为丰富、复杂的知识、内容和信息，涉及了山川、动物、植物、矿物、历史、地理、气象、风俗、宗教、医药、神话传说等。书中的动植物普遍充满神异色彩，相对于多半从叶、茎、花、实、根以及效用几个方面来进行描述和记录的植物，动物③光从外形上来看就足以形成一种特

---

① ［土耳其］奥尔罕·帕慕克：《我的名字叫红》，沈志兴译，上海人民出版社 2006 年版，第 56 页。

② ［土耳其］奥尔罕·帕慕克：《我的名字叫红》，沈志兴译，上海人民出版社 2006 年版，第 60 页。

③ 相关研究表明，它们多为异乎寻常的神怪形象，"与自然界原有的动物形象有许多相似之处，而后又慢慢演变成了人们文化生活中的一部分"，"《山海经》中所记 400 多个神怪形象，其中，以兽类最多，约 120 种；神次之，约 80 种；鸟类再次之，约 70 种；鱼类约 40 种；蛇类约 17 种；剩下的为虫、龟、人和其他物种等。但此处的神怪形象，和今天的动物形象已大不一样，它们更像是不同物种的拼接"，不少神怪形象"是将人与动物的身体、器官进行增减、异位、夸张等变形和组合后形成的"。参见康亚飞《基于〈山海经〉神怪形象的传播符号学研究》，《重庆广播电视大学学报》2020 年第 3 期。

殊的吸引力（比如：人面、龙首、多头、多目、一目、多身、多翼、一翼、多足、一足、多尾等）。而且，这些名称和种类不一而足的动物会被人吃（有时可以用来治病）也会吃人，既被人膜拜又供人役使，它们的存在与出现常常被认为与战争、祸祟、灾害等具有一定的关系。

与西方文学略有差别的是，中国文学中关于植物的反映和表现十分普遍，并且足以给人留下极为特殊、深刻的感觉和印象。从总体上说，植物作为用来表情达意的一种相对常见的意象与载体，可谓类别丰富、形态万千，在我国很早就已经形成了独特的草木抒情传统。我们注意到，它们还经常参与有关作品的叙事进程，对情节发展、场景设置、形象塑造、主题表达等具有比较特别的作用和影响。当然，出现在叙事文本里的植物早已不是纯粹的自然之物，由于人的感情、思想和精神的注入与参与而使它们成了可以将人与物关联起来的重要媒介物。值得人们加以留意的是，六朝时期的志怪小说中出现的既和草木直接有关，又与比拟（包括拟人、拟物）紧密相连的变形①（即：叙事文本里的草木在外显的形态方面偶尔或者频繁地发生明显改变的现象），而且内中情形实际不无复杂之处②。从唐代到宋元时期的小说创作里，草木精怪形象则是较为常见的，此类艺术形象不仅"拥有人的外表，还具有人的情感和思维"，可谓几乎"与人类无异"。

《广异记》《玄怪录》《酉阳杂俎》《集异记》《博异志》《太平广记》等的文字记载中均不乏与此有关的故事，其中出现的一个令人印

---

① 变形是"指艺术中对表现对象的性质、形式、色彩和行为方式等方面的畸变。艺术中的变形，有些是作者不自觉的。人对外界刺激的反映，由于受到活动主体心理素质的影响，不会和客观事物完全吻合，总是会产生知觉上、情绪上和审美体验上的某种变形。但一般指一种艺术表现手法，运用夸大、歪曲、不合常理的堆砌拼接等方法，使表现偏离人们习见的日常生活，以达到具有更大的表现力和审美感染力。变形是一些传统艺术和许多现代派艺术普遍运用的一种重要手法"。参见王纪人、李子云、陈思和等主编《大辞海·中国文学卷》，上海辞书出版社 2015 年版，第 15 页。

② 有人提出，这种变形首先涉及的是文学形象的形式层面的变化，至于外形发生变化的原因，具体来讲，有时是由外力所引起的，比如："《搜神记》卷十八《陆敬叔》，大樟树被砍后成为一种名为'彭侯'的怪物，它长着人的脸，身子却如无尾黑狗"，有的时候并没有什么比较显著的原因与理由，草木也会直接"幻化为动物，或牛或蛇等"，以及"变成另一种与草木完全没有关系的生物体"。参见张娇《明清小说"草木"叙事研究》，硕士学位论文，浙江师范大学，2017 年。

象颇为深刻的情节具体是这样的：不少才貌双全的女子实际上是由某种植物（树、花）、动物（狐）或者物品（古镜）等化身而成，这些艺术形象在和人类进行接触、沟通、交流的过程中，不仅可以实现相互了解与信息互换，还能够与人结下一段深厚的友谊乃至美好的姻缘等。与六朝志怪小说相比，唐代以及宋元时期的此种叙事类文学作品里"物⇌人"的变化已经突破外显的形态本身，而涉及了意识、精神、心理等更为内在、深入和隐秘的层面。我们完全可以将它视作相对复杂和有趣的艺术创造与处理的具体表现，明显具有奇幻性质的志怪类小说创作则是由此而取得的一种相应成果。

　　到了明清时期，处于文坛中的创作者对精怪叙事传统可以说作了进一步的延续和发展。有人对明清小说中关涉草木的叙事现象进行过专门性的考察、分析与研究之后，发现相关的叙事虚构类的文学创作里普遍地"增加了对草木的拟人化遐想，而且也增强了精怪身处于市井之中的真实感，加深了存在的真实感"①。多种和草木有关的物象与人物、情节、环境、主题（乃至更为阔大的视野和范围之中的神话、传说、历史、风俗等）可谓较为密切地交织和渗透、结合和融会在一起，已经直接参与并且正式介入了具体的叙事文本的建构与生成的过程当中，这在《西游记》《警世通言》《醒世恒言》《镜花缘》《聊斋志异》《红楼梦》《雷峰塔奇传》《兰花梦奇传》等知名度并不低的多部作品中均不缺少相对明显而又较为具体的反映和体现。

　　此处，我们可以列举其中的两个例子来稍加说明和解释。蒲松龄的《聊斋志异》里《香玉》一文的男主人公黄生所痴恋的素衣女子香玉实为花妖，她可以在人与物之间快速而自由地穿梭、变化（根据实际的需要，这个艺术形象既可以人形现身又可变回牡丹），香玉不仅在言语、行为、性情方面与人相通，甚至能够超越生死（指死而复生），这个文学形象由此而被塑造得非常地特异和神奇。相对而言，曹雪芹的《红楼梦》起始部分（第一回　甄士隐梦幻识通灵　贾雨村

---

① 张娇：《明清小说"草木"叙事研究》，硕士学位论文，浙江师范大学，2017 年。

风尘怀闺秀）关于“草→人”的情节以及叙述文字①，对叙事文本中林黛玉这个著名的人物形象的塑造虽然可以说确实起到了一定的功能和作用，绛珠仙草本身因为一份情意而“得换为人”（变形）这样一个较为特殊、离奇甚至不无神幻之感的因素，却并没有更进一步（或者说富有深度感地）参与小说文本里随后较为具体、曲折与复杂的故事及其发展、演变的过程中，所以它在这部清代的古典名著里所发挥的具体功效，不得不说实际上要更加有限和简单一些。

　　在中外文学的发展史上，变形实为一部分文艺创作中并不鲜见的一种现象，它广泛地存在和流传于世界各个区域和族群的民间性非常突出的神话、传说、故事以及由作家所创作的一些文学作品中。而且，为数不少的作品里似乎从来不缺乏与变形有关的艺术形象以及相应的情节、故事等。在此，我们很快就会想到国外的几部（篇）和变形有关的广为人知的文艺创作。在古罗马奥维德的神话叙事诗《变形记》（*Metamorphōsēs*）中，“变形是叙事的主题”，“叙事聚焦于变形，即形体的变化。形体的变化就是状况的变化，即叙述的事件，因为在叙事中‘事件是状况的变化’或者是‘由行动者所引起或经历的从一种状况到另一种状况的转变’，即‘过程’”，比如：“海神普洛透斯（Proteus）经常变换形体：有时是青年的人形，有时是动物，如狮子、野猪、蛇和公牛，有时是无生物，如石头、树、流成河的水或火”②。古罗马阿普列尤斯长达 11 卷的长篇小说《金驴记》（*The Golden Ass* 或 *Goldener Esel*），其中的主人公卢基乌斯“先由人变驴，后由驴变人”③。

---

　　① 它讲述的是“木石前盟”之事，这通常被认为是宝黛二人宿命般的爱情姻缘的一种预示，故事的具体内容如下：西方灵河岸上三生石畔的一株绛珠仙草，有幸得到了原为娲皇补天未用之石的赤霞宫神瑛侍者的关注与呵护，“后来既受天地精华，复得甘露滋养，遂脱了草木之胎，得换人形，仅仅修成女体，终日游于‘离恨天’外，饥餐‘秘情果’，渴饮‘灌愁水’。只因尚未酬报灌溉之德，故甚至五内郁结一段缠绵不尽之意，……”，在神瑛侍者下世为人后，决定要同去走一遭。参见（清）曹雪芹《红楼梦》（校注本·一），北京师范大学出版社 1987 年版，第 4 页。
　　② 江澜：《论奥德维〈变形记〉中物的哲学与叙事》，《广东外语外贸大学学报》2021 年第 1 期。
　　③ 江澜：《论阿普列尤斯〈金驴记〉中“我”的三重身份》，傅修延主编：《叙事研究》（第 2 辑），上海外语教育出版社 2020 年版，第 233 页。

奥地利作家弗朗茨·卡夫卡的《变形记》（*Die Verwandlung*，1912）里，在小说文本的起始部分就出现了令人感到十分震惊的一幕——旅行推销员格里高尔·萨姆沙有一天早晨从睡梦中醒来，发现自己变成了一只大甲虫，此后的一系列情节可谓据此而得以陆续展开。波兰作家布鲁诺·舒尔茨的《父亲的最后逃亡》（"*Father's Final Escape*"，1937）讲述的是已经死去的父亲化身为一只鳌虾归来并被家人认出，后来拼尽全力才得以离开去继续他的"无家可归的流浪"的故事。法国作家欧仁·尤奈斯库的剧作《犀牛》（*Rhinocéros*，1958）中，在出版社工作的贝兰吉目睹了自己周围几乎所有的人都主动或者被动地变为犀牛的事件，这让他的内心深处充满了恐惧、孤独、忧伤乃至绝望。在中篇小说《乳房》（"*The Breast*"，1972）里，美国犹太裔作家菲利普·罗斯为我们呈现出来的则是一个颇为奇特的故事，具体写了身为文学教授的主人公大卫·凯普什在一天凌晨身体突然发生变形，竟然变成了一只重达155磅的乳房的事情以及有关经历。

仔细地想一想之后应该不难看出，这些叙事文本中的艺术形象在外形上所发生与出现的显著变化，其实并不仅仅具有外显形态方面的某种含义和意味，它还与更加内在、丰富和复杂的思想、感情、观念、想法、意图、旨趣等不少东西存在颇为深入、细致和密切的关联，因为在比较具体而又很可能不止一次地发生变形的过程中，为同一个形象所拥有的人性、妖性、仙气、神性乃至动植物原本就已经具备的一些具体而又独特的相关属性与特点等，往往会呈现此消彼长、交织重叠的状况。我们并不认为它们会与某种相对固定的外显形态（比如：人、花、草、蛇、鱼等）必然地存在融合共生或者同时并存的关系①，

---

①　明代冯梦龙编纂的《警世通言》之《第二十八卷　白娘子永镇雷峰塔》中的白娘子就是一个外显形态（以及相对内在的性格、品质等）不无复杂之处而不宜简单、直接地进行判断和评价的人物形象，具体的理由如下：一方面，她拥有"如花似玉体态"，心灵手巧、能说会道而且非常地善解人意，曾经在杭州西湖遇到许宣并且和他结下一段情缘，"一时冒犯天条"，是一个颇为招人喜爱的形象；另一方面，依据小说文本里的有关文字可知，白娘子原本是"三尺长一条白蛇"，经"千年修炼"而成，思路清晰、心有城府、办事老练，十分善于运用一定的方法和手段来对待自己深爱的许宣。有的时候，为了达到个人目的甚至不（转下页）

人们完全可以对二者分别进行相应的探讨和研究，具有变形特征的艺术形象本身实际上不失为一个值得加以特别关注的具体对象。而且，我们绝不能简单、直接甚至态度坚决和语气肯定地说，艺术创作中唯有人化（即：以人的外形显现出来）并且接近于常规形态的形象才是最为正常和合理、自然和可爱的，非人化（即：不以人的外形显现出来）的非常规形态的形象则无一例外地会令人感到十分地畏惧与恐怖、可鄙与厌恶，因此这些形象是不正常或者不可爱的。出于多种需要和意图而得以制作与产生、出现与存在的创造物本身，其实远比人们根据具体显露在外的形态所作的感知和解读、设想和把握还要丰富、生动、复杂。比如：中国的伏羲和女娲①，埃及的孟图神像②、狮身人面像③，印度

（接上页）惜去利用、说服、迷惑和欺骗他，尽可能让对方充分信任自己，完全不对自己的所作所为生疑。哪怕个人的动机以及意图偶然间被人看透、识破，白娘子也常常能够快速地想出与找寻到相应的补救措施，及时进行行之有效的应对和处理。这个"业畜妖怪"偶尔会"张开血红大口，露出雪白齿"，作咬人状，却几乎从来"不曾杀生命害"。参见（明）冯梦龙《警世通言》，天津古籍出版社 2004 年版，第 290—310 页。

　　① 伏羲、女娲是中国神话中两位很重要的人类始祖，相传兄妹二者成婚而繁衍了人类。在汉代的画像中，伏羲和女娲都以人面蛇身的形象出现，前者手执圆规，后者手执方矩。

　　② 已有研究表明，"孟图神是古代埃及最古老、最重要的神明之一，是底比斯地区的主神。其形象特征为鹰头且头顶有用两根羽毛装饰的太阳圆盘。最早与孟图神相关的铭文出现在古王国第 6 王朝时期（约公元前 24 世纪）的南方底比斯墓葬中，在第 11 王朝时期（约公元前 21 世纪）达到顶峰，这一时期的法老均以孟图神命名。到了新王国时期（约公元前 16 世纪），孟图神以战神、守护神的形象出现在文献中，在古埃及晚期（公元前 664—前 332 年）则以圣牛的形象继续接受供奉直至公元 4 世纪"。孟图神像为鹰首人身及牛首人身。参见贾笑冰《古埃及孟图神庙的千年兴衰》，《光明日报》2019 年 9 月 23 日。

　　③ 将分别出现在《大辞海·美术卷》（徐建融、潘耀昌、魏劭农等主编，上海辞书出版社 2012 年版）的第 282—283 页、《大辞海·文物考古卷》（王仲殊、朱凤瀚主编，上海辞书出版社 2015 年版）的第 217 页、《大辞海·世界历史卷》（金重远、孙道天主编，上海辞书出版社 2015 年版）的第 10 页中的 3 个关于狮身人面像的条目综合起来进行考察，我们可以对"狮身人面像"作以下解释：亦称"斯芬克司"，古埃及的一种石雕像。最著名的是开罗近郊吉萨（Giza）古王国第四王朝法老哈夫拉（Khafra，约前 26 世纪）金字塔附近的巨大狮身人面像；长约 57 米，高约 20 米，面部长达 5 米。它约作于公元前 2500 年，身体为呈卧姿的狮身，面朝东方，姿态巍然，雕像主体由天然岩石凿成，但前爪部分是雕刻后再拼接的。头部一般认为是古埃及第四王朝法老哈夫拉的头像，脑后雕有鹰的形象。狮身人面像体现了埃及国王至高无上的统治地位和独有的神权，是古埃及奴隶制专政的象征。

以及中国的共命鸟①、迦陵频伽②，丹麦的小美人鱼③等。对于著称于
世的狮身人面像，我们完全可以进行不止于单一层次的认识和理解。
首先，它是具有实体性、超现实性以及美感的人造物（雕塑），通过
将人（古埃及法老哈夫拉）与物（狮、鹰等）巧妙地结合起来的方式

---

① 共命鸟一般是指神话中一种人首鸟身的动物。有人说，它是"佛教中传说的耆婆耆婆迦
鸟，又称命命鸟、生生鸟等，是在佛教经典中极为常见的一种奇异禽鸟"，在《法华经》《大般
涅槃经》《方广大庄严经》等多种佛典里，"共命鸟是与一种叫声美妙、飞翔在佛陀经历过的美
好园林及天国极乐世界中的神鸟"。在佛教中，共命鸟"曾被借用作'恶友'这样的因果比喻"，
但主要是"神奇美妙和'善'的象征"。共命鸟不仅是印度佛教艺术中的著名形象，在古代的中
国它也时有存在与出现，又主要借助绘画（隋唐时期的佛寺壁画以及金银器饰里均不乏共命
鸟的图像）、雕像（唐代双头鸟的鎏金铜造像、黏土制作的共命鸟俑，二者皆为人头与鸟身的结
合）与文学（唐司空图的《共命鸟赋》中有云："西方有鸟，有名共命者；连腹异首，而爱憎同
一。伺其寐，得毒卉，乃饵之，既而药作，果皆毙……"）等艺术形式而得以形象、生动地展现
出来。参见赵超《雪泥鸿爪：中国古代文化漫谈》，三晋出版社 2015 年版，第 63—65 页。
② 迦陵频伽也是一种人首鸟身的形象。"从迦陵频伽文献的记载上看，它是一种美音鸟，或
称作妙音鸟。由于声音很好听，佛经中将迦陵频伽的声音视为佛音来看"，在佛经中迦陵频伽和共
命鸟出现的频率都较高，它们"表达的是两种鸟和两个概念"。"对于二者的定义，文献云：'迦陵
频伽，经中或作歌罗频伽，或云加兰伽，或云羯罗频迦，或言毗伽，皆梵音讹转也。迦陵者，好。
毗者，声。名好声鸟也。命命，梵言耆婆耆婆鸟，此言命命鸟是也'"，"且在发出的声音所表达的
功用亦有不同，如文献中所述：'紧那罗声者，歌音美妙故。迦陵频伽声者，韵清亮故。梵声者，
出远去故。命命鸟声者，初得吉祥一切事成故。'"有关学者还注意到，"从敦煌壁画中的迦陵频伽
图像的出现或者说生成之始，迦陵频伽的图像就与共命鸟的图像并未做区别。并且二者均为人首鸟
身，这是使人迷惑之处。如在榆林窟21窟中，刻画出手持弯颈凤首琴的共命鸟；莫高窟172窟中
刻画了手持反弹琵琶的共命鸟形象；莫高窟148窟中刻画了手持琵琶的共命鸟形象……莫高窟172
窟中既有迦陵频伽，又有共命鸟的形象。在壁画中，共同出现，难免使人认为二者没有多少区别。
视觉上，共命鸟是两个人首，而迦陵频伽只是一人首。如若不从佛经中寻找二者的不同，很难将
二者区分开来"，"敦煌壁画中，共命鸟与迦陵频伽的比例，以迦陵频伽的数量为最多。迦陵频
伽手中所持乐器的种类较共命鸟的乐器更为丰富。共命鸟手持乐器主要是琵琶和弯颈凤首琴"。
参见张东芳《羽人瓦当研究》，知识产权出版社 2018 年版，第 150—151 页。
③ "青铜雕塑。高 1.25 米。丹麦雕塑家埃里克森（Edvard Eriksen, 1876—1959）作。完成于
1913 年。在丹麦首都哥本哈根长堤公园内。原型来自安徒生童话《海的女儿》。1909 年，丹麦啤酒
制造商、嘉士伯创始人之子卡尔·雅各布森（Carl Jacobsen, 1842—1914）观赏了哥本哈根皇家剧
院据此改编的童话芭蕾舞剧后，委托埃里克森制作小美人鱼的雕像，并邀请该剧演员担任模特，而
躯干部分的模特则由雕塑家的妻子担任。"参见徐建融、潘耀昌、魏劭农等主编《大辞海·美术
卷》，上海辞书出版社 2012 年版，第 274 页。关于美人鱼形象，东西方都曾经有过不少传说与记
载。有学者提出，"美人鱼是普遍于世界的组合型神话动物"，"美人鱼有种种变体或幻形，但都是
'鱼'和'人'（尤其是女体）结合。她主要在水里生活，用鳃或'隐藏'在口鼻中的'隐腮'生
活。有的像两栖类，能够在水岸上活动"。参见萧兵《美人鱼——性、生命与死亡的意象》，上海
文艺出版社 2007 年版，第 3、5 页。

而得以直观地展示和呈现给大家。其次，它是具有神性的统治者（神王）的象征。这个形象本身具有一种神秘感、隐喻性和象征性，如果从最为著名的狮身人面像的名字——斯芬克司①来看，它应与希腊神话中带翼的狮身女怪有关，介于人、兽、神、怪之间而又可以将各方关联起来，其言行举止足以让人深感震惊与敬畏。再次，它还是有明确目的性的人类理念与精神的具体产物和结晶。在最初诞生与出现之时，它就被赋予了超越一般性实物的特殊意味，具有异常丰富和特别的含义以及意蕴，可谓与神话、信仰、政治、历史、文化等有着一种相对紧密的关系。

　　如果从变形以及变形的具体程度方面来讲，狮身人面像其实又不是十分彻底的创造物。由肉眼可见的表象来观之，它更加接近于将人与兽的外显形态进行一种简单组合或直接拼接的产物。但是，如果将它与比拟这种涉及思维问题的修辞方式与手段结合起来进行思考②，则可以有不一样的发现。我们认为，拥有奇特外形的狮身人面像是古埃及人极具想象力和创造性的产物，既体现出了力求把狮、鹰等动物所具有的特质和本领添加在人的身上，以促使人类进一步繁衍生息并且能够变得更加强大的愿望，同时又不乏企图将人的权力、地位、意志和品格等给予（这本身或许不无一种惠及、施与的气息和意味）某些动物，令它（们）的能耐和力量得到显著增强进而可以更好地为人类所利用、服务与效力的有关意图、心理以及考量。由此来看，狮身人面像的身上可谓存在（兼具）拟人与拟物两者的双重痕迹以及相应影响。通过将人与物的外形（这是二者的身体相对具体、直观的表

---

　　① 斯芬克司是希腊语 Sphinx 的音译，为"希腊神话中带翼狮身女怪。传说她常令过路行人猜谜，猜不出即杀害之。后谜底被俄狄浦斯猜破，遂自杀。今每用以隐喻'谜'样的人物"。参见草婴、夏仲翼、谭晶华等主编《大辞海·外国文学卷》，上海辞书出版社 2015 年版，第 457 页。

　　② 我们知道，比拟具体包括拟人和拟物。拟人、拟物与人、物的表象不无关联，而表象可谓是"在感觉和知觉的基础上所形成的具有一定概括性的感性形象。通过对记忆中保存的感觉和知觉的回忆或改造而成。感性认识的高级形式。是对客观世界的直接感知过渡到抽象思维的一个中间环节"。参见冯蕙、朱贻庭、汤志钧等主编《大辞海·哲学卷》，上海辞书出版社 2015 年版，第 108 页。

现）有意识地加以不无关联性的奇妙结合，不仅可以由此创造出一种新式的、自然界从来不曾有过的特殊形象，还能够赋予这种新形态的艺术形象以全新的以及具有一定的形而上色彩的意味、特性乃至精神内涵与实质。

　　比拟型人物叙述者是介于人化与非人化的非常态人物叙述者之间的一个比较特殊的具体类型，可谓既和以动物、植物及非生物形态呈现出来的叙述者具有很大的关系，又与它们存在不小的需要加以留意、思考的差异和区别。在我们的眼中，此类非常规形态的人物叙述者最为独特和吸引人的地方就在于其自身的可变性与混合色彩。① 而且，由它（们）具体负责展开的比拟（模拟）叙事似乎并不存在所谓必须严格加以遵循、贯彻以及实施的原则和规约、要求和限制等，由此给处于叙事文本之内的叙述者、隐含作者和身在文本之外的作家本人，提供了一个非常开阔的、可以用来尽情地进行表演与发挥才情的空间、场地以及舞台。如果一定要寻找和追问这类特殊形态的人物叙述者的诞生、出现及其所作的相对具体的讲述是否存在有关依据及基础的话，人们或许可以这样说——它主要受益于作家自己超乎寻常的艺术想象力、创造力，以及艺术作品的创作和接受的实际需要。

　　在 20 世纪中国文学中，启用动植物、非生物等更多地与"物"有关的艺术形象负责承担部分或者说整体的故事讲述任务的具体创作，数量上其实并不算少（我们发现，其中的一个重要的组成部分实际上是儿童文学类的作品）。例如：叶圣陶的《稻草人》（1922）、《古代英雄的石像》（1931），老舍的《狗之晨》（1933），张天翼的《宝葫芦的秘密》（1958），王蒙的《木箱深处的紫绸花服》（1983），陈应松的《豹子最后的舞蹈》（2001），姜戎的《狼图腾》（2004），沈石溪的《狼王梦》（1990）、《雪豹悲歌》（2009），叶炜的《狼王》（2018），

――――――――――――

　　① 具体来说，比拟型的非常态人物叙述者从外形方面可以分为两个具体的类型：一个类型是在人与物之间来回地转换、变化，可以时而为人时而为物（非人）；另外一个类型是最初及后来一直以介于人和物之间的某种特殊形态现身与存在。值得注意的是，看似具有一定差别的这两个类型的比拟型人物叙述者的身上都同样具备和拥有人与物的双重属性。

金曾豪的《狼的故事》（2017）、《断尾狼》（2019）等。客观来看，采用比较成熟与出色的、可以称之为比拟型的非常规形态的人物叙述者的文艺作品要略微少见一些，这种颇为特别的叙述者所呈现出来的价值和意义却可谓不容置疑。它（们）不仅可以充实与丰富 20 世纪中国文学中叙述者（包括非常态的人物叙述者）的具体形态以及相关类型，与此同时，还可以让更多的人比较清楚地看到从五四时期直到今天我国的几代文艺工作者用心继承传统、不断开拓创新的探索与尝试、努力与追求，以及由此而在具体、实在地开展和进行文学创作的过程中试图企及的层次与高度，和事实上渐趋达到的、与之相应的一种程度以及水平。

二 猫人： 讲述猫国故事的介于人、 兽间的特殊物种

（一）老舍的《猫城记》

在 20 世纪的中国文学史上，老舍是一位具有突出的创作才能和毅力并且取得了显著成就的著名作家。几十年的时光里，他已经被人们确认为新文学的六位首席作家（即："鲁郭茅巴老曹"，由鲁迅、郭沫若、茅盾、巴金、老舍和曹禺一起构成）中的重要一员。从 20 世纪20 年代初期开始发表短篇小说和新诗①直至 1966 年 8 月下旬沉湖离世，在超过 40 年的创作历程中，老舍陆续写下了接近一千万字的作品。就其中的文艺创作而言，涉及的是小说、戏剧、散文、诗歌、曲艺等多种文体形式，为我们留下了数量可观的一系列脍炙人口的名篇

---

① 当代学者樊骏在颇有分量的长篇评论文章《认识老舍》（该文原为老舍学术讨论会上的发言《老舍二十年祭》中的一部分，后来连载于《文学评论》1996 年第 5 期、第 6 期上）中曾经提出："老舍于 1926 年正式登上文坛。"在同一篇论文里，这位学者还为这句话加了一条注释："这是指他的第一部长篇小说《老张的哲学》1926 年 7 月起在《小说月报》上连载而言的。此前，他已发表过一些习作性质的作品，如 1921 年 2 月发表在日本广岛师范中华留广新声社出版的《海外新声》第 1 卷第 2 号上的短篇小说《她的失败》和新诗《海外新声》，发表在 1923 年 1 月出版的《南开季刊》第 2—3 期合刊上的短篇小说《小铃儿》。但这些刊物都不是面向社会公开发行的文学期刊，自然无法引起文坛和一般读者的注意。"参见樊骏《认识老舍》，崔恩卿、高玉琨主编《走近老舍——老舍研究文集》，京华出版社 2002 年版，第 1—2 页。

佳作，老舍本人完全称得上是一位既优质又高产的文学家。

　　老舍十分乐于并且善于耐心、细致地观察、面对和体会现实生活，深入、透彻地打量、思考以及审视各个方面所存在的具体现象和问题。可以这样说，他对诸多的人与事不免深切地感到忧虑、担心、沮丧、不满甚至愤懑，而又时常心怀困惑、感伤、痛惜以及温暖、悲悯之情，哪怕自己的眼睛和心灵在哭泣甚至滴血，却依然愿意尽力地挤出一脸带着泪光的笑去进行不无诙谐、幽默色调的艺术安排与处理，试图对长期饱受疾患、乱离之苦的民众及其人心与人性予以适当的慰藉、安抚和诊疗。他始终相信这个世界尚未令人彻底地觉得灰心、失望和悲观，日子完全有可能因为更多的人（包括他本人在内）的勤勉付出与努力而可以变得略微地好过一点儿。数十年间，老舍一直坚持竭尽全力而不作迟疑与保留地对待并且投入文艺创作的事业当中，堪称一心要为伟大的国家、民族和普通平凡的芸芸众生而诚诚恳恳、兢兢业业地工作的"人民艺术家"。

　　我们认为，老舍并不是一个传统意义上的现实主义作家。在多部（篇）文学作品中，他曾经对教育体制、行政机构、国民性格、伦理道德、民生疾苦、阶级关系、革命运动、政治信仰乃至世界局势等进行过一些深入而又细致的书写、讨论、反映以及表现，其中的观点、见识均不乏过人之处，因而显现出了不低的意义和价值。当然，人们却并不能据此而轻易地去作一种相对简单、直接以及多少有些模式化和类型化的推测、认定与判断。必须承认，作为一位在有生之年已经跨越了现代和当代这两个不同时段的作家，老舍似乎不大容易被某种单一化、标签化的思想和理念牢牢地框定、支配及掌控，或者说，较为轻巧、随便地就为一种潮流或者趋势所吸引、捕捉与裹挟。透过作家老舍运用不无自身特色的语言和文字书写下来的实在、具体而且数量并不算少的文学创作，总是可以让人看到（甚至发现）真正属于他自己的，更加乐意去认真、仔细地进行思索、探讨、言说以及关心、喜爱和珍视的不少东西。当然，如果从另外一个角度来讲，由此又或许会促使老舍及其作品极容易被有的人无意或者有意地加以误读、误解和曲解，进而招致许多令人感觉颇为遗憾、烦恼、困扰的否定、质疑以及责难，乃至遭遇到让个体生命通常难以招架及承受的伤害与侮辱。

老舍始作于山东济南的《猫城记》，一般被看作他继《老张的哲学》①《赵子曰》②《二马》③《小坡的生日》④ 之后发表的第五部长篇小说。这部小说最初连载于《现代》杂志第 1 卷第 4 期（1932 年 8 月）至第 2 卷第 6 期（1933 年 4 月），单行本于 1933 年 8 月由现代书局出版，1947 年 3 月又由晨光出版公司出版修订版。近些年来，《猫城记》已经收入了由人民文学出版社于 1984 年 5 月出版的《老舍文集》（第七卷）和于 1999 年 1 月出版的《老舍全集》（第二卷）中。从 20 世纪上半期直到现在，这部长篇小说已经有日、英、俄等多种语言的译本在国外出版、流传，得到了为数不少的读者与评论者的肯定、赞许和好评。就国内的接受情况而言，还需要看到，在一个并不太短的时期里，小说《猫城记》曾经成为一部颇为敏感、特殊的文学创作。近年来，有人提出它不失为导致作家老舍提前走向生命终点的一个不可忽略的缘由。

---

①　《老张的哲学》写于 1925—1926 年，1926 年 7—12 月连载于《小说月报》（第十七卷第七至十二号）上，单行本于 1928 年 1 月由商务印书馆出版。近年来，已收入由人民文学出版社于 1980 年 11 月出版的《老舍文集》（第一卷）和于 1999 年 1 月出版的《老舍全集》（第一卷）中。

②　写于 1926 年的《赵子曰》，1927 年 3—11 月发表于《小说月报》（第十八卷第三至八号及第十、十一号）上，单行本于 1928 年 4 月由商务印书馆出版。近年来，已收入由人民文学出版社于 1980 年 11 月出版的《老舍文集》（第一卷）和于 1999 年 1 月出版的《老舍全集》（第一卷）中。

③　《二马》写于 1928—1929 年，1929 年 5—12 月连载于《小说月报》（第二十卷第五至十二号）上，单行本于 1931 年 4 月由商务印书馆出版。近年来，已收入由人民文学出版社于 1980 年 11 月出版的《老舍文集》（第一卷）和于 1999 年 1 月出版的《老舍全集》（第一卷）中。

④　1929 年写于新加坡的《小坡的生日》，1930 年在上海完成。1931 年 1—4 月连载于《小说月报》（第二十二卷第一至四号），单行本于 1934 年 7 月由生活书店出版。近年来，已收入由人民文学出版社于 1981 年 5 月出版的《老舍文集》（第二卷）和于 1999 年 1 月出版的《老舍全集》（第二卷）中。由于文本篇幅方面的原因，有的学者曾经把《小坡的生日》放入中篇小说的行列。

从文学体裁方面来看，人们关于《猫城记》的认识总体上并不存在较为明显的意见分歧。它通常被认为"是一部寓言体的讽刺小说"，"也有人把它归入科学幻想小说中的一大流派的'社会幻想小说'"。① 也就是说，《猫城记》被大家普遍视作具有寓言性质的叙事虚构类作品，它所记述的是关于火星上的猫国出现的多种现象和问题，而不是人类生活的地球上确实存在与发生的所谓实有之事。作为借助虚构、想象以及幻想进行艺术创造的一个具体产物，这部文学作品却又绝非与我国特定年代的生活、现实等毫无关系可言。之所以要构思和呈现一个如此离奇与特别的故事，作家老舍当时应该不无自己的想法、考虑和意图。由常见的思路及逻辑来进行推断，他的笔下显得有些荒诞不经和不可理喻的，与所谓的"猫人"直接相关联的诸多事情以及内容，其实不乏它们更为内在、曲折、隐晦的主题指向以及意蕴传达，乃至足以影响和促使作者决定开始进行此类文学创作的相对真实、具体的原因以及理由。

在这部名叫《猫城记》的长篇小说中，作家老舍通过猫国的故事想要表达和呈现的究竟是什么？关于这个问题，早在 1934 年初就有人曾经进行过相应的思考和回答，认为这部创作"能在独特的风格里，包含着蕴藉的幽默味，给一个将近没落的社会，以极深刻的写照"，"于神秘的外衣里，包含着现实的核心"。② 对于这几句话，我们可以作如下的认识和理解：《猫城记》是一部采用看似"神秘的外衣"（即：非现实的艺术形式）来表现与"现实"密切相关的创作内容的文学作品，创作者老舍的写作动机在于试图对"将近没落的社会"（它被认为已逐渐失掉生机而濒临崩溃）进行"极深刻的"描述和反映。这个观点的提出者王淑明当时是一位比较活跃的左翼人士，他的意见总体而言是较为客观和中肯的（对于小说《猫城记》的"成功"之处与"缺点"这两个方面都作过具体的思考和涉及，在某种程度上

---

① 陈震文：《应该怎样评价老舍的〈猫城记〉》，《辽宁大学学报》（哲学社会科学版）1982年第 1 期。

② 王淑明：《猫城记》，《现代》1934 年第 4 卷第 3 号。

由此而显现出的是相对独立和自主的一种批评姿态）。事实上，20 世纪 30 年代，不仅长篇小说《猫城记》在文坛上曾经引起过比较大的争论①，面对作家老舍及其在具体的文艺作品中表现出来的"流行的幽默风"，当时不少文化界人士的态度可谓很有保留，其中的一部分人所持有的是一种"很不以为然"的漠视以及不无抵制的具体态度与看法。②

中华人民共和国成立后直到 20 世纪 70 年代中后期，我国文艺批评领域关于《猫城记》的主流意见以否定和批判为主，这部小说几乎被大家一致认定为"失败的"、"具有严重政治错误"的"反动"作品。进入 80 年代以后，相对具体、客观、公允的分析、考察和研究才重新开始出现，长篇小说《猫城记》终于获得了又一次被人们阅读、探讨、评价的机会和可能。1982 年初，有学者曾经撰文提出过如下的具体意见，"《猫城记》究竟是一部怎样的作品？历来对它的评断是全面和公正的吗？在反复地阅读和思考了这部小说以后，我觉得这是一个需要重新提出来认真加以讨论的问题"，"这部小说的基本倾向是好的。它忧国忧民，揭发时弊，期待民族的复兴，具有大量积极、进步的思想内容。这是小说的主导方面。尽管它也存在缺点甚至严重的错误，然而这些在作品中所占的比重是小的，……这是一部基本上应该予以肯定的、功大于过的作品，绝不应主次不分，无限夸大它的某些缺陷，从而否定它在老舍整个创作中所应有的地位"③。

进入新时期以来，关于作家老舍本人及包括《猫城记》在内的众

---

① 当时面对刚出版的小说《猫城记》，"一方面有人认为'这本小说是近年来极难得的佳构'，另一方面小说也招致了严厉的批评，被认定是'涂满了悲观的色调'"。参见陈红旗《〈猫城记〉的创作动机和意象建构》，《中国现代文学研究丛刊》2014 年第 5 期。

② 多年以后，学者吴组缃曾经对此作过这样的回忆："回顾在三十年代，我对文坛流行的幽默风是很不以为然的。那时看问题容易偏激，总以为幽默是英国绅士醉饱之余的玩艺儿，相信鲁迅说的'把屠夫的凶残化为一笑'的话，认定讽刺好，幽默不合当时国情。我曾写信作文跟人争辩，说得理直气壮……"参见吴组缃《〈老舍幽默文集〉序》，老舍《老舍幽默文集》，湖南人民出版社 1983 年版，第 1 页。

③ 陈震文：《应该怎样评价老舍的〈猫城记〉》，《辽宁大学学报》（哲学社会科学版）1982 年第 1 期。

多作品的分析、探讨、研究在不断地丰富和发展，相关的思考、认识和理解随之得以持续、深入地向前推进。可以这样说，《猫城记》是20世纪中国文学中题材与风格非常独特而且少见的一部长篇小说创作，作家老舍借助主要由地球人（"我"）这个人物形象具体进行讲述的、到火星上的一次意外的"旅行"，以及多个猫人所作的有关叙述，不仅给人们展现了一个离奇古怪、出人意料的故事，还对现代中国的现实状况与情形作了较为巧妙、特别的反映和表现，并且由此而将具有奇幻及讽喻的色彩与性质的现代寓言体小说提升到了相当高的程度和水平。有人曾经提出，长篇小说《猫城记》中"存在两套文本，一套纯文本，一套潜文本，纯文本（文字部分）代表了老舍的臆想世界和魔幻之旅，而潜文本代表了老舍的现实观照和中国体验。二者相辅相成、不可或分，但反映了两种精神世界和文化观念的比对"[1]。从文学艺术的形式和内容两个方面来看，这部名叫《猫城记》的小说不仅在作家老舍的创作生涯里称得上绝无仅有，就20世纪中国文学的发展史而言，它也可以说是不可多得而又难以进行模仿和重复的一部杰出的叙事虚构作品。

（二）猫人的叙述

1. 猫人的叙述方式、特点以及效果

长篇小说《猫城记》中非同寻常的猫城故事，首先是依托于来自地球的人物"我"的眼光、经历和口吻而得以陈述与显现出来的，"我"在叙事文本中确实承担了整个故事绝大部分的讲述任务。因此，留给长期生活于火星之上的猫人自己来进行叙述的内容，实际上并不是很多。如果光从外表来看，叙事文本里的这个"我"似乎显得有些普通和寻常，几乎接近于一个常规形态的人物叙述者。但是，如果深入一层来进行分析与思考的话，可以发现，这个地球人（"我"）其实并不像最初看起来那样的简单和平凡。以人的外形现身的"我"不无

---

① 陈红旗：《〈猫城记〉的创作动机和意象建构》，《中国现代文学研究丛刊》2014年第5期。

自己的诸多过人之处，可谓被赋予了超越于常人的特殊能力和本领的艺术形象，不失为作家老舍进行非常富有想象力的艺术创造所取得的相应结果。

就具体的类型而言，我们认为，与其从比拟型人物叙述者的角度，将出现在小说《猫城记》中的地球人（"我"）比较勉强地称作具有重要作用的"类猫人"式（即：与猫人相近似）的一种非常规形态的人物叙述者，不如直接把"我"定位为超能型的非常态人物叙述者。这个"我"最初是生活在地球上的人类当中的一员，由于一趟神奇、魔幻的太空旅行（它几乎不能按照现有的科学和技术等方面的基本原理以及知识来进行相应解释）而得以抵达另一个星球——火星。可以看到，经过一番调整与努力、学习与探索之后，"我"在猫国逐渐得以适应并且安顿了下来（由此可见，"我"绝对不是一个普通和平常的艺术形象）。还需要作一点儿相关说明的情况是，主要由于精力以及学识方面的原因和考虑，我们在本书中将不准备为超能型的非常态人物叙述者专门设立一个独立、具体的章节进行较为集中与详尽的探讨及论析，所以在这里（也就是关于长篇小说《猫城记》中猫人形态的叙述者及其所开展的叙述的讨论尚未正式开始之前）将尝试着简单地言说和唠叨几句，从而对此种不应该被人们忽略与无视的非常态人物叙述者的具体类型略微作一点分析和论述。

在《猫城记》开篇的部分（即：小说文本的第一章），作家老舍运用以下几段文字比较清楚地交代了地球人（"我"）的来历以及"我"与火星（这个星球上生活着包括猫人在内的多个物种）之间的一段缘分：

> 飞机是碎了。
>
> 我的朋友——自幼和我同学：这次为我开了半个多月的飞机——连一块整骨也没留下！
>
> 我自己呢，也许还活着呢？我怎能没死？神仙大概知道。我顾不及伤心了。

　　我们的目的地是火星。按着我的亡友的计算，在飞机出险以前，我们确是已进了火星的气圈。那么，我是已落在火星上了？假如真是这样，我的朋友的灵魂可以自安了：第一个在火星上的中国人，死得值！但是，这"到底"是哪里？我只好"相信"它是火星吧；不是也得是，因为我无从证明它的是与不是。自然从天文上可以断定这是哪个星球；可怜，我对于天文的知识正如对古代埃及文字，一点也不懂！我的朋友可以毫不迟疑的指示我，但是他，他……噢！我的好友，与我自幼同学的好友！

　　飞机是碎了。我将怎样回到地球上去？不敢想！只有身上的衣裳——碎得象些挂着的干菠菜——和肚子里的干粮；不要说回去的计划，就是怎样在这里活着，也不敢想啊！言语不通，地方不认识，火星上到底有与人类相似的动物没有？问题多得象……就不想吧；"火星上的漂流者"，还不足以自慰么？使忧虑减去勇敢是多么不上算的事！

　　这自然是追想当时的情形。在当时，脑子已震昏。震昏的脑子也许会发生许多不相联贯的思念，已经都想不起了；只有这些——怎样回去，和怎样活着——似乎在脑子完全清醒之后还记得很真切，象被海潮打上岸来的两块木板，船已全沉了。①
　　……

　　对于人类能否以及如何抵达火星的相关问题，我们可以暂且不去作特别严肃、认真与具有科学性的追问和思考、分析和讨论。就叙事文本里的人物叙述者地球人（"我"）离开地球半个多月之后能够在火星上登陆和现身这件事情来讲，它本身已经足以构成一个天大的奇迹。之所以这样说，我们认为至少存在两个较为具体的原因。①"我"居然"还活着"。此时，"我"搭乘的飞机已经严重损毁，同行的幼时同学成了亡友。②"我"清醒后能够思考。"脑子已震昏"，却并未完全

---

① 老舍：《猫城记》，百花文艺出版社 2013 年版，第 1—2 页。

丧失记忆而得以重新开始进行思考。或许，我们很难把这个看似非常偶然而且几乎不可复制的奇迹的发生全部归因于碰巧与幸运。于是，更加具有可能性与合理性的一种解释是，作为"火星上的漂流者"的"我"本人其实并不是一个普通人，而应该是某种超乎寻常的能耐以及本领的拥有者。

可以看到，地球人（"我"）不但在经历一段十分危险的太空旅行以后幸运地存活下来了，还和火星上猫国里的不少猫人（乃至猫人眼中所谓的外国人）有了密切的接触与交往，甚至逐渐被对方所需要并且得到认可和接纳，由此发生和出现了许多非常特别而又有些蹊跷和荒诞的事情。到了后来，"我"不仅见证了"猫人们自己完成了他们的灭绝"，还搭乘"法国的一只探险的飞机"，得以返回"我的伟大的光明的自由的中国"。① 对于由"我"这个人物形象在叙事文本里所作的具体讲述，假若不存在太多质疑以及否定的话，我们还可以大胆地进行一番有关的推测和设想——长篇小说《猫城记》应为文本中在抵达火星之后仍然能够继续创造奇迹（这主要指的是先在猫国让自己想办法生存下来，而后又得以从太空里安然无恙地返回地球）的地球人（"我"）有意识地进行"追想"（追忆、回想）以及追述（回顾并且讲述）的结果，它是主要在火星上经历过并且已经宣告结束的那一趟特异的奇幻之旅的具体产物。

在小说《猫城记》的文本里，猫人是除了地球人（"我"）之外开口讲述故事的又一类人物叙述者，如果从具体的类型上来说，属于比拟型的非常态人物叙述者。前已有述，明代冯梦龙编纂的《警世通言》之《白娘子永镇雷峰塔》一文中知名度比较高的白娘子，是外显形态方面能够在人与动物两者间来回地变换的特殊形象（"人⇌蛇"），我们完全可将她视为比拟型人物叙述者中具备所谓变形特征的一个具体类别的重要代表。与白娘子这样的艺术形象不尽相同，于 1933 年出版的长篇小说《猫城记》里的猫人则是以介于人化和非人化（即：人

---

① 老舍：《猫城记》，百花文艺出版社 2013 年版，第 213—214 页。

类和动物）之间的特殊形态与状貌现身以及存在的，属于非常规形态的比拟型人物叙述者中的另外一个类别。由此可见，猫人既不是人也不是物，却又同时具备人类与动物（猫）的一些习性与特点，一定程度上可以谓之为将人性与动物性二者相融合的具体创造物。我们还注意到，作家老舍笔下的猫人形象，最初是通过"我"这个来自地球的人物形象之口的讲述而得以呈现在大家面前的。

> 忽然我想起来：腰中有只手枪。我刚立定，要摸那只枪；什么时候来的？我前面，就离我有七八步远，站着一群人；一眼我便看清，猫脸的人！①

当意识到自己成为唯一幸存的"火星上的漂流者"之后，地球人（"我"）起初看到的火星上的活物只有两种——①鹰鸟（一种"鹰似的鸟，灰的，只有尾巴是白的"②）；②猫人（所谓"猫脸的人"）。被从空中飞来的鹰鸟围攻的时候，动作轻巧无声的猫人迅速靠近并且"捉住"了"我"。后来，被关在小屋里的"我"想方设法地逃了出来，遇到一个猫人并且很意外地到了他的家中，还被教会吃树叶（迷叶）进而出现麻醉感，并且"开始细看那个猫人"③……到了这里，文本中关于猫人除了"猫脸的人"之外的更加细致和生动的描述才重新得以继续——

> 所谓猫人者，并不是立着走，穿着衣服的大猫。他没有衣服。……
> 往回说，猫人不穿衣服。腰很长，很细，手脚都很短。手指脚指也都很短。（怪不得跑得快而作事那么慢呢，我想起他们给我上锁镣时的情景。）脖子不短，头能弯到背上去。脸很大，两个极圆极圆的眼睛，长得很低，留出很宽的一个脑门。脑门上全

---

① 老舍：《猫城记》，百花文艺出版社 2013 年版，第 5 页。
② 老舍：《猫城记》，百花文艺出版社 2013 年版，第 4 页。
③ 老舍：《猫城记》，百花文艺出版社 2013 年版，第 26 页。

长着细毛，一直的和头发——也是很细冗——联上。鼻子和嘴联到一块，可不是象猫的那样俊秀，似乎象猪的，耳朵在脑瓢上，很小。身上都是细毛，很光润，近看是灰色的，远看有点绿，象灰羽毛纱的闪光。身腔是圆的，大概很便于横滚。胸前有四对小乳，八个小黑点。

他的内部构造怎样，我无从知道。

他的举动最奇怪的，据我看是他的慢中有快，快中有慢，使我猜不透他的立意何在；我只觉得他是非常的善疑。他的手脚永不安静着，脚与手一样的灵便；用手脚似乎较用其他感官的时候多，东摸摸，西摸摸，老动着；还不是摸，是触，好象蚂蚁的触角。①

通过以上四个段落的有关文字以及所进行的叙述可知，小说里的猫人大抵为猫脸人形的、全身长着细毛的一种比较特殊的艺术形象，我们可以借助自己的语言对其进行一番更为直接的描述：猫人的头和脸都不小，身材细长但是各个部分的比例却有些失调；猫人的躯干部分呈圆形，外表闪现出灰中带绿的色彩与光泽；猫人善于行走、奔跑、思考、判断，灵活的手脚经常停不下来，因而显得十分地活泼好动……假如仅从表面的现象来作相应的观察与思考的话，老舍《猫城记》里的猫人很容易让人联想到科幻类型的小说或者影片中会不时地出现的外星人②。而且，进一步来讲，猫人与外星人实际上是不乏相似之点的，二者都是具有十分显著、突出的虚构性和想象性的非实有艺术形象。

我们知道，在中外文学的发展史上，具有科幻性质的文艺创作可谓由来已久。国外的科幻小说③在19世纪就已经出现并且产生了较为

---

① 老舍：《猫城记》，百花文艺出版社2013年版，第26—27页。

② 外星人也被称为太空人，是"指可能存在于宇宙间的其他星球上的智慧生命体"。参见鲍克怡、鲁国尧、王继如等主编《大辞海·词语卷（四）》，上海辞书出版社2015年版，第3374页。

③ 科幻小说是科学幻想小说的简称，指"用幻想的形式，表现人类在未来世界的物质精神文化生活和科学技术远景的小说。是随着近代科学技术的蓬勃发展而产生的一种文学样式。其内容交织着科学事实、预见和想象。通常将'科学'、'幻想'和'小说'视为其三要素"。参见草婴、夏仲翼、谭晶华等主编《大辞海·外国文学卷》，上海辞书出版社2015年版，第571页。

普遍及特定的影响，当时的代表作有英国小说家玛丽·雪莱的《弗兰肯斯坦》（*Frankenstein*，1818）和被称为科幻小说之父的法国小说家儒勒·加布里埃尔·凡尔纳的《格兰特船长的儿女》（*Les Enfants du Capitaine Grant*，1868）、《海底两万里》（*Vingt Mille Lieucs Sous Les Mers*，1870）、《神秘岛》（*L'Île mystérieuse*，1874）等。至于我国的科幻小说，从事与此有关的领域内的现象和问题研究的中国学者曾经提出："所谓中国早期科幻小说，指从晚清中国科幻小说产生到五四运动这段时期内的科幻文学。这类作品大约发现了不到百种，多数散见在当时的各种文学期刊之上，并被冠以各种名目"，至于哪部作品是中国的第一部科幻小说，则存在不太一致的意见："根据叶永烈的观点，中国最早的科幻作品是荒江钓叟的《月球殖民地小说》。该书为未完成的作品，全篇共 35 回，但根据其内容可以推测，原文应该长达 100 回以上。……于润琦则认为，中国第一部科幻小说应该是东海觉我的《新法螺先生谭》。该文虽然比《月球殖民地小说》晚出现一年，但却是完整的作品。"①

　　在动笔开始写作长篇小说《猫城记》之前，老舍完全有可能与国内外具有科学幻想性质的文艺作品有过一定程度的接触，进而从中受到了某种启发和影响。除了科幻性质的因素与色彩外，作为一位主要生活在中国的土地上以及文化传统中的作家，老舍还把与自己的国家及其各方面的状况有关的认识和思考成功地安放（甚至植入）到了这部风格独特的小说创作里，而这主要又是借助文本中人物叙述者相对具体的叙述文字而得以表现和传达出来的。我们看到，在《猫城记》的叙事文本里，除了来自地球的"我"之外，还有大蝎、小蝎、公使夫人、猫拉夫司基、大鹰等远不止一个猫人形象参与了关于猫国故事的具体讲述过程之中。这些来自猫国的人物叙述者多半身份显赫、处境优渥，生活的阅历也十分丰富，完全可以谓之为一些见多识广的特殊艺术形象。从具体的叙述方式上看，对第一人称（"我""我们"）

---

① 吴岩、方晓庆：《中国早期科幻小说的科学观》，《自然辩证法研究》2008 年第 4 期。

以及第三人称（"他""她"）这两种内聚焦叙事模式均有一定程度的运用，多个猫人形象所作的关于猫国包括内政、外交、教育、信仰、习俗等多个方面的状态和情况的叙述，主要依托于他（她）们与地球人（"我"）之间的一系列问答、沟通与交流活动而得以舒徐和从容地展开以及显现出来。

小说《猫城记》里，在老舍笔下具体现身的猫人中的绝大多数虽然不排斥甚至愿意面对外来者（即："我"这个地球人）进行一种比较坦诚、自然和富有效果的表述与呈现，相对而言，猫人本身更为自觉、主动、积极的讲述与表达却又非常地少见①。当然，在更多地出于交流以及沟通的目的和需要而进行叙述的时候，作为人物叙述者的猫人所选择和运用的更为细致、实在的用语则又是与他（她）们各自的身份、性格、心理等相适宜和贴合的，几乎不会轻易地给人以一种生涩、别扭或者做作之感。具体地来看，这部长篇小说中由猫人这种比拟型的非常规形态的人物叙述者所作的叙述主要具有以下的几个特点。

第一，显露明显的外倾性。猫人站在自己立场上所进行的叙述，就像跟随节拍唱歌或跳舞一般流畅、自然，并且非常明显地指向外在于自己的另一个受述者。从小说的文本层面看，所有猫人叙述者几乎都在面对地球人（有时被猫人以"你"或"先生"、"朋友"相称②）进行

---

① 对《猫城记》进行全面、仔细的阅读以及考察之后，可以发现，这部小说的文本共有27个章节。第十八章是其中由猫人叙述者进行不间断的、相对完整的叙述的唯一的章节。第十八章开头的第1句话（它也是其中的第1段）是这样的："下面是小蝎的话"，由此表明作家老舍通过对话语的使用在这里首先试图建构的是一个由地球人（"我"）作为故事讲述者的第一叙述层次。此外，我们其实不难发现，除了第1段之外，第十八章里其余段落的所有表述均是由小蝎这个猫人叙述者采用第一人称内聚焦叙事模式独自完成的，它们所构成的是这个章节的第二叙述层次。参见老舍《猫城记》，百花文艺出版社2013年版，第122—132页。

② 在《猫城记》里，火星上的大蝎、小蝎、公使夫人、猫拉夫司基、大鹰等多位猫人叙述者所作的讲述多半直接指向了文本中被称作"你""先生""朋友"等的这个贸然闯入猫国的地球人受述者。比如："你看，国魂是国魂，把别人家的国魂弄在自己的手里，高尚的行为！""'也许；我把这个观察的工作留给你。你是远方来的人，或者看得比我更清楚更到家一些。'小蝎微微的笑了笑。""'我跟你说说吧！'她喊：'我无处去诉苦，没钱，没男子，不吃迷叶，公使太太，跟你说说吧！'""你问为什么一点的小孩子便在大学毕业？你太诚实了，或者应说太傻了，你不知道那是个笑话吗？毕业？那些小孩都是第一天入学的！""你看，屈指一（转下页）

讲述。如前所述，这与猫人主要由于和外来者（"我"）作交流的需要才开口展开叙述的情况存在某种关系。

第二，不无自身的逻辑性。和生活在地球上的人类一样，火星上的猫人拥有自己的历史、文化、社会、国家、党派、机关、学校……每个猫人都具有各自较为确定的位置以及相对固定的认知水平、思维方式和眼光，在采取行动维护自身的形象及利益的前提下，他（她）们多半擅长流畅、直接、充分的表达、沟通与交流，所作的叙述逻辑性比较强，可以由此产生不小的说服力。

第三，个性化的言语表达。小说《猫城记》里身份各异的猫人叙述者具有不一样的性格特点，哪怕是来自同一个家庭，个体的差异性也非常地显著。比如：作为父子的大蝎和小蝎，前者"是猫国的重要人物，大地主兼政客、诗人与军官"[1]，经常讲一些圆滑世故的话语。后者则是从外国留学归来的文化人，忧国忧民，"是个悲观者"[2]，玩世不恭的话里透露出彻骨的悲凉之感。

第四，有强烈的感情色彩。在开始进行属于自己的讲述时，猫人常常饱含着感情，十分愿意将看到、听到、感到、想到乃至了解到、意识到的诸多与猫国有关的情况以及问题，少有保留地进行合适、到位的言说与陈述，能够将自己的感受、看法、意见等比较自然地表达出来，文本里正在说话的猫人就如同一个个富有情绪渲染力的演说家，

（接上页）算，哪一国的大学毕业生人数也跟不上我们的，事实，大家都满意的微笑了。""你问，这新教育崩溃的原因何在？我回答不出。我只觉得是因为没有人格。你看，当新教育初一来到的时候，人们为什么要它？是因为大家想多发一点财，而不是想叫子弟多明白一点事，是想多造出点新而好用的东西，不是想叫人们多知道一些真理。""你看见了那宰杀教员的？先不用惊异。那是没人格的教育的当然结果。教员没人格，学生自然也跟着没人格。不但没人格，而且使人们倒退几万年，返回古代人吃人的光景。""'先生不是穿裤子吗？我们几个学者是以介绍外国学问道德风俗为职志的，所以我们也开始穿裤子。'他说：'这是一种革命事业。'""你要知道，地球先生，凡是一个愿自己多受些苦，或求些学问的，在我们的人民看，便是假冒为善""你看，朋友，糊涂是我们的要命伤。在猫人里没有一个是充分明白任何事体的。"参见老舍《猫城记》，百花文艺出版社 2013 年版，第48、88、100、123、123—124、129、131、151、175、193 页。

① 老舍：《猫城记》，百花文艺出版社 2013 年版，第30页。

② 老舍：《猫城记》，百花文艺出版社 2013 年版，第133页。

让人明显感到会不自觉地受到相应的影响。

　　从总体上来讲，长篇小说《猫城记》中由显露在外的相貌、形态和更为内在的心理、性格方面兼具人类与动物（猫）的一部分属性和特点的猫人形象所作的讲述，在形式和内容上都可谓显得非同一般甚至有些不可思议，却可以在不经意之间表现不仅与火星有关还和地球相连的种种现象以及问题，进而揭示出早已习惯性地被大家所忽视、遗忘、遮蔽、掩埋的某种真相。由此而取得的叙述效果，是比较理想并且值得予以充分认可的，在我们看来，这又不失为使这部小说创作在过去的岁月中引起人们的普遍关注乃至相对热烈的讨论的一个重要原因。对于由比拟型的非常态人物叙述者——猫人讲述出来的具体内容以及从中显现出来的一些相应的看法和意见等，文本内的受述者与文本外的读者或许并不会直接表示同意及毫无保留地加以赞赏与接受。但是，可以肯定的是，它们常常能够给人留下颇为独特、深刻的感觉和印象，甚至因此而足以促使人们展开进一步的思索以及更加有效的探讨与追问。

　　2. 采用具有比拟特征的猫人进行叙述的原因以及意义

　　关于这部反映火星上的猫国及猫人故事的长篇小说的创作缘由，当《猫城记》的单行本于1933年最初出版时，作家老舍本人就曾作过一种不无幽默与调侃意味的说明和解释："《猫城记》是个恶梦。为什么写它？最大的原因——吃多了。"[1] 除此之外，当时还有多位评论者对这个问题进行过一些思考与讨论，他们所提出的意见及观点是不无一定的依据和道理可言的。1933年9月23日，梁实秋署名谐庭在《益世报》副刊《文学周刊》第43期撰文指出："藉漫游异乡来讽刺的为本国写照这方法是古已有之的了。……《猫城记》，我尤其喜欢，方法上虽不新颖，但内中情节完全是独创的。他藉了这想像中的猫国把我们中国现代社会挖苦得痛快淋漓，而作者始终保持住一种冷肃的态度。"[2] 1934年初，王淑

---

　　① 老舍：《猫城记》"自序"，百花文艺出版社2013年版，第1页。
　　② 梁实秋：《猫城记》，梁实秋：《梁实秋散文集》（第三卷），时代文艺出版社2015年版，第398页。

明在《现代》杂志上发表相关的评论文章并且在其中提出了自己的看法，他认为老舍创作长篇小说《猫城记》时对"象征表现的手法"作了具体运用，这位学者还说："谁都知道《猫城记》虽然是幻设，但它的模写，在这个世界上，不见得就并非实有。"① 也就是说，在这位评论者的眼中，猫国这个"非现实存在的国度"绝非纯粹出于艺术虚构的产物，作家的本意被解读为并不是一心要去创作一部与现实生活完全无关的文学作品。

同年 11 月，李长之在《国闻周报》第 11 卷第 2 期所刊发的文章里指出，小说《猫城记》"还算有兴味的化装讲演"，只是它的"艺术化"程度略有不足。而老舍之所以"采取这种童话的方式"来进行创作，实际上更多地是出于一种表达的需要与考虑。他认为，这主要是因为创作者"太感触于这灰色的空气了，要说就不能不说个厉害而且详尽，然而这样便有说不出来的困难了：只好说是火星上的事，地球上的人仍有面子；又是猫国的事，人的国如中国也可以有装作耳旁风的余裕；皇上是猫国里的，所以并没触犯中国的军政当局；革命，恋爱，共产，主义，……讽嘲和忿恨是有的，但那是猫国里的，青年也没有话说；在这年头儿，书而能与世人相见，要紧的是书局敢承印，书摊上的敢推销，要不这么说，如何许你说呢？因此，我同情了"。②

在这部长篇小说里，关于作家老舍之所以运用非常规形态的人物叙述者猫人来讲述具体故事的原因，我们认为，还可以从多个方面进行相应的分析和思考。

第一，它不失为老舍在创作过程中采用的一种叙述策略。前已有述，长篇小说《猫城记》中的猫人是比较特殊的一类文学形象，外形和属性方面兼具人与动物（猫）的特点，是作家老舍发挥艺术创造力所取得的一个具体成果。猫人不仅是这部作品中被重点加以书写和言

① 王淑明：《猫城记》，《现代》1934 年第 4 卷第 3 号。
② 李长之：《老舍·〈猫城记〉》，伍杰、王鸿雁编：《李长之书评·贰》，河北教育出版社 2006 年版，第 25—27 页。

说的对象，还和地球人（"我"）共同承担起了关于猫城故事的讲述任务，属于介乎人与兽之间的一类非常态的比拟型人物叙述者。从文字和篇幅上来看，与来自地球的"我"在小说文本中所作的叙述相比，由猫人负责展开的部分明显要少一些。但是，这并不意味着猫人本身是无足轻重的，或者说，不止一个猫人叙述者讲述的有关内容及其分量就要打些折扣而必然地会被减轻与削弱。换言之，和《猫城记》里的另一类非常态人物叙述者——地球人（"我"）一样，作为人物叙述者的猫人也是叙事文本中必不可少的重要存在，可谓作家老舍有意识地加以采用的叙述策略及手段。

第二，它有助于实现老舍希望达成的写作意图以及目的。不少研究者认为，对具体的创作背景作认识和了解，是理解长篇小说《猫城记》与老舍的创作理念的一个必不可少的前提和基础。人们熟知的有关情况是：1924 年，老舍应邀去英国讲学；1929 年，离开英国到欧洲大陆游览，回国之前曾经在新加坡停留；1930 年，到达上海，不久，回到北京。[①] 面对当时日渐危急的国家形势，从国外归来的老舍说过这样的话："头一个就是对国事的失望，军事与外交种种的失败，使一个有些感情而没有多大见解的人，像我，容易由愤恨而失望。"[②] 回到国内之后，老舍继续进行文艺创作，将它作为用来表情达意的一种重要方式与手段。在具有科幻性质的长篇小说《猫城记》里，对火星上猫国故事的构思、言说与书写无疑赋予了这位作家更加显著的创作

[①] 1924 年（民国 13 年，26 岁）："夏，经艾温士教授推荐和伦敦传教会的帮助，被英国伦敦大学东方学院聘请为该院的中文讲师"，"7 月 16 日，东方学院召开董事会，正式任命老舍为中文讲师，从 1924 年 8 月 1 日起，任期 5 年，年薪 250 镑，按月支付"，"9 月 10 日，乘坐德万哈号轮船抵达伦敦……"；1929 年（民国 18 年，31 岁）："夏，结束在伦敦大学东方学院的 5 年教学生活。6 月由伦敦启程，先后在法国、荷兰、比利时、瑞士、德国和意大利游览了 3 个月"，"9 月，由马赛港乘法国轮船启程。当时手里的'钱只够到新加坡'，又因'久想看看南洋'，'就坐了三等舱'去新加坡"，"10 月，抵达新加坡，在一所华侨中学任国文教员……"；1930 年（民国 19 年，32 岁）："2 月，辞去在新加坡华侨中学的教职，启程回国"，"4 月，抵达上海……"，"5 月，回到北京……"。参见郝长海、吴怀斌编《老舍年谱》，黄山书社 1988 年版，第 7—12 页。

[②] 老舍：《我怎样写〈猫城记〉》，胡絜青编：《老舍论创作》，上海文艺出版社 1980 年版，第 27 页。

自由，但是可以肯定，老舍在当时所进行的实际上仍旧不失为一种与社会现实关系十分密切的写作与表达。

第三，它还可以说与相对理想的叙述效果是密切相关的。当地球人面对受述者进行讲述的时候，"我"的眼光及观点等与自身的经历、背景紧密相连，所以不大可能站在全然客观的角度和立场上，而一定会带有个人的主观色彩与气息。猫国所存在和发生的多种现象和事情，经常会令"我"深感疑惑和困扰，有的时候甚至忍不住要直接进行干预与指责。由此而产生的结果已经表明，地球人（"我"）的看法以及做法并不见得百分之一百的可取或者说是绝对正确的。长篇小说《猫城记》里，在以"我"这个地球人和闯入者作为主导来展开关于猫国故事的描绘与讲述的同时，猫人于同一个叙事文本中所进行的不无自身的主体性与趣味性的叙述，可以说是值得充分地加以肯定和认可的。就具体的叙述效果而言，这样的叙述不仅有助于猫人形象的塑造与建构，还能够有效地避免凭借相对单一的视角来观察和分析火星上的各种现象、问题，进而使可能由此而产生和出现的狭隘、单调以及错误得以减少。

在此，我们不妨具体结合与火星上的猫国当时所施行的教育政策有关的叙述来做一点儿相应的分析和说明。《猫城记》的第十七章①里，由地球人这个小说文本中的第一叙述者所讲述的故事是这样的——"我"在猫城的街上偶然遇到了一群"瘦，臭，丑，缺鼻短眼的，满头满脸长疮的，可是，都非常的快活"的小孩，跟随他（她）们"来到一个学校"，并且站在这所学校的大门外观看了孩子们大学毕业的有关仪式。当看到另一所学校里"十五六岁的"学生动手"解剖校长和教员"的时候，"我"尽力地将被当作解剖对象的两个人营救出来，却被误以为要加害于他们……随后，因为想起猫国发生的一系列事情而使地球人（"我"）不禁陷入了困惑和苦恼之中，以至于对"什么叫人生？"的问题产生怀疑而"不由的落了泪"，由于不明白在

---

① 老舍：《猫城记》，百花文艺出版社 2013 年版，第 114—121 页。

自己眼前所出现的这些情况，完全不清楚它们"到底是怎么回事？"，于是决定"还得去问小蝎"。

《猫城记》的第十八章里，则出现了另一个人物叙述者——猫人小蝎，我们可以在文本中读到由这个特别的猫人形象亲口说出的以下的一席话："你问为什么一点的小孩儿便在大学毕业？你太诚实了，或者应说太傻了，你不知道那是个笑话吗？毕业？那些小孩都是第一天入学的！……这过去二百年的教育史就是笑话史，现在这部笑话史已到了末一页，任凭谁怎样聪明也不会再把这个大笑话弄得再可笑一点。在新教育初施行的时候，我们的学校也分多少等级，学生必须一步一步的经过试验，而后才算毕业。经过二百年的改善与进步，考试慢慢的取消了，凡是个学生，不管他上课与否，到时候总得算他毕业。可是，小学毕业与大学毕业自然在身分上有个分别，谁肯甘心落个小学毕业的资格呢，小学与大学既是一样的不上课？所以我们彻底的改革了，凡是头一天入学的就先算他在大学毕业，先毕业，而后——噢，没有而后，已经毕业了，还要什么而后？""这个办法是最好的——在猫国。在统计上，我们的大学毕业生数目在火星上各国中算第一，数目第一也就足以自慰，不，自傲了；我们猫人是最重实际的……"①

面对猫国经过改革后实施的所谓"新教育"，来自地球的"我"最初完全不能予以理解和接受，它的形式以及内容都极具颠覆性与挑战性，在地球上的人类的眼里这样的教育已经名存实亡，或者说火星上的猫国实际是有学校而无教育。但是，依据猫人小蝎的话语逻辑可知，作为"经过二百年的改善与进步"而取得的一项成果，"新教育"又是足以让猫国的各方人士（包括皇上、政客、军人、教员、家长、学生等）感到满意的。与此同时，猫人叙述者小蝎（在这部小说的文本中，这个猫人坚定地认为自己的同类普遍"没有人格"，而且他自身也和大鹰一样身为殉道者）还发现，"新教育"的实质就是所有人都认定"教育是没用的东西"，"教育能使人变成野兽"。与小说文本

---

① 老舍：《猫城记》，百花文艺出版社2013年版，第123页。

里自称为"悲观者"的猫人小蝎不同，地球人（"我"）确实对很多东西都曾经怀有希望、憧憬和信心。但是，伴随着对猫国有关情况的持续、细致以及深入的认识和了解，身为"火星上的漂流者"的"我"的心境、看法等却不可遏制地趋向于失落与消沉。

大家都知道，生活于20世纪的老舍长期从事并且热爱教书育人工作，从中获得了许多实实在在、真真切切的感受、经历以及体验。自1924年至1929年的五年时间里，他还曾经受聘于伦敦大学的东方学院，主要是在这所英国高校负责教授中文这样一个具体工作。去往欧洲工作、学习的这段经历，一般被认为十分有利于打开中国作家老舍的创作思路以及文化视野，进而促使他能够站在一个特别的位置去重新看待和思索包括教育领域及其问题在内的不少与中国有关的人和事。在长篇小说《猫城记》里，作家的观察和思考首先借助地球人（"我"）及其说出的具体话语而得以表达出来，即：依托于"我"的眼睛和口吻去"看"（聚焦）和"说"（叙述）。尽管不能想当然地将这个"我"与作家老舍完全等同起来，两者之间存在某种联系却又是不容否认的事实，因而可以从来自地球的"我"的叙述文字中感受得到作家本人对于教育所持的显然不是一种相对乐观、欣慰的态度和看法。这正如有的学者所言："老舍是把对国事的失望和愤慨，用艺术的手段强化出来，使读者通过阅读，清晰地听到作家对现状的抨击与抗议之声。"①

对于猫人叙述者小蝎所作的关于猫国的教育状况及问题的具体讲述，地球人（"我"）虽然并未进行正面、直接的回应与交流，从叙事文本中的不少细节却可以看出，"我"和小蝎的关系其实是比较密切的：一方面，"我"一直把小蝎视为自己的朋友乃至知己，对他不无欣赏以及认同之处；另一方面，小蝎也时常愿意帮助外来的"我"，乐于开诚布公甚至毫无保留地与"我"进行接触与交往、对话与交谈。在小说文本的第十八章里，由猫人小蝎所展开的一番叙述，既可

---

① 关纪新：《老舍评传》（增补本），北京出版社2019年版，第186页。

以用来解答地球人（"我"）于第十七章里因为亲眼看见和亲身经历一些十分奇怪的现象而在心里生出的有关问题和疑惑，又能够由此将猫人自身的立场、观点与意见比较具体地呈现出来，从而使人们关于火星上猫国的"新教育"（乃至处于地球范围之内的更加具有现实性的教育体制以及相关问题）的分析与思考得以走向进一步的丰富与深入。

当文本之外的人们最初接触到叙事文本中的地球人（"我"）和猫人小蝎及其具体的叙述话语时，很可能会觉得离奇、荒诞、错愕乃至震惊。如果仔细地去寻找和考虑这两个非常规形态的人物叙述者所说出的那些看似夸张和富有讽刺意味的话语背后的真正含义，可以发现，这与"我"这个抵达火星的探险者善于探寻、思索、质疑的精神，以及猫人小蝎颇具洞察力、穿透力的眼光和敢于进行自嘲、自剖的勇气，乃至在猫国以及更大区域与范围内学校教育的本质、真相等其实都是不无联系的。所以，在长篇小说《猫城记》的第十七、十八章里，地球人（"我"）和几位猫人分别说出的那些生动、具体而又不乏棱角与锋芒的话语以及内中所表露与显现出来的意见和观点，并不是所谓的无稽之谈或者空穴来风。在它们幽默诙谐、滑稽可笑甚至感觉有些不可思议的语言外壳之下，储存和包裹着的是作家老舍关于国事、天下事的忧虑与担心，以及显得十分严肃和认真并且不无深沉和感人之处的洞察、思考与远见。

我们还注意到，除了相对显眼的人物形象小蝎之外，《猫城记》的小说文本中还有大蝎、公使夫人、猫拉夫司基、大鹰等多个猫人叙述者，处于火星上的他（她）们同样展开了各自较为具体的讲述（猫人不仅相互之间存在信息交叉的现象，还与来自地球的"我"的观察、思考以及与此相应的叙述形成了一种相互映照和补充的关系）。在这部长篇小说里，由猫人形象进行叙述的部分所占据的文本篇幅及比例等虽然不大，却十分有利于切实地增进人们对于猫人及其特殊世界的更加深入、细致的感受和体会、认识和理解，让大家因此而有机会去靠近、接触（并且能够获知和走入）比较真实、具体又不免令人感觉到多种稀奇古怪、混乱不堪的现象同时并存，闻所未闻、触目惊心的状况也会层出不穷的猫国——这样一个可以谓之为主要出自想象与虚构的特殊世界——它不但具有自身的特别乃至神奇之处，而且与真实存在的人类的社会现实之间实际并非毫无关系可言。

近年来，随着相关研究不断地得以推进和发展，长篇小说《猫城记》及其特有的价值已经被越来越多的人所留意与肯定、认识与了解。我国著名的翻译家文洁若曾经将老舍的这部写作风格颇为独特的作品与鲁迅的小说《阿Q正传》相提并论，她认为"鲁迅塑造了阿Q这个典型形象，老舍虚构了'猫国'。这两位文坛巨匠，无非是借着各自的警世之作来鞭挞国人，千方百计提倡精神文明，提高国民素质，以便让中华民族在世界上立于不败之地"，她还向生活在21世纪的广大中国同胞大声地发出了这样的号召："我巴望大家能够读一读老舍先生这部揭露并抨击本民族痛疾的不朽之作《猫城记》，得到启示。"①在我们看来，借助表面上的确显得有些匪夷所思的猫国故事来负责任地显现、表述与传达自己的意见和观点，进而引发人们关于现实世界的深入思考与真正理解，正是作家老舍于20世纪30年代上半期写作并且发表这部名叫《猫城记》的非现实题材的小说创作最不容忽视与遮蔽的意义所在。

三　西门闹：借助轮回而不断发生变形的故事讲述者

（一）一个特殊的比拟型人物叙述者——西门闹

前已有述，比拟型人物叙述者作为处于人化与非人化的非常态人物叙述者之间的一个特殊类型，与以动物、植物及非生物的形态呈现出来的叙述者既有联系又有区别。作家莫言笔下的西门闹是比拟型人物叙述者的一个重要代表，他在人与物（非人）之间来回地转换、变

---

① 文洁若：《老舍名著〈猫城记〉的启示》，蔡玉洗、董宁文编：《墨磨人生》，北方文艺出版社2015年版，第76—77页。

化，除了是赫赫有名的西门屯地主与生而患病的大头儿蓝千岁之外，还曾经先后化身为驴、牛、猪、狗、猴……我们注意到，莫言的《生死疲劳》里这个时而为人、时而为物（动物）的艺术形象，和老舍的小说《猫城记》中一直以介乎人和物（猫）之间的某种特殊形态来现身、行动及存在的猫人是明显不同的。通过阅读叙事文本实际不难看出，长篇小说《生死疲劳》中先后投胎为不同的人以及形体各异的动物的人物西门闹，曾经数次经历了"出生→长大→死亡"的生命历程，并且主动或者说被动地组织、发起、参与过一些日常和公开乃至非日常及相对隐秘的活动与运动（而且，它们的总体时长及相关内容似乎又不无值得人们加以留意之处）。

在《生死疲劳》的文本里，西门屯地主西门闹与大头儿蓝千岁无疑是作为人的形象出现的，二者却并不是两个普普通通的人物形象。之所以这样说，不只是因为西门闹和蓝千岁本身具有复杂多变的特性，还在于他们属于作家莫言倾力地加以构思、塑造的特殊言说对象与非常规形态的人物叙述者。在这部长篇小说刚刚开篇的位置，处于叙事文本之外的作家莫言就安排主人公西门闹颇为出人意料地开口说道："我的故事，从一九五〇年一月一日讲起。在此之前两年多的时间里，我在阴曹地府里受尽了人间难以想象的酷刑……"① 由此清楚地表明，置身于叙事文本之内的"我"（即：西门闹）早在一九四七年就已经离开了所谓的现实世界，此时（一九五〇年初）则正在借助幽灵（亡灵）的身份来现身并且开始了一个关于自己的、注定并不简单的故事的讲述与呈现。

至于大头儿蓝千岁的形象，作家莫言也不曾忘记在《生死疲劳》的文本之中不止一次地去作相应的介绍和交代："我看看那颗与他的年龄、身体相比大得不成比例的脑袋，看看他那张滔滔不绝地讲话的大嘴，看看他脸上那些若隐若现的多种动物的表情：驴的潇洒与放荡、牛的憨直与倔强、猪的贪婪与暴烈、狗的忠诚与谄媚、猴的机警与调

---

① 莫言：《生死疲劳》，浙江文艺出版社2020年版，第3页。

皮——看看上述这些因素综合而成的那种沧桑而悲凉的表情，有关那头牛的回忆纷至沓来，犹如浪潮追逐着往沙滩上奔涌；……"，"这孩子生来就不同寻常。他身体瘦小，脑袋奇大，有极强的记忆力和天才的语言能力。……到了蓝千岁五周岁生日那天，他把我的朋友叫到面前，摆开一副朗读长篇小说的架势，对我的朋友说：'我的故事，从一九五〇年一月一日那天讲起……'"。① 通过以上这些和人物蓝千岁有关的、数量相对有限的话语，处在受述者以及读者位置上的人们可以获知，小说文本里的这个"来历不凡"的孩子其实绝对不是平庸之辈，这个"伴随着新千年的钟声而来"的、身体天生就有些畸形的小孩实际上同样足以构成叙事文本中不无神异色彩的特殊角色。

我们不难发现，相对于作为人的形象（地主西门闹、大头儿蓝千岁）及其存在和显现的时间长度、空间广度以及具体化了的生活内容而言，化身为非人的动物形象的西门闹其实完全没有给人以一种虚假、混乱或者不妥与逊色之感。可以这样说，由多个非人化的艺术形象所带来的感觉以及印象是非常鲜明、独特和较为深刻的，这与人化形象所造成的影响实际不无某些相似的地方。从时间的维度上来说，作为40余万字的长篇小说《生死疲劳》里的主人公，西门闹在生前以及身后经历过数十载（将近80年②）的人生和世事的风霜雨雪，可谓看尽

---

① 莫言：《生死疲劳》，浙江文艺出版社2020年版，第99、574页。

② 在《生死疲劳》的第一章里，人物叙述者西门闹就清楚地说过，自己讲述故事的时间是"一九五〇年一月一日"，已经在阴曹地府里待了"两年多的时间"。随后，这个叙述者还作了这样的表达："……想我西门闹，在人世间三十年，热爱劳动，勤俭持家，修桥补路，乐善好施……"并且进行过以下回忆："在从小桥到我的家门这一段路上，我的脑海里浮现着当初枪毙我的情景：我被细麻绳反剪着双臂，脖颈上插着亡命的标牌。那是腊月里的二十三日，离春节只有七天……"到了小说的第五十三章，出现了如下话语："……阎王说，'我将让你在畜生道里再轮回一次，但这次是灵长类，离人类已经很近了，坦白地说，是一只猴子，时间很短，只有两年。希望你在这两年里，把所有的仇恨发泄干净，然后，便是你重新做人的时辰'。"《生死疲劳》的最后一个部分（"第五部 结续与开端"）之"三 广场猴戏"里，文本里的人物叙述者莫言有云："二〇〇〇年元旦过后不久，高密火车站广场上出现了两个耍猴的人和一只猴子。读者诸君一定猜到了，那只猴子，是由西门闹——驴——牛——猪——狗——猴，一路轮回转世而来……"同一个部分的"四 切肤之痛"则出现了这几句话："……猴子疯了一样扑上来，这一次他忘了警察的纪律，他忘了一切，他一枪击毙了猴子，使这个在畜生道里轮回了半个世纪的冤魂终于得到了超脱"，在"五 世纪婴儿"中可以见到关于大头儿蓝千岁的一段 （转下页）

了历史与现实的沧桑巨变。就空间维度而论，以多种多样的形态现身的西门闹这个形象所涉及的活动范围比较开阔，如果把超越常规形态的个体生命的非现实空间搁置到一旁暂且不作论析和探讨，现实世界本身其实也并不显得单调、局促或者狭小，其中又存在一个可以称为相对核心的特定区域——高密东北乡。在这部长篇小说中，不断地产生和出现并且被多个各具特色的人物叙述者开口加以讲述的一系列颇为离奇、怪诞的故事，几乎始终都是与令西门闹本人魂牵梦萦、和他一直纠缠不休的这块土地息息相关的。

　　还可以看到，经由作家莫言的一番精心塑造与处理，《生死疲劳》里长期处于六道轮回中的西门闹早已成为一个鲜活生动、血肉丰满的艺术形象。小说文本里历经多重生死的这个特殊角色所具有的显著特点之一是持续地在发生"变形"（也就是说，不断地更改和变换自身的外貌以及存在形态）。如果从另一个方面来讲，时常习惯性地开口说话的人物西门闹本身也是不容忽视的，作为一个比较新颖、独特的非常态人物叙述者的他，一边较为频繁地在"人⇌动物"之间来回穿梭，一边用心讲述着跨越生与死的、不无特异以及奇幻之处的故事。由此，不仅使西门闹本人可以一直连续性地进行属于自己的观察、思考与表达，还让广大的受述者和西门闹一起，凭借不一样的多重身份及角色而得以近距离地见闻和参与、感受和体会到与特定年代里多种多样的人物、事件、历史、场景等密切相连、牵扯不清的复杂情形以及境况，进而有可能对相对熟悉或者说完全陌生的那些被源源不断地讲述出来的故事以及相应的内容做出自己的考虑与辨别、理解与判断。

（接上页）叙述文字："……血泊里有一个胖大的婴儿，此刻正是新世纪的也是新千年的灿烂礼花照亮了高密县城的时候。这是一个自然降生的世纪婴儿……"依据以上的这些叙述文字，我们可以推知，主人公西门闹身为西门屯地主的有生之年大概为 30 年（约生于 1918 年，卒于 1947 年），而后来经过多次投胎而成的大头儿蓝千岁降生的具体年份为新千年（2000 年），所以单纯地从理论上来讲，西门闹在小说文本里的整个叙述过程所涉及的时间至少包括了这样两个部分：生前在世的 30 年、身后不断轮回的 53 年，两者合计为 83 年（约数是 80 年）。参见莫言《生死疲劳》，浙江文艺出版社 2020 年版，第 3、4、8、546、555、571、574 页。

（二）已变形的比拟型人物西门闹的叙述

1. 已变形的比拟型人物西门闹的叙述方式、特点及效果

为了将出现在长篇小说《生死疲劳》里已经被枪毙而成为幽灵（亡灵）形象的西门屯地主西门闹与主要作为生者存在并且不间断地投胎和轮回的西门闹（具体又体现为各不相同的富有生命的活力与气息的多个变体）更加有效地区别开来，需要对二者进行专门的思考和适宜的命名。我们采用的具体做法是，把已经离开人世奔赴阴曹地府却仍旧保持着人的形体与相貌的西门闹称作"未变形的幽灵型人物西门闹"，而将以驴、牛、猪、狗、猴和大头儿蓝千岁这几种不同的生命形态出现的其他形象概括性地唤为"已变形的比拟型人物西门闹"。当然，这两者之间并非毫无关系可言，实际上依托一定的条件很可能实现相互转换。我们之所以运用这种看似简单、直接的命名方式，一个主要的意图和考虑就在于力求通过这两个不同的名称（及其所反映和表达的与之相对应的意思）尽可能清楚、明了地将叙事文本的不同章节里在外显形态方面确实存在很大差别的西门闹形象进行一种适宜的区分。与此同时，也非常希望由此而可以引起更多人的留意与关注，让他（她）们有兴趣对这部长篇小说的主人公西门闹作进一步的认识、了解和解读。

对小说文本的开头部分（即："第一部　驴折腾"的"第一章　受酷刑喊冤阎罗殿　遭欺瞒转世白蹄驴"）被枪决者西门闹借助幽灵（亡灵）的特殊身份所展开的关于自己亲身经历过的、延续了"两年多的时间"，发生在阴曹地府里的故事的叙述，我们在本书的第四章里已经进行过一定程度的分析、思考和讨论。以此作为基础，接下来想要做的事情是，对西门闹这个非常规形态的人物叙述者的典型继续予以观察与思考、考察与论述。具体地讲，将针对一会儿拟物（被赋予"非人"即动物的外形）、一会儿拟人（被赋予"人"的外形）的"已变形的比拟型人物西门闹"及其叙述的现象以及相关问题进行一番力所能及的思索与解析，进而试图揭开遮盖在这样一个比较特殊和

有趣，同时又十分少见的故事讲述者身上的那一层堪称独特、精致和神秘的面纱。

我们知道，由于在阴曹地府里历时两年有余的不懈抗争与努力，已经成为幽灵（亡灵）的西门闹终于得以重新返回人间。令人完全没有想到的情况是，于1950年初回到"高密东北乡的土地上"的西门闹竟然变为了一头驴。而且，这仅仅是这个颇为特别的艺术形象历时半个世纪所发生的一系列变形的初始和起点。后来，西门闹又连续变为了几种其他的动物以及大头儿，不难发现，这些令人难忘的变体不仅是叙事文本里被逐一加以讲述和呈现的具体对象，其中更不乏亲自开口进行富有特色的叙述与表达的人物叙述者。就西门闹的叙述方式而言，这个已经发生了明显变形的比拟型人物叙述者所采用的是不定式内聚焦叙事。地主西门闹本人和他的家人（主要指西门闹的一妻二妾及其后代）在数十年间的生活经历与人生际遇，无疑是这部长篇小说里多个人物叙述者前后相继地侧重进行言说、反映和表现的一个不可忽视的对象。这些叙述者在叙事文本中具体展开与实施的又是一种分段式讲述，也就是说，由不同的人物叙述者给受述者分别显现和展示出一定的时间段里自己与其他形象不一样的见闻、体验以及感受。如果将他（它）们各自作呈现与讲述的那些事件用心地拼接和联系起来，就可以获知和得到相互关联而又较为完整的故事内容。

与同时代的其他中国作家以及他（她）们具体的文学创作相比，莫言在长篇小说《生死疲劳》里不仅善于构思和编织奇异而又精彩的故事，还可谓非常积极、主动地进行了叙事技巧方面的尝试、创新与实验。其中的一个比较突出的表现就是，这位作家在这部小说的文本里曾经先后启用过多个身份以及存在形态非常特殊的人物叙述者来负责和承担故事的讲述任务。从总体上来看，这又与这部长篇小说的创作主题以及作家本人的写作意图可谓相互适应并且协调一致。在具体由50余个章节以及与之相应的语言和文字所构成的叙事文本中，驴、猪、狗和大头儿蓝千岁作为主人公西门闹的不同变体，曾经逐一地展开过属于它（他）们自己的叙述，由此而呈现出来的特点可以说是十分地突出和明显的。

首先，灵活而有序。毋庸讳言，相对于蓝解放和人物"莫言"这两个艺术形象，西门闹在小说文本中所具有以及发挥的功效、作用是更为关键和重要的。就已经变形的比拟型人物西门闹来讲，他的多个变体相互之间发生及出现的身份转换与衔接显得比较灵活和自如，从未给人造成生硬或者不适之感。这些不一样的变体的出场顺序和各自进行的具体叙述，在叙事文本里显得井然有序，几乎不会让受述者以及读者感觉到目不暇接或眼花缭乱。

其次，新颖又别致。一直以来，关于文艺创作中的叙述者及其叙述，实际上并不存在所谓相对固定及一致的有关要求与规定。莫言在这部小说里的具体做法是，采用多个比较特别的人物叙述者来讲述西门闹及其家人不同寻常的故事。借助动物和畸形儿展开叙述的做法并非这位中国作家的发明和创造，但是他确实凭借六道轮回而把他（它）们别具匠心地连接和整合在了一起，不得不说十分善于对已有的叙事手法作进一步的突破与创新。

再次，形象与逼真。莫言在小说的叙事方面具备非常突出的天赋和才能，有很强的"同化生活的能力"，创作过程中擅长"设身处地地把自己想象成一个人物"（即：进入具体角色中，展开感同身受、惟妙惟肖的叙述），而且能够"让人物活起来"。① 比如：小说文本的第三章里已化身为驴的西门闹所负责实施的讲述，凸显了"驴的意识和人的记忆混杂在一起"的特点，将发生了变形的人物的心理及细节处理、拿捏得异常地仔细和出色。

最后，诙谐和从容。《生死疲劳》的文本中，与多个人物叙述者有关的叙述话语总体来说是诙谐、幽默和俏皮的。哪怕发生在特定年代里的一些带有悲剧色彩的事件，也因此而被表述得十分地生动和有趣，这十分有利于调动人们做出具体了解的兴趣，对故事本身的阅读、接受和认可同样多有助益。与此同时，已经发生变形的比拟型人物西

---

① 莫言、王尧：《从〈红高粱〉到〈檀香刑〉》，《当代作家评论》2002 年第 1 期。

门闹的叙述态度及口吻是淡定而又从容的，不论讲述的任务如何艰巨，似乎从来都不会自乱阵脚。

和主要出现在小说《生死疲劳》第一章里的未变形的幽灵型人物西门闹一样，于叙事文本中占据更大篇幅的部分现身、存在而且负责讲述故事的，已变形的比拟型人物西门闹同样给人留下了非常独特而又深刻的感受及印象。身为西门闹的变体的驴、猪、狗和大头儿蓝千岁，曾经作为非常态的人物叙述者不断地轮番登场并且奋力进行各自的专场演出。需要看到，它（他）们在聚焦（"看"）和叙述（"说"）两个方面丰富多彩的表达以及呈现，可谓技艺高超、繁而不乱，值得加以充分的赞赏和肯定，由此而取得的效果和成就也是有目共睹的。我们仅举其中的一个例子来作相对具体的说明与解释。

在《生死疲劳》的小说文本里，第二章（"西门闹行善救蓝脸　白迎春多情抚孤驴"）的故事及情节是对第一章（"受酷刑喊冤阎罗殿　遭欺瞒转世白蹄驴"）的接续、顺承与发展，在内中承担故事讲述任务的是由西门闹转世而来的毛驴（即："我"，主要以第一人称进行叙述）。这个"我"虽然身为一头驴（在文本里，有时还会以西门驴相称），却具有比较显著而又强烈的叙事意识和表达欲望。我们发现，"我"不仅善于和乐于直接面对受述者进行比较详尽、细致的讲述与言说，还不失为一位擅长设置与编排戏中戏的高手。我们看到，关于西门闹带着生前记忆投生为驴并且得到自己家中昔日的长工蓝脸和二姨太迎春一家人的喜爱、关心与呵护这件事情，由自身不无显著特色的非常规形态的人物叙述者（"我"）凭借相对具体和生动的叙述话语进行相应陈述并基本交代完毕之后，这部小说的文本中出现了以下几个段落：

……
屋子里传出了蓝解放的啼哭声。
你知道谁是蓝解放吗？故事的讲述者——年龄虽小但目光老辣，体不满三尺但语言犹如滔滔江河的大头儿蓝千岁突然问我。

　　我自然知道，我就是蓝解放，蓝脸是我的爹，迎春是我的娘。这么说，你曾经是我们家的一头驴？

　　是的，我曾经是你们家的一头驴。我生于一九五〇年一月一日上午，而你蓝解放，生于一九五〇年一月一日傍晚，我们都是新时代的产儿。①

　　如果仅从字面上对它们作有关的阅读和理解，我们的心里不免会感觉到困惑不已，甚至认为上面已作引述的这些话语不无一种多余、突兀之感，不大明白在身为一头驴的特殊叙述者（"我"）的讲述过程中，为什么突然冒出蓝解放和蓝千岁这两个看似与这个章节的故事与情节关系不太大的角色来，甚至会误以为是叙述者西门驴（以及站在这个"我"的身后的作家莫言）在和人们开一个小小的玩笑。随着文本阅读的过程不断地向前推进，将这几个段落与长篇小说《生死疲劳》中的其他部分联系起来作相关的考虑和理解，我们可以发现，这样的安排其实是不无良苦用心的。

　　从表面上看，在再次公开点明以及确认身为西门驴的"我"这个非常规形态的人物叙述者所具有的特殊身份的同时，还可以表明"我"和另外的两个人物——蓝解放、蓝千岁之间存在的关系。进一步来讲，作者之所以进行这样的处理的潜在意图则是对处于同一个叙事文本中并且在随后的部分将要出场的蓝解放与蓝千岁这两个不无自身的重要性以及某种特定色彩的人物叙述者略作提及和交代，从而为下文中的有关行文与走笔提前做好与之相应的铺垫以及准备。实际上，这样做还有另外一个好处，就是促使作者能够比较有效地调整、控制和改变小说文本里叙事的具体进程以及节奏。由此可见，在叙事文本的第二章里，以上这4个段落的存在与出现真可谓一个一举三得的有利行为，从中足以看出作家莫言在创作这部长篇小说的过程中颇为独到的巧思与设计。

---

　　① 莫言：《生死疲劳》，浙江文艺出版社2020年版，第18页。

2. 运用发生变形的比拟型人物西门闹作讲述的原因及意义

在 20 世纪中国文学的发展进程中，涌现出了创作风格多元多样、作品数量十分可观的众多优秀作家，他（她）们十分善于学习和借鉴古今中外历史悠久、积淀深厚的文学与文化传统，擅长进行富有个性特点的尝试和努力、探索与创造。莫言正是其中的一位杰出代表，《生死疲劳》则是他长期用心、坚定、执着地从事艺术创作实践的过程中所取得的一个极具代表性的、已经享誉世界文坛的突出成果。作家本人也非常看重这部作品，2012 年 10 月在接受诺贝尔奖组委会采访的时候，他曾经对长篇小说《生死疲劳》作过专门的推荐以及说明："……这本书比较全面地代表了我的写作风格，以及我在小说艺术上所做的一些探索。"①

关于这部长篇小说的具体内容及创作意图，作家莫言曾经说过这样的话语——它"涉及到传统的宗教观念，借用了佛学中的一些思想，看起来是写动物的狂欢、农民的悲喜，实际也是对当代社会历史的再思考"，"我最想表现的还是社会、还是人，……借助于动物之眼，借助于畜生道转世的视角来表现"。②《生死疲劳》中的主人公西门闹过早离开人世以及在随后的数十年间多次发生变形的故事以及有关情节，无疑是对波澜壮阔地不断向前奔涌和前进的中国当代社会历史进程及其复杂状况的一种折射与反映。除了故事内容本身具有不小的吸引力之外，这部文学创作非常引人注目的地方还在于它的章回体结构以及在各个章节中具体加以启用的多个非常规形态的人物叙述者。

如果把章回体结构视作当代作家莫言向中国传统的古典小说致敬与追怀的具体表现，对非常态的人物叙述者的运用则不失为他在创作小说时融合了中西方叙事技巧与艺术之后的一次勇敢尝试和锐意创新。从形态、种类和特色上来讲，小说文本里的这些特殊形态的叙述者足

---

① 聂宽冕、唐平：《接受诺奖组委会采访 莫言推荐〈生死疲劳〉》，《京华时报》2012 年 10 月 12 日。

② 张清华：《小说的伦理与要素——莫言访谈》，张清华：《存在之镜与智慧之灯——中国当代小说叙事及美学研究》，福建教育出版社 2010 年版，第 308、319 页。

以体现出一种令人难忘的探索性与实验性，他（它）们本身就是丰富多彩的，在故事以及叙述两个层面又可谓与主人公西门闹存在一种较为密切和复杂的关联。这部长篇小说中，关于作家莫言娴熟地运用比拟型人物叙述者西门闹的多个变体来讲述故事的原因，在我们看来，至少可以从以下两个方面进行一些分析、理解和考虑。

第一，为了更好地表达莫言本人的创作理念与思想。近些年来，莫言经常谈及从清代作家蒲松龄的《聊斋志异》中所接受的深感终生受益的启示，他一直强调自己是一个崇尚"胡乱写作"的当代作家，还曾经对此进行过如下解释："所谓胡乱的写作就是直面自己灵魂的写作，就是不向流行的道德观念、价值观念妥协的写作，也就是写出了自己心里想说的话而不是自己嘴里想说出的话的写作。这样的写作，我认为是有价值的。如果说我有什么文学观的话，这些就是我的基本想法"，"'胡乱'就是革命的开始"。① 由此可见，莫言十分赞赏和推崇一种能够坚守自身的独立性并且对众人遵循和因袭的习惯、传统等有所突破的写作方式与态度。在具体的文艺创作中，一个作家可以写些什么，究竟应该如何写作，又为何要进行这样的写作？……对此，莫言也曾作过不少相对深入的分析、思考和探索。

我们注意到，莫言在放置于《生死疲劳》一书"目录"之前的"仿水调歌头述《生死疲劳》主线"的《题〈生死疲劳〉》里，写下过这样的一句话："佛眼低垂处，生死皆疲劳。"浙江文艺出版社于2020年3月重新出版的长篇小说《生死疲劳》的扉页上还赫然出现了另外一句话（它被分作两行进行排列与呈现）："佛说：/生死疲劳，从贪欲起。少欲无为，身心自在。"人们通常认为，可将它视为作家莫言专门为这本书写下的题词。关于这句话，我们可以稍作留意与讨论。查阅有关文献可知，它出自《佛说八大人觉经》，已经有人对此进行过如下解读：佛教认为世界的本质是"苦"，世界和人生可谓茫茫苦海，佛教的人生哲学就是"苦"的哲学。而造成各种"苦"的原

---

① 　莫言：《胡说"胡乱写作"》，《文汇报》2003年6月11日。

因则在于"三毒"（贪欲、激愤和愚痴），贪欲又处于"三毒"之首。不难看到，人们由于贪欲而沉沦于生死轮回中不能自拔，由于贪欲才奔波劳碌甚至因此而丧生，所以要使身心自在的话，第一步就是断除贪欲，即忘掉和祛除过多的欲望。① 如果结合这部小说创作中主人公西门闹生前与身后的一系列特殊经历以及故事来进行考虑和思索，在很大程度上，我们的确可以明显地感受到"生本不乐"这四个字的内在含义。

　　在同一个版本的《生死疲劳》这本书的封底，我们看到作家莫言本人曾经进行过一番这样的表达："'生死疲劳'是来自佛经里面的一句话：'生死疲劳，由贪欲起，少欲无为，身心自在。'……我之所以用它做书名，就是因为小说的主人公，他在畜生道里面不断地投胎，他一会儿变成驴，一会儿变成牛，一会儿变成猪，一会儿变成狗。"由此，我们可以获知，当面对人生和世事之时，这位作家其实不无一种源自宗教（佛教）的眼光以及看法。在他看来，生活于世间的人类乃至其他物种多为欲望（包括了贪欲）的载体，他（她、它）们终日忙着生、忙着死、忙着轮回，真可谓"生死皆疲劳"。从传统的社会学的眼光和角度来看，在艺术虚构的基础上创作而成的字数已达到47.6万字的小说文本里，昌潍专区高密县西门屯村的地主西门闹与其他人物形象确实存在不小的差别。如果从人的本质上来讲，大家却又可谓相似，均为被各种各样的欲望所主宰、掌控和折磨的具体对象，所以说常常注定要去历经多种痛苦与变故、磨难与煎熬。

　　当然，我们不应该予以忽略乃至遗忘的一个事实是，长篇小说《生死疲劳》里站在所有的艺术形象背后的那个人，实际上就是对世

---

　　① "《佛说八大人觉经》，又作《八念经》，是东汉安世高翻译的一部佛经"，"《佛说八大人觉经》中所说的'大人'，指释迦牟尼的弟子。'八大人觉'，又作'八念经'或'大人八念'，是一个佛教用语，指释迦牟尼对弟子们宣示的八种教法——'世间无常觉'、'多欲为苦觉'、'心无厌足觉'、'懈怠堕落觉'、'愚痴生死觉'、'贫苦多怨觉'、'五欲过患觉'、'生死炽燃苦恼无量觉'。这'八大人觉'，即《中阿含经·八念经》中所说的'少欲'、'知足'、'远离'、'精进'、'正念'、'正定'、'正慧'、'不戏论'"。参见朱瑞玟编著《佛家妙语》，团结出版社2007年版，第27—28页。

间的一切怀有一种敬畏和悲悯、体恤和同情之心的当代作家莫言。突破了传统的创作路数、看似"胡乱写作"而成的《生死疲劳》中，对多个非常规形态的人物叙述者的灵活运用，其实是这位当代作家在"积累了四十三年"以及历时二十余年的精巧构思、深沉思索的基础上，经过近一个半月时间可谓一气呵成的出彩写作而终于得以诞生和问世的具体产物，并且因此而让人们可以接触和阅读到一个不无复杂性与神异色彩的故事，去直接面对、感受和思考包括西门闹在内的诸多具有鲜明特色的艺术形象和人物叙述者及其所拥有的特殊意味和内涵。从而，在产生及获得关于人生和世界的极为丰富的感悟、体会的同时，很有可能得以站在相对适宜的高度和立场上对每一个个体的生命历程乃至全人类的共同命运作更加深入、细致和妥帖的思虑与考量。

第二，达到继续进行叙事技巧的创新及实验的目的。从 20 世纪 80 年代初期至今，作家莫言一直笔耕不辍，而且持续不断地在进行叙事技巧的探索、创新与实验，早已成为擅长制作叙事虚构作品的一位文坛高手，他本人对文艺创作的艺术效果以及质量的有关期待与要求似乎从来没有发生明显降低和突然改变的情况。莫言曾说："在具体的创作过程中，要力避用熟练的方法写作，这跟打球不一样。打球嘛，如果对方吃你的下旋球，那就乘胜追击，写小说恰好相反。我想每一个清醒的作家，都会有自己的追求。这种追求对我来说，就是希望能够不断地自我超越。"[①] 难能可贵的是，这位作家在小说艺术方面的追求并没有仅仅停留在口头层面上，而早已有意识地将它落实到了具体的实践过程中。

在努力地进行文艺创作的同时，莫言还不停歇地在观察和研究、阅读和思考，非常重视对历史与现实中的多种现象、情况以及问题进行自己的理解与判断，并且善于借鉴和学习国内外的诸多作家及其作

---

① 莫言：《文学创作的民间资源——在苏州大学"小说家讲坛"上的讲演》，《当代作家评论》2002 年第 1 期。

品，对自己的写作过程展开阶段性的深入反思与总结，也十分愿意在文学创作的具体方法和技巧方面主动、积极地寻求自己的突破口，由此而积累了不少颇为难得和适用的创作经验、感觉以及体会。我们看到，随着时间的推移，他的小说创作可谓越写越长也越写越好，几乎每个篇目都力求做到有所创新、突破和变化，常常可以令广大的读者感到出乎意料、耳目一新。哪怕在同一部（篇）小说的不同部分，我们也能够发现当代作家莫言所力图付诸实践的具体而又实在的不同设计与构思、安排与处理，而且它们同样足以给人带来一种不小的惊喜以及感动。

就《生死疲劳》的叙事技巧与艺术而论，采用章回体结构的小说文本里出现了多个令人难忘的人物叙述者，非常规形态的西门闹又是其中最为奇特也可以说最富有吸引力的一个。如前所述，在这部长篇小说的第一章里，西门闹（"我"）主要以幽灵（亡灵）的形象现身，依托未变形的幽灵型人物西门闹较为成功地讲述了离开人世的自己在阴曹地府里的一段亲身经历以及见闻。在随后的许多章节中，则更多地运用了已变形的比拟型人物西门闹来进行更为复杂的故事的叙述与呈现，事实证明，这样的做法同样取得了很好的效果。我们可以试想一下，由50多个章节具体构成的叙事文本里，在人物叙述者方面如果不曾进行这样的安排和处理，情况到底又将会怎样呢？

在这里，我们完全可以调动思维与想象对此作以下几种假设：①以幽灵型的人物叙述者西门闹贯穿整个小说文本，并且独自承担故事的全部讲述任务；②以常规形态的西门闹、蓝解放和人物莫言进行叙述，这三个形象分别讲述文本里的一部分故事及其内容；③以见证或者参与故事中的、具备特殊本领的一种或数种动植物作为叙述者，讲述数十年间发生和出现的所有事情……仔细想来，这些想法与设计其实并不缺少能够付诸具体的创作实践的现实性与可行性，他（它）们的叙述效果也不一定就是完全不好或不值一提的。

事实上，作家莫言在长篇小说《生死疲劳》的创作过程中所采用的却是另外一种做法，它可谓将以上几种假设中的思路、方法等作了有机的结合与融会。具体来讲，莫言启用了西门闹、蓝解放以及人物莫言这三个艺术形象分别负责讲述一定时间段里所发生的事情，作为主人公的西门闹则从始至终地存在于故事的发展进程中——首先是作为人物叙述者的西门闹（他本人亲自开口进行讲述，或者依托驴、猪、狗和大头儿几个变体的相应形态来展开叙述）；其次是作为叙述对象的西门闹（他不仅出现在西门闹本人及其变体的叙述以及有关文字里，还与蓝解放和人物莫言颇为用心地加以讲述的牛与猴具有一种重合性，因为这两种比较具体的动物本身又不失为人物西门闹的特殊变体）。

我们认为，这位当代作家在叙事艺术层面进行这样的处理与安排的好处在于，既可以避免由数量以及类型相对单一的人物叙述者（比如：常规形态的人物叙述者以及幽灵型、超能型的非常规形态的人物叙述者中的任何一种较为具体的类型）独自展开叙述的单调与不足，又能够综合不同类型的多个人物叙述者各自的优势与特点进行更为立体化和富有意义的讲述，从而在增加故事本身的趣味性以及叙述行为的难度和挑战性的同时，可以促使聚焦与叙述的角度变得更加多元多样，使叙述的范围以及视野得到相对明显的扩大和拓展。与此相应，叙述的对象及内容也能够得到极为显著的丰富与充实、探索与表现。

还需要看到，作家莫言之所以对叙事方面的问题作比较认真、深入的考量并且敢于耐心、细致地开展和实施与之有关的创新和尝试、探索和实验，除了一般人所能想到和注意到的对于文艺创作方面的成功的渴望与追求之外，不应该被忽视的另一个因素则是，这位作家长期以来对待文艺工作的敬业态度与执着精神，以及乐此不疲地进行艺术创造和自我超越的特殊才能。作为我国当代文坛中一位灵性和悟性极高的作家，莫言深谙文学创作的多种原则、规律和技巧，擅长把自己所想象和构思的原本并未发生、存在或者出现的故事用比较适合的方式、手段和话语加以形象化处理，进而令人信服地将其显示以及呈现出来。多年以前，这位作家就曾经表达过关于叙事的理念与观点：

"小说应有自己的风度,那就是雍容大度、从容不迫、娓娓地把假话当真话说,就像在那寒冷的冬夜里,拥着棉被,守着灯火一盏如豆,讲述给小孩子们听的故事一样,鬼的故事,怪的故事,狐狸的故事。这就是蒲松龄的风格。一种朴素至极的风格……"①

在具体的文艺创作过程中,作家莫言敢于把自己所想到的、不无价值的意见和看法负责任地予以展示与显露,哪怕暂时遇到一些非议、误解与责难,仍然愿意真切、诚恳地将它们表达和分享给更多的人。对于"历史",他并不缺乏个人的认识和理解:"历史在某种意义上就是一堆传奇故事。历史上的人物、事件在民间口头流传的过程,实际上就是一个传奇化的过程。"②莫言本人一贯注重从丰盈深厚的民间文化资源里汲取营养,主张"作为老百姓的写作"。他非常认同和赞赏"真正民间的写作",时常提醒自己要尽量地去精英化、去英雄化,侧重并且善于发现、捕捉、探寻、挖掘和描述一些离奇、古怪、微小与细碎的,在很多人的眼里不怎么看重也不太在意(甚至会被认为毫不起眼)的人、事、物,并且能够尽力凭借自己的独特眼光、创作才能和深入思考对他(她、它)们进行颇为巧妙的加工和处理,然后再以一种令人惊讶的方式、形态与状貌重新呈现在众人的面前。

在以长篇小说《生死疲劳》为代表的一系列作品的创作过程中,这位当代中国作家不仅调动了他自己数十年的生命历程中一点一滴地积累起来的生活经验,还在表现手法与叙事结构方面将自己长期以来通过学习和模仿、借鉴及探索而得以逐渐建构与生成的专门的创作储备真正派上了大的用场。如果稍加留意其实不难发现,从国外到国内,关于作家莫言及其小说创作的有关评论中,近年来流传着这样的一句话:莫言擅长将魔幻现实主义与民间故事、历史以及当代社会现实相融合。在国内,"魔幻现实主义"(hallucinatory realism)还有"幻觉现实主义""迷幻现实主义"等多种译法。人们经常把我国的作家莫

---

①　莫言:《好谈鬼怪神魔》,《作家》1993年第8期。
②　莫言:《我的故乡与我的小说》,《当代作家评论》1993年第2期。

言和美国意识流文学的杰出作家威廉·福克纳、拉美魔幻现实主义的代表作家加夫列尔·加西亚·马尔克斯联系起来作讨论和评价，认为这三位作家所创造与建构的艺术世界不无某种相似之处。由此可见，在不少人的眼里，我国作家莫言的文学创作及其所取得的相应成就绝不是闭门造车的产物和结果。

早在 2006 年，当接受学者张清华的一次访谈时，作家莫言曾经这样说："我在创新路上不顾一切往前冲撞，我是一个非常不爱惜自己羽毛的作家，……我觉得写过的就不要管它，始终保持一个年轻写作者不顾一切的精神，不怕失败，不怕被别人说这一部不如以前的作品，不怕犯错误。我把过去所有东西都忘掉的时候就是一种轻装上阵的状态……"① 从 20 世纪 80 年代至今，他一直在矢志不渝、坚持不懈地进行富有创新精神与个性特征的文学创作，对小说的形式和内容可谓给予了双重重视，善于以一种"东方式的超现实主义"的创作方法来观照和书写中国的历史与现实，并且充分调动自己丰沛的想象力以及惊人的创造力，对变形、荒诞、反讽、谐谑等作了比较灵活、巧妙与出色的运用，写出了一批在思想内容和艺术形式两个方面都为人所称道的优秀作品。在很大程度上，通过实实在在的文学创作实践以及与此相关的成果的取得，作家莫言既完成了对"高密东北乡"的动人书写，又可谓提前实现了前些年在创作方面曾经为自己树立、设定和建构的一个具体目标以及志愿——"我努力地要使它成为中国的缩影，我努力地要使那里的痛苦和欢乐，与全人类的痛苦和欢乐保持一致，我努力地要使我的高密东北乡故事能够打动各个国家的读者，这将是我终生的奋斗目标。"②

我们可以预期和肯定，在未来的相当长的日子里，中国当代的作家莫言会将文艺创作这样一个被公认为非常富有创造性与想象力的工作一如既往地持续进行下去，并且以某种不无敏锐度、洞察力、深刻

---

① 张清华：《存在之镜与智慧之灯——中国当代小说叙事及美学研究》，福建教育出版社 2010 年版，第 303 页。

② 莫言：《小说的气味》，春风文艺出版社 2003 年版，第 42 页。

性的眼光、心境、思想以及意识，对中国、亚洲乃至整个世界在历史发展的进程中产生、出现与存在的不少现象和问题，不断地展开有温度而又负责任的观察、体验以及思考，进而站在更具普遍性的人类立场之上，继续做出真正具有广度、深度与力度的书写和言说、反映和表现，与此有关的文艺创作及相应成果同样会令人充满期待与盼望。

第六章　关于非常态人物叙述者的思考与总结

一　叙事艺术的创新以及叙述者的多样化

文学与艺术自身发展的历史已经表明，持续不断而又富有成效的推陈出新，是促使真正具有突破性与创造性的创作得以产生和出现的一种重要动力。对于已经掌握了表达与呈现的一些方式、手法和技巧，并且作过有效的经验积累的不少从事文艺创作的人来讲，他（她）们时常会在进行专业性以及主体意识比较明显的学习、模仿、实践的基础上，经过一段时间的尝试、揣摩、努力及思考，并且在偶然间因为一定的机遇、条件和缘由而受到某种触动、启发以后，将自己想要涉猎、表现的题材和内容以及与之相关的结构、风格、方法与手段等，比较认真、主动地加以选择与掂量、确定和落实，最后再依托文艺作品的内容和形式将它们局部或者整体地呈现或展示出来。一般来说，在着手进行更加具体、落实和精细化的艺术创作的过程中，很多人通常不会表现得特别地安分守己，而是比较乐意去开展多种多样、各具特色的探索和努力、创新和试验，十分希望能够有计划、有步骤地调整、改变甚至突破自己原本习惯性与常态化的创作风格和作品类型、书写以及表达的策略，进而得以真正告别和走出与之相应的规则与惯例、范式与传统。

这种突破虽然不能说一律都是非常自觉而又富有显著成效的，值得所有的人对它充分地加以肯定和认可、赞赏和重视，但是必须承认，不少具有一定知名度和影响力的艺术家从内心深处来讲，在已经取得一些有分量、有价值的成果并且逐步形成了艺术创作方面的个性以及风格之后，确实不太愿意简单、机械地重复他（她）们自己，或者说只是一味地去借鉴、模仿和复制别人的思路与做法，而是从比较具体、实在的创作实践出发，力求在其中寻找、发现和收获真正属于自己的更多东西（比如：艺术创造的灵感以及乐趣，思想感情出乎意料的传达，价值意义的承载乃至实现等）。他（她）们之所以会选择这样去做，一个非常重要的目的和意图则是力图完成更加准确和到位的关于自我的言说和表达，达到一种既令人感到满意又不乏新意和独特之处的效果，进而实现与整个外部世界有关的富有说服力的反映和呈现、书写和透视。

在直接从事创新、创造方面的工作的人群当中，有不少人通常还比较善于选择、利用与艺术创作同步或者不同步的时间、场合和机会，负责任地提出、显示与袒露各式各样而又不无价值的看法、意见以及观点，与之相关的内容一般远不只是传达和陈述自认为比较新奇或者独特的一种相对内在、深入的感觉和体验，而是更加在意和专注于与创作活动、艺术实践紧密相关，并且不无一定深度与广度的见解、观念和有关思索的发表、传递以及分享。从所引起及形成的实际影响和具体效应方面来讲，他（她）们富有尝试和探索精神的创作实验与创造行为，以及与此有关的意见、主张的主动表达和有效呈现，不仅可以为更多的人走近艺术家本人，进而去感受和触摸出自他（她）之手的比较新颖、实在的文艺作品，辨识、了解乃至接受与艺术创作关系密切的多种看法和理念、意识和原则等提供十分有益的启示与帮助。在很大程度上，这样的想法和做法还很有可能对文学艺术的形式与内容方面的变革和发展带来一定的启发与帮助，甚至足以真正地起到较为切实而又不可忽略的一种推动和促进作用。

正如一位学者所言："我们的文学之所以呈现出当今这样丰富复杂、多元并存的审美格局，并产生了一批足以经受历史检阅的经典性作品，从某种程度上说，正是无数先锋作家在不断反叛传统的过程中进行艰辛探索的结果，也正是他们经历了无数次的怀疑、忽略甚至被否定的结果。他们顽强地坚守着文学作为自我内心真实表达的需要，冲破一个又一个被视为艺术铁律的传统规范，在探求种种新的审美价值与形式表达的过程中，成功地将艺术引向更为自由、更为深邃的审美空间。"① 在某种程度上，这里所说的先锋作家可以泛指一切在创作方面具有探索与实验精神与品格的人。因此，我们也许不难理解，伴随着小说这种叙事虚构类文体的兴起以及发展，主要凭借具体的文艺创作来进行表态和发言的小说家为何通常不只是用心与专注于"讲述一个怎样的故事？"的问题，而是对另一个问题——"怎样去讲述一个故事？"具有更加显著（同时也越发强烈和持久）的，想要去努力地进行探讨、揣摩、实践和研究的兴趣以及热情，从而在文学作品的创作过程中较为普遍地显现出一种越来越重视叙事技巧、方法、手段的有关趋势和走向。

　　由文学艺术的发展状况可知，为数不少的艺术家在小说形式与技巧上进行的各种实验、考虑以及为此付出的那一份精力和功夫，与在此种创作的题材、内容方面花费的心思、力气以及所作的相应考虑、安排和处理相比，可谓不相上下（有时候可能还要更多一些）。其中，一个值得我们认真、仔细地加以注意、留心和思考的现象就是经由自己或者他人的艺术实践，很多小说家对叙述者及其在叙事文本里所起到的实际功效以及作用有了越来越清楚、细致和深入的体会、认识与了解。他（她）们深知同样的一个故事由不同类型的叙述者讲述出来会呈现不太一样（有时，甚至可谓大相径庭）的状貌和特点，并且将产生和取得具有不小的差异、区别的效果与结果，从而会在较为实在和具体的文艺作品的构思与写作的过程中关于选择、运用叙述者的问题上体现出越来越突出的灵活性、新颖性、多样性和复杂性。因此，让原本仅仅处于奇思妙想阶段的多种想法和愿望、设计与可能，真正

---

① 　洪治纲：《先锋：自由的迷津——论九十年代以来中国先锋小说所面临的六大障碍》，洪治纲：《无边的迁徙》，山东文艺出版社 2004 年版，第 79 页。

地成为可以通过语言、文字、结构和叙述者等而得以赋形与显现、落实和完成，促使一个又一个与具体的创作行为比较密切地结合在一起并且富有自身的个性、风格和特色的艺术形象，以及与之相应的文学创作和有关产物得以顺利地诞生和出现。

在相当长的一段时间里，经过文学艺术本身的持续发展和很多人的积极参与、付出以及不懈的尝试和探索、努力与坚持，作家们通过数量极为庞大的叙事虚构类作品已经向人们展示和呈现出了多元多样、形形色色的叙述者：上帝一般全知全能型的叙述者与只说出等于或者少于某个人物所知道的情况的叙述者，以人的形象出现的叙述者与以非人的形象（比如：动物、植物、器物、神仙、妖魔、鬼怪等）显现的叙述者，心智健全的相对可靠的叙述者与存在某种比较显著的缺陷、遗憾以及问题而显得不太可靠的叙述者……就其中的人物叙述者而论，不但种类较为丰富、繁多，而且具体的情况、面貌与形态也十分地复杂，可谓与出现、生活以及存在于这个世界上的人类本身一样姿态各异、千差万别，足以让人看得目不暇接、眼花缭乱，在深感奇特、意外甚至震惊的同时，不禁要为中外艺术家及其非凡、独特的艺术想象力与创造力由衷地表示钦佩，进而从心底对他（她）们发出诚挚的赞扬与惊叹之声。

德国哲学家恩斯特·卡西尔（Ernst Cassirer）在《人论》一书的第五章里提出，假设法的引进对于科学理论的发展曾经起到过极大的推动作用，并且比较具体地讨论了一些非常著名和经典的案例：完全孤立（即：不受任何外部力量影响）而运动的物体的概念，对于伽利略创建他的动力学新科学的影响；虚数在数论发展以及数学史上的意义；由超越现实世界的想象力产生的"理想国"和"乌托邦"等"非在"（nowhere）概念，对发展伦理政治理论的巨大功效；假设"自然人"的符号概念，于卢梭有关人之本性的真正理解的价值……①在我们看来，对于在 20 世纪文学艺术的发展进程中所产生、出现并且被不

---

① ［德］恩斯特·卡西尔：《人论》，甘阳译，上海译文出版社 2003 年版，第 91—96 页。

少艺术家有意识地加以选择和运用的非常规形态的人物叙述者以及与之有关的认识、把握和理解，恩斯特·卡西尔的这个观点其实同样可以发挥某种具有启发和补益性质的功效及作用。

对于越来越看重故事讲述技巧与叙事表达艺术的小说家来说，关于在叙事文本当中负责讲述故事的叙述者的构思和设计、考虑与选用，因为具有某种实效性和重要性而早已成为值得予以特别注意（甚至足以引起重视）的一个具体问题。如果单纯地从理论上来讲，叙事文本里的叙述者首先需要具备一定的表达、通报和传递信息的能力和水平（具体方式则主要是叙述），为了达到预期的信息传达目标并且追求比较合理以及相对理想的信息传达效果，所选择和采用的叙述者理应以心智健全者、思路清晰者、行动敏捷者、表述流畅者乃至口齿伶俐者为好。然而，在实际的艺术创作中现身和出没的叙述者，与人们最初进行设想的情形和心里所预期的类型并不见得会完全地吻合或者一致。如果我们结合较为具体的文艺作品进行一番比较、分析以及考察的话，或许不难发现，两者之间有的时候是颇为不同甚至存在很大的差异性的。

众所周知，让与狂人（疯人）、痴者（愚人）有关的癫狂型和痴呆型的人物，甚至和幽灵（亡灵）、动植物、非生物相对应的幽灵型、动物型、植物型、非生物型，以及比拟型、超能型等非常规形态的艺术形象开口讲述自己抑或他人的经历和感受、体验与故事，常常会令人感到有些难以置信甚至匪夷所思，借助这些颇为特别的艺术形象来叙述一个家族的故事、一段特殊的历史、一个别样的世界、一场另类的旅行等，可以说是出乎意料、不可思议的事情。但是已有的文学实践可以证实和表明，这些富有特色的艺术形象不仅已经出现在一些中外作家的笔下，还承担与肩负起了讲述和呈现故事及其具体内容的重要任务，确实去履行身为人物叙述者的相应职责。而且，客观地来讲，作家们所采取的这些富有创新性与探索性的举动值得予以充分的认可和肯定，因为这既可以丰富叙事虚构作品中叙述者的具体类型，又能够切实地推进（进而更新、充实）处于不断地发展和变化过程中的叙事艺术本身，让人们看到运用形态特殊的人物叙述者对故事进行讲述以及呈现，不但是完全可能的而且更是富有意义和价值的行为与活动。

有研究者提出并且表述过这样的看法："小丑、骗子、乞丐等等看似是一种人物类型，其实是作者以什么角度来叙述的问题，他们带着小丑和骗子的面具，来表达作者的真正意愿。小丑，骗子，傻瓜，都是作为一个与正常人相对的对立面而出现的，正常人就好像是社会的一般常识，但是作者以倒置的方法来表现的人物，表现了叙述的聪明才智，因此小丑和骗子在作品中都是作者意图的代言人……"① 还有人曾经撰文指出："从福柯的眼光看，弱智或者疯子、神经病患者，都是另外一种文明和智慧的表现，既然疯癫的人被社会看成另类，那么，如果从疯癫者自己的视角和立场来看社会看自己，是否会出现别样理解呢？"②

假如我们不排斥（更不否定和拒绝）上述两个观点以及其中所涉及的有关情况和提出的建议，并且认为包括作家在内的很多人完全能够站在"弱智或者疯子、神经病患者"等"被社会看成另类"的人（这是所谓"与正常人相对的对立面"）的相应位置、处境和立场之上面对、看待和思考问题的话，相信由此而足以获得一种比较具体、新鲜而又特别（乃至深入）的认识与理解，甚至应该有足够的理由和可能得出一个这样的结论——非常规形态的人物叙述者之所以会出现在叙事虚构类型的小说文本中，并且出人意料地亲自开口来讲述故事，主要是由于作家本人愿意主动、积极地调整和变换常规性、普遍性的创作理念以及思路，进而敢于去开展富有创造性、实验性和挑战性的写作实践所导致的。他（她）们之所以采用这样的创作行为以及技巧，除了十分乐于去寻觅和追求非同一般、不拘一格的叙述与表达的效果之外，从来不缺少创意甚至探索与冒险精神的文学艺术家应该还有更多（也更为丰富和有趣）的想法、目标以及意图。

有的人也许已经注意到，在人类长期的艺术实践过程中，很早就

---

① 董小英：《叙述学》，社会科学文献出版社 2001 年版，第 57 页。
② 刘俐俐：《民族文学与文学性问题》，《民族文学研究》2005 年第 2 期。

产生和出现过一些显得离奇、怪异的图案和形象，它们多半是在现实生活的基础上借助拼接、重组乃至变形、想象等多种方式、途径和手段而被人为地创造与制作出来的，是非同寻常的思维逻辑与创作行为所呈现和得到的相应对象及结果，也是对相对普遍的常规化创作思路和方法的一种明显突破与挑战，可以说既与人类拥有的强大的创新精神息息相关，又不无它们自身较为特殊、复杂的内涵以及意蕴。和在绘画、雕塑、建筑、戏剧、电影等艺术作品里现身的相对直观的奇异形象以及有关图案不同，文学创作中运用语言和文字构建出来的是间接形象，其中却从来不缺乏一些同样可以给人以奇特、新颖、鲜明、生动的感觉、体验和印象的具体形象。在本书中，侧重进行思考、探讨与分析的非常态人物叙述者就不失为一种令人难忘的艺术形象，进一步作观察，我们可以看出，它又和作为美学范畴之一的怪诞（grotesque）存在一种较为密切的关系。

在艺术领域中，怪诞多指由艺术家构思与创造出来的艺术形象本身的奇特怪异、非同寻常，这在外显与存在形态方面表现得尤为突出和明显（即：通常所说的奇形怪状）。有学者认为："艺术中的怪诞指通过想象、幻想、虚拟和极度夸张、变形所塑造的奇特怪异的形象。它或以现实中的怪诞为表现对象，或大胆地运用出其不意的艺术手法改造事物的原貌，故意违背均衡、比例、对比、宾主等形式美规律，夸大形象的某一特征，用畸形来代替沿袭的典型，或运用打破常规的修辞手法、破格的韵脚，驰骋超现实的离奇想象和虚构荒诞的情节等，揭示特定的内容，增强审美的效果。"① 如果仔细地想一想，或许会发现，它与同为美学范畴的荒诞（absurd）既有联系又有区别。

荒诞是"表里不一、荒唐荒谬、虚妄不近情理的审美特性"，它"与丑相通，与美相对应"。现代艺术中的荒诞和荒诞事物侧重表现"社会人生的负面价值，是对于美好事物的否定，是人的本质力量的异化和扭曲"，"人类所面临的种种危机动摇了对美、对未来的信念"，

---

① 朱立元主编：《美学大辞典》（修订本），上海辞书出版社 2014 年版，第 58 页。

而使"社会现实和人的存在本身具有了荒诞性","荒诞作为人的特殊的审美感受、审美判断和审美实践，实际上是在理性精神指导下对荒诞的否定，从而在反对真善美的意义上建构其审美价值"，"艺术中重现和再创荒诞则既是对荒诞的鞭挞，又是荒诞之所以成为一种特殊的审美范畴的内在的实践根源"。① 由此，可以对怪诞和荒诞进行进一步的理解与辨析，我们的具体看法是这样的：前者主要体现在艺术创作的形态和技巧的层面上，后者则与作品的思想和内涵具有更加密切的关联，更多地指向了人生、现实、世界的内里与深层，它似乎并不缺乏一种和价值判断有关的意味与气息。

与古今中外文学创作里非常规形态的多种人物叙述者实际发生接触的时候，一般而论，人们首先会被其显得有些怪诞、离奇与荒谬的外形所吸引和捕获，而当走进由独特的他（她、它）们开口讲述出来的话语和故事所编织与构成的文本中，则可以更为具体、真切、深入地感受和体会到与荒诞有关的否定和质疑、批评和鞭挞乃至"异化和扭曲"，进而了解和领悟负责制作出包含了这些不一般的人物叙述者的作品的创作者本人寄托于此类艺术形象身上，并且渗透在叙事文本的字里行间的特殊用心和意图、取向及考虑。

二　走近和理解非常规形态的人物叙述者

如前所述，非常态人物叙述者是显现及存在的形态比较特殊和显眼，并且与不可靠叙述者关系相对密切的一种不同寻常的叙述者，主要由文本里参与故事进程当中的一个或者多个具体而又富有特色的艺术形象来担任。与相对常见的常规形态的人物叙述者相比，他（她、它）们在智力、精神、心理、道德、形态、状貌等方面可谓出现并且存在比较大的差别。根据偏离"常态"的形式以及程度上的具体表现，非常规形态的人物叙述者可以区分为人化与非人化这样两个大的类别（就一般的情况而言，人化的非常态人物叙述者在数量上明显占据优势），它们又

① 朱立元主编：《美学大辞典》（修订本），上海辞书出版社 2014 年版，第 58 页。

分别包括了一些不无自身特点的具体类型：癫狂型、痴呆型、幽灵型的人物叙述者更多地借助于"人"的外形而得以显示出来；动物型、植物型、非生物型的人物叙述者则被赋予了与"人"存在不小差异的多种较为独特和另类的面貌、外表和形象；比拟型、超能型的人物叙述者也同样地引人注目，二者是与人化、非人化的非常态人物叙述者都有关系，并且具有一定的交叉与混合性质的比较特殊的类型。

在更具普遍性的所谓人化的非常态人物叙述者当中，癫狂型、痴呆型、幽灵型是富有典型性和代表性的几种较为具体的类型。多位中外的艺术家曾经在创作过程中成功地对这三种形态的叙述者作过选择和运用，他（她）们在叙述者类型的多样化乃至叙事艺术的探索性、创新性方面，可谓为大家提供了良好示范并且积累了相对丰富而又具有效用的创作经验。20 世纪的叙事虚构类作品里，由癫狂（疯癫）之人、痴呆之人甚至幽灵（亡灵）形象等出任的人物叙述者频频现身，已经成为值得我们加以仔细观察和深入认识、了解，开展和进行适宜、贴切的探讨与研究的一个创作问题乃至文坛现象。此外，动物型、植物型、非生物型乃至比拟型、超能型等的人物叙述者也有了在文艺创作领域中逐渐崭露头角进而引发人们的关注与思考的机会和可能。

近几年来，伴随数字与网络技术、人工智能、传播媒介和社交意识等的快速发展，文学艺术从创作的思维和理念、表达的方式和手段到形成、存在及显现的具体样态都渐趋出现了不少较为显著的革新与变化。学者黎杨全在对我国近年来的网络文学（它是新媒介文学中的一个重要类型）进行广泛阅读和深入思考的基础上，专门撰写过文章《走向活文学观：中国网络文学与次生口语文化》①，对此进行了到位

---

① 　黎杨全：《走向活文学观：中国网络文学与次生口语文化》，《探索与争鸣》2021 年第 10 期。我们关于网络文学的论述主要参考了这篇文章及其中的意见和观点，随后的多个出自同一篇文章的引文将不再进行重复性标注。黎杨全是近年来我国致力于新媒介文论和网络文学研究并取得显著成效的学者，主持两个国家社科基金项目（"数字化语境中文学制度的转型与策略研究"，项目批准号：15XZW003；"数字资本主义与新媒介文艺的转型研究"，项目批准号：21AZW002），在《中国社会科学》《文艺研究》等刊物发表多篇相关论文，出版专著 1 部（黎杨全：《中国网络文学与虚拟生存体验》，中国社会科学出版社 2021 年版）。

而又富有价值的论析和探讨。我国现阶段网络文学的特点可谓较为明显：一方面，网络文学的生成过程本身足以构成特有的现象、问题乃至行为、活动、事件。网络文学被认为"是次生口语文化的产物，我们显然不能将其简单理解为'事物'，而应看成类似于口头传统的现场交流活动"，它（们）不再是某个确定的传统意义上兼具个体性与独立性的写作主体进行自主创作的产物和结果。而且，网络文学写作主体（一般被称为写手）普遍具有一种后人类特点，"个体融入了众多的他人意志与机器阐释"，所谓的"我"常常"不可避免的是社会的、众人头脑的集合体"；另一方面，由于读者的参与，网络文学的文本及其结构已经发生了比较突出的变化。由读者发表的主要以交流为目的的短时、随机、密集型评论的形式出现与存在的大量副文本（比如：间帖、本章说等）已经穿插和融入写作过程中，成为作品的一个有机组成部分，甚至被读者视作"比故事更重要的部分"。而在常规与习见的传统纸媒印刷文学中，以多种形式存在的副文本通常被置于文本之外的位置，在字体、字号、颜色等方面与正文（即：主文本，它是文本里占有统治地位的主体）具有一种明显的区别。

可以这样说，网络文学是一种活态性文化，"故事文本只是读者体验的一部分，……文本与活动的统一才是完整的网络文学"，"不断的交流活动促成了它的持续生长，在此意义上，网络文学成为一种电子'手稿'，是变动不居的开放叙事，它不再是'有限的、现成的现实艺术'，而是'构成现实的艺术'"。因此，主要依托印刷文化时代数量庞大的经典化文学创作及其相对固定且多以纸质媒介形式面世的文本而形成的关于文艺和叙事的认识及理解，很可能需要经受来自文学艺术的发展实践本身的不小冲击和挑战，促使更多的人意识到文学与叙事理论其实并不是一成不变的，而需要与时俱进地进行一定程度的更新与变革、调整与建构。在网络文学世界里，文学的外延被扩展、叙事进程被打断、故事情节被拆分、文本结构及存在形态被突破已经成为相对常见的现象，虚拟的赛博空间与真实的现实生活、作者与叙述者以及读者的界限变得模糊不清……随之，我们所关注的与叙述者有关的现象和问题也必将变得更加地丰富和复杂。

由于条件和视野的限制，包括网络文学在内的新媒介文学还没有成为我们进行非常态人物叙述者思考和论析的一种重要对象，但是在日后的研究当中，这种类型的文学应该会被有效地加以留意、关注与重视。不难发现，就网络文学中人物叙述者的现有类型来讲，与某个物化主体较为接近的比拟型人物叙述者，以及具有穿越、预测、洞察、发明、创造的非凡本领，熟知和掌握各种新兴的现代科技手段，甚至可以跨越生死或者有能力改变关系到个人、家庭、族群、区域、时代等的命运乃至历史发展的走向与进程的超能型人物叙述者（"超人"主体"神一样的存在"），均可谓并不鲜见。我们完全有理由相信，随着时间、文艺以及技术、观念等不断地向前推进，非常态人物叙述者的其他类型（包括前所未有的一些新的类型）还将在网络文学中得到进一步的塑造和运用、发展和呈现，而这对现在以及以后与之相关的分析、思考和研究肯定会产生一定作用，并且可以造成一种相应的影响及冲击。

面对早已进入了人们的视野中不仅自身显现以及存在的形态颇为特别，而且具体种类日渐增多的非常规形态的人物叙述者，我们认为，通过开展相对细致和切实的文本阅读来真正地走近、感受以及触摸他（她、它）们的同时，还需要从不同的角度和层面切入，从而得以更加用心和适宜地去作认识与体会、思考与理解。

第一，非常态人物叙述者是小说家为了实现对以"人"为中心的世界的独特言说而采取的一种特殊策略与手段。国外著名的理论家、思想家巴赫金（Mikhail Mikhaĭlovich Bakhtin）说过："小说家需要某种重要的形式上体裁上的面具，它要能决定小说家观察生活的立场，也要能决定小说家把这生活公之于众的立场"，"恰是在这里，小丑和傻瓜的面具（自然是以不同方式加以改造了的面具）帮了小说家的忙"。① 在 20 世纪叙事类文学作品中开始频繁地出现和亮相的

---

① ［苏联］巴赫金：《小说理论》，白春仁、晓河译，河北教育出版社 1998 年版，第 357 页。

多种形态的非常态人物叙述者，从根本上说，不失为小说家面对、反映以及言说姿态万千的世界的一种相对独特而又颇为有效的方式和手段。同时，这又能够为更多人提供审视自己和人类生活的几类比较特殊和有趣的艺术形象，可以促使大家借助非常规形态的人物叙述者的眼光、意识、思维来面对、打量和讨论早已经存在与出现的诸多现象以及问题，进而发现和探寻人类生活的别一种形态、特征与状貌，最终必将有助于重新审视、思考和解读人类本身及其所处的整个世界。

第二，非常态人物叙述者是人类关于自身的探究与思索、认识和理解已经抵达一个新的层级与阶段的有力证明。人类针对自身而进行的探索和认知活动，可谓经历了相当漫长的时间以及过程。就西方而论，自古希腊以来的两千多年里，人的理性曾经被更多地加以留心、注意和强调，被普遍地认为人与动物之间存在的一个本质区别。进入近代以后，伴随着宗教信仰的危机、频繁的战乱所带来的巨大灾难以及非理性主义哲学的兴起等，人的非理性的一面才逐渐地受到了人们的更多关注、留意以及重视。继德国哲学家叔本华（Arthur Schopenhauer）、尼采（Friedrich Wilhelm Nietzsche）等人对理性主义传统发起并且进行公开而又直接的质疑、挑战之后，奥地利精神病学家和心理学家西格蒙德·弗洛伊德（Sigmund Freud）提出了以潜意识理论为核心的精神分析学说，可谓给西方的思想领域和精神世界带来了非常强烈的冲击和十分重要的影响。

毫无疑问，弗洛伊德的理论贡献是巨大的，"他对人类心理隐藏的那一部分的深刻理解，开创了一个全新的心理学研究领域，从而从根本上改变了人们对人类本性的看法"①。人们普遍认为，弗洛伊德的精神分析学说对现代小说家的创作理念产生了一种极为显著、突出和深刻的影响与作用，它已构成了对文学文本中的人物形象所具有的意识世界（一般不会直接显露在外）进行深入、持久的探寻和发掘的心理学基础。非常规形态的人物叙述者可以视作为数不少的作

① 程志民、江怡主编：《当代西方哲学新词典》，吉林人民出版社2003年版，第68页。

家在接受弗洛伊德的学说及其影响之后，对现实生活进行内向观察与深入思考（这具体体现为尝试对人的潜在心理进行寻访与探究、书写和表现）所取得的一类相对具体和有效的成果，同时也不失为人类关于自身的认识与理解已经达到了新的层级以及阶段的一个比较有力的证明。

　　第三，非常态人物叙述者还可以说比较明显地体现出了通过文艺创作来进行一种文化反思以及社会批判的意图。思想家的一个深邃之处在于能够穿透事物和现象的面目与表相，去寻找、探求、揭示存在于它（们）的内部以及深层的特征、本质乃至规律。法国思想家米歇尔·福柯在《疯癫与文明：理性时代的疯癫史》一书中，运用知识考古学对疯癫在从文艺复兴到 20 世纪的社会历史发展进程中的处境以及意义，进行了令人钦佩的研究和考察，他比较明确地提出，"理性－疯癫关系构成了西方文化的一个独特向度"①。福柯的相关研究让更多的人开始意识到，疯癫其实不只是在现实生活中已经出现和存在了很长时间的一种自然而然的病症与现象，很大程度上它还不失为人类社会与文明的具体产物。如果人类从来没有或者说不存在以理性、秩序、约束、要求之名，把这种或者那种现象、症状以及问题说成（甚至确定为）疯癫，并且有意识地对其加以歧视、隔离甚至进行迫害（这其实绝不仅仅关涉一时一地的文化及其发展进程）的情况，很可能就不会有疯癫以及与疯癫有关的一段相对特殊而又常常被人们忽略和遗忘的历史。

　　和疯癫（癫狂）相接近，作为人类精神疾病的另一种特殊类型的痴呆，同样与人类文化变迁以及社会发展进程存在比较密切的关联。狂人（疯人）、痴者（愚人）很大程度上不仅是罹患精神疾病的人，二者还长期承受着不少与精神疾病密切相关的误解、压抑、痛苦乃至折磨。我们注意到，美国学者苏珊·桑塔格早已敏锐地指出，"从词

---

　　① ［法］米歇尔·福柯：《疯癫与文明：理性时代的疯癫史》，刘北成、杨远婴译，生活·读书·新知三联书店 1999 年版，第 3 页。

源上说，患者意味着受难者"①。迄今，有不少国内外的作家在具体的文本里主动、频繁地采用癫狂型、痴呆型、幽灵型、动物型、植物型、非生物型、比拟型、超能型等多种非常规形态的人物叙述者进行别具特色的文艺创作与实践，他（她）们在叙事技巧与艺术方面表现出可贵的乐于探索和实验的品格与热情的同时，促使由于多种原因而早已被迫走向某种沉默、隐忍、缺位的狂人（疯人）、痴者（愚人）和幽灵（亡灵）形象，与因为人类不自知与有所保留的认识、态度、意识等而长期被予以轻视和忽略的动植物、非生物形象，以及出于人们对未知世界的某种不屑与隔膜、禁忌和恐惧而遭遇忽视甚至无视的比拟型和超能型的艺术形象，被赋予并且拥有了可以开口说话，进而大胆讲述故事、勇敢表达自我的权利和与此相应的资格。

由此，很有可能提醒更多的人逐渐意识到，在不同的叙事文本里现身的狂人（疯人）、痴者（愚人）、幽灵（亡灵）、动植物、非生物以及比拟型、超能型等颇为另类和特殊的艺术形象都是需要加以专门性地关注和重视的具体对象。20世纪90年代初期，学者赵毅衡已经对小说文本中的人物视角进行过文化形态的分析，他曾经明确地陈述过这样的观点："人物视角实际上是工业化社会渐渐进入成熟时的社会文化形态的产物，是现代社会形态越来越体制化时，渐渐处于与社会对立状态的个人的不安意识，是社会与个人评价规范合一性消失的结果。人物视角不仅是一种文学技巧，更是一种思维方式。"②

如果将有关的分析和思考从人物视角延伸和迁移到叙述者的身上，透过叙事文本中存在与出现的比较奇异与特别的多种非常规形态的人物叙述者及其所展开的叙述与呈现，实际足以让人们感受、察觉进而发现，人类本身与由人类所创造和建构的既有文化（其中包括各种习俗、观念、律法、制度、技术、知识等）以及有关的历史和现实事实

---

① ［美］苏珊·桑塔格：《疾病的隐喻》，程巍译，上海译文出版社2003年版，第111页。

② 赵毅衡：《叙述形式的文化意义》，《外国文学评论》1990年第4期。

上还未曾达到相对理想的境地，仍旧存在不少的问题、不足、缺憾乃至弊端，需要通过不停地追问、不断地反省、持续性的批判和不遗余力的思索来使之得到相应的调整和补充、修改与完善，从而为各个方面能够发生及出现进一步的更新、变化和发展真正地提供（并且很可能创造）相应的条件、机会与可能。主要从事文艺创作和文字表达工作的作家，不仅是非常态人物叙述者的具体设计者以及实际的采用者和塑造者，他（她）们也完全称得上是意识、思维、想象力与创造力方面明显具有自身的独特性乃至过人之处的一类人。

我们认为，非常态人物叙述者的一个重要的功效和作用，就在于促使人们对人类以及身处其中的这个复杂多变（常常令人感到有些捉摸不透）的世界从特定的角度进行观察与体验、思考与认识。当然，这还需要通过或者借助一定的言说、讲述与反映的形式加以具体化、形象化的体现、说明和证实。这种言说和反映以及与此相应的成效，很大程度上又源自（或者说植根于）包括小说家在内的众多艺术家以及思想者对于现实世界和"人"本身所进行的双重审视。哲学家的相关研究告诉我们，这种审视实际上可谓由来已久，"从人类意识最初萌发之时起，我们就发现一种对生活的内向观察伴随着并补充着那种外向观察。人类的文化越往后发展，这种内向观察就变得越加显著"①。对于人类及其生活的认识、研究和理解，内向观察和外向观察都是十分重要而又非常必要的。与主要指向外部世界的外向观察相对，内向观察更多地指向人类自身。还需要看到的是，不论外向观察还是内向观察，它们实际上都离不开观察者——"人"。

从古至今，"人是什么？"不失为一个思考及回答都颇有难度和挑战性的问题，德国哲学家恩斯特·卡西尔由对苏格拉底哲学思想的分析、探讨而给出过这样的意见和答案："人被宣称为应当是不断探究他自身的存在物———一个在他生存的每时每刻都必须查问和审视他的生存状况的存在物"，他认为"人类生活的真正价值，恰恰就存在于

---

① ［德］恩斯特·卡西尔：《人论》，甘阳译，上海译文出版社 2003 年版，第 6 页。

这种审视中，存在于这种对人类生活的批判态度中"。① 与哲学家、数学家、物理学家、化学家、生物学家等多个不同的学科领域中的人一样，主要从事创作实践与活动的艺术家（包括小说家在内）也在对人类以及人类的生活不断地进行着"查问和审视"。相对而言，他（她）们比较善于运用一种更加形象、生动、具体，同时与置身于现实生活中的普通人更为亲近、友好、密切从而也更可能得到具有普遍性的理解和接受的方式，将"查问和审视"的感受、体会以及结果巧妙地显现出来。

美国人类学家迈尔斯·理查森（Miles Richardson）在第20届美国比较文学学会年会上提交的论文《人类学话语中的视点：作为吉尔伽美什的人类学家》（"Point of View in Anthropological Discourse：The Ethnographer As Gilgamesh"）中十分明确地提出，人不仅是生物的存在和经济的、社会的动物，就其本质属性而言，人也是讲故事者（storytellers）。② 这位学者还认为，"讲故事是我们日常生活的根本属性"③。荷兰叙事学家米克·巴尔曾说："叙事是一种参与文化进程的文化现象。"④作为人类非常重要的故事讲述形式之一的文学艺术，必然会具有浓厚而又丰富的人类意识和文化色彩，之所以这样说，一个较为具体的原因在于"文学其实绝不是'文学'本身，它是构成人类文化传统的一个部分，是传递我们文明因缘的锁链的重要的一环"⑤。此外，还有人从人类进化的角度提出过关于故事及其讲述的重要性方面的意见："随着人类文化越来越复杂，讲故事已经不仅仅是一种重要的文化适应行为，我们的大脑在进化过程中还将其自发纳入认知环节。故事塑

---

① ［德］恩斯特·卡西尔：《人论》，甘阳译，上海译文出版社2003年版，第10页。

② 转引自叶舒宪《文学与人类学——知识全球化时代的文学研究》，社会科学文献出版社2003年版，第113页。

③ 转引自叶舒宪《叙事治疗论纲》，《西南民族大学学报》（人文社会科学版）2007年第7期。

④ ［荷兰］米克·巴尔：《叙述学：叙事理论导论》（第二版），谭君强译，中国社会科学出版社2003年版，第8页。

⑤ ［美］王海龙：《人类学的视点：比较文学和文学的比较》，史忠义等主编：《国际文学人类学研究》，百花文艺出版社2006年版，第230页。

造了我们的思想、社会，甚至改变了我们和环境的互动。故事拯救了人类。"①

三 非常态人物叙述者与中国文学的发展

自近代以来，外国（尤其是西方）对中国大地所产生的影响可谓排山倒海、声势浩大，这早已成为不容争辩、不可忽视更不能够轻易地予以否认和排斥的一个重要事实，中国接受（不论是被动地还是主动地）这种外来影响，似乎早已成为一种无须商榷、不必多虑的行为以及决定。因此，每当华夏这块历史悠久、地域广袤的大地上出现一些鲜见及新异之物的时候，不少中国人往往将它（们）视作由欧风美雨裹挟而来的种子、格调、做法所带来与产生的影响以及由此而造成的相应结果，会习惯性地将目光与视线调整、切换和投注到看似熟悉和了解（实则仍旧感到陌生与隔膜）的那个存在空间与心理感受方面均类似于彼岸的、被唤作"西方"的特殊区域以及对象之上。

在文学艺术这个领域中，面对一些比较显在、具体的现象、情况和问题的时候，为数并不算少的人通常也是这样来加以考虑进而开展与此相关的分析和处理的。也就是说，在一个并不太短的时段里，中国大陆的文坛上一旦产生或者说出现有别于传统的思潮、流派、风格乃至方法、技巧和手段等，有相当数量的研究者一般都会快速、及时、主动地变更、调节和转换自己的眼光、思维的方位与向度，带着惯性（而且认为较为自然）地要向本土之外的西方去进行察看与眺望，并且试图从中观察和查找、搜索和寻觅关于存在直接源于或者是来自国外的某种既定影响的一些蛛丝马迹。

作为 20 世纪中国文艺界感觉器官异常灵敏的一群人中的一个重要组成部分，主要依托手中的一支笔来表情达意（乃至安身立命）的作家，常常是因为感觉、体会和意识到了一些值得加以关注、留意、探

---

① ［英］加亚·文斯：《人类进化史——火、语言、美与时间如何创造了我们》，贾青青、李静逸、袁高喆等译，中信出版社 2021 年版，第 79 页。

究的现象以及问题，从而下定决心要在他（她）们各自的文艺创作
中将它们负责任地描述、刻画和映现出来。为了追求比较良好也更
为理想的一种表达效果，还会不断地进行艺术技巧与表现方法上的、
具有多种机会和可能的实践以及试验，竭力去冲击和挑战人们阅读、
欣赏与接受文学艺术作品的习惯和眼光、耐性与极限。在我们看来，
这种不无显见的难度与挑战性可言的探索和实验，对于从事具体的
创作活动的作家自己乃至文学艺术的发展进程而言，既是很有益处
的，又是十分必要的。进入 20 世纪之后，不论思想内容还是艺术形
式方面，中国文学都有比较明显、突出的推进以及发展，多种文体
类型的创作实践已经收获并且取得一系列成果和与之相应的成就，
在不小的范围之内确实产生并且起到了令人感到欣慰与鼓舞的多种
作用和影响。

　　就其中侧重进行叙事虚构的小说创作及其作者而言，虽然自身仍
旧不乏一定程度的遗憾、困惑、欠缺以及问题，试图主动、自觉地进
行学习和借鉴、创新与突破的意识及愿望却可谓非常地显著、突出、
强烈。不少作家早已不再满足于所谓传统和常规意义上的书写、表达、
反映及呈现，而是想方设法、尽其所能地开展形式多样、成效显著的
开拓与探索、创新与试验。作为 20 世纪叙事艺术方面的一种探索及实
验成果的具体创作，尽管它们的篇幅、题材、主题与风格并不一致，
所带来以及形成的相应影响和效果也存在一定的差别，但是不可否认，
正是通过这些具有明显的实验性质以及浓重的创新与探索色彩的艺术
作品，让更多的人逐渐发现和注意到了本身显得十分独特和醒目而且
具体类型也日趋多元与丰富的非常规形态的人物叙述者。20 世纪的中
外叙事虚构作品中已经出现与存在的多种多样的非常态人物叙述者，
他（她、它）们是现代小说家在哲学、心理学、医学、民俗学、宗教
学、人类学、美学、文艺学等多个研究领域以及有关的理论、探讨与
思考不断地推进和发展的基础之上，严肃认真、尽心竭力地展开思索
和叩问，去努力探寻和表现以 "人" 作为重要主体之一的这个多彩世
界的一种新颖而又独特、勇敢而又大胆的尝试、行为与实践。

　　富有创新意识和实验精神的艺术家借助并且发挥非凡的艺术创造才能，在叙事文本里为各式各样的非常规形态的人物叙述者（具体包括癫狂型、痴呆型、幽灵型、动物型、植物型、非生物型、比拟型、超能型等在内）倾心、用力地营建和构筑了一个可以随心所欲地进行言说与表达、行动和表演的宽阔舞台。因此，于他（她）们所精心设计和建构的文本中，让包括极少也较难为一般的人真正地接近、认识和理解的狂人（疯人）、痴者（愚人）、幽灵（亡灵）乃至动物、植物、微生物、非生物等属于不同类型并且具有多种风格与色彩的艺术形象成为既负责讲述故事又处于故事当中的重要角色（有的时候还是主要和关键的角色）。艺术家本人则比较及时地退回了台前和幕后的位置上，随后，他（她）们通常还十分乐意而且力求细心地承担、履行和完成的是一个能干而专业、谦逊又低调的导演的有关职责以及任务。出现在较为具体的叙事虚构作品中的非常态人物叙述者及其所呈现的功用与价值，很大程度上正是因为小说家富有信心和勇气的艺术创造活动，以及由此而得以产生的效果与取得的相应成果的一种绝好证明。

　　实在地讲，当最初开始对 20 世纪中国文学中的非常态人物叙述者以及其中的几个重要类型进行分析、讨论和解读之时，我们在一定程度上也曾经延续和使用了急于去寻找、辨认和厘清主要源自西方的某种外来影响及作用的研究思路和方法。与此同时，还遇到了一些新的问题、状况并且由此产生了不少从未有过的疑虑与困惑，从而促使我们进行更加深入的思考并试图在具体的做法上稍微作一点儿调整和改变：第一，努力梳理出 20 世纪的中国文学中可谓相对出色地运用非常态人物叙述者的五代作家[①]，即：从鲁迅、冰心等为代表的五四时期

---

　　① 如前所述，从创作及成名的具体时间和辈分上看，20 世纪中国文学中运用非常态人物叙述者的作家已经有五代人，具体包括五四时期的作家（第一代，鲁迅、冰心等为代表），20—40 年代的作家（第二代，许钦文、张天翼等为代表），50—70 年代的作家（第三代，宗璞、王蒙等为代表），80、90 年代的作家（第四代，韩少功、莫言等为代表），新世纪的作家（第五代，孙频、孟小书等为代表）。

的第一代作家直至新世纪开始之后以孙频、孟小书等为代表的第五代作家；第二，将我国这五代作家在近百年时间里所创作的数量与质量都值得予以肯定的小说中的非常规形态的人物叙述者（以及其中的一些重要又著称的代表和典型），与外国文学中同类型的人物叙述者以及有关的艺术形象放置在同一个平台上，尽量采取一视同仁的心态加以面对、探讨和剖析。

我们想要做的事情其实并非仅限于此，在对非常态人物叙述者本身及其创造者（即：作家）从类型和代际两个方面进行一番梳理和厘清的同时，还力图结合我国不同阶段的社会历史、思想意识、文化心理、文学思潮①等多个方面的实际状况与形势，对接近一百年的时间里出现在多位中国作家的笔下而且自身不无具体性、独特性与复杂性的非常规形态的人物叙述者，进行一番力所能及而又尽可能适宜和妥帖、到位和深入一些的观察与思考、讨论与解析。事实已经证明，这样做的出发点不乏值得肯定与认可之处，但是其中存在的挑战性以及难度其实并不算小（这主要是由于相关研究的牵涉面确实非常宽广，涉及了多个学科领域及有关的理论、知识、方法、概念等，在相对有限的时间里，这些东西与相应储备其实很难做到真正意义上的弥补和丰富、积累和提升）。因此，我们目前仅就人化的非常态人物叙述者这个大的类别（其中，比较典型而又相对普遍的3个具体类型是癫狂型、痴呆型和幽灵型的人物叙述者），以及介乎人化与非人化的非常态人物叙述者之间的比拟型这样一个特殊类型的叙述者尽力进行与开展相关的论析、思索与讨论。在这个过程中，我们已经较为明显地感觉和体会到（实际上，还产生和遇到过）不少实实在在的困难、疑惑以及问题。

_____

① 学者蒋承勇曾经提出："'文学思潮'通常都有凝结为哲学、世界观的特定社会文化思潮（其核心是关于人的观念），乃文学思潮产生发展的深层文化逻辑（'文学是人学'）；完整、独特的诗学系统，乃文学思潮的理论表达；流派、社团的大量涌现，并往往以运动的形式推进文学的发展，乃文学思潮在作家生态层面的现象显现；新的文本实验和技巧创新，乃文学思潮推进文学创作发展的最终成果展示。"参见张叉《跨文化视野与文学世界主义——蒋承勇教授访谈录》，《山东外语教学》2018年第5期。

　　日本作家宫本辉曾说："在进入现代化的日本，我的许多先辈都在苦斗，他们极力从外国文学那里汲取有益的东西并尽力要超越过去。从美国文学那里抓来一粒金；从苏联文学那里抽来一滴血；从中国文学那里得来一块玉；从中南美文学那里取来一把火；从欧洲文学那里引来一股泉。然而，这些文学之精髓必须变成日本的、与日本的精神和肉体相通才行。从这个意义上说，世界上所有的伟大的艺术家都闪烁着民族之光。"① 还有研究者提出过如下看法："拉美文学在发展自己的现代主义时，尽管最初采取了模仿欧美文学的方式，却逐渐形成了自己的特色，学来的现代主义手法被用来表现本土现实。引领'拉美文学爆炸'的那批作家在探索文学表现新样式的同时，始终对本国社会现实中的种种矛盾冲突保持强烈关注，拉美文学并非仅仅因为美学形式上的纯粹性、先锋性才获得举世瞩目的地位的。"②

　　人们或许已经注意到，在经济、技术、观念、文化、艺术、媒介等已经为全球化浪潮所影响和席卷的今天，接受某种来自本土之外的影响与启示，对于我国绝大多数的作家而言，并不是一件十分困难和特殊的事情（事实上，它早已成为较为自然与普遍的现象乃至一种相对主动和自觉的选择）。与日本文学和拉美文学当年出现的情况相似，有一部分当代的中国作家在接受外来影响的同时，已经比较明显地意识到将富有现代意味的艺术形式与中国的现实状况以及自身的文化传统进行结合、融会的重要性和必要性，进而表达了在走向更加广阔、宏大的艺术天地之时，重视和保留、继承和坚守本身不无特色的民族文化传统中真正富有价值与意义的东西的有关意见和观点。

　　其中，作家韩少功的见解及主张又极富代表性。早在20世纪80年代中期，这位反对"闭关自守"、赞同"文化的对外开放"的当代作家就曾经提出，在文学艺术方面要重视"民族的自我"，中国文学

---

　　① ［日］宫本辉：《致中国读者》，［日］宫本辉：《避暑地的猫》，王玉琢译，海峡文艺出版社1987年版，第1页。
　　② 张伟劢：《拉丁美洲需要什么样的文学？》，《读书》2017年第9期。

绝不能仅仅停留在和满足于对外国文学进行一种简单的复制与翻印的程度和水平，因为"从人家的规范中来寻找自己的规范，模仿翻译作品来建立一个中国的'外国文学流派'，想必前景黯淡"。① 我们还看到，关于我国当代文坛中不少作家都比较愿意和乐于接受外来影响这个现象，作家莫言前些年曾经清楚地表述过他本人具体而又清醒的看法以及相应评价："这个过程也是非常正常的、甚至是十分必要的，如果没有这个近乎痴迷地向西方学习的阶段，中国作家也没有今天的冷静和成熟。我们在三五年间把人家三十年间的东西全都接受了过来，就像中医学里所谓的'恶补'一样，正面的作用是巨大的，副作用也是巨大的。"②

在对 20 世纪中国文学中的多个非常态人物叙述者的典型形象作解析的过程中，我们实际不难发现，中国的不少小说家在积极、主动地向外进行学习、模仿和借鉴的基础上创作出来的艺术作品，既有较为成功与出色的地方，又不乏不太成熟和不太妥帖（甚至显得有些生涩与稚嫩）之处。但是，绝大多数的中国作家却未曾把接受包括叙述的方法、技巧、策略等在内的外来影响，单纯地视作一种艺术形式方面的简单借用与普通移植，也并不以已经在自家的土地上和园子里栽种了初始时确实由西洋舶来的某一种或者多种植物为荣，而是能够从内心深处比较客观、冷静、理性、从容地去看待和正视这种来自国外与异域的影响。与此同时，他（她）们更加注意与留心、强调与重视运用它（们）来表现和反映中国本土的历史和现实之中丰富多彩的生活以及与之相应的不无自身特色的题材和内容，竭力想要做到及达成的事情与目标是，让它（们）可以真正地"为我所用"，进而争取使它（们）成为所谓的"为我之物"。

有人说过这样的话："在艺术中，形式往往是有意味的形式，艺术家对格式或形式技术系统的思考和创新也往往意味着他对艺术本体

---

① 韩少功：《文学的"根"》，《作家》1985 年第 4 期。
② 莫言、王尧：《从〈红高粱〉到〈檀香刑〉》，《当代作家评论》2002 年第 1 期。

的思维上的更新。这种思考、创新和更新，开启的往往是一个新的人文精神或价值的世界。"① 毫无疑问，这是一个很有价值与见地的观点，已经看到了艺术形式探索本身的内涵和影响及其背后的动力支撑。大家知道，当谈到形式与内容的相对性问题时，瑞士著名学者皮亚杰在《结构主义》一书中曾经作过一段堪称经典的表述："不存在只有形式自身的形式，也不存在只有内容自身的内容，每个（从感知—运动性动作到运算，或从运算到理论等等的）成分都同时起到对于它所统属的内容而言是形式，而对于比它高一级的形式而言又是内容的作用。"② 我国从事当代文学批评的学者洪治纲也表达过与之类似的主张："形式就是内容，形式的独特性常常蕴含着其内容的独特性，因为它不仅直接传达着创作主体的艺术思维方式和他的叙事智性，同时也折射了创作主体的探索能力和价值取向。"③

我们认为，20世纪的中国小说家对于叙事技巧与艺术的关注和留意，乃至在具体的艺术创作的过程中对叙述者的多种已有形态与类型的革新和突破，以及关于超越常规、常态的人物叙述者所进行的勇敢尝试与巧妙运用，显然不应该被当作仅仅关涉艺术形式与技巧层面的一个单纯和简单的现象以及问题。他（她）们在进行和展开叙事艺术的创作与实践的过程中，关于作为"故事'讲述声音'的源头"和"叙述问题的出发点"的叙述者本身的种类、形态、重要性及其所发挥和具有的相关效用与功能等，实际已经达到了足以引起多方人士的注意、思考和重视的相应水准以及程度。

学者赵毅衡表达过如下的意见："小说的叙述形式，具有独立于小说内容的意义，而且是与整体的社会文化形态相关的意义。"④ 在叙事文本中，作家（们）对形态与状貌等存在明显特色的多种非常规形

---

① 奚爱民、潘明德：《艺术创新：界定·类型·路径》，《学术月刊》2012年第8期。

② ［瑞士］皮亚杰：《结构主义》，倪连生、王琳译，商务印书馆1984年版，第24—25页。

③ 洪治纲：《先锋：自由的迷津——论九十年代以来中国先锋小说面临的六大障碍》，洪治纲：《无边的迁徙》，山东文艺出版社2004年版，第99页。

④ 赵毅衡：《叙述形式的文化意义》，《外国文学评论》1990年第4期。

态的人物叙述者进行具体的考虑、选择和运用，不失为一种富有创意而且成效显著的叙述策略以及行为。在我们看来，它在某种意义上还意味着艺术家对与"人"及其所处的整个世界有关的言说和反映、思索和表现，确实已经抵达了一定的高度、深度以及水平。换句话来讲，关于在叙事文本里现身的叙述者以及与此有关的现象、情况、问题的重视和讨论，实际上可以表明中国的作家对于人、人性与人的存在状态等诸多相对复杂的问题、现象的认识和反映、理解和把握，已经出现并且实现一种新的认知、实践以及观念和思想层面上的显著更新与突破，而不是依旧停留在（或者说止步于）原来的层次和程度、视域和水平上了。

面对中外作家笔下的狂人（疯人）、痴者（愚人）、幽灵（亡灵）、动植物、非生物以及比拟型、超能型等具有多种形态和不同特点的艺术形象，及由他（她、它）们来具体扮演、刻画和承担的非常规形态的人物叙述者，我们可以较为明显而又深刻地感觉到，人类对于自身以及周围世界的感知、认识和理解始终是一项未竟的任务和事业。直到今天，其中还有不少可谓十分隐秘、深奥、幽暗乃至奇特、复杂、未知的东西与领域等待着我们持续不断、坚持不懈地进行探访和寻找、发现和追索。通过擅长文本的建构和生成以及故事的虚构与叙述的20世纪中国小说家及其富有尝试、开拓与创新意识的具体创作所显示和展现出来的，是属于狂人（疯人）、痴者（愚人）、幽灵（亡灵）、动植物、微生物、非生物及比拟型、超能型等颇不寻常的艺术形象的一个特殊世界，也是与所谓"常人"（正常态的人）共同处于同样的一片苍穹之下的多个不同种类的非正常（非常）与常规形态的人物叙述者，对于人类以及人类赖以生活与存在的这个本身并不简单、纯净的居所、家园与环境所进行的一种非常独特而又十分有效的描绘、反映以及阐释。

实际上，从其内里与深层所包含的本质及属性来看，作为非常态人物叙述者的他（她、它）们又不失为由自认为处于"常态"（正常与常规的状态、形态）中的数量十分庞大而且内心不无疑惑与忧伤的人们，关于他（她）们自身以及时常生活、奔忙、劳碌、沉醉乃至迷失于其间（却又未必可以被清楚、明白、直接地感知和意识得到，也不太可能轻易、简单和随意地选择告别或者宣告离开）的异常广袤无垠的大地和包罗万象、色彩斑斓的现实、人生与世界所做出的，既富有特色、寓意与成效而又显得别开生面、妙趣横生、独具一格的一种反映和呈现、书写以及折射。

　　有的学者曾经提出过以下看法："小说对叙述人的选择是一个有趣而又复杂的现象。这里面牵涉到美学和文学传统等多方面的因素。从文学史的角度来看，叙述人形象的建立往往标志着小说传统的开端，同时也界定了它们今后的走向。"① 在历时已经超过一百年的、与世界文学相连接的 20 世纪中国文学的发展进程中，由鲁迅的《狂人日记》里的狂人、冰心的《疯人笔记》中的疯人、残雪的《山上的小屋》里的病人、韩少功的《爸爸爸》中的丙崽、阿来的《尘埃落定》里的二少爷、贾平凹的《秦腔》中的张引生、方方的《风景》里的小八子、莫言的《生死疲劳》中的西门闹、余华的《第七天》里的杨飞、老舍的《猫城记》中的猫人（们）……毫无疑问，这些非常规形态的人物叙述者本身及其在有关的叙事文本中通过具体、实在的语言和文字而得以艺术化地显现，并出乎意料地在人们眼前一一展示出来的多种事情、现象、情况以及信息，确实是十分地生动活泼、多姿多彩而又丰富有趣、引人思索的。

　　当最初走近、靠拢和接触这些富有特色的文学创作的时候，我们很可能发现，在其中现身与存在的非常态人物叙述者常常令处于叙事文本之内的虚拟的受述者以及文本之外真实的读者感觉到有些生疏和诧异、奇怪和惊讶。伴随着以文本为基础的阅读、感受、交流以及理解的过程不间断地持续和推进，有关的体验却会发生一些显著变化，完全能够感受到作为人物叙述者的特别的他（她、它）们除了自身富有魅力外，还可以促使人们用一种崭新的眼光、态度和心境去察看、

---

① 刘禾：《语际书写——现代思想史写作批判纲要》，上海三联书店 1999 年版，第 219 页。

认识和省视自己，以及一直生活于其中的这个可谓既熟悉又陌生的世界，达成并且实现对被人类发展与进步的速度、步伐以及潮流等有意或者无意地轻看与忽略、漠视与践踏、遮蔽与掩盖的不少东西再次进行观察和审视、思考和解读的意图、目的以及愿望。从而，为广大的中国民众继续深入地走近和了解人类自身及其在漫长的时间长河与广阔的地理空间中所经历、建构及创造的历史、社会与文化，乃至运用人类现阶段所有的理论框架、知识体系、基本原理等仍然不能够进行和做出令人非常满意的思索、探讨、研究与描绘、说明、解释的那个既深邃又神秘的未知世界，以及与之有关而且在认识和理解方面明显具有不小的难度和挑战性的一系列现象与问题、忧虑与困惑真正地开启一扇可能之门。

主要参考文献

[美] 艾萨克·B. 辛格：《傻瓜吉姆佩尔》，刘兴安、张镜译，外语教学与研究出版社 1981 年版。

[英] 爱德华·泰勒：《原始文化：神话、宗教、哲学、语言、艺术和习俗发展之研究》，连树声译，广西师范大学出版社 2005 年版。

阿来：《大地的语言——阿来散文精选集》，四川文艺出版社 2018 年版。

阿来：《尘埃落定》，人民文学出版社 1998 年版。

[波兰] 奥尔加·托卡尔丘克：《太古和其他的时间》，易丽君、袁汉镕译，四川人民出版社 2017 年版。

[土耳其] 奥尔罕·帕慕克：《我的名字叫红》，沈志兴译，上海人民出版社 2006 年版。

白烨编选：《2000 中国年度文坛纪事》，漓江出版社 2001 年版。

[苏联] 巴赫金：《小说理论》，白春仁、晓河译，河北教育出版社 1998 年版。

[美] 布莱恩·理查森：《非自然叙事：理论、历史与实践》，舒凌鸿译，北京师范大学出版社 2021 年版。

北京图书馆书目编辑组编：《中国现代作家著译书目》，书目文献出版社 1982 年版。

北京协和医院世界卫生组织国际分类家族合作中心编译：《疾病和有关健康问题的国际统计分类》（第十次修订本，第二卷），人民卫生出版社 2011 年版。

鲍克怡、鲁国尧、王继如等主编：《大辞海·词语卷（四）》，上海辞书出版社 2015 年版。

辞海编辑委员会编：《辞海》（1989 年版缩印本），上海辞书出版社 1990 年版。

陈元恺：《二十世纪中国文学与世界》，陕西人民出版社 1987 年版。

冰心、吴文藻著，陈恕选编：《有了爱就有了一切》，江苏文艺出版社 1998 年版。

草婴、夏仲翼、谭晶华等主编：《大辞海·外国文学卷》，上海辞书出版社 2015 年版。

陈思和：《中国新文学整体观》，上海文艺出版社 2001 年版。

陈思和：《告别橙色梦》，广东人民出版社 2018 年版。

陈思和主编：《中国当代文学史教程》，复旦大学出版社 1999 年版。

陈思和：《中国现当代文学名篇十五讲》（第二版），北京大学出版社 2013 年版。

程光炜：《文化的转轨——"鲁郭茅巴老曹"在中国（1949—1981）》，北京大学出版社 2015 年版。

程光炜等：《中国现代文学史》（第二版），中国人民大学出版社 2007 年版。

程志民、江怡主编：《当代西方哲学新词典》，吉林人民出版社 2003 年版。

陈平原：《中国小说叙事模式的转变》，北京大学出版社 2003 年版。

残雪：《残雪自选集》，海南出版社 2004 年版。

残雪：《残雪文学回忆录》，广东人民出版社 2017 年版。

残雪：《侵蚀》，湖南文艺出版社 2014 年版。

（清）曹雪芹：《红楼梦》（校注本·一），北京师范大学出版社 1987 年版。

崔恩卿、高玉琨主编：《走近老舍——老舍研究文集》，京华出版社 2002 年版。

蔡玉洗、董宁文编：《墨磨人生》，北方文艺出版社 2015 年版。

邓寒梅：《中国现当代文学中的疾病叙事研究》，江西人民出版社2012年版。

董小英：《叙述学》，社会科学文献出版社2001年版。

［德］恩斯特·卡西尔：《人论》，甘阳译，上海译文出版社2003年版。

傅斯年：《现实政治》，陕西人民出版社2012年版。

范伯群编：《冰心研究资料》，北京出版社1984年版。

范家进：《现代乡土小说三家论》，上海三联书店2002年版。

冯亚琳：《君特·格拉斯小说研究》，上海外语教育出版社2011年版。

［奥地利］弗洛伊德：《精神分析引论》，高觉敷译，商务印书馆2005年版。

方方：《方方作品精选》，长江文艺出版社2005年版。

傅修延：《先秦叙事研究——关于中国叙事传统的形成》，东方出版社1999年版。

傅修延主编：《叙事研究》（第2辑），上海外语教育出版社2020年版。

冯蕙、朱贻庭、汤志钧等主编：《大辞海·哲学卷》，上海辞书出版社2015年版。

高万红：《精神障碍康复：社会工作的本土实践》，社会科学文献出版社2019年版。

宫爱玲：《审美的救赎——现代中国文学疾病叙事诗学研究》，山东教育出版社2014年版。

［德］顾彬：《二十世纪中国文学史》，范劲等译，华东师范大学出版社2008年版。

郜元宝、张冉冉编：《贾平凹研究资料》，天津人民出版社2005年版。

管笑笑：《莫言小说文体研究》，北京师范大学出版社2016年版。

关纪新：《老舍评传》（增补本），北京出版社2019年版。

［日］宫本辉：《避暑地的猫》，王玉琢译，海峡文艺出版社1987年版。

胡经之主编：《西方文艺理论名著教程》（上），北京大学出版社1986年版。

胡经之主编：《西方文艺理论名著教程》（下），北京大学出版社1989

年版。

洪子诚：《中国当代文学史》，北京大学出版社 1999 年版。

洪子诚：《洪子诚学术作品精选》，北京大学出版社 2020 年版。

黄开发、冉红音主编：《中国现代文学编年史（1895—1949）·第四卷
　　（1920—1923）》，文化艺术出版社 2017 年版。

黄晓华：《20 世纪中国小说修辞史略》，人民出版社 2014 年版。

何仮等主编：《癫痫学》（第二版），南海出版公司 2004 年版。

韩少功：《马桥词典》，人民文学出版社 2004 年版。

郝双阶主编：《中医速记宝典·中医内科学》，人民军医出版社 2015
　　年版。

郝长海、吴怀斌编：《老舍年谱》，黄山书社 1988 年版。

胡絜青编：《老舍论创作》，上海文艺出版社 1980 年版。

洪治纲：《无边的迁徙》，山东文艺出版社 2004 年版。

［美］杰拉德·普林斯：《叙述学词典》（修订版），乔国强、李孝弟
　　译，上海译文出版社 2011 年版。

［美］杰拉德·普林斯：《叙事学：叙事的形式与功能》，徐强译，中
　　国人民大学出版社 2013 年版。

［德］君特·格拉斯：《铁皮鼓》，胡其鼎译，上海译文出版社 2011 年版。

贾平凹：《秦腔》，作家出版社 2005 年版。

贾杨、彭云思编：《中国·百年之痒：聚焦莫言》，巴蜀书社 2012 年版。

降红燕：《20 世纪西方文学批评理论与中国当代文学管窥》，四川大学
　　出版社 2006 年版。

金冰：《维多利亚时代与后现代历史想象：拜厄特"新维多利亚小说"
　　研究》，北京大学出版社 2010 年版。

吉林大学哲学基础理论研究中心编：《山高水长——高清海纪念文集》，
　　吉林大学出版社 2006 年版。

金重远、孙道天主编：《大辞海·世界历史卷》，上海辞书出版社 2015
　　年版。

［英］加亚·文斯：《人类进化史——火、语言、美与时间如何创造了

我们》，贾青青、李静逸、袁高喆等译，中信出版社 2021 年版。

［美］克利福兹·格尔兹：《文化的解释》，纳日碧力戈等译，上海人
　　民出版社 1999 年版。

鲁迅：《呐喊》，新潮社 1923 年版。

鲁迅：《彷徨》，北新书局 1926 年版。

刘绶松：《中国新文学史初稿》（上卷），作家出版社 1956 年版。

鲁迅：《南腔北调集》，同文书店 1934 年版。

刘运峰编：《中国新文学大系导言集（1917—1927）》，天津人民出版
　　社 2009 年版。

李平主编：《〈中国现当代文学专题研究〉作品讲评》（修订版），北
　　京大学出版社 2005 年版。

李文俊主编：《福克纳评论集》，中国社会科学出版社 1980 年版。

李文俊编：《福克纳的神话》，上海译文出版社 2008 年版。

李文俊：《福克纳传》，新世界出版社 2003 年版。

罗钢：《叙事学导论》，云南人民出版社 1994 年版。

李杨：《美国南方文学后现代时期的嬗变》，山东大学出版社 2006 年版。

龙迪勇：《空间叙事研究》，生活·读书·新知三联书店 2014 年版。

李维屏：《英美意识流小说》，上海外语教育出版社 1996 年版。

［美］罗伯特·汉弗莱：《现代小说中的意识流》，程爱民、王正文译，
　　湖南人民出版社 1987 年版。

刘硕良主编：《诺贝尔文学奖授奖词和获奖演说》（下），漓江出版社
　　2013 年版。

刘硕良：《诺贝尔文学——理想主义的文学评论、鉴赏》，武汉大学出
　　版社 2012 年版。

刘硕良主编：《诺贝尔文学奖作家传略》（下），漓江出版社 2013 年版。

李欧梵：《铁屋中的呐喊》，尹慧珉译，河北教育出版社 2000 年版。

［以色列］里蒙－凯南：《叙事虚构作品》，姚锦清、黄虹伟、傅浩等
　　译，生活·读书·新知三联书店 1989 年版。

梁海编著：《阿来创作年谱》，复旦大学出版社 2014 年版。

梁颖编选:《贾平凹研究资料》,山东文艺出版社 2006 年版。

鲁迅纪念委员会编印:《鲁迅先生纪念集》,文化生活出版社 1937 年版。

李桂玲编著:《莫言文学年谱》,复旦大学出版社 2014 年版。

刘永烈、刘永诺、刘永焰:《生物进化双向选择原理》,广东科技出版社 2007 年版。

老舍:《老舍幽默文集》,湖南人民出版社 1983 年版。

老舍:《猫城记》,百花文艺出版社 2013 年版。

梁实秋:《梁实秋散文集》(第三卷),时代文艺出版社 2015 年版。

刘禾:《语际书写——现代思想史写作批判纲要》,上海三联书店 1999 年版。

[荷兰] 米克·巴尔:《叙述学:叙事理论导论》(第二版),谭君强译,中国社会科学出版社 2003 年版。

[捷克] 米列娜编:《从传统到现代——19 至 20 世纪转折时期的中国小说》,伍晓明译,北京大学出版社 1991 年版。

[意大利] M. G. 马里尼主编:《叙事医学:弥合循证治疗与医学人文的鸿沟》,李博、李萍主译,科学出版社 2021 年版。

马永兴、俞卓伟主编:《现代痴呆学》,科学技术文献出版社 2008 年版。

[法] 米歇尔·福柯:《疯癫与文明:理性时代的疯癫史》,刘北成、杨远婴译,生活·读书·新知三联书店 1999 年版。

莫言:《檀香刑》,作家出版社 2001 年版。

莫言:《小说的气味》,春风文艺出版社 2003 年版。

莫言:《生死疲劳》,浙江文艺出版社 2020 年版。

[美] 梅·弗里德曼:《意识流,文学手法研究》,申雨平等译,华东师范大学出版社 1992 年版。

[德] 马克思:《1844 年经济学—哲学手稿》,刘丕坤译,人民出版社 1979 年版。

南帆主编:《二十世纪中国文学批评 99 个词》,浙江文艺出版社 2003 年版。

南帆:《南帆文集 10 这一代的表述》,福建教育出版社 2018 年版。

（唐）欧阳询等：《艺文类聚》卷九二，上海古籍出版社 1999 年版。

［瑞士］皮亚杰：《结构主义》，倪连生、王琳译，商务印书馆 1984
　　年版。

［法］乔治·康吉莱姆：《正常与病态》，李春译，西北大学出版社 2015
　　年版。

钱理群、温儒敏、吴福辉：《中国现代文学三十年》（修订本），北京
　　大学出版社 1998 年版。

［法］热拉尔·热奈特：《叙事话语　新叙事话语》，王文融译，中国
　　社会科学出版社 1990 年版。

申丹、王丽亚：《西方叙事学：经典与后经典》，北京大学出版社 2010
　　年版。

申丹、韩加明、王丽亚：《英美小说叙事理论研究》，北京大学出版社
　　2005 年版。

申丹：《叙事、文体与潜文本——重读英美经典短篇小说》，北京大学
　　出版社 2009 年版。

申丹：《叙述学与小说文体学研究》，北京大学出版社 1998 年版。

尚必武：《当代西方后经典叙事学研究》，人民文学出版社 2013 年版。

上海鲁迅纪念馆编：《鲁迅散文小说初刊集》，上海书店出版社 2016
　　年版。

孙见喜、孙立盎：《废都里的贾平凹》，陕西人民出版社 2013 年版。

史金波、白振声、陈勤建等主编：《大辞海·民族卷》，上海辞书出版
　　社 2012 年版。

［美］苏珊·桑塔格：《疾病的隐喻》，程巍译，上海译文出版社 2003
　　年版。

史忠义等主编：《国际文学人类学研究》，百花文艺出版社 2006 年版。

谭君强：《叙事理论与审美文化》，中国社会科学出版社 2002 年版。

谭君强：《叙述的力量：鲁迅小说叙事研究》，云南大学出版社 2000
　　年版。

唐伟胜主编：《叙事》中国版（第二辑），暨南大学出版社 2010 年版。

唐伟胜主编：《叙事》中国版（第三辑），暨南大学出版社 2011 年版。

陶洁：《福克纳研究》，上海外语教育出版社 2013 年版。

王蒙：《木箱深处的紫绸花服》，上海文艺出版社 1984 年版。

王蒙：《王蒙文集·短篇小说（上）》（第 13 卷），人民文学出版社 2014
　　年版。

王小波：《革命时期的爱情》，上海锦绣文章出版社 2008 年版。

王卫平、王承榜、左焕琛等主编：《大辞海·医药科学卷》，上海辞书
　　出版社 2015 年版。

［美］威廉·麦克尼尔：《瘟疫与人》，余新忠、毕会成译，中信出版
　　社 2018 年版。

王长虹、栗克清主编：《精神病学》，人民军医出版社 2009 年版。

王哲甫：《中国新文学运动史》，杰成印书局 1933 年版。

汪晖：《反抗绝望——鲁迅及其文学世界》，河北教育出版社 2000 年版。

［美］威廉·福克纳：《喧哗与骚动》，李文俊译，上海译文出版社 1984
　　年版。

吴晓东：《20 世纪外国文学专题》，北京大学出版社 2002 年版。

吴晓东：《记忆的神话》，新世界出版社 2001 年版。

吴义勤主编：《韩少功研究资料》，山东文艺出版社 2006 年版。

［美］W. C. 布斯：《小说修辞学》，华明、胡苏晓、周宪译，北京大学
　　出版社 1987 年版。

温儒敏、赵祖谟主编：《中国现当代文学专题研究》，北京大学出版社
　　2002 年版。

王瑶：《鲁迅作品论集》，人民文学出版社 1984 年版。

王炳根选编：《冰心文选·冰心小说选》，福建教育出版社 2015 年版。

王晓明：《无法直面的人生——鲁迅传》，上海文艺出版社 2001 年版。

吴炫：《依附启蒙观念的当代文学》，上海大学出版社 2017 年版。

吴康主编：《中华神秘文化辞典》，海南出版社 2001 年版。

［英］威廉·莎士比亚：《莎士比亚全集（九）》，朱生豪译，人民文学
　　出版社 1978 年版。

王兆鹏主编：《南园词评论》，中国青年出版社 2015 年版。

王纪人、李子云、陈思和等主编：《大辞海·中国文学卷》，上海辞书
　　出版社 2015 年版。

王仲殊、朱凤瀚主编：《大辞海·文物考古卷》，上海辞书出版社 2015
　　年版。

伍杰、王鸿雁编：《李长之书评·贰》，河北教育出版社 2006 年版。

徐岱：《小说叙事学》，中国社会科学出版社 1992 年版。

夏志清：《中国现代小说史》，刘绍铭等译，复旦大学出版社 2005 年版。

徐秋等主编：《实用临床中医内科学》，天津科学技术出版社 2011 年版。

许钦文：《“呐喊”分析》，中国青年出版社 1956 年版。

许子东：《重读 20 世纪中国小说》，上海三联书店 2021 年版。

项静：《韩少功论》，作家出版社 2021 年版。

许宝华、杨剑桥主编：《大辞海·语言学卷》（修订版），上海辞书出
　　版社 2015 年版。

徐建融、潘耀昌、魏劭农等主编：《大辞海·美术卷》，上海辞书出版
　　社 2012 年版。

萧兵：《美人鱼——性、生命与死亡的意象》，上海文艺出版社 2007
　　年版。

袁国兴：《中国现代文学史教程》，广东人民出版社 2008 年版。

叶舒宪：《文学与人类学——知识全球化时代的文学研究》，社会科学
　　文献出版社 2003 年版。

杨治良、郝兴昌主编：《大辞海·心理学卷》，上海辞书出版社 2015
　　年版。

杨为珍、张永昊编：《外国文学家小传》（第一分册），广西人民出版
　　社 1982 年版。

杨义：《中国叙事学》，中国社会科学出版社 2006 年版。

杨匡汉、杨早主编，中国社会科学院文学研究所当代室著：《六十年
　　与六十部——共和国文学档案（1949—2009）》，生活·读书·新
　　知三联书店 2009 年版。

余华：《第七天》，新星出版社 2013 年版。

乐黛云主编：《当代英语世界鲁迅研究》，江西人民出版社 1993 年版。

张寅德编选：《叙述学研究》，中国社会科学出版社 1989 年版。

赵毅衡：《当说者被说的时候——比较叙述学导论》，中国人民大学出版社 1998 年版。

赵毅衡：《广义叙述学》，四川大学出版社 2013 年版。

周遐寿：《鲁迅小说里的人物》，上海出版公司 1954 年版。

郑万鹏：《中国当代文学史（1949—1999）》，华夏出版社 2007 年版。

张清华：《存在之镜与智慧之灯——中国当代小说叙事及美学研究》，福建教育出版社 2010 年版。

[美] 詹姆斯·费伦、彼得·J. 拉比诺维茨主编：《当代叙事理论指南》，申丹等译，北京大学出版社 2007 年版。

[英] 詹姆斯·乔治·弗雷泽：《金枝：巫术与宗教之研究》，徐育新、汪培基、张泽石译，大众文艺出版社 1998 年版。

祖国颂：《叙事的诗学》，安徽大学出版社 2003 年版。

周晓霞：《颠覆与顺从——读中国机智人物故事》，上海文化出版社 2010 年版。

中国社会科学院语言研究所词典编辑室编：《现代汉语词典》（修订本），商务印书馆 1996 年版。

郑体武主编：《现代主义的文学世界与世界文学中的现代主义》，上海外语教育出版社 2016 年版。

张天波：《事论》，中山大学出版社 2014 年版。

赵超：《雪泥鸿爪：中国古代文化漫谈》，三晋出版社 2015 年版。

朱瑞玟编著：《佛家妙语》，团结出版社 2007 年版。

朱立元主编：《美学大辞典》（修订本），上海辞书出版社 2014 年版。

后　记

　　在中外的文学发展史上，非常规形态的人物叙述者是一个已经出现和存在了很长时间的创作现象。作为特殊叙述者的他（她、它）们在具体的叙事文本里是鲜活生动而又丰富多样的，却由于多种原因而没有受到较为直接、充分的留意、关注与重视，使其成为关于叙事艺术的探讨和研究领域中引人注目的专门问题的机会实际上是相对有限的。

　　不能否认，这种形态颇为另类和特别的叙述者本身显得十分复杂而且有趣，不仅与创作者本人的写作观念、艺术倾向具有密切的关系，还比较有助于独特的叙述功能、作用、效果的形成、发挥与取得，人们也完全可以借此来达成和实现一定的创作意图、想法以及目的。当面对非常态人物叙述者的时候，常常会令人感觉到既新奇又困惑，这似乎在不断地提醒走近、阅读和感知叙事文本的人，文艺创作绝不是一种安于规则、现状与常态的行为和实践。与之相应，理论批评与研究也不应该自我设限，仅在既有的观念、路数、范畴和术语里思考和讨论问题很可能存在一些缺憾和弊端，因而需要时常进行及展开与突破、创新、实验等有关的考虑和反思、认识和审视，将已经产生、存在和出现的相对新颖、特殊甚至有些异样的文学创作现象纳入观察、分析、探讨的具体范围之内，进而促使更多的人对被忽略与漠视的一些本身其实不无价值的对象和问题加以特别而又有效的关注和思考。

在 20 世纪中国文学进程中，自从 1918 年 5 月鲁迅在《新青年》上发表我国现代时段的第一篇白话短篇小说《狂人日记》的时候起，关于非常态人物叙述者的创作与探索的历程就正式拉开了序幕。时至今日，如果对五四时期以来在叙事虚构类作品中具体运用非常规形态的人物叙述者的作家进行认真和细致的梳理，我们发现，开展与此有关的叙事实践的作家已经有整整五代人，他（她）们之间的年龄差异超过了 100 岁。由这五代新文学作家所写出的、与非常规形态的人物叙述者有关的具体作品，数量较多，质量很高，影响较大，在实有成绩和效应方面都可谓有目共睹。这表明非常规形态的人物叙述者在中国新文学的发展进程中确实具有不言而喻的重要性，由此而促使我们结合具体的作家及其文学创作进行适当的分析、推断、思考的想法得以成为一种现实与可能。

关于非常规形态的人物叙述者研究的起因说来话长，仔细地想一想，具体又和一个名叫小峰（或者小锋，我似乎从来没有去确认过，也从未向别人询问过他更为正式的名字又是什么。前些年，他已经离开了这个世界。按常理推断，他们家的户口本上应该是有过他的名字的吧）的人有关。上小学低年级的某个暑假，我曾经在一个待人非常亲切、和善、温暖的亲戚家里住过一段时间，因此遇到了年纪比我略小一点的小峰（按照家族里的辈分来说，他应该算是我的堂弟）。小峰存在比较严重的智能障碍，语言表达和思维等都成问题，他说话时需要一边想一边说，有时会手舞足蹈，语音颇为含混而且语速比较慢，没有办法去一般的学校上学，家里的人很疼惜他，常常又不太懂他。停留在记忆深处的他非常纯净、可爱，很喜欢模仿别人的动作以及话语，总是露出一脸烂漫无比的笑容。面对着他，我最初感到有些紧张、害怕，后来熟悉了才渐渐地放松下来，心里一直觉得他是个特殊、阳光而又很好相处的人。

小峰具有一个令人难忘的本领，就是辨识和记忆人的能力很强。那个暑假之后已经有几年的时光过去了，有一天，我的母亲登门去拜访这家亲戚，小峰当时竟然一眼就认出了她，然后大声地叫她，这让母亲深为感动。回到自己家中，母亲把这件事情和所有的人来来回回地说了好几遍，随后又听到她发出了长长的叹息声。从那时候直到如今，我会不时地想起小峰，内心经常浮现一些类似于这样的问题：这个堂弟的世界究竟是什么样子的呢？他所看到、听到、想到的东西和我们看到、听到与想到的会完全一样吗？……实际上，如今的我仍旧不能够很好地回答这些问题，但是不可否认，这个特别的弟弟和因他而起的困惑及疑问，或许正是促使我想要开始展开关于非常规形态的人物叙述者的论析与探究的不可或缺的触发点和难以忘怀及轻易抹去的缘由。

从学术思考的角度来讲，如果把选择去撰写与非常态人物叙述者的问题紧密相连的硕士学位论文（即：《论痴呆型叙述者——以〈喧哗与骚动〉和〈尘埃落定〉为例》）作为相对正式的起点，它虽然和现阶段的思考、分析、探讨存在一段时间上的距离，却是我着手进行20世纪中国文学中非常规形态的人物叙述者探索与研究的一个重要基础。本书所开展的研究、思索以及讨论，可以说是不无辛苦而又十分富有趣味与吸引力的旅程，令我能够从中发现和探寻不少很有意思的人物、现象以及问题，并清楚地看到自己目前存在的不足之处，一定程度上明白了以后要努力的目标和前行的方向。由于时间、积累和学识的缘故，我的探讨无疑具有一定的尝试性，在非常态人物叙述者方面试图提出具有开放性的意见和观点（它们还有待进一步地加以丰富、充实与提升），希望并且相信这样的工作可以激发一部分研究者继续对在我国的文学艺术创作中不时地现身、出现的非常规形态的人物叙述者（不能否认，这与国外的广阔世界里的作家、作品紧密相连）和与之有关的现象、问题进行更深入的论析和思考以及更全面的观察和认识、理解和总结。与此同时，对中国文学的过去、现在及将来饱含着感情与期待的他（她）们还将不断地发展、完善相关理论，进而取得更多的可以预期和等待的成果、效用与收获。

本书为国家社会科学基金项目"20世纪中国文学中的非常态人物叙述者研究"（批准号：14XZW025）的最终研究成果，在此，谨向评审专家、鉴定专家和全国哲学社会科学工作办公室的同志表示由衷的敬意和真诚的感谢！2021年6月初，获知它列入2021年度云南省哲学社会科学学术著作出版资助项目的立项名单之中，出版经费受到相关的资助，感谢云南省哲学社会科学工作办公室的同志和学科组的评审专家！

作为我硕士研究生阶段的导师，云南大学叙事学研究中心主任谭君强教授将我领进叙事学研究的领域，使我看到了众多多元而又美好的学术风景。2014年由我申报和主持的"20世纪中国文学中的非常态人物叙述者研究"这个项目获准立项后，他亲自参加了开题论证会，给予了我很多及时而又有效的指导和帮助。现在，本书又有幸收入由他主编的"叙事研究丛书"中，谨向谭老师深表谢意！

2020年9月以来，我到中国社会科学院文学研究所访学，得到了在港台文学、翻译史、后殖民理论等多个学科领域均有很大影响的赵稀方研究员的悉心指导，受益良多，非常感谢赵老师！

本书的初稿完成之时，曾向东北师范大学的徐强教授请教。在学术研究上涉猎广泛、建树很多，工作十分繁忙的他专门抽出时间通读书稿，并且毫无保留地给出了许多富有建设性的修改意见，本人内心十分感激，谢谢徐老师！

由衷地感谢中国社会科学出版社文学艺术与新闻传播出版中心主任、高级编审郭晓鸿老师的专业指导与支持，谢谢您！

书稿的撰写以及修订还得到了多位师长、前辈、友人耐心细致的指导和帮助，云南大学的王卫东教授、罗江文教授、降红燕教授、王浩副研究员、舒凌鸿副教授、谢雪梅副教授，中国社会科学院的李思清副研究员，集美大学的张克锋教授，北京航空航天大学的田俊武教授，长沙学院的李夫生教授，楚雄师范学院的陈圣争教授、杨海艳副教授，华中农业大学的李敏锐副教授，苏州科技大学的贺国光副教授，济南大学的都文娟副教授，云南民族大学的赵嘉鸿博士，贵州民族大学的周焱博士，曾经非常具有针对性地给予了我诸多具体的指导和建议，使研究的思路、对象乃至一些细节得到了有效的调整与改进，并使我在研究的视野和方法上尽量少犯错误、少走弯路。此外，楚雄师范学院科学技术处处长王志刚、原副处长马建荣（现任语言文化学院院长）、钟卫老师、李伦老师、欧敏老师，在项目研究过程中对我多有指导和帮助。对以上诸位，特别致以诚挚的感谢！

衷心地感谢父母、姑姑、姐姐、弟弟、爱人多年来所给予我的照顾和理解，感谢朝夕相处而且一直关心、鼓励和支持我的各位领导、同事和朋友，谢谢大家！

由于本人的学识以及各方面的储备和能力都较为有限，书中的错漏和不足之处，请大家不吝赐教和指正。

洪丽霁

2021 年 12 月 6 日